古典文獻研究輯刊

十 編
曾 永 義 主編

第 4 冊

中國小說文化研究

張 同 勝 著

國家圖書館出版品預行編目資料

中國小說文化研究／張同勝 著 -- 初版 -- 新北市：花木蘭文化
出版社，2014〔民 103〕

目 2+316 面；19×26 公分

（古典文學研究輯刊 十編；第 4 冊）

ISBN 978-986-322-905-6（精裝）

1.中國小説 2.文學評論

820.8   103014142

ISBN-978-986-322-905-6

9 789863 229056

古典文學研究輯刊

十 編　第四冊   ISBN：978-986-322-905-6

中國小說文化研究

作　　者　張同勝

主　　編　曾永義

總 編 輯　杜潔祥

副總編輯　楊嘉樂

編　　輯　許郁翎

出　　版　花木蘭文化出版社

社　　長　高小娟

聯絡地址　235 新北市中和區中安街七二號十三樓

　　　　　電話：02-2923-1455／傳真：02-2923-1452

網　　址　http://www.huamulan.tw 信箱 hml 810518@gmail.com

印　　刷　普羅文化出版廣告事業

初　　版　2014 年 9 月

定　　價　十編 18 冊（精裝）新台幣 32,000 元

中國小說文化研究

張同勝　著

作者簡介

張同勝（1973～），男，文學博士，山東省昌樂縣人。現爲蘭州大學文學院副教授、碩士生導師、比較文學與世界文學研究所代所長、中國水滸學會常務理事等。主要研究中國小說和比較文學。學術專著主要有：《〈水滸傳〉詮釋史論》、《〈西遊記〉與「大西域」文化關係研究》等。已發表學術論文 60 多篇。主持完成省部級項目多項。

提　　要

　　本書是一部學術論文集，所探討的問題主要集中在從文化的角度剖析中國小說敘事的民族性，或從中國小說的敘事來探究中華文化的民族特質。全書每篇學術論文的選題皆新穎別致，視角獨特犀利，大處著眼，小處入手，以問題爲導向，作「小題大做」之微觀研究，重視理論思辨和文獻考據，開闢了寬廣的視野，對中國小說的文化研究多有新的發現和論述，體現了作者獨立思考、銳意創新的學術風範，對於推進中國小說的學術研究具有重要的價值和意義。

目　次

明清小說中漢字字音與字形的敘事現象

　　漢語言方塊字是象形文字，是形象思維的產物。漢字的六書指的是漢字的六種構造方式，即象形、指事、會意、形聲、轉注和假借，其中前四種為構字之法，後兩種為用字之法，簡稱「四體二用」。每一民族語言文字，都包含形、音、義三個要素，漢字亦不例外。但漢字字形構義、字形表義和音義結合的作用和功能，非常獨特。漢字的這些作用、功能與小說的敘事藝術相結合，便產生了漢字字音、字形敘事的這一特點，從而構成了中國小說敘事之一大特色，但迄今似尚未被前賢時俊所注意，因而不揣淺陋，拋磚以引玉。

　　漢字的產生與《周易》之「象」有密切的關係。《周易・繫辭下》云：「古者包犧氏之王天下也，仰則觀象於天，俯則觀法於地，觀鳥獸之文與地之宜，近取諸身，遠取諸物，於是始作八卦，以通神明之德，以類萬物之情。」又曰：「是故《易》者，象也。象也者，像也。」

　　《易經・繫辭》曰：「上古結繩而治，後世聖人易之以書契。」李斯《倉頡篇》云：「倉頡作書，以教後詣。」《淮南子・脩務訓》云：「史皇倉頡，生而見鳥跡，知著書，號曰史皇，或曰頡皇。」傳說倉頡造字的時候，「天雨粟，鬼夜哭」，這反映了古人對文字的崇拜和迷信，古人認為文字有某種神秘的力量：或者蘊含著命運的樞機，或者預示著禍福吉凶。於是，人們也相信通過占卜或解拆字形，以預測命運和機遇。殷代甲骨文其實是殷人占卜的產物。在中國巫術中，巫醫曾以「字符化灰」來代藥。道士也曾燒符籙來治鬼或治病。《古今圖書集成・拆字數・元黃敘》說：「龜圖未判，此為太古之淳風。

鳥跡既分，爰始當時之製字，雖具存於簡牘，當深究其源流。成其始者，信不徒然，即其終之，豈無奧義？同田曰富，分貝爲貧，兩木相併以成林，每水歸東是爲海。雖紛紛而莫述，即一一而可知，不唯徒羨於簡牘，亦可預占乎休咎。春蛇秋蚓，無非歸筆下之功，白虎青龍，皆不離毫端之運。」其中的《指迷賦》指出：「字，心畫也。心形如筆，筆劃一成，分八卦之休咎，定五行之貴賤，定平生之禍福，知目前之吉凶。富貴貧賤、榮枯得失皆於筆劃見之。」

漢字文化與讖緯文化緊密結合在一起。讖是用隱語、預言等向人們昭示吉凶禍福的圖書符籙。緯是「經之支流，衍及旁義」。關於讖緯神學，章太炎《太炎文錄初稿・別錄》（卷三）認爲：「燕齊怪迂之士興於東海，說經者多以至道相揉。……伏生開源，仲舒衍其流。……讖緯蜂起，怪說布彰，曾不須臾而巫蠱之禍作，則仲舒爲之前導也。自爾，或以天災變異，宰相賜死，親藩廢黜，巫道亂法，鬼事干政，盡漢一代，其政事皆兼循神道。」

其實，不僅漢代如此，其它王朝的政事大多也是「兼循神道」。例如，宋神宗改元，大臣擬爲「大成」，宋神宗以爲「一人負戈」，不吉利。大臣又擬改爲「豐亨」，宋神宗又認爲「亨」字「爲子不成」，最後才選定年號爲「元豐」。在現實生活中，古人很迷信字文化，因而便直接或間接地影響到小說的敘事。

一、漢字字音的敘事

漢語的語音以雙音節爲主，這在語音方面體現出中國人追求對稱美的審美觀；同時雙音節爲主的特點使得漢語言中存在著大量的同音詞，同音詞的出現造成了漢語中的諧音現象。人們利用諧音進行表情達意，這在民俗中頗爲常見。如漢民族結婚時，會在新人的床上鋪上紅棗、花生、桂圓、蓮子，取這四個詞中「棗、生、桂、子」的諧音「早生貴子」爲新人送上美好的祝福。再如每逢春節，中國人會將「福」字倒貼在自己的家中，倒著貼就是爲了取其諧音「到」，意爲「福到了」。又如蝙蝠，在西方人們往往把它與吸血鬼聯繫在一起，然而中國古人卻對它情有獨鍾，在家宅牆壁或鞋面圖樣上都有它的身影，原因就在於「蝠」與「福」諧音。利用漢字的諧音進行敘事，在明清小說的敘事中形成了一大特色，它在塑造人物性格和推動故事情節的進展等方面都有獨特的功效。下面主要從諧音笑話、姓名諧音和別字諧音等

方面試論述之。

1、諧音笑話

在明清小說的敘事之中，不乏用諧音來講笑話的敘述，例如在《金瓶梅》第五十四回「應伯爵隔花戲金釧，任醫官垂帳診瓶兒」中，應伯爵就利用諧音講了一個笑話：

伯爵說道：「一秀才上京，泊船在揚子江。到晚，叫艄公：『泊別處罷，這裡有賊。』艄公道：『怎的便見得有賊？』秀才道：『兀那碑上寫的不是《江心賊》？』艄公笑道：『莫不是《江心賦》，怎便識差了？』秀才道：『賦便賦，有些賊形。』」

《金瓶梅》中應伯爵所說的這個笑話，便利用了漢字「賦」與「富」諧音、同時「賦」又與「賊」字形相似這個特點杜撰而成的。在《金瓶梅》中，應伯爵這個幫閒刻畫得栩栩如生，十分逼真，主要原因就在於他不僅雙陸圍棋「件件精道」，「精通烹庖」，「會一腳好氣毬」，而且人情練達，世事洞明，笑話、趣話隨口就來，最能諢鬧。如果沒有他，很多場合可能就會冷場。

第十二回「潘金蓮私僕受辱，劉理星魘勝求財」中，西門慶與一群幫閒在行院裏與李桂姐調笑，謝希大說了個笑話，諷刺了老鴇，桂姐便道：「我也有個笑話，回奉列位。有一孫眞人，擺著筵席請人，卻教座下老虎去請。那老虎把客人都路上一個個吃了。眞人等至天晚，不見一客到。不一時老虎來，眞人便問：『你請的客人都那裡去了？』老虎口吐人言：『告師父得知，我從來不曉得請人，只會白嚼人。』」這個笑話把群幫閒都得罪了，但是卻活畫出李桂姐這個窯姐的性格來了。這些扯淡笑話，深化了幫閒、窯姐的性格、職業特點等。

2、姓名諧音

利用諧音取名是中國人的一種文化心理。漢字是音、形、義的有機結合體。中國小說人物命名大多根據漢字的這一特點進行，諧音命名見之於大多數小說敘事之中。在明清小說之前的文學敘事中，很早就出現了姓名諧音的現象，如唐人牛僧孺《玄怪錄》中的「元無有」即「原無有」，此一現象在明清小說中比比皆是。

《金瓶梅》中有些人物的姓名蘊含著其性格、職業、行爲等，像「許不與」、「張好問」、「白汝蔴」等。韓道國諧「韓搗鬼」。常時節諧「常時借」。

卜志道諧「不知道」。雲離守諧「雲裏手」。應伯爵諧「白嚼」，意思是專吃白食。李外傳諧「裏外傳」或「裏外賺」。車淡諧「扯蛋」。賁地傳諧「背地賺」。管世寬諧「管事寬」。游守、郝賢諧「游手好閒」。范綱諧「犯綱」。霍大立諧「獲大利」。吳典恩諧「無點恩」，此人如果沒有西門慶就不會當上驛丞，但在西門慶死後，他不但不還錢，而且還構陷誣害吳月娘。「白來創」諧「白來撞」。祝日念諧「逐日念」。馮金寶諧「憑金寶」，實則點出她妓女之本性。溫必古諧「溫屁股」，點出其有雞姦之癖。伊面慈與「一面之詞」諧音。等等。

脂硯齋曾說《紅樓夢》深得《金瓶梅》之壼奧，從其中的姓名文化也能窺見一斑：甄士隱乃「真事隱」之諧音，詹光與「沾光」諧音，卜固修是「不顧羞」的諧音，卜世仁與「不是人」諧音，賈仁清諧「假人情」，霍啓是「禍起」的諧音，馮淵是「逢冤」，秦鍾是「情種」，「元春、迎春、探春、惜春」首字組合爲「原應歎息」，甄英蓮諧爲「真應憐」，單聘仁諧爲「善騙人」，嬌杏諧爲「僥倖」等。諧音蘊含著深層的意義，或者是點出其性格，猶如戲曲中的面具，令人一望而知；或者是預示故事情節的發展；或者是對人情物理的評論。

諧音雙關還可以暗示人物的命運，如《紅樓夢》第五回「可歎停機德，堪憐詠絮才。玉帶林中掛，金簪雪裏埋。」「停機德」指的是薛寶釵之德，「詠絮才」指的是林黛玉之才。後兩句隱語諧音，暗示了林黛玉、薛寶釵的悲劇命運。

3、別字諧音

《紅樓夢》第二十六回「蜂腰橋設言傳心事，瀟湘館春困發幽情」：

薛蟠笑道：「你提畫兒，我才想起來。昨兒我看人家一張春宮，畫的著實好。上面還有許多的字，也沒細看，只看落的款，是『庚黃』畫的。真真的好的了不得！」寶玉聽說，心下猜疑道：「古今字畫也都見過些，那裡有個『庚黃』？」想了半天，不覺笑將起來，命人取過筆來，在手心裏寫了兩個字，又問薛蟠道：「你看真了是『庚黃』？」薛蟠道：「怎麼看不真！」寶玉將手一撒，與他看道：「別是這兩字罷？其實與『庚黃』相去不遠。」眾人都看時，原來是「唐寅」兩個字，都笑道：「想必是這兩字，大爺一時眼花了也未可知。」薛蟠只覺沒意思，笑道：「誰知他『糖銀』『果銀』的。」在這裡，薛蟠就用「唐寅」的諧音「糖銀」來爲他自己解嘲，從而卻展現了他的不學無術，更深刻地完善了他的性格特點。

二、漢字字形的敘事

1、拆字

漢字的形體結構是縱橫雙向展開的二維的平面文字，因而在修辭方式上它既可以前後拆合，又可以上下拆合，甚至可以只拆出字體之一部分。中國古代的拆字文化就利用了漢字形體結構的這一特點。

拆字，又稱為「測字」，在隋代被稱為「破字」，在宋代被稱為「相字」。拆字是中國文化中所特有的一種現象，而之所以出現這種特殊的文化現象，則是由於漢語言方塊字的形體結構。漢字具有隨意離合增減之特點，因而古人就曾以字的離合解釋字義，從而發展了拆字文化。拆字與占夢往往聯繫在一起，如《三國演義》中的魏延夢見頭生二「角」。拆字的方法主要有：增筆法、減筆法、一字拆數字、數字合一字等。在古代，很多文人都曾以拆字謀生過。

拆字本質上是一種根據字形隨機應變的解釋，因而對同一現象，可以有多種解釋。曾如《三國演義》第一百十四回「降人星漢丞相歸天，見木像魏都督喪膽」中趙直的兩種解釋：

> 卻說魏延在本寨中，夜作一夢，夢見頭上忽生二角，醒來甚是疑異。次日，行軍司馬趙直至，延請入問曰：「久知足下深明《易》理，吾夜夢頭生二角，不知主何吉凶？煩足下為我決之。」趙直想了半晌，答曰：「此大吉之兆：麒麟頭上有角，蒼龍頭上有角，乃變化飛騰之象也。」延大喜曰：「如應公言，當有重謝！」直辭去，行不數里，正遇尚書費禕。禕問何來。直曰：「適至魏文長營中，文長夢頭生角，令我決其吉凶。此本非吉兆，但恐直言見怪，因以麒麟蒼龍解之。」禕曰：「足下何以知非吉兆？」直曰：「角之字形，乃『刀』下『用』也。今頭上用刀，其凶甚矣！」禕曰：「君且勿洩漏。」直別去。

對於魏延頭生兩角，趙直這一個人的解釋就有兩種，一則為吉，一則為凶，就看言說的對象是誰了。趙直的第二種解釋，便預示了魏延必死的結局。

小說是現實生活的反映。在歷史上，王莽曾以「告安漢公莽為皇帝」的讖文登基。劉秀以「劉秀發兵捕不道，卯金修德為天子」的讖文作為皇權神授的依據。東漢末年有圖讖說：「日載東，絕火光。不橫一，聖明聰。四百里外易姓而王，天下歸功致太平。」前一句即「曹」字（東是繁體字東），「不

橫一」即丕字，後一句說的是曹丕要爲王。東晉末年，有讖語流傳：「二口建戈不能方，兩金相刻發神鋒。空穴無主奇入中，女子獨立反爲奴。」這句讖語就是爲「劉寄奴」即劉裕稱帝所做的輿論宣傳。一般說來，讖語是一部分人的心聲，是政治鬥爭之工具，是狐鳴魚書的手法。小說利用拆字讖語進行的敘事一般都是預述。

《三國演義》第九回「除暴凶呂布助司徒，犯長安李傕聽賈詡」中董卓之死的預兆便是通過其姓名拆字後構成的童謠來敘述的：

> 是夜有十數小兒於郊外作歌，風吹歌聲入帳。歌曰：「千里草，何青青！十日卜，不得生！」歌聲悲切。卓問李肅曰：「童謠主何吉凶？」肅曰：「亦只是言劉氏滅、董氏興之意。」次日侵晨，董卓擺列儀從入朝，忽見一道人，青袍白巾，手執長竿，上縛布一丈，兩頭各書一「口」字。卓問肅曰：「此道人何意？」肅曰：「乃心恙之人也。」呼將士驅去。卓進朝，群臣各具朝服，迎謁於道。李肅手執寶劍扶車而行。到北掖門，軍兵盡擋在門外，獨有御車二十餘人同入。董卓遙見王允等各執寶劍立於殿門，驚問肅曰：「持劍是何意？」肅不應，推車直入。王允大呼曰：「反賊至此，武士何在？」兩旁轉出百餘人，持戟挺槊刺之。卓衷甲不入，傷臂墜車，大呼曰：「吾兒奉先何在？」呂布從車後屬聲出曰：「有詔討賊！」一戟直刺咽喉，李肅早割頭在手。

童謠中的「千里草」即「董」，而「十日卜」即「卓」，最後一句「不得生」，便預示了董卓的死亡。一個道士手執長杆，上面縛布，兩頭各寫一個「口」字，兩個口即「呂」，再加上長杆上之「布」，指的就是「呂布」。董卓結局果然是被呂布所殺。

再像《水滸傳》第三十九回「潯陽樓宋江吟反詩，梁山泊戴宗傳假信」中關於宋江的童謠就利用了「宋江」姓名拆字而進行敘事的：

> 黃文炳道：「不敢動問，京師近日有何新聞？」知府道：「家尊寫來書上分付道，近日太史院司天監奏道：『夜觀天象，罡星照臨吳楚分野之地。』敢有作耗之人，隨即體察剿除。囑付下官，緊守地方。更兼街市小兒謠言四句道：『耗國因家木，刀兵點水工。縱橫三十六，播亂在山東。』因此特寫封家書來，教下官提備。」黃文炳尋思了半晌，笑道：「恩相，事非偶然也。」黃文炳袖中取出所抄

之詩，呈與知府道：「不想卻在於此處。」蔡九知府看了道：「這個卻正是反詩。通判哪裏得來？」黃文炳道：「小生夜來不敢進府，回至江邊，無可消遣，卻去潯陽樓上避熱閒玩，觀看前人吟詠。只見白粉壁上新題下這篇。」知府道：「卻是何等樣人寫下？」黃文炳回道：「相公，上面明題著姓名，道是『鄆城宋江作』。知府道：「這宋江卻是什麼人？」黃文炳道：「他分明寫，自道：『不幸刺文雙頰，只今配在江州』，眼見得只是個配軍，牢城營犯罪的囚徒。」知府道：「量這個配軍做得什麼！」黃文炳道：「相公不可小覷了他！恰相公所言尊府恩相家書說小兒謠言，正應在本（此）人身上。」知府道：「何以見得？」黃文炳道：「『耗國因家木』，耗散國家錢糧的人必是『家』頭著個『木』字，明明是個『宋』字。第二句『刀兵點水工』，興起刀兵之人，『水』邊著個『工』字，明是個『江』字。這個人姓宋名江，又作下反詩，明是天數，萬民有福！」知府又問道：「何謂『縱橫三十六，播亂在山東』？」黃文炳答道：「或是六六之年，或是六六之數。『播亂在山東』，今鄆城縣正是山東地方。這四句謠言已都應了。」

拆字現象在史書、傳說和小說中也多有所敘事，這表明在當時人們是真地相信拆字的功能的。此等敘事，或許是事後諸葛亮，不過倒是增加了其神秘性和「真實性」。但不管怎樣，讀者也頗喜愛閱讀。如李百藥《北齊書·帝紀第五》記載：

> 初，文宣命邢邵製帝名殷，字正道，帝從而尤之曰：「殷家弟及，『正』字一止，吾身後兒不得也。」邵懼，請改焉。文宣不許曰：「天也。」因謂孝昭帝曰：「奪但奪，慎勿殺也。」

民間傳說，明末宦官測字，先寫了一個「友」問時局，測字先生說「反」賊已出頭，政治形勢不妙。宦官又寫了一個「有」，測字先生說「有」字乃「大明」去了一半。宦官最後寫了一個「酉」，測先生說更不妙，「酉」乃至「尊」少頭缺腳也。這或許是事後的杜撰，但不可否認的是測字先生頗能自圓其說。這同時也說明測字工夫在「測」外，需要測字先生善於觀察，且能隨機應變。

小說《紅樓夢》中第九十四回「宴海棠賈母賞花妖，失寶玉通靈知奇禍」，有劉鐵嘴測字的故事：

> （林之孝家的）因說：「前兒奴才家裏也丟了一件不要緊的東

西，林之孝必要明白，上街去找了一個測字的，那人叫做什麼劉鐵嘴，測了一個字，說的很明白，回來依舊一找便找著了。」襲人聽見，便央及林家的道：「好林奶奶，出去快求林大爺替我們問問去。」那林之孝家的答應著出去了，邢岫煙道：「若說那外頭測字打卦的，是不中用的。我在南邊聞妙玉能扶乩，何不煩他問一問。況且我聽見說這塊玉原有仙機，想來問得出來。」眾人都詫異道：「咱們常見的，從沒有聽他說起。」麝月便忙問岫煙道：「想來別人求他是不肯的，好姑娘，我給姑娘磕個頭，求姑娘就去，若問出來了，我一輩子總不忘你的恩。」說著，趕忙就要磕下頭去，岫煙連忙攔住。黛玉等也都懇愿著岫煙速往櫳翠庵去。一面林之孝家的進來說道：「姑娘們大喜。林之孝測了字回來說，這玉是丟不了的，將來橫豎有人送還來的。」眾人聽了，也都半信半疑，惟有襲人、麝月喜歡的了不得。探春便問：「測的是什麼字？」林之孝家的道：「他的話多，奴才也學不上來，記得是拈了個賞人東西的『賞』字。那劉鐵嘴也不問，便說：『丟了東西不是？』」李紈道：「這就算好。」林之孝家的道：「他還說，『賞』字上頭一個『小』字，底下一個『口』字，這件東西很可嘴裏放得，必是個珠子、寶石。」眾人聽了，誇讚道：「真是神仙。往下怎麼說？」林之孝家的道：「他說底下『貝』字，拆開不成一個『見』字，可不是『不見』了？因上頭拆了『當』字，叫快到當鋪裏找去。『賞』字加一『人』，可不是『償』字？只要找著當鋪就有人，有了人便贖了來，可不是償還了嗎？」眾人道：「既這麼著，就先往左近找起，橫豎幾個當鋪都找遍了，少不得就有了。咱們有了東西，再問人就容易了。」李紈道：「只要東西，那怕不問人都使得。林嫂子，煩你就把測字的話快去告訴二奶奶，回了太太，先叫太太放心。就叫二奶奶快派人查去。」林家的答應了便走。

從小說的敘事看，劉鐵嘴算得不准，但後有讀者說「尚」乃和尚之謂也；貝乃寶貝、寶玉之謂也。故「賞」字實乃是說寶玉與和尚在一起呢。如從此處解，當得其理。

至於《二十年目睹之怪現狀》第八十回「販鴉頭學政蒙羞，遇馬扁富翁中計」中的「馬扁」實乃「騙」字之拆分、《紅樓夢》第五回王熙鳳「一從二令三人木」之命運等敘事都是漢語言方塊字的敘事，限於篇幅，茲不一一。

2、字　謎

中國漢語言文字由於是方塊字，而對方塊字進行析分，即使是偏旁部首也有意義，從而使得一個漢字能夠拆分成為多個意義的組合。拆字這個現象，在中國小說中頗為普遍。而中國文化中的謎語遊戲，其實就是根據漢字這個特點而產生的。字謎是一種文字遊戲，也是漢語言特有的一種文化現象。它主要根據方塊字筆劃、偏旁相對獨立，結構組合多變的特點，運用離合、增損、象形、會意等方法創造設置的。

在中國古代，文字遊戲也是文人生活內容之一。明人陸容《菽園雜記》記載：陳詢被貶，酒席上戲作「轟字三個車，余斗字成斜；車車車，遠上寒山石徑斜。」高學士說：「品字三個口，水酉字成酒；口口口，勸君更盡一杯酒。」陳詢說：「矗字三個直，黑出字成黜；直直直，焉往而不黜？」合席大笑。

《三國演義》第七十二回「諸葛亮智取漢中，曹阿瞞兵退斜谷」：

> 原來楊脩為人恃才放曠，數犯曹操之忌：操嘗造花園一所；造成，操往觀之，不置褒貶，只取筆於門上書一「活」字而去。人皆不曉其意。脩曰：「『門』內添『活』字，乃闊字也。丞相嫌園門闊耳。」於是再築牆圍，改造停當，又請操觀之。操大喜，問曰：「誰知吾意？」左右曰：「楊脩也。」操雖稱美，心甚忌之。又一日，塞北送酥一盒至。操自寫「一合酥」三字於盒上，置之案頭。脩入見之，竟取匙與眾分食訖。操問其故，脩答曰：「盒上明書『一人一口酥』，豈敢違丞相之命乎？」操雖喜笑，而心惡之。

在這段敘事中，通過字謎的敘事從而將楊脩的「恃才放曠」「露才揚己」之文人性格與曹操的口是心非、城府很深之奸雄個性刻畫得很鮮活。

再如《紅樓夢》第五十回「蘆雪庵爭聯即景詩，暖香塢雅製春燈謎」：

> 李紈因笑向眾人道：「讓他自己想去，咱們且說話兒。昨兒老太太只叫做燈謎兒，回到家和綺兒紋兒睡不著，我就編了兩個《四書》的。他兩個每人也編了兩個。」眾人聽了，都笑道：「這倒該做的。先說了，我們猜猜。」李紈笑道：「『觀音未有世家傳』，打《四書》一句。」湘雲接著就說道：「『在止於至善』。」寶釵笑道：「你也想一想『世家傳』三個字的意思再猜。」李紈笑道：「再想。」黛玉笑道：「我猜罷。可是『雖善無徵』？」眾人都笑道：「這句是了。」

李紈又道：「『一池青草草何名』。」湘雲又忙道：「這一定是『蒲蘆也』，再不是不成？」李紈笑道：「這難爲你猜。紋兒的是『水向石邊流出冷』，打一古人名。」探春笑著問道：「可是山濤？」李紈道：「是。」李紈又道：「綺兒是個『螢』字，打一個字。」眾人猜了半日，寶琴道：「這個意思卻深，不知可是花草的『花』字？」李綺笑道：「恰是了。」眾人道：「螢與花何干？」黛玉笑道：「妙的很，螢可不是草化的？」眾人會意，都笑了，說：「好。」寶釵道：「這些雖好，不合老太太的意。不如做些淺近的物兒，大家雅俗共賞才好。」眾人都道：「也要做些淺近的俗物才是。」湘雲想了一想，笑道：「我編了一支《點絳唇》，卻眞是個俗物，你們猜猜。」說著，便念道：「溪壑分離，紅塵遊戲，眞何趣？名利猶虛，後事終難繼。」眾人都不解，想了半日，也有猜是和尚的，也有猜是道士的，也有猜是偶戲人的。寶玉笑了半日道：「都不是。我猜著了，必定是耍的猴兒。」湘雲笑道：「正是這個了。」眾人道：「前頭都好，末後一句怎麼樣解？」湘雲道：「那一個耍的猴兒不是剁了尾巴去的？」眾人聽了都笑起來，說：「偏他編個謎兒也是刁鑽古怪的。」

在中國小說的敘事中，字謎的敘述可謂是舉不勝舉，再如吳趼人《二十年目睹之怪現狀》第七十四、七十五回重點寫了文琴製作燈謎的故事等，都體現了漢語言方塊字文化的民族特色。正是由於方塊字的自身特點，因而也出現了一些新造之字，如梁武帝蕭衍改「磨」爲「魔」、武則天新造「曌」字和「圀」等，因與敘事無關，此處不論。

餘　論

字母文字也有利用字母之重新組合或刪減進行敘事的，但是多以組合爲主。一個單詞如果進行析分，那麼就是單個的字母，而單個的字母一般難以進行敘事。但也不是沒有，就像霍桑《紅字》中的「A」字母敘事，A 是 Adultery（通姦）的第一個字母，這裡以 A 作爲象徵和代表；狄更斯小說人物的命名有的也利用了諧音，甚至進行了兩個單詞的拆合；《等待戈多》中的戈多 Godot 乃 God 與 dot 之組合等等，但是都不如中國小說漢字字形與字音之敘事作爲一文學現象或文化現象之突出和鮮明。

（原載《明清小說研究》，2012 年第 3 期）

論《三國演義》的效果歷史眞實性

　　古代中國是一個歷史著述的大國，古代文學的創作與鑒賞也大都帶有求實求眞的史學審美要求。歷史文學的眞實與否，是古人評價其藝術價值的主要標準之一。

　　在中國古代，關於歷史文學眞實性問題的論爭主要有兩種觀點：一是以林瀚和張尚德等爲代表的「信實派」，主張取消虛構、強調實錄、演義正史、輔佐經傳；一是以甄偉、馮夢龍等爲代表的「傳奇貴幻派」，主張文史分離、歷史文學不必實錄而應「傳神稗史」。而金聖歎甚至提出了歷史是「以文運事」，而文學是「因文生事」的創作原則。

　　現當代，郭沫若在《歷史・史劇・現實》中對歷史劇創作提出了「失事求似」的原則，他認爲歷史研究應該「實事求是」，史劇的創作應該「失事求似」，並認爲歷史學家的任務是發掘歷史之精神，而史劇家的任務則是發展歷史之精神。陸貴山認爲歷史題材的文藝創作要堅持揭示歷史眞實、歷史規律同藝術虛構、藝術規律的辯證統一〔註1〕。在當下，新歷史主義、後現代主義解構了歷史的眞實性和客觀性，其信奉者和反對者對歷史眞實性問題更是勢如水火。關於《三國演義》〔註2〕眞實性的問題至今依然是歧見迭出，莫衷一是。

　　西方對於歷史文學的歷史眞實有著與我們不完全相同的理解，重視歷史

〔註1〕　陸貴山：《歷史題材文藝創作的幾個問題》，《求是》2006年第15期。
〔註2〕　這裡的《三國演義》包括對三國歷史事件的所有文學性解讀所生成的文本，即《三國志通俗演義》、《三國志傳演義》及其各種批改本，不確指某一個版本。

文學的虛構，似乎不像我們這樣強調歷史敘事的客觀真實。席勒認爲歷史文學可以隨意地想像、虛構和杜撰，指出「嚴格注意歷史真實性往往損害詩意真實性，反之，嚴重破壞歷史真實性，就會使詩意真實性更能發揮」〔註3〕。美國歷史學家貝克爾（C‧Becker）在討論「歷史事實」時認爲，所謂「歷史事實」，實際上是關於某一事件在特定意義語境中的陳述。新歷史主義解構歷史的客觀真實性，認爲歷史敘事具有主觀性和虛構性，指出歷史與文學具有同一性，將歷史研究文學化。德國哲學家加達默爾在他的《真理與方法》中所提出的「效果歷史」的概念，對我們理解和把握歷史的真實性問題，以及對歷史文學真實性問題的思考，有著重要的啓示。

下面從效果歷史真實性的視角出發，探討《三國演義》的真實性問題，以期對這個問題的解決有所助益。

一、效果歷史的真實觀

《三國演義》是一部歷史小說，而歷史小說的真實性問題本質上是一種什麼樣的真實呢？這種真實性究竟又如何得以體現呢？加達默爾的效果歷史觀念及其思想爲我們對這個問題的進一步思考提供了一個新的視角。

歷史文學的真實性問題，可以通過哲學詮釋學的效果歷史觀來進行分析。那麼，什麼是傚果歷史呢？加達默爾認爲，「真正的歷史對象根本就不是對象，而是這種自身與他者的統一，是一種關係，在這種關係中同時存在著歷史的真實性以及歷史理解的真實性。一種名副其實的解釋學必須在理解本身中顯示歷史的真實性。因此，我把需要的這樣一種東西稱之爲『效果歷史』。理解按其本質乃是一種效果歷史事件。」〔註4〕

對歷史事件的理解，總是帶有解讀者（包括敘事者和閱讀者）的當下視域，解讀者與文本在視域融合之下、問答邏輯之中生成新的意義。與傳統認識論不同，加達默爾從本體論出發認爲，「當某人理解他者所說的內容時，這並不僅僅是一種意指（Gementes），而是一種參與（Geteiltes）、一種共同的活動（Gemeinsames）。」〔註5〕加達默爾認爲，人們對於歷史的理解和解釋，本

〔註3〕〔德〕席勒：《悲劇藝術》，《席勒文集》（理論卷），人民文學出版社，2005年版，第48頁。
〔註4〕〔德〕加達默爾：《真理與方法》，洪漢鼎譯，上海譯文出版社，1999年版，第283頁。
〔註5〕〔德〕加達默爾：《真理與方法》，洪漢鼎譯，上海譯文出版社，1999年版，

質上是一種參與、一種共同的活動、一種文本與當下理解的關係。這一關係就是加達默爾在《歷史客觀主義或實證主義之批判》中說的：「不管形式分析和其他的語文學方法對我們有多大的幫助，眞正的詮釋學基礎卻是我們自己同實際問題的關係」〔註6〕。

按照現象學本體論的觀點，「歷史不再是作爲一種封閉、靜止的過去存在，而是由於研究者的參與成爲向將來敞開的存在」〔註7〕。況且，「每位歷史活動的參與者和歷史敘述者都具有不同的歷史性，而歷史敘述的接受者同樣具有各自的歷史性的。這樣就造成對同一歷史的認識多樣性」〔註8〕。這種多樣性的實在就是歷史事件的存在方式，或者說是其效果歷史。

歷史事件之所以被人們回顧，那是因爲歷史事件與人們的前理解有視域融合的契合點，人們回顧歷史，一般總是有一個問題視域。回顧歷史是爲了以史爲鑒、古爲今用，當下視域與所要回顧的歷史視域有融合的可能性，因此，人們對歷史事件的理解和解釋，就包含了時代性精神的實在。

「回顧歷史，是爲了更好地解釋現在。」歷史敘事的目的，並不是爲了僅僅記錄下已經發生過的事件，而是爲了「現在」，是爲了給「現在」提供經驗和教訓，即使是古人，也認識到了這一點。蔣大器《三國志通俗演義序》認爲刊出此部小說主要是爲了宣傳「忠義」思想。據蔣人器對歷史的認識，「夫史非獨紀歷代之事，蓋欲昭往昔之盛衰，鑒君臣之善惡，載政事之得失，觀人才之吉凶，知邦家之休戚，以至寒暑、災祥、褒貶、予奪，無一而不筆之者，有義存焉。」〔註9〕這就說明，蔣大器也不認爲歷史就僅僅是「紀事」，而是爲了對現在有所借鑒。張尙德也認爲《三國志通俗演義》在「羽翼信史」的基礎上，使人「因事而悟其義，因義而興乎感」，認爲演義之目的，主要是爲了「裨益風教」〔註10〕。這就是說，人們的以史爲鑒，其著眼點和目的是針對著「今」。三國事件的一再敘事，人們的再三解讀，也是如此。《三國演

　　　第 659～660 頁。
〔註6〕 〔德〕加達默爾：《哲學詮釋學》，夏建平、宋建平譯，上海譯文出版社，2004年版，第 221 頁。
〔註7〕 陳新：《西方歷史敘述學》，社會科學文獻出版社，2005 年版，第 131 頁。
〔註8〕 李勇：《歷史學科學性之我見》，《天府新論》2001 年第 2 期。
〔註9〕 朱一玄、劉毓忱編：《三國演義資料彙編》，南開大學出版社，2005 年版，第 232 頁。
〔註10〕 朱一玄、劉毓忱編：《三國演義資料彙編》，南開大學出版社，2005 年版，第 234 頁。

義》的歷史性解讀就造成了三國歷史的此在性。

　　舉例來說，《三國演義》中的赤壁之戰，根據萬繩楠的考證，在歷史上不過是一場很小的戰役〔註11〕。那麼，小說中的赤壁之戰卻被描寫得如火如荼，歷史意義也非同尋常，這場戰役直接決定著三國鼎立局面的形成。根據效果歷史的理論，顯然，如果萬繩楠的考證確實是符合歷史實際的話，那麼，小說中的赤壁之戰就是作者生活時代歷史事件的影子。在元末，朱元璋與陳友諒確實有一次水上火戰，即鄱陽湖火戰。這一次戰役的意義也非同尋常，它直接決定著朱元璋、陳友諒和張士誠三家鼎立形勢的崩潰，形成了朱元璋一家做大的局面：

　　《明史》卷一百二十三《陳友諒傳》，記明太祖與陳友諒在鄱陽湖康郎山大戰：「友諒集巨艦，連鎖為陣。太祖兵不能仰攻，連戰三日，幾殆。已東北風起。乃縱火焚友諒舟，其弟子仁等皆燒死。……是戰也，太祖舟雖小，然輕駛；友諒軍俱艨艟巨艦，不利進退，以是敗。」這段歷史，與小說《三國演義》中的赤壁之戰何其相似乃爾：都是火攻，火攻都與風向有關，都有連鎖之巨艦，都是決定性的戰役……這段歷史，與《三國志》中赤壁之戰的實際情形卻有很大的不同，但是與小說《三國演義》中的赤壁之戰卻是十分相似。那麼，就有這種可能，即《三國演義》中的赤壁之戰，不是對三國歷史事件的追憶，而是對作者生活年代發生的鄱陽湖戰役的摹寫，是借古寫「今」。

　　熊篤就小說的相關情節和元末史事曾做過對照，認為元末明初群雄逐鹿的現實生活，為羅貫中直接提供了政治軍事鬥爭的素材，並啟發他產生了以今溯古、古今視域融合的共鳴和想像。蘇興、周楞伽也認為《三國演義》中的赤壁之戰是小說作者對朱元璋與陳友諒、張士誠的水戰親見親聞感受的藝術昇華。〔註12〕二十世紀九十年代末，張靖龍比較系統地探討了元明之際縱橫活動頻繁交作的時代風貌對《三國演義》創作的影響，抉發援引了正史野乘中與《三國演義》縱橫故事相類的元末史事數十條〔註13〕，把《三國演義》

〔註11〕萬繩楠認為，赤壁之戰應包含三次戰役：蒲口之役、赤壁之役、烏林之役。雙方決戰的戰場在烏林。在決戰中曹操的戰船並非全被孫吳劉備軍隊所燒，而是眼見部分船隻被燒，並延及岸上營寨，不得已下令焚燒餘下船隻退走。詳參萬繩楠：《赤壁之戰拾遺》(《安徽師大學報》1991年第2期)。

〔註12〕熊篤：《〈三國演義〉並非「七實三虛」》，《三國演義學刊》第2輯，四川社會科學院出版社1986年版；蘇興：《〈三國志演義〉識小》；周楞伽：《關於羅貫中生平的新史料》，《三國演義與中國文化》，巴蜀書社1992年版。

〔註13〕張靖龍：《縱橫歲月與〈三國志通俗演義〉》，《明清小說研究》1999年第2期；

的成書和思想內涵研究推進到了新的高度。

或許有人對此表示質疑，但即使是朱元璋，他自己也以《三國演義》中的鼎立形勢來分析元末天下群雄紛爭的局勢，且將王保保比作曹操。《明史》載：「太祖遺都事孫養浩報聘，遺玉珍書曰：『足下處西蜀，予處江左，蓋與漢季孫、劉相類。近者王保保以鐵騎勁兵，虎踞中原，其志殆不在曹操下，使有謀臣如攸、彧，猛將如遼、郃，予兩人能高枕無憂乎？予與足下實脣齒邦，願以孫劉相吞噬爲鑒。』自後信使往返不絕。」

三國歷史的效果史，也包括三國歷史事件在野史、俗文學等中的實際存在。《三國志通俗演義》顯然是羅貫中依據說話、平話中三國故事集撰而成的，而有的學者卻從《三國志》、《後漢書》、《資治通鑒》、《史記》、《左傳》等歷史著述對小說成書的影響長篇累牘地進行論證、探源〔註 14〕。其實，這是思路上的錯位。《三國演義》這部小說的成書，是從裴注、「說三分」、《三國志全相平話》、三國故事元雜劇〔註 15〕這一條通俗化的流傳線路而來的，說書藝人對於正史的演義，目的是演說三國「此在」的歷史，以古諷今，以史爲鑒，或娛樂取笑，——總之，是圍繞著「今」而述古，是借古以諷今。「據正史」的說法是立不住腳的，它不過是一種主觀想法或假設而已。

從效果歷史來看，《三國志通俗演義》所反映的是什麼時期作者對歷史事件理解的真實呢？袁世碩在《明嘉靖刊本〈三國志通俗演義〉乃元人羅貫中所作》一文中認定該書爲元代中後期作品〔註 16〕。北京大學周兆新主編《三國演義叢考》（中國傳統文化研究中心國學研究叢刊之七）以眾多論文，無可辯駁的事實，考證出在元代後期就產生了羅貫中所撰寫的迷信色彩較濃的歷史長篇小說《三國志傳演義》，而後到明代中葉出版的「嘉靖本」與「建安本」，都是以羅貫中《三國志傳演義》爲底本所進行的修改和加工，從而刊印的。

《三國演義》的祖本成書於「元代中後期」是真實可信的。從效果歷史來看，更力證了這一觀點。如上所述，人們對歷史事件的追述，總是將他所生活時代事件的真實性融入到了過去事件的敘事中。以赤壁之戰來看，三國

《亂世情懷：縱橫風尚與〈三國志通俗演義〉》，《文學評論》1999 年第 6 期。
〔註 14〕 韓偉表：《三國演義本事研究述評》，《明清小說研究》2006 年第 4 期。
〔註 15〕 胡適鉤稽了十九種三國戲、孫楷第考證出「桃園結義」等十個三國故事情節都在元雜劇中。
〔註 16〕 袁世碩：《明嘉靖刊本〈三國志通俗演義〉乃元人羅貫中所作》，《東嶽論壇》，1980 年第 3 期。

鼎立時期，並沒有發生《三國演義》所描繪的赤壁之戰；而在元末，卻眞地在鄱陽湖上發生了一場決定雙方命運的火戰，這場戰役就成了小說赤壁之戰的原型。

克羅齊說：「一切眞實的歷史都是現代史。」不是以訛傳訛的「一切歷史都是現代史。」克羅齊認爲一切歷史都是現代史的條件和前提是歷史的眞實在於當下性的眞實。歷史事件的眞實性體現在作者的生活眞實和讀者所理解的歷史眞實，而對歷史事件理解的眞實性在本質上是讀者生活眞實與歷史眞實的一種視域融合。根據這個理論，可知《三國演義》的敘事眞實，既有三國鼎立時期歷史事件的眞實，又有後人對歷史事件理解的眞實（這種眞實帶有後人自己前視域中的現實眞實）。

二、三國事件的效果歷史眞實

《三國志通俗演義》的作者羅貫中在進行小說創作的時候，他是參與進理解三國歷史事件的過程之中的，他的前理解與發生的三國事件進行視域融合，於是《三國演義》就具有了歷史的眞實與歷史理解的眞實，它們是一個整體的存在。這也是三國故事諸多文本存在的原因所在。而以讀者而言，他們對《三國志通俗演義》的理解和解釋，哪一個歷史事件的解讀不是讀者所生活的那一個特定時代的時代精神的詮釋呢？沒有一種詮釋不是包含了它當時社會現實的「當下性」的解釋，它們都是具體的詮釋學境況下的理解，都是讀者生活中實際問題所引發的視域融合。

《三國演義》的社會背景及其大多數人物的姓名與身份符合歷史的眞實，但小說中具體的歷史事件與歷史故事，基本上都是虛構的，甚至完全是子虛烏有、張冠李戴。「三顧茅廬」在史書中只有寥寥數語，小說的作者卻能夠馳騁想像，虛構了一個又一個生動的故事情節，爲諸葛亮的出山進行了充分的鋪陳與烘托，寫得有聲有色，搖曳多姿。「借東風」、「草船借箭」、「空城計」等膾炙人口的故事，更是爲了塑造諸葛亮這個人物形象而進行的嫁接。像這類對歷史事件理解的眞實，不僅在《三國演義》中佔了絕大多數的篇幅，而且也構成了《三國演義》的敘事主體。在《三國演義》中，不惟歷史故事大多是虛構，甚至小說人物與歷史人物即使是同名同姓，也是兩個截然不同的形象、具有截然不同的性格。例如，小說中的曹操就不是歷史中的曹操。

由於「此在」的現實性、具體性和歷史性，任何對歷史事件的理解和

解釋無不打上時代精神的烙印。加達默爾說過，「藝術品隨著時代的不同而不同，但仍然向我們發出籲求」〔註17〕。不可能有讀者超出自身歷史性對歷史事件的理解和解釋。「一切解釋都必須受制於它所從屬的詮釋學境況」〔註18〕。「對意義的每一種理解都是從人的歷史情境中的前理論的給定性出發的有限的理解。」〔註19〕從這個觀點出發，我們就能明瞭《三國演義》所敘述的歷史敘事其實就是它們的效果史了，從而也就理解《三國演義》的眞實性問題本質上是它的效果歷史的問題了。而效果歷史包括兩個方面，一個是「歷史的實在」，另一個是「歷史理解的實在」。正是由於「歷史理解的實在」的實際存在，所以人們對《三國演義》眞實性問題人爲地區分爲歷史眞實與藝術眞實，就說不清它的眞實性究竟是一種什麼樣的眞實，於是就見仁見智、莫衷一是。

「人們之所以對同一組作品會有不同的理解和解釋，正是因爲人的歷史性。因爲對藝術的理解總是包含著歷史中介。」〔註20〕隨著時間的流逝和時代性問題的出現，文學意義的解讀也是無限地豐富著、發展著和生成著。

歷史具有文本性，這是新歷史主義的觀點。按照這個觀點，對於同一個歷史事件，可以有不同的敘事文本。關於三國時期的歷史，其歷史文本的撰述，不同的作者對歷史事件的理解其實是已經寓含在他們各自的文本的行文之中了。於是，對於同一個歷史事件，就出現了若干不同的版本，遑論後人對前人敘事的解讀和修改了。

陳壽撰寫《三國志》以前，已出現一些有關魏、吳的史作，如王沈《魏書》、魚豢的《魏略》、韋昭的《吳書》等。夏侯湛撰寫《魏書》，後來看到陳壽的《三國志》而毀棄了自己的《魏書》。裴松之對《三國志》作的注，就已經採用了不少民間的傳聞和口傳的歷史，其間不乏對歷史事件理解的說法。司馬晉取代曹魏，攻伐前代的撰述就已經開始了。《阿瞞傳》其實就是對曹操的戲說和誣蠙。據杜寶《大業拾遺錄》記載，隋煬帝時已有曹瞞譙水擊蛟、

〔註17〕Gadamer, "Historicism and Romanticism", in *Hans-Georg Gadamer on Educaiton, Poetry and History*, p. 128。

〔註18〕〔德〕加達默爾：《眞理與方法》，洪漢鼎譯，上海譯文出版社，1999年版，第513頁。

〔註19〕〔德〕加達默爾著：《哲學詮釋學》，夏鎮平、宋建平譯，上海譯文出版社，2004年版「編者導言」第42頁。

〔註20〕〔德〕加達默爾著：《哲學詮釋學》，夏鎮平、宋建平譯，上海譯文出版社，2004年版，第115頁。

劉備檀溪躍馬等水上雜戲。唐代，李商隱《驕兒詩》中說「或謔張飛鬍，或笑鄧艾吃」，就有對三國故事的娛樂化講說。

宋代的「說三分」更是廣爲人知。在所有這些三國歷史事件的存在史中，「歷史理解的眞實」從一開始就存在其中了。如《東坡志林》引王彭語云，塗巷中小兒聽說三國事，「聞劉玄德敗，顰蹙有出涕者；聞曹操敗，即喜唱快」。這其實說明了宋代整個社會輿論「擁劉反曹」的正統論傾向都已經影響到了年幼的一代。宋代爲什麼會有這種輿論傾向呢？這是因爲自我比附、視野融合的結果：宋王朝偏安南方，尤其是南宋，僅僅是偏安於江南一隅，對於異族統治的中原很容易產生與三國的比附，於是曹魏便成了指桑罵槐中的替死鬼了。這也說明了歷史總是事件的實在與事件理解的實在的統一體，而沒有純粹的歷史事件的事實，因爲敘事本身就帶有作者對事件的理解。

元代出現了新安虞氏所刊的《全相三國志平話》，它所敘述的事蹟多出自民間傳說，如漢帝斬十常侍，把頭顱拿去招安等，雖然不是事實，但是爲民眾所喜聞樂道。全書以詩作結，說「漢君懦弱曹吳霸，昭烈英雄蜀帝都。司馬仲達平三國，劉淵興漢鞏皇圖。」天下最後還是回到了劉姓手裏，表現了作者鮮明的封建正統觀念。它是果報與現實關懷、擁劉反曹與反元的民族意識等時代性精神與三國事件的視域融合的產物。

明代的《三國志演義》，其中分合論的大一統觀點等也是三國事件的效果歷史。在《三國演義》傳播、接受過程中，人們對「歷史事件」的理解和解釋無不打上了當時的時代性精神的烙印。李贄評點《三國演義》的時代性，具體表現在他的「童心說」思想上。而「童心說」與當時心學思想有著密切的聯繫。

清代的毛綸、毛宗崗批改本《三國演義》在故事情節上變動很大，不僅有增刪，還整頓回目、修正文辭、改換詩文等等。與之前的《三國演義》相比，「尊劉抑曹」的正統觀念和天命思想明顯加強，在表現技巧、文字修飾方面也有所提高。毛評本的《三國演義》，其正統論恐怕與滿清的異族統治不無關係罷。這是歷史理解的眞實使然。

在今天，讀者對《三國演義》的解讀，也是具有歷史理解的眞實性的。例如，對小說中劉安殺妻的批判，這是當代讀者的前理解對歷史之歷史性和局限性的否定。可是，讀過《三國演義》的讀者都還記得，在那個歷史年代，以明主、仁義著稱的劉備還認爲「妻子是衣裳」呢。而在現當代，人性主義、

人本思想成爲了讀者的前視域，這是歷史的進步。對歷史事件理解的眞實性中就包含著這種歷史的進步性。

三、結　論

　　後世對歷史的解讀和闡釋，總是具有自己的前視域，因此從某種意義上說，關於歷史的記憶總是具有重構的特徵，歷史在實質上是傚果史，再現或還原歷史的想法，不過是一種主觀願望而已，原汁原味的還原或許也有，但畢竟非常少，基本上都是還原歷史願望之下的歷史重構。文學對於歷史的記憶和重構更是如此。

　　總之，《三國演義》眞實性問題本質上是一個效果歷史的問題，其眞實性是傚果史的眞實，它總是有創作者、修改者、閱讀者等生活時代精神實在的影子，是歷史實在與歷史理解實在的統一，是傚果史的情感抒發、形象重塑，是借他人之酒杯澆自己之塊壘的藝術展現。讀者對歷史事件理解的眞實，讀者生活經驗的籌劃，歷史事件的此在性等共同構建了《三國演義》的存在歷史。

（原載《明清小說研究》2010 年第 1 期）

《三國演義》「本主」現象試論

一、何謂「本主」現象

　　什麼是「本主」？本主即原主。《隋書‧李士謙傳》:「有牛犯其田者,士謙牽置涼處飼之,過於本主。」唐元稹《彈奏劍南東川節度使狀》:「所沒莊宅奴婢,　物已上,並委觀察使據元沒數一一分付本主,縱有已貨賣破除者,亦收贖卻還。」《兒女英雄傳》第十回:「那時,兩件東西,各歸本主,豈不是一樁大好事麼。」而本主現象就是忠於原主的現象,這一現象在《三國演義》中很突出。其中的「忠」主要不是忠君,而是忠於其主。而這忠於其主的本主思想,爲當時人所普遍接受和認可。

　　儒家的傳統思想是忠君思想,而本主思想則主要是「各爲其主」的忠主思想。由於三國故事歷經千餘年的流傳,其間自然而然地打上了各種民族文化、地域文化和宗教文化的烙印,因而《三國演義》中的本主現象,也較爲複雜,雖然主要體現爲忠於其主的文化,但仍然雜有忠君的思想。

　　從中國歷史上來看,忠於其主即忠於其君者此一現象亦不少見,如田橫本自立爲齊國國君,而有五百部下心甘情願爲之從死而不降,這也可謂是忠君,忠君即忠主。漢靈帝駕崩,董卓篡權,盧植詰難董卓,此看似忠君,但其君即其主,因而看做忠於其主似乎亦無不可。再如董國舅董承受漢獻帝密詔誅殺曹操,其忠君即忠主,二者是完全一致的。「良禽相木而居,賢臣擇主而事」,其中的思想便是「忠於其主」,而不是「忠君」。以《三國演義》中的人事而論,如果是拘於「忠君」,那麼他們就是都忠於漢獻帝。但從小說的敘事來看,絕大多數人都不是忠於漢獻帝,而是「各爲其主」,即忠於其主。

我們當今一提到「忠」這個字，便將它解作「忠君」，其實，忠的本義並非如此。「『忠』這個字，未見於目前所能見到的甲骨文和金文，亦未見於公認成書最早的傳世文獻《詩》《書》《禮》《易》《春秋》這『五經』的正文。它在傳世文獻中的最初使用，當是記錄孔子言行事蹟的《論語》一書。據統計，『忠』字在《論語》中，總共出現了 18 次，其中有 14 次是出於孔子之口。」〔註 1〕《說文解字》對「忠」的解釋是：「忠，敬也，盡心曰忠。」段玉裁注解為：「敬者，肅也，未有盡心而不敬者。」春秋時期，忠的意思就是為他人盡心盡力做事。《左傳・桓公二年》記載：「上思利民，忠也。」將忠絕對地理解為「忠君」，是在宋代的事情。宋儒認為，「諸家說忠，都只是以事君不欺為言。夫忠固能不欺，而以不欺名忠則不可。如此，則忠之一字，只事君方使得。」

《三國演義》雖然成書於元末明初，但它畢竟歷經千餘年來民間藝術的改編和打造，因而其「忠」既不無忠君之意，又有「忠主」之意，雖然如此，宋金元游牧民族忠於其主的思想與文化對《三國演義》中的「忠」的思想影響卻更深，因此其中的「忠」的思想以忠於其主為重。《三國演義》中不乏關于忠於本主之意識、忠於本主之原則的形象化敘事，這些敘事所反映的社會現象便是本主現象。

二、三國故事中的本主現象

本主現象，主要出現在春秋、三國、五代十國、宋金元鼎立時之亂世。特定的歷史處境，將那些具有感知遇、答恩情的人推向歷史舞臺。他們不分是非曲直，而是只管忠於本主，為之舍生赴死。《三國演義》在明代嘉靖年間雖然名之為《三國志通俗演義》，但正如沈伯俊所言，「不宜簡單地說《三國演義》是『演』《三國志》之『義』」，「《三國演義》站在特定的歷史高度，博采傳統文化的多種養分，融會宋元以來的社會心理和道德觀念，『演』的是中華民族精神、中華民族文化之『義』」〔註 2〕。因此，《三國演義》將《三國志》中就有的本主現象又大力渲染和刻畫，這應該是認同感應理論所謂的借古喻「今」吧。

〔註 1〕 裴傳永：《忠觀念的起源與早期映像研究》，《文史哲》，2009 年第 3 期
〔註 2〕 沈伯俊：《〈三國志〉與〈三國演義〉關係三論》，《福州大學學報》，2003 年第 3 期。

《三國志‧蜀書六》記載：「曹公禽（擒）羽以歸，拜為偏將軍，禮之甚厚。紹遣大將（軍）顏良攻東郡太守劉延於白馬，曹公使張遼及羽為先鋒擊之。羽望見良麾蓋，策馬刺良於萬眾之中，斬其首還，紹諸將莫能當者，遂解白馬圍。曹公即表封羽為漢壽亭侯。初，曹公壯羽為人，而察其心神無久留之意，謂張遼曰：『卿試以情問之。』既而遼以問羽，羽歎曰：『吾極知曹公待我厚，然吾受劉將軍厚恩，誓以共死，不可背之。吾終不留，吾要當立效以報曹公乃去。』遼以羽言報曹公，曹公義之。及羽殺顏良，曹公知其必去，重加賞賜。羽盡封其所賜，拜書告辭，而奔先主於袁軍。左右欲追之，曹公曰：『彼各為其主，勿追也。』」

《三國演義》第二十七回「美髯公千里走單騎，漢壽侯五關斬六將」對《三國志》上述所記之事進行了演義：

> 卻說曹操部下諸將中，自張遼而外，只有徐晃與雲長交厚，其餘亦皆敬服；獨蔡陽不服關公，故今日聞其去，欲往追之。操曰：「不忘故主，來去明白，真丈夫也。汝等皆當傚之。」遂叱退蔡陽，不令去趕。程昱曰：「丞相待關某甚厚，今彼不辭而去，亂言片楮，冒瀆鈞威，其罪大矣。若縱之使歸袁紹，是與虎添翼也。不若追而殺了，以絕後患。」操曰：「吾昔已許之，豈可失信！彼各為其主，勿追也。」〔註3〕

我們看，無論是史乘《三國志》還是小說《三國演義》，曹操稱讚關羽為「義士」為「真丈夫」，就是因為關羽忠於其主即對劉備忠心耿耿，而此時的劉備尚未稱帝，因而關羽對劉備的忠心，從實質上來看，就是忠於其主。而曹操對這一本主原則稱賞有加，多次說「彼各為其主」，希望部下能夠學習關羽的這種忠心。曹操歎賞的此種忠心，並非忠君，即並不是忠於當時的皇帝漢獻帝，而是忠於他本人。

再如《三國志‧魏書‧曹爽傳》裴松之注引《世語》云：「及爽解印綬，將出，主簿楊綜止之曰：『公挾主握權，捨此以至東市乎？』爽不從。有司奏綜導爽反，宣王曰：『各為其主也。』宥之，以為尚書郎。」

《三國演義》第一百十七回「魏主政歸司馬氏，姜維兵敗牛頭山」中對上述事件進行了陳述：

〔註3〕 羅貫中：《三國演義》，沈伯俊校注，江蘇古籍出版社，2000年版。

　　許允、陳泰令爽先納印綬與司馬懿。爽令將印送去，主簿楊綜扯住印綬而哭曰：「主公今日捨兵權自縛去降，不免東市受戮也！」爽曰：「太傅必不失信於我。」於是曹爽將印綬與許、陳二人，先齎與司馬懿。眾軍見無將印，盡皆四散。……卻説司馬懿斬了曹爽，太尉蔣濟曰：「尚有魯芝、辛敞斬關奪門而出，楊綜奪印不與，皆不可縱。」懿曰：「彼各爲其主，乃義人也。」遂復各人舊職。〔註4〕

　　在《三國演義》中，無論是曹操，還是司馬懿，他們都對於敵手中忠於其主的人予以寬恕，從而表明本主現象及其意識並非是偶然的，而是一種具有普遍性的現象和意識。其普遍性，可借助於許貢家客爲其主報仇事例說明之。《三國演義》第二十九回「小霸王怒斬于吉，碧眼兒坐領江東」敘述道：

　　孫策求爲大司馬，曹操不許。策恨之，常有襲許都之心。於是吳郡太守許貢，乃暗遣使赴許都上書於曹操。其略曰：「孫策驍勇，與項籍相似。朝廷宜外示榮寵，召還京師；不可使居外鎮，以爲後患。」使者齎書渡江，被防江將士所獲，解赴孫策處。策觀書大怒，斬其使，遣人假意請許貢議事。貢至，策出書示之，叱曰：「汝欲送我於死地耶！」命武士絞殺之。貢家屬皆逃散。有家客三人，欲爲許貢報仇，恨無其便。一日，孫策引軍會獵于丹徒之西山，趕起一大鹿，策縱馬上山逐之。正趕之間，只見樹林之内有三個人持槍帶弓而立。策勒馬問曰：「汝等何人？」答曰：「乃韓當軍士也。在此射鹿。」策方舉轡欲行，一人拈槍望策左腿便刺。策大驚，急取佩劍從馬上砍去，劍刃忽墜，止存劍靶在手。一人早拈弓搭箭射來，正中孫策面頰。策就拔面上箭，取弓回射放箭之人，應弦而倒。那二人舉槍向孫策亂搠，大叫曰：「我等是許貢家客，特來爲主人報仇！」策別無器械，只以弓拒之，且拒且走。二人死戰不退。策身被數槍，馬亦帶傷。正危急之時，程普引數人至。孫策大叫：「殺賊！」程普引眾齊上，將許貢家客砍爲肉泥。看孫策時，血流滿面，被傷至重，乃以刀割袍，裹其傷處，救回吳會養病。後人有詩贊許家三客曰：「孫郎智勇冠江湄，射獵山中受困危。許客三人能死義，殺身豫讓未爲奇。」〔註5〕

〔註4〕 羅貫中：《三國演義》，沈伯俊校注，江蘇古籍出版社，2000年版。
〔註5〕 羅貫中：《三國演義》，沈伯俊校注，江蘇古籍出版社，2000年版。

許貢家客三人，小說雖然稱讚他們「能死義」，其實，他們爲主報仇，本是忠於其主的俠義行爲，而這種本主意識和本主原則，顯然表明小說的行文敘事中滲透著成書時代之社會風尙，即本主現象極爲普遍，且廣爲認同。

在《三國演義》的本主現象中，還有一種情況，即擇主而事。例如，郭嘉本來是袁紹的謀士，但他後來發現袁紹「多謀寡要，好謀無決」，不是自己心目中的明主，於是接受荀彧的推薦，投向了曹操，二人相見恨晚。擇主而事，看似與忠於本主相反，實則是本主現象中的應有之義，因爲忠於本主的前提是擇主而事，而忠義價值觀總是具有時代性的。元人羅春伯《任俠十三戒》中的第五戒是「委質」：「親仕不敢許人以死。擇主而事，待價而沽。既委質後，事以終身。如女出室，不敢外視。主憂臣辱，主辱臣死。」〔註6〕此戒乃元人所作，這一點尤其重要，因爲其中所反映的時代精神和價值觀具有鮮明的歷史性，即擇主而事、忠心耿耿之人乃忠義之士，郭嘉、趙雲、關羽等皆此類也。

那麼，《三國演義》中的木主現象，其文化成因又是如何的呢？

二、本主現象探因

本主現象，在中國歷史上由來已久。中國史書所傳豫讓刺趙襄子、專諸刺王僚、要離刺慶忌、聶政刺韓傀、荊軻刺秦王，如此種種，看似皆是木主現象。然而，他們在漢文化中，似乎還不是一種很普遍的現象，而是一種「士爲知己者死」的意識使然。

我們即使後退一步說，刺客報主是漢文化中的本主現象，而《三國演義》中所充斥的本主現象也是這部著作成書之際時代精神對漢人傳統文化中這一因子的激活。中華文化歷來是多民族文化融合之後的文化，難以像小蔥拌豆腐那樣一清二白。

《三國演義》中的本主現象，在小說中卻是極爲普遍的，這一現象正因爲普遍，所以應該引起我們的注意和思考。按照哲學詮釋學的理論，《三國演義》所反映的歷史眞實性是其效果歷史眞實性，因而小說所反映的這一現象必定與這部著作成書的時代精神息息相關。《三國演義》成書於元末明初，這幾成學術界的共識。那麼，有元一代的意識與存在自然要反映在小說的敘事之中。其中的本主現象，其文化成因是不是與蒙元時期蒙古族的本主意識、

〔註6〕 陳繼儒：《寶顏堂秘笈》，文明書局，1922年版。

本主原則和本主現象有關呢？

　　「韃靼人，比世界上任何別的人（不論他們是信仰宗教還是不信仰宗教的）都服從他們的主人，他們對主人們表現出極大的尊敬，並且不對他們說一點謊話。」〔註7〕

　　《蒙古秘史》是一部記述蒙古民族形成、發展、壯大之歷程的歷史典籍，是蒙古民族現存最早的歷史長卷，其中記載了諸多蒙古族的本主現象。如《蒙古秘史》第149節記載，「失兒古額禿和他的兒子阿剌黑、納牙阿一同來到時，成吉思汗問他們是怎麼來的？失兒古額禿老人對成吉思汗說：『我們捉住塔兒忽臺‧乞鄰勒禿黑前來時，不忍看著自己的正主、君主（按指本主）被處死，捨不得他，就把他放走了。我們是爲成吉思汗效力的。』成吉思汗說：『如果你們對自己的君主塔兒忽臺‧乞鄰勒禿黑下了手，把他捉來，我就要族誅你們這些對自己的正主、君主下手的人！你們有不忍背叛自己的正主、君主之心，這就對了！』因此，對納牙阿加以恩賜。」〔註8〕

　　第185節記載，「敵方的戰將爲只兒斤部的合答黑‧把阿禿兒。合答黑‧把阿禿兒前來投降，他說：『我廝殺了三夜三天。我怎能眼看著自己的正主、可汗被人捉去殺死呢？我不忍捨棄他。爲了使他能有遠離而去保全性命的機會，我廝殺著。如今，叫我死，我就死！若蒙成吉思汗恩赦，我願爲您效力。』成吉思汗嘉許了合答黑‧把阿禿兒的話，降旨道：『不忍捨棄正主、可汗，爲了讓他遠離而去保全性命而廝殺的，豈不是大丈夫嗎？這是可以做友伴的人。』遂恩賜不殺。」〔註9〕

　　第188節記載：

　　　　桑昆把馬交給他的馬夫闊闊出牽著，（不料）這馬夫牽著他的馬，就往回跑。他的妻子說：「穿錦衣、吃美食的時候，他不是常說『我的闊闊出』嗎？你怎麼能這樣背棄你的汗逃走呢？」闊闊出說：「你想要桑昆做你的丈夫嗎？」他的妻子說：「你說我是狗臉皮的女人嗎？你把他的金盃給他，留給他舀水喝吧。」……馬夫闊闊出來

〔註7〕　〔英〕道森編：《出使蒙古記》，呂浦譯，周良霄注，中國社會科學出版社，
　　　　　1983年版，第15頁。
〔註8〕　失吉忽禿忽：《蒙古秘史》，余大鈞譯注，河北人民出版社，2001年版，第101
　　　　　頁。
〔註9〕　失吉忽禿忽：《蒙古秘史》，余大鈞譯注，河北人民出版社，2001年版，第136
　　　　　頁。

到成吉思汗處，對成吉思汗講了把桑昆拋棄在荒野上前來的經過，以及他們在那裡所說的話。成吉思汗降旨道：「可恩賜其妻。而馬夫闊闊出這樣地遺棄其正主、汗前來，這樣的人如今能給誰做伴，誰敢信任？」說著，就命人把他斬了，（把他的屍體）拋棄了。〔註10〕

第200節記載，「箚木合被其同伴們擒來時，讓人對其安答（義兄弟）（成吉思汗）說：『烏鴉捕捉了紫鴛鴦，下民（合剌出）、奴婢擒拿了他們的汗，我的安答（義兄弟）大汗啊，你說該怎麼辦？低能的賤鳥捕捉了蒲鴨，奴婢、家丁圍捕了本主，我聖明的安達啊，你說該怎麼辦？』成吉思汗聽到箚木合說的這些話後，降旨道：『怎麼能容忍這種侵犯本主的人呢？這種人還能與誰為友伴？可傳旨：族斬侵犯本主之人！』於是，當著箚木合的面，把下手擒拿箚木合的那些人全部斬殺。」〔註11〕

從以上摘引可知，蒙古族尤其是其首領成吉思汗，對於侵犯本主的部下毫不留情，一般總是殘忍地斬殺甚至是族誅。這種意識形態，恐怕對其鐵蹄之下的大地影響深遠；這種文化意蘊，恐怕對其佔領區內諸如雜劇、平話等說唱藝術的滲透無孔不入；這種忠主思想，恐怕影響乃至於改變其他民族的文學敘事。

張弘範（1238～1280）是漢人世侯張柔第九子，他深受蒙古族文化之影響，因此他也有著深厚的本主意識。當張弘範捉住文天祥後，「吏士或諫曰：『敵人之相叵測，不可近。』王曰：『忠義人也，保無他。』」〔註12〕張弘範之所以認為文天祥是「忠義人也」，原因恐怕就在於他意識到文天祥之行為是「各為其主」。陳寅恪以文化而不是民族論歷史人物，委實是獨具隻眼，抓住了問題的肯綮。張弘範雖然是蒙元初期的漢人，但他出生時金國已亡，他所接受的是蒙元文化，因而他以蒙古族的本主意識來看待文天祥的反抗。

同樣的道理，蒙古人很看不起背主投降之輩，如《元史·本紀第九》記載：

帝（按指元世祖忽必烈）既平宋，召宋諸將問曰：「爾等何降之易耶？」對曰：「宋有強臣賈似道擅國柄，每優禮文士，而獨輕武官。

〔註10〕失吉忽禿忽：《蒙古秘史》，余大鈞譯注，河北人民出版社，2001年版，第139～140頁。

〔註11〕失吉忽禿忽：《蒙古秘史》，余大鈞譯注，河北人民出版社，2001年版，第158～159頁。

〔註12〕蘇天爵：《元朝名臣事略》，中華書局，1996年版。

臣等久積不平，心離體解，所以望風而送款也。」帝命董文忠答之曰：「藉使似道實輕汝曹，特似道一人之過耳，且汝主何負焉？正如所言，則似道之輕汝也固宜。」

蒙元時人，或許深受蒙古人本主文化的影響，對金末國用安、時青等反覆之輩很是鄙夷不屑，他們編修《金史》的時候，寫道：「簡書所載國用安、時青等遺事，至今仁人君子讀之猶蹙額終日。」〔註13〕

而在漢文化中，如前所述，「忠」字最初見之於《論語》中，「定公問：『君使臣，臣事君，如之何？』孔子對曰：『君使臣以禮，臣事君以忠。』」「忠」字本義雖然是盡心盡力，但據孔子的界定，「忠」從其伊始，便具有了「忠君」的限定，於是，經宋儒在這方面的闡釋，從而使得「忠君」的意識成為了「忠」的內核。而我們從《蒙古秘史》來看，蒙古族的「忠」卻是與漢文化的「忠君」意識不同，它更強調「忠主」意識。而他們的做人處事，也是本著忠主原則。由是推之，《三國演義》中的本主現象，似乎不是漢文化之反映，而是蒙元時期蒙古族文化與三國故事相結合的產物。

對名著的改編、改寫或翻案，其實都是借古喻今，藉故事以言今也。《三國演義》也是如此。從《三國演義》成書的歷史來看，「擁劉反曹」「身在曹營心在漢」等都是宋金元時期民族矛盾變相的反映，而本主現象其實則是宋金元民族文化交融之後的結晶在小說中的一種「活化石」，因而文本的敘事便打上了時代性的烙印。

餘 論

《三國演義》中的本主現象之突出，不是偶然的現象或事件，而是歷史時代之精神借助於小說敘事來展現的，這一點可通過都是在元末明初成書的《水滸傳》以佐證之。在《水滸傳》中，水滸好漢的「忠」是忠於其君還是忠於其主？從其中神話的敘述來看，水滸好漢本是天上的魔星，宋江是星主，從而一百零七個好漢忠心於星主宋江也是順理成章的事情。而從李逵來看，這是一個忠於其主的典型，當宋江怕他死後李逵造反，於是讓李逵喝了慢性毒藥的酒，李逵見說，亦垂淚道：「罷，罷，罷！生時伏侍哥哥，死了也只是哥哥部下一個小鬼。」（第一百回）梁山泊好漢中，似乎只有宋公明一人是忠君的，其他都是僅僅忠主而已。這一本主現象，也是宋金元時期蒙古族本主

〔註13〕脫脫：《金史》，中華書局，1983年版。

意識的產物。蒙元時期，演唱敘事藝術特別發達，而本在勾欄瓦舍中的「說三分」，在這時期便或爲元雜劇，或爲平話，羅貫中將積年累積而盛行於此時的三國故事集撰成書，從而保留了那個歷史時期民族文化融合的時代精神，昭顯了其效果歷史的眞實性。

（原載《内江師範學院學報》2012 年第 3 期。）

《水滸傳》敘事結構的文化闡釋

　　關於《水滸傳》的敘事結構，古今中外的研究者都有不同的看法：從金聖歎的讚歎，到當今學者的反思；從中國學者的辯論，到國外漢學家的爭議。種種闡釋，不僅體現著文藝批評標準的變遷，同時也是文學審美民族性的反映。

　　本文試圖在具體的歷史情境之中，結合審美的民族性特點，從文化的角度用「散點透視」的視角對《水滸傳》的敘事結構進行闡釋。

一

　　文化人類學的結構理論形成於 20 世紀 50 年代的法國。按照該理論的觀點，現象背後都有潛在的結構，通過分析紛亂繁雜的社會制度、風俗習慣和藝術現象等表層結構，探索存在於不同時空的民族文化的普遍性結構，以此來認識和解釋社會文化現象。根據這一觀點，可以通過分析中國園林、中國畫、古代戲曲和古典小說等藝術的表層結構來探求潛結構的普遍性，以詮釋民族藝術的特色。

1、中國園林建築的構造特色

　　中國傳統園林往往被分成若干景區，各有特色又相互貫通，往往通過漏窗、門洞、竹林、假山等保持一種若斷若續的聯繫。每一個景點既是整個園林的一部分，又具有相對獨立性，能夠獨立成園。

　　以蘇州園林為例，園中的拙政園、留園、滄浪亭、獅子林等都單獨成景，其建築、山水、花木各不相同，各有特色，自成風格。這種「園中園」的特

性與《水滸傳》前七十回的「人物列傳」豈非異曲而同工？中國園林藝術和詩歌、繪畫等藝術相通。清人錢泳說：「造園如同作詩文，必使曲折有法，前後呼應……」蘇州園林猶如一幅完美的中國畫，又宛然一首含蓄的古典詩。

2、中國畫的構圖

（1）散點透視

在「透視」方法上，中國畫與西方畫是不一樣的。西方畫一般是「焦點透視」，這如同照相，固定在一個立腳點，受到空間的局限，只把攝入鏡頭的景物如實照下來。中國畫則不一定固定在一個立腳點，也不受固定視域的局限，它可以根據畫家立意的需要，移步換景，把「想」入畫的景物統統攝入自己的畫面。這種透視方法，叫做「散點透視」。

北宋張擇端的名畫《清明上河圖》，就是「散點透視」的典範。《清明上河圖》反映了北宋都城汴梁內外豐富複雜、氣象萬千的景象。它以汴河為中心，從遠處的郊野畫到熱鬧的「虹橋」；城內、郊野、橋上的行人、橋下的泊船、近處的樓臺樹木、遠處縱深的街道與河港等盡收眼底。景物的比例都是相近的，如果按照西方焦點透視的方法去畫，許多地方是無法畫出的。

再如五代關仝的《關山行旅圖》，畫面上部仰視，中部平視，下部俯視，人站在畫前就像看真山真水一般，抬頭仰視高山，低頭俯視山腳，勝似身臨其境。這就是中國的古代畫家以「散點透視」的視角創造出來的效果。

除了「散點透視」，翻閱中國畫，還會發現有的畫中的人物「遠大近小」，是反向透視，如明代仇英的《吹策引鳳閣》，遠處瑤臺上的人物比近處前廳的女子反而更大；有的畫主要人物畫得大，次要陪襯人物畫得小，如閻立本的《步輦圖》。可見，中國畫委實是「以意為主」。

用「散點透視」的視角去分析、闡釋《水滸傳》的敘事結構，備受譏評的「結構鬆散」問題就迎刃而解了。

（2）表現、氣韻和意蘊

傳統的中國畫不講「焦點透視」，不強調自然界對於物體的光色變化，不拘泥於物體外表的肖似，而多強調抒發作者的主觀情趣，以寫意為主。中國畫講求「以形寫神」，追求一種「妙在似與不似之間」的神韻；齊白石就說過作畫「太似為媚世，不似為欺世」。蘇東坡認為：「論畫以形似，見於兒童鄰。」因為中國藝術的追求是「神似」和意趣。而西方油畫則講求「以形寫形」，注

重的是客觀寫實，講究客觀的逼真性、客觀性、準確性和科學性。有人說，西方油畫是「再現」的藝術，中國畫是「表現」的藝術，大致說來，這是不無道理的。

中國藝術的另一個特色是注重氣、神、韻。五代荊浩在《筆法記》中說：「氣者，心隨筆運，取象不惑；韻者，隱跡立形，備遺不俗。」王庭堅也說：「書畫以韻為主。」那麼，什麼是「韻」呢？范溫說：「有餘意之謂韻。」南齊謝赫在《古畫品錄》中說：「六法者何？氣韻生動是也。」氣韻生動是中國傳統繪畫、書法等藝術的第一要義。

意蘊就是言外之意、弦外之音、畫外之旨。譬如牡丹花雍榮華貴，美豔絕倫，一直被視為富貴、吉祥、幸福和繁榮的象徵。中國畫《富貴牡丹圖》圖中有一朵牡丹在紙邊上，只剩下半朵了，西方人認為是敗筆：不僅沒有透視焦點，而且也是不完整的。中國人卻是嘖嘖讚賞，因為這幅沒有邊的牡丹畫蘊含著「富貴無邊」的意思。再如牡丹圖中的《魏黃姚紫》，牡丹圖的下面有一對飛鴿。由於牡丹象徵著富貴，雙鴿代表著和平，所以此畫暗寓「富貴平安」之意。《雪裏芭蕉》、《三時圖》、《百花圖》、《千里江山》等中國畫為西方所難於理解、贊同，也是不足為奇的，尤其是中國畫裏面的意蘊。

由此可見民族文化在藝術上的差異。藝術的審美不能忽視民族的文化底蘊，藝術的民族性是價值評判的必要考慮因素。

3、中國古代戲曲的結構

元雜劇一般四折外加一個楔子，四折是一個整體，也可以單折演出。明清傳奇一個劇本往往四五十齣，也是既有整體性，又有局部獨立性。今天人們看的京劇，則往往只是某一齣了，而不是一整部戲。

「散點透視」的特點之於戲曲，徐渭的《四聲猿》最為典型。《四聲猿》共十折，包括長短不一的四個故事：《狂鼓吏漁陽三弄》、《玉禪師翠鄉一夢》、《雌木蘭替父從軍》、《女狀元辭凰得鳳》。這四個故事既沒有貫通前後的人物，又沒有一致的敘事時間，如果以西方文學評論家的眼光來看，則是完全沒有統一的敘事結構，純粹是一個故事集子而已。可是，中國古人為什麼卻認為它一氣呵成、結構嚴謹呢？因為欣賞評判的藝術標準不一樣。中國古人講究「文以氣為主」。而《四聲猿》則正如袁宏道在《徐文長傳》所說的：「其胸中又有一股不可磨滅之氣；英雄失路，託足無門之悲。」又如明代西陵澄道人云：「四聲猿之作，俄而鬼魘，俄而僧伎，俄而雌丈夫，俄而女文士，借

彼異跡，吐我奇氣。」〔註1〕全劇以胸中的不平之氣爲內在結構，氣之高低上下，皆隨立意發揮，所以在結構上渾然一體。同時，這四個故事又都可以獨立成篇。

4、中國古典小說的敘事結構

中國古典小說，胡適認爲「差不多都是沒有布局的」〔註2〕。此論恐怕難稱公允。不同的視角，不同的審美標準，即使評判同一對象，也會得出不同的結論。「盲人摸象」之所以結論不同，是因爲各執一端以立論。

石昌渝認爲《水滸傳》是「聯綴式」結構，因爲它「類似中國畫長卷和中國園林，每個局部都有它的相對獨立性，都是一個完整的自給自足的生命單位，但局部之間又緊密勾連，過渡略無人工痕跡，使你不知不覺之中轉換空間。然而局部與局部的聯綴又決不是數量的相加，而是生命的彙聚，所有局部合成一個有機的全局」〔註3〕。這一論述，其實倒是客觀地表述了中國藝術「散點透視」的某些特點。

《水滸傳》「散點透視」的特點，古代的評點家早已注意到了，如金聖歎在《讀第五才子書法》中就說「《水滸傳》一個人物出來，分明便是一篇列傳。」那麼，《水滸傳》這一結構的外在形式又具體體現在哪些方面呢？王平先生在《中國古代小說敘事研究》中詳細地分析了《水滸傳》的結構特徵，他把前五十回劃分爲九個結構單元：

> （一）魯智深傳（三～八回）、（二）林沖傳（七～十二回）、（三）楊志傳（十二～十三回、十六～十七回）、（四）晁蓋、吳用等人合傳（十四～十六回、十九～二十回）、（五）宋江傳（十八～二十三回三十二～四十二回）、（六）武松傳（二十三～三十二回）、（七）李逵傳（三十八、四十三回）、（八）石秀、楊雄合傳（四十四～四十六回）、（九）李應、扈三娘合傳（四十七～五十回）。〔註4〕

後三十回分爲五個結構單元：

> （一）兩贏童貫（七十五～七十七回）、（二）三敗高俅（七十

〔註1〕 參見蔡毅編著的《中國古典戲曲序跋彙編》，齊魯書社1989年版。
〔註2〕 參閱易竹賢輯錄的《胡適論中國古典小說》中的《五十年來中國之文學》，長江文藝出版社1987年版。
〔註3〕 石昌渝：《中國小說源流論》，三聯書店1994年版，第340頁。
〔註4〕 王平：《中國古代小說敘事研究》，河北人民出版社2001年版，第349頁、第350頁。

八～八十回)、(三) 接受招安(八十一～八十二回)、(四) 破大遼
(八十三～八十九回)、(五) 征方臘(九十～九十九回)。〔註5〕

以上是《水滸傳》敘事結構的外在形式。在一些人看來,它只是人物列
傳與征戰爭鬥敘事的「綴合」,並沒有外在形式的統一性。然而如果我們結合
中國史學敘事的人物傳記體和紀事本末體的傳統,以「散點透視」的視角來
分析它的敘事結構,便發現《水滸傳》文氣貫通、血脈疏通,結構嚴謹,渾
然一體。

用「散點透視」的視角來觀照《水滸傳》的敘事結構,便不會有「先是
摺扇式的列傳單元,後是群體性的戰役板塊」這樣「前後藝術並非那麼平衡」
〔註6〕的結論了。用「散點透視」的視角縱觀《水滸傳》的行文結構,前半部
分的人物列傳與後半部分破大遼、平方臘等征戰便是一個整體,而不是分裂
的。

從以上對中國園林、中國畫、古代戲曲和古典小說等結構的分析比較,
可以看出中國藝術獨特的「散點透視」視角之下形成的「構成部分的相對獨
立性和整體統一完整性有機結合」的結構特點,它迥異於西方藝術在「焦點
透視」視角之下形成的結構特徵。以此具有普遍性的潛結構特點來闡釋《水
滸傳》敘事結構,有助於理解中國小說的民族特色。

一

從中西思維方式、敘事時間、語言表達和審美觀等方面的差異來分析審
美的民族性,可以進一步認識、發現中國古代小說的敘事結構特徵。

1、思維方式

中國傳統思維模式最基本的特徵就是「天人合一」。與「天人合一」相
聯繫,中國傳統思維模式還具有神秘主義的非理性直覺思維特徵,因而藝術
的鑒賞講究直覺和頓悟。「天人合一」這種整體性思維也滲透到古代藝術之
中。古人認為藝術是一個生命體。圍棋講究氣,就像人一樣,氣必須順暢。
人靠氣而生,棋依氣而活。沒「氣」的棋要被對方立即吃掉。文章,如同曹
丕說的「文以氣為主」。繪畫也是如此,有「氣」才能神韻生動。清松年在

〔註5〕 王平:《中國古代小說敘事研究》,河北人民出版社2001年版,第349頁、第
350頁。
〔註6〕 楊義:《中國古典小說史論》,中國社會科學出版社1995年版,第302頁。

《頤園詩話》中說「中國作畫，要講筆墨鉤勒，全體以氣運成，形態既肖，神自滿足。」元朝倪雲林以畫抒發「胸中逸氣」，而古典小說《水滸傳》則如明朝李贄所說的是「發憤之作」。氣韻生動，才是中國小說內在結構的追求。

中國「天人合一」的整體性思維和仿生命思維滲透到中國藝術的方方面面，而西方思維則注重抽象性、邏輯性和思辨性。藝術在這種思維的影響之下便顯現為形象的再現特徵、外在形式的統一性和結構的顯性特點。西方這種側重內部分析的思維與中國側重整體綜合的思維在藝術賞鑒、藝術研究的過程中關注點自然是不一樣的，結論也不會完全相同。在思維的表達方式上，西方講求概念明晰，而中國則是力求隱喻含蓄。以西方因果律的眼光看中國藝術側重內在「氣韻」為主的意趣性，不免得出中國小說是「綴段式」的結論。

2、敘事時間

中國古人時間紀年是採用天干地支，六十年一循環。中國古人的時間觀念不是西方的直線性，而是循環性的。循環性體現出部分的獨立性和整體的渾然性。中國古典小說，除了歷史紀年的演義，其中的敘事時間並不是那麼清晰。《水滸傳》、《紅樓夢》等都是這樣。西方敘事時間則是直線性的，所以它講究事件的頭、身、尾，講究「三一律」，講究外在形式的統一性。因為敘事時間的清晰在形式上也往往體現為整體的統一性。中國小說的敘事，追求的是寫意的詩性。中國小說的創作大多是「孤憤」之作，讀者尋求的也是抒發憤慨或是情緒的激盪、情操的陶冶或是人情物理的洞明等等。以《水滸傳》中的英雄好漢而言，「斯人雖已沒，千載有餘情」〔註7〕。只要階級社會存在，只要社會充滿著壓迫和剝削，存在著不平，存在著「胸中小不平，可以酒消之；世間大不平，非劍不能消之」〔註8〕的情境，《水滸傳》就不會被束之高閣、塵封湮沒。「心有所鬱結」的人們都可以「借他人之酒杯、澆自己之塊壘」，藉以抒發胸中憤懣。這也體現出歷史時間的循環性來。

3、中西語言表達的差異

西方的黏著式語言，注重外在結構和組織形式。一個單詞有時態、語態，

〔註7〕 見陶淵明：《詠荊軻》。
〔註8〕 見張潮：《幽夢影》。

一個句子也是有時態、語態，句子與句子之間除了內在的邏輯還必須有連詞，行文的結構如同一串葡萄，必須用連詞聯接，內在的邏輯性也體現爲外在的形式結構。中國漢字主要是形聲字，不是外在形式語言，注重內在邏輯，追求神韻。行文的結構如同一根竹竿。漢字沒有時態和語態等。語言表達的中西差異也影響了敘事結構的不同。

　　按照薩特《〈局外人〉的詮釋》，「加繆在敘述時大量使用不相連貫的短句，避免表示因果關係與時間關係」，目的是創造「荒誕」。〔註9〕然而正如施康強所分析的，這「對於漢語卻提出一個有趣的問題。地道的漢語恰好以大量使用不相連貫的短句，省略連詞爲其特徵（我們的連詞，如『當……的時候』，『因爲……所以……』，其實都是從西方語言翻譯過來的），而我們卻絲毫不感到荒誕」〔註10〕。也就是說，加繆刻意用語言製造的「荒誕」在翻譯爲漢語言文本後卻被消解了。由此也可看出中西語言表達的不同。西方難於理解諸如《水滸傳》、《儒林外史》等由「散點透視」所形成的敘事結構的內在神韻和謀篇布局構成的有機性，恐怕與中西語言表達的差異不無關係罷。

4、中西審美觀的不同

　　張法在《中西美學與文化精神》中論述了中西審美方式的不同之處主要表現在四個方面：「在觀照方式上，中國採用仰觀俯察，遠近往還的散點遊目，西方運用的是選擇一最佳範圍，典型地顯示對象的焦點透視；在進行縱深觀賞時，中國講究品位和體悟，西方重視認識和定性；在審美過程中，中國要求主體虛心澄懷，去情去我以體會對象的神韻，西方主張主體通過放縱情慾而淨化自己；在審美效果上中國要求主體在審美中提高自己，達到或趨向客體的境界，西方希望主體在主體客體的交流中，既突破自己的局限，又突破對象的局限，而達到主體客體都未曾有的境界」〔註11〕。

　　鄧曉芒和易中天在他們的專著《黃與藍的交響——中西美學比較論》中認爲「中西兩種審美意識，一是將空間意識時間化（如中國畫中的散點透視），

〔註9〕　參閱《薩特文集·文論卷》中的「文論卷導言」第 2 頁，人民文學出版社，2000 年版。

〔註10〕　參閱《薩特文集·文論卷》中的「文論卷導言」第 3 頁，人民文學出版社，2000 年版。

〔註11〕　張法：《中西美學與文化精神》，北京大學出版社，1997 年版，第 288 頁。

一是將時間意識空間化（如古希臘建築和雕刻）。」〔註 12〕可謂是抓住了中西審美意識的本質區別。

　　周來祥在《論美是和諧》中歸納中西古代文化的差異爲：「西方重客體研究，中國重主體的研究；西方偏重於研究自然，中國偏重於研究社會；西方偏於探討客觀世界的眞，而中國古代則偏於追求主體世界的善；西方的思維模式和文化模式是分析型的、思辨型的，而中國卻是經驗型的和直覺型的；西方文化中對立因素和鬥爭精神更重於中國，而中國平衡和諧的觀念更重於西方。」〔註 13〕正是由於中西方文化的這些差異，造成了審美觀的不同。

　　這種審美的民族性體現在小說敘事結構上也是很顯然的。西方的小說敘事更講究結構形式的外在完整統一，而中國小說敘事則偏於內在氣韻的一氣呵成，氣韻生動，神采飛揚。

三

　　蒲安迪在《中國敘事學》裏曾歸納了西方對中國小說敘事結構的看法，即「總而言之，中國明清長篇章回小說在『外形』上的致命缺點，在於它的『綴段性』（episodic），一段一段的故事，形如散沙，缺乏西方 novel 那種『頭、身、尾』一以貫之的有機結構，因而也就欠缺所謂的整體感」〔註 14〕。蒲安迪進而分析了這種看法的原因在於「中國的一般敘事文學並不具備明朗的時間化『統一性』結構，今天的讀者容易覺得它在根本上缺乏結構的層次」〔註 15〕。

　　《水滸傳》的敘事結構，在西方看來，自然也是如此。蒲安迪說：「我們初讀時的印象，會感到《水滸傳》是由一些出自民間的故事素材雜亂拼接在一起的雜膾。」〔註 16〕羅溥洛也說過：「108 位英雄好漢在一系列亂糟糟的互不相干的故事情節中上了梁山。」〔註 17〕韓南甚至斷言，中國小說「實際上只是把許多單個情節組合起來，這種組合顯然低於高層結構的水

〔註 12〕鄧曉芒、易中天：《黃與藍的交響──中西美學比較論》，人民文學出版社，1999 年版，第 82 頁。
〔註 13〕周來祥：《論美是和諧》，貴州人民出版社，1984 年版，第 349 頁。
〔註 14〕參閱蒲安迪：《中國敘事學》，北京大學出版社，1996 年版，第 56 頁。
〔註 15〕參閱蒲安迪：《中國敘事學》，北京大學出版社，1996 年版，第 61 頁。
〔註 16〕參閱蒲安迪：《中國敘事學》，北京大學出版社，1996 年版，第 65 頁。
〔註 17〕羅溥洛主編：《美國學者論中國文化》，中國廣播電視出版社，1994 年版，

平」〔註18〕。

然而在中國古代，對《水滸傳》的結構是肯定的、讚美的。李贄、金聖嘆的評點自不待說，胡應麟在總結《水滸傳》謀篇布局的特點時，說「其形容曲盡」，「而中間抑揚映帶、迴護詠歎之工，眞有超出語言之外者」〔註19〕。

中西方對於《水滸傳》敘事結構的不同結論暫且存而不論，單就回歸具體的歷史情境之中，考察中國古典小說的結構，應該說與《水滸傳》類似的敘事結構在中國古典小說中是一種重要的類型。《儒林外史》就是明顯的一例。林順夫在《〈儒林外史〉中的禮及其敘事結構》中寫道，許多二十世紀的中國小說讀者，往往爲《儒林外史》欠缺統一結構而困擾。在他們看來，這部十八世紀的諷刺小說，是由一些鬆散的短篇綴合而成，缺少一個總體性的整合構架。

按照西方關於藝術結構審美的觀點，很明顯地感覺到這一類型中國小說結構的「鬆散」，審美的民族性彰顯了這種差異。羅溥洛就認爲《儒林外史》的「情節結構較鬆散，是由个連貫的事件構成的，在後三分之一尤其沒有中心」〔註20〕。

審美的文化差異不僅僅表現在文學的民族性上，而且也表現在同一民族的歷時性上。審美標準也隨著時間的流逝而變動不居。魯迅雖然對《儒林外史》青目有加、頗多讚譽，但是他在《中國小說史略》中也認爲《儒林外史》「雖云長篇，頗同短製」，是「集錦式」的結構。胡適在《五十年來中國之文學》中說：「《儒林外史》沒有布局，全是一段一段的短篇小品連綴起來的；拆開來，每段自成一篇；鬥攏來，可長至無窮。」〔註21〕胡適得出這樣的結論是毫不奇怪的，因爲他的審美標準和價值判斷用的是西方藝術的標準。

除了《儒林外史》，其它還有《西遊記》、《鏡花緣》、《二十年目睹之怪現狀》、《老殘遊記》、《孽海花》、《九尾龜》、《官場現形記》等，在敘事結構上都形同《水滸傳》的結構。這是民族思維和審美意識在形式上的外在體現。

西方長篇小說那種「頭、身、尾」一以貫之的有機結構的審美標準，與

〔註18〕 〔美〕P. 韓南：《中國白話小說史》，浙江古籍出版社，1989 年版，第 24 頁。

〔註19〕 胡應麟：《少室山房筆叢・莊嶽委談》（下），上海古籍出版社，1986 年版，第 158 頁。

〔註20〕 羅溥洛主編：《美國學者論中國文化》，中國廣播電視出版社，1994 年版。

〔註21〕 參閱易竹賢輯錄的《胡適論中國古典小說》中的《五十年來中國之文學》，長江文藝出版社，1987 年版。

習慣於「散點透視」的中國古代審美觀是截然不同的。以「散點透視」的視
角分析《水滸傳》的敘事結構,它是渾然一體、有機統一的。正是因爲《水
滸傳》的敘事結構代表著中國古代小說敘事結構的一種類型,所以闡釋這一
結構「散點透視」的民族文化特色對於中國小說的研究具有重要意義。

（原載《明清小說研究》2006 年第 4 期）

水滸人物身體敘事的文化闡釋

引　言

　　身體敘事與身體文化的研究，是當下的一個熱點。從身體敘事角度探討水滸好漢的文化承擔，對於深入研究民族文化、水滸文化乃至小說的文學意義等都有其價值和意義，但前賢時俊迄今尚涉筆甚少，尚有探討的必要性，因此本文從水滸人物的體貌特征諸如鬚髮、眼睛、膚色、形體等（刺青也屬於身體文化，水滸好漢中如九紋龍史進、浪子燕青、花項虎龔旺、花和尚魯智深等都身上刺繡，但它是後天所爲，不是天生，因此本文不論）出發，結合種族或民族之體貌特徵和中國歷史的發展，試論述這些體貌特徵所承載的文化意義。

一、鬚　髮

　　梁山泊水滸好漢之鬚髮，並非僅僅是黑頭髮、黑鬍鬚，而是還有黃髮、赤髮、黃髯、紅鬚鬢、捲髮赤鬚、黃鬚等，這些不是爲了好看或妖魔化他們，也不是漫畫以取其奇形異貌，而是魏晉南北朝、隋唐五代十國、宋金元民族融合的史實在稗史中的「活化石」。

　　《水滸傳》第四十三回「假李逵剪逕劫單人，黑旋風沂嶺殺四虎」寫道李雲赤鬚、紅頭髮、碧綠眼睛，長得像「番人」：「面闊眉濃鬚鬢赤，雙睛碧綠似番人。沂水縣中青眼虎，豪傑都頭是李雲。」（第 637 頁）〔註1〕其實，

─────────────────────────────

〔註1〕　本書引文出自容與堂本《水滸傳》（上海古籍出版社，1995 年版），下同，如

李雲並不是長得「像」番人，而可以肯定的是，他身上流淌著西域人即色目人的血液。陳垣《元西域人華化考》云：「質言之，西域人者色目人也。」〔註2〕色目人不惟是中亞、西亞乃至於歐洲之白種人，也有可能是中國古代少數民族如鮮卑人或烏孫人等。唐人顏師古對《寒暑・西域傳》注云：「烏孫於西域諸戎，其形最異。今之胡人青眼赤鬚狀類獼猴者，本其種也。」尚衍斌《西域文化》認為，「烏孫人應為深目高鼻、赤髮碧眼之歐洲人種。」〔註3〕由是觀之，李雲這位「青眼虎」（青，此處乃「綠」的意思），顯然不是漢人，而是色目人。

第六十回「公孫勝芒碭山降魔，晁天王曾頭市中箭」中說有一個大漢，望著宋江便拜。宋江扶起來問他是誰？那漢答道：「小人姓段，雙名景住，人見小弟赤髮黃鬚，都呼小人為金毛犬。……」宋江看這人，長得：「焦黃頭髮髭鬚卷，盜馬不辭千里遠。強夫姓段涿州人，被人喚做金毛犬。」這位盜馬賊段景住，其鬚髮或黃或紅，這一體貌特徵也寫著其身份和種屬，以及民族文化等信息。

再如第七十回，張清在上梁山前向宋江舉薦東平府一個獸醫皇甫端，並說「此人善能相馬，知得頭口寒暑病症。下藥用針，無不痊可。真有伯樂之才。原是幽州人氏。為他碧眼黃鬚，貌若番人，以此人稱為紫鬚伯。」且不說游牧民族本是馬背上的民族，善於相馬、馴馬和養馬以及醫馬，就以皇甫端之「碧眼黃鬚」來看，就可以斷定他不是漢人，而是鮮卑人後裔或西域人，極有可能是點戛斯人。《新唐書》二一七下《回鶻傳下》附《點戛斯傳》云：「（點戛斯）人皆長大，赤鬚、晳面、綠瞳。」

第三十七回「沒遮攔追趕及時雨，船火兒夜鬧潯陽江」中宋江看那張橫時，但見：「七尺身軀三角眼，黃髯赤髮紅睛，潯陽江上有聲名。衝波如水怪，躍浪似飛鯨，惡水狂風都不懼，蛟龍見處魂驚。天差列宿害生靈。小孤山下住，船火號張橫。」從中得知，張橫之綽號「船火兒」可能就來自其「黃髯赤髮」，而我們又知道他親弟弟張順「浪裏白條」皮膚特白，他們既然是親兄弟，估計張橫皮膚也應該是白的。這些身體敘事的背後難道就沒有在向讀者訴說著文化的信息嗎？

不單獨標注，都是同一出處，只標注頁碼。
〔註2〕 陳垣：《元西域人華化考》，上海古籍出版社，2000年版，「緒論」第1頁。
〔註3〕 尚衍斌：《西域文化》，遼寧教育出版社，1998年版，第63頁。

赤髮黃鬚，絕非上面列舉的幾個人，其他水滸好漢的鬚髮簡略列舉如下：楊志「腮邊微露些少赤鬚」（第 161 頁），孫二娘是黃頭髮（第 390 頁），李逵這條「黑凜凜」大漢也是「赤黃眉」（第 547 頁）、「黃髮」（第 900 頁）、「黃髭鬚」（第 1065 頁），朱貴「三丫黃髯」（第 152 頁），阮小二「胸前一帶蓋膽黃毛」，阮小七「腮邊長短淡黃鬚」（第 198 頁），燕順「赤髮黃鬚」（第 461 頁），宣贊「捲髮赤鬚」（第 944 頁）。另外，不屬於水滸好漢的牛二其鬚髮是「卷螺髮」（第 164 頁），蔣門神「黃髯斜起」（第 416 頁），等等。這些形貌毫無疑問不會是漢人的形貌特徵，他們一般是色目人，或是民族融合的後裔。

或許有人說《水滸傳》是小說，其中的人物是虛構的，不足為憑。那麼，我們看看正史，也有此類的記載。《晉書》六《明帝紀》記載：「（王）敦正晝寢，夢日環其城，驚起曰：『此必黃鬚鮮卑奴來也。』帝母荀氏，燕代人。帝狀類外氏，鬚黃，敦故謂帝云。」晉明帝的母親為「燕代人」，陳寅恪認為「燕代正當拓跋部人之地」，晉明帝「鬚黃，狀類外氏，其母極有可能是鮮卑人」。又，《三國志·魏志》一九《任城威王彰傳》記載：「太祖（按：曹操）喜，持彰鬚曰：『黃鬚兒竟大奇也。』」（裴注引《魏略》曰：「劉備使劉封挑戰，太祖罵曰：『待呼我黃鬚來。』彰鬚黃，故以呼之。」）陳寅恪說：「晉明帝之父元帝司馬睿，本琅琊王。明帝之母荀氏來自燕代，因而生下『黃鬚鮮卑奴』明帝司馬紹。而《卞皇后傳》稱卞氏為『琅琊開陽人』，『本倡家』。則卞氏亦有可能是自燕代流落到琅琊的鮮卑人。」〔註 4〕陳寅恪考證說，鮮卑人特徵是「黃髮白皮膚」〔註 5〕。曹彰「黃鬚兒」，是由於其母是鮮卑人。另外，需要指出的是，《水滸傳》中上述水滸人物的「黃髮」，不是《桃花源記》中「黃髮垂髫，並怡然自樂」中的「黃髮」即老人之意（老人髮白，白久則黃），因為水滸好漢大多是二三十歲。

我們再看看其他旁證。南宋人龔聖予在《宋江三十六人畫贊》中給美髯公朱全的讚語為：「長髯郁郁然，美哉丰姿。忍令尺宅，而為赤眉。」從中我們得知，朱全是大鬍子，且是紅眉毛。

元雜劇《博望燒屯》中，諸葛亮說關羽「生得高聳聳俊鷹鼻，長挽挽臥

〔註 4〕 萬繩楠整理、陳寅恪：《魏晉南北朝史講演錄》，貴州人民出版社，2008 年版，第 86 頁。

〔註 5〕 同上書，第 85 頁。

蠶眉，紅馥馥雙臉胭脂般赤，黑漆漆之柳美髯垂。」這個關羽長著「鷹鉤鼻」，顯然帶有胡人的色彩。《燕青博魚》中蔡衙內是「黃髮」：「〔尾聲〔你道是他打了我呵似房檐上揭瓦，不信道我打了他呵就著我這脖項上披枷。調動我這莽拳頭，拓動我這長捎靶，我向那前街後巷便去爪尋他。（帶云）若見了他呵，（唱）我一隻手揪住那廝黃頭髮，一隻手把腰腳牢掐，我可敢滴溜撲活擸那廝在馬直下。」李逵是「黃髭髯」，如《梁山泊李逵負荊》中說：「〔正宮〕〔端正好〕抖搜著黑精神，紮煞開黃髭髯，則今番不許收拾。俺可也磨拳擦掌，行行裏，力按不住莽撞心頭氣。」還有很多，限於篇幅，不一一列舉。

　　小說《水滸傳》中人物的身體敘事與元雜劇中身體描寫有如此一致的契合，也值得深入探討，至少元雜劇中人物「黃頭髮」、「鷹鉤鼻」、「黃髭髯」等應該是色目人的真實記錄吧？那麼，小說中的水滸好漢之赤鬚黃髮，恐怕不會沒有其歷史依據吧？

二、眼　睛

　　上文提到，李雲、皇甫端等人是碧綠眼睛，而碧眼者還有羅眞人，他「碧眼方瞳」（第791頁）。而在《三國演義》中孫權被罵作「碧眼小兒」。火眼狻猊鄧飛、李逵、張橫等人都是「紅眼睛」，下面我們從眼睛的顏色主要以「碧眼」來看看水滸人物的身體文化。

　　在漢語詞典中，「碧眼」有兩個意思：1、綠色的眼睛。唐李咸用《臨川逢陳百年》詩：「麻姑山下逢眞士，玄膚碧眼方瞳子。」宋蘇軾《佛日山榮長老方丈》詩之二：「何處霜眉碧眼客，結爲三友冷相看。」朱錫梁《白門詠史》之二：「雖然陵墓殘薪採，碧眼孫郎是可兒。」傳說中的神仙，眼呈碧色，形體多用松、柏、鶴、龜等來比擬。葛洪曾指出，「方瞳」是神仙的特徵之一。這大概還與早期高僧多從西域而來有關，表現爲人種特色，所以說「碧眼方瞳」是神仙。《神相全編》卷六引《神異賦》云：「重頤碧眼，富貴高僧。」〔註6〕卷九引《羅眞人相賦》云：「眼黃眼碧，爲僧爲道以高榮。」〔註7〕又引《驚神賦》曰：「龜形鶴骨，樂道山林。」〔註8〕《玉管照神局》也說：「林泉有碧眼神仙。」〔註9〕《夷堅乙志》卷一《莊君平》中提到有

〔註6〕　顧頡：《相術集成》，重慶出版社，1993年版，第140頁。

〔註7〕　同上書，第184頁。

〔註8〕　同上書，第182頁。

〔註9〕　〔宋〕齊邱：《玉管照神局》，《四庫術數叢書八》，上海古籍出版社，1991年

個「獨傳相神仙之術」的福州道人，他說「有道之士，所以異於人者，眼碧色也。」《韓湘子全傳》第九回中，「綠毛龜道：『我挺身浮綠水，藻萍深處現出碧眼胡兒。』」《唐摭言》卷 10 盧汪在《海敘不遇》寫酒胡「鼻何尖？眼何碧？」據元人陶宗儀記載，杭州某回回娶婦樓塌，王梅谷作戲文曰：「……壓倒象鼻塌，不見貓睛亮。……哀哉，樹倒胡孫散。」〔註 10〕將回回稱之為「胡孫」，認為其體貌特徵主要是長鼻子、貓眼睛。所謂「貓眼睛」，也就是眼睛是綠色的或黃色的，即色目人之眼睛也。而南懷瑾認為碧眼方瞳是氣功修煉到一定境界的表現，當某人修道有成時，「氣脈全通，兩眼藍色，眼瞳定而有力，發出方楞似的光芒。」〔註 11〕這種說法恐怕是臆想而已。

2、「碧眼」舊指胡人，後指白種人。唐人張說《蘇摩遮》：「摩遮本出海西胡，琉璃寶服紫髯鬍。聞道皇恩遍宇宙，來時歌舞助歡娛。」還說：「繡裝帕額寶花冠，夷歌騎舞借人看。」唐代詩歌中多有「碧眼」之歌詠，如李賀《龍夜吟》云：「捲髮胡兒眼睛綠，高樓夜靜吹橫竹。一聲似向天上來，月下美人望鄉哭。」岑參《送別顏真卿》有詩句云：「君不見胡笳聲最悲，紫髯碧眼胡人吹。」張籍《永嘉行》云：「黃頭鮮卑入洛陽，胡兒執戟昇明堂。晉家天子作降虜，公卿奔走如牛羊。」宋人蘇軾在觀賞唐人韓幹的畫時賦詩，其中一句是「赤髯碧眼老鮮卑」。明人陳汝元《金蓮記‧焚券》：「金鼓連天，喊聲震地，不是赤眉嘯聚，定為碧眼橫行。」明人徐渭《沈叔子解番刀為贈》詩：「鏤金小字半欲滅，付與碧眼譯不出。」明人張岱《夜航船》云：「孫權幼時眼碧色，號碧眼小兒。」此說不確切，孫權並非幼時眼睛碧色，小兒之謂，乃罵人語也，非指幼時。清黃遵憲《八月十五夜太平洋舟中望月作歌》：「虬髯高歌碧眼醉，異方樂祇增人愁。」

這兩個意思，無論是「綠色的眼睛」還是「胡人」，其實都與色目人相關。如前所引，唐人顏師古認為唐時「青眼赤鬚狀類獼猴者」胡人是烏孫人後裔」，尚衍斌認為，「烏孫人應為深目高鼻、赤髮碧眼之歐洲人種。」即碧眼實乃色目人的體貌特徵之一，有時也以「碧眼」代指色目人。

《三國演義》第二十九回「小霸王怒斬于吉，碧眼兒坐領江東」中「小霸王」指的是孫策，「碧眼兒」說的就是孫權。演義中是這樣描述孫權的，「方

版，第 715 頁。
〔註10〕〔元〕陶宗儀：《南村輟耕錄》卷 28，《嘲回回》。
〔註11〕南懷瑾：《道家、密宗與東方神密學》，復旦大學出版社，1997 年版，第 152 頁。

頤大口，碧眼紫髯」。《獻帝春秋》稱孫權爲「紫髯將軍，長上短下。」《三國演義》中關羽罵孫權爲：「碧眼小兒，紫髯鼠輩。」張遼、張頷也罵孫權爲「碧眼小兒」。罵孫權爲「碧眼小兒」，一種可能是借孫權罵西域來的色目人；一種可能便是其母身上眞的流淌著胡人的血液。爲何借孫權來指桑罵槐呢？因爲從孫權的姓即孫可聯想到猢猻、烏孫？《西遊記》中須菩提眞人給孫悟空命名的時候不就是有如此的聯繫嗎？蜀漢劉備是《三國演義》讚美的人物，而曹操又是小說針砭的對象，以之代指胡元，不敢過於露骨，於是孫權便成了冤大頭，被罵作是「碧眼小兒」，即孫權成爲了蒙元時期南人、漢人對胡元指桑罵槐的洩憤之的了。《三國演義》一開卷敘述張角事時，說山中一「碧眼」老翁給了他一卷天書。由於《三國演義》與《水滸傳》成書時間頗爲相近甚至幾乎同時，因此以《三國演義》中的「碧眼」敘事與水滸人物相比照，應該也是一佐證。

由以上論述可知，水滸人物中的李雲、羅眞人、皇甫端等都是色目人，或者退一步說，他們即使不是色目人也是色目人的後裔。

三、膚　色

漢族爲黃色人種，故皮膚爲黃色。如病尉遲孫立，便是「淡黃面皮」（第731頁）；病關索楊雄「淡黃面皮」「面容微黃」（第650頁），等等。而《水滸傳》中，除此之外，許多人物不是黑色就是白色：

張順皮膚特白，「遍體霜膚」，號「浪裏白條」。小說讚美他是「似酥團結就肌膚、如三冬瑞雪重鋪、馬靈官白蛇託化、似萬萬錘打就銀人、是五臺山銀牙白象、似玉碾金剛、玉龍」（第555頁）等。戴宗以「白大漢」稱之，看來的確不是一般的白。《水滸傳》中皮膚特白的不止張順一人，如裴宣生得「肉白肥胖」（第648頁），再如白面郎君鄭天壽、玉幡竿孟康、浪子燕青等都生得膚白。

河北盧俊義號稱「玉麒麟」，「身軀九尺如銀」，說明他也是「膚白」。燕青「一身雪練也似白肉」、「面似堆瓊」、「膚白」（第904頁）等身體描寫，表明他也是皮膚極爲白皙。他們即使不是鮮卑人，也是色目人，或者是其後裔。在公元四世紀至六世紀之間，鮮卑人建立了龐大的帝國北魏，後分爲北齊、北周。而據歷史學家考證，建立李唐王朝的李氏身上至少一部分流淌著鮮卑人的血。河北，古稱燕趙之地，鮮卑人多居留其地。或許，這裡留有其後裔，

故盧俊義、燕青等人皮膚特白。

《晉書》一一四《苻堅載記下》云：「秦人呼鮮卑爲白虜。」原因就在於鮮卑人「膚白」。據陳寅恪考證，「鬚黃、膚白爲鮮卑人特徵」〔註12〕。而《新唐書》二一七下《回鶻傳下》附《黠戛斯傳》云：「(黠戛斯)人皆長大，赤鬚、晳面、綠瞳，以黑髮爲不祥，黑瞳者必曰陵苗裔也。」黠戛斯人「赤鬚、晳面、綠瞳」，這是西部鮮卑人的特徵。〔註13〕李端《胡騰兒》(《全唐詩》卷284)寫道：「胡騰身是涼州兒，肌膚如玉鼻如錐。」肌膚如玉，可見皮膚之白。唐詩也可以爲之一證。據馬建春《元代東遷西域人及其文化研究》的考證，蒙古西征，從中亞、西亞乃至於歐洲帶來大量驅口，即西域人大量東遷，並在中土娶妻生子，因此成書於元末的《水滸傳》，其中的人物帶有西域人的體貌特徵，也就不足爲奇了。

水滸人物中黑皮膚的也不在少數，如李逵是「黑凜凜」一條大漢：「黑熊般一身粗肉，鐵牛似偏體頑皮。交加一字赤黃眉，雙眼赤絲亂繫。怒發渾如鐵刷，猙獰好似猱猊。大蓬惡殺下雲梯，李逵眞勇悍，人號鐵牛兒。」(第547頁)；劉唐「一身黑肉」(第186頁)；宋江也生得「黑」，「面黑身矮」，人皆稱他「孝義黑三郎」(第245頁)，自稱「山東黑宋江」，戴宗第一次見他罵「矮黑殺才」，李逵則稱他「黑漢子」(第457頁)。蔣門神蔣忠，也是「一身紫肉橫生」(第416頁)。如此等等，都表明《水滸傳》人物頗有民族融合之印記。

四、形　體

以水滸好漢而論，其形體可謂是高矮、胖瘦、醜俊等各各不同。至晚明，紹興還有扮演水滸好漢以祈雨的活動，張岱《陶庵夢憶‧及時雨》記載「尋黑矮漢，尋梢長大漢，尋頭陀，尋胖大和尚，尋苗壯婦人，尋姣長婦人，尋青面，尋歪頭，尋赤鬚，尋美髯，尋黑大漢，尋赤臉長鬚」等，湊成三十六天罡，這裡有戲謔的成分，但也有迷信「及時雨」美名的成分。但《水滸傳》中早有此等身體敘事，如「相貌語言，南北東西各有別；心情肝膽，忠誠信義並無差。其人則有帝子神孫，富豪將吏，並三教九流，乃至獵戶漁人，屠

〔註12〕萬繩楠整理、陳寅恪：《魏晉南北朝史講演錄》，貴州人民出版社，2008 年版，第 85 頁。
〔註13〕同上書，第 86 頁。

兒劊子，都是一般兒哥弟稱呼，不分貴賤；且又有同胞手足，捉對夫妻，與叔侄郎舅，以及跟隨主僕，爭鬥冤仇，皆一樣的酒筵歡樂，無問親疏。或精靈、或粗鹵、或村樸、或風流，何嘗相礙，果然認性同居；或筆舌、或刀槍、或奔馳、或偷騙，各有偏長，真是隨才器使」，這是表達作者政治烏托邦的理想，即「八方異域，異姓一家」。

從水滸好漢的綽號，也能從中看出他們之奇形怪貌，如豹子頭、美髯公、赤髮鬼、浪裏白條、白面郎君、摸著天等水滸好漢的綽號是依據其形體之特點而起的，即林沖頭如豹子，朱仝是大鬍子，劉唐「鬢邊有搭朱砂記」，張順膚白，鄭天壽面白俊俏，杜遷身長猿臂等。這或許想表達「形容古怪，石中有美玉之藏」吧。

郁保四、孟康、蔣門神、李逵、牛二等都是身高一丈，長得雄壯。郁保四「身長一丈，膀大腰圓，當道一站，萬夫莫開，所以人稱險道神」（第1002頁）。孟康因為「長大白淨，人都見他一身好肉體，起他一個綽號，叫他做玉幡竿」（第648頁）。牛二也是「黑凜凜一大漢」形貌生得粗醜：「面目依稀似鬼，身材彷彿如人。杈枒怪樹，變為胳膊形骸。臭穢枯椿，化作醃臢魍魎。渾身遍體，都生滲滲瀨瀨沙魚皮；夾腦連頭，盡長拳拳彎彎卷螺髮。胸前一片錦頑皮，額上三條強拗皺。」（第164頁）

再如宣贊「此人生得面如鍋底，鼻孔朝天，捲髮赤鬚，彪形八尺，使口剛刀，武藝出眾。先前在王府曾做郡馬，人呼為醜郡馬」。小說稱宣贊贏了番將，其實他的形貌何嘗不像番將？從以上形體來看，可以大膽斷定，水滸人物中少數民族兄弟實在是不少。

我們再從《水滸傳》中女性的身體敘事來看，孫二娘、顧大嫂、一丈青等女子的形體，不是小巧玲瓏的江南女子之形體，而是北方游牧民族女子的形體，要麼粗壯，要麼長大。我們從小說文本中的描寫來看：

孫二娘的形體模樣是：「眉橫殺氣，眼露凶光。轆軸般蠢坌腰肢，棒槌似桑皮手腳。厚鋪著一層膩粉，遮掩頑皮；濃搽就兩暈胭脂，直侵亂髮。紅裙內斑爛裹肚，黃髮邊皎潔金釵。釧鐲牢籠魔女臂，紅衫照映夜叉精。」（第二十七回）且不說她那一頭黃髮，就看其粗壯的身軀，便是色目人的形體。

顧大嫂長得如何？小說寫道：「眉粗眼大，胖面肥腰。插一頭異樣釵環，露兩臂時興釧鐲。紅裙六幅，渾如五月榴花。翠領數層，染就三春楊柳。有時怒起，提井欄便打老公頭。忽地心焦，拿石碓敲翻莊客腿。生來不會拈針

線，正是山中母大蟲。」（第 728 頁）

當然，《水滸傳》書會才人說唱藝術基礎之上被文人潤色而成的，其中的身體敘事也不乏模式化描述，如美髯公朱仝有「關羽」之鬍鬚，關勝頗有關羽之神態，「生得規模與祖上雲長相似」，也使一口「青龍偃月刀」。豹子頭林沖，似乎是想模仿張飛。宋江有帝王之相：「眼如龍鳳，眉似臥蠶，滴溜溜兩耳懸珠，明皎皎雙睛點漆。唇方口正，髭鬚地閣輕盈，額闊頂平，皮肉天倉飽滿。坐定時渾如虎相，走動時有若狼形。」而玉麒麟盧俊義則是「目炯雙瞳」，據說舜、項羽等都是「雙瞳」，以此形容盧俊義天生不是凡人。潘金蓮、潘巧雲等長得就是一副淫婦的容貌，如此等等，都具有模式化身體敘事之特徵。

五、民族融合

至晚到漢代，就有西域人來到中土安居樂業。《漢樂府・羽林郎》云：「胡姬年十五，春日獨當壚。……頭上藍田玉，耳後大秦珠。……」這裡的胡姬就是西域人。

魏晉時期，北方少數民族南遷，各民族有所融合。如前所述，司馬晉家、曹魏家都有鮮卑人的血統。《魏書》一一三《官氏志》記載：「東方宇文、慕容氏，即宣帝時東部。」慕容氏是鮮卑民族的一部落。在《水滸傳》中，慕容知府的妹妹為宋徽宗的貴婦，而慕容氏本是鮮卑族之一支，慕容氏本身就是民族的言說，從其姓氏可知，這個知府與鮮卑族有著血統上的關係。

隋唐時期，無論是隋楊，還是李唐，皇家至少后族都是鮮卑人。而出使唐帝國的使者，有的留在中土娶妻生子。唐會要（卷 100）云：「貞觀二年六月十六日敕：諸藩使人所娶得漢婦女為妾者，並不得將還蕃。」再如掀起安史之亂的安祿山，原為「營州（東蒙古）雜胡，其父大概為西域康國即薩馬爾罕的胡人，母為突厥人」〔註14〕。唐代宗之世，「先是回紇留京師者常千人，商胡偽服而雜居者又倍之」〔註15〕。唐德宗時，「胡客留長安久者，或四十餘年，皆有妻子，買田宅，舉質取利。」檢括無田宅者，尚有四千餘人。朝廷

〔註14〕轉引自〔日〕羽田亨著《西域文化史》，耿世民譯，新疆人民出版社，1981
　　　年版，第 34 頁。羽田亨引自《桑原博士東洋文明史論叢》第 367 頁《安祿山
　　　的出身》。
〔註15〕《資治通鑑》卷 225《代宗紀》。

欲行遣歸，結果「胡客無一人願歸者」〔註 16〕。西域胡人，在中土娶妻妾，其子女自然帶有胡人的體貌特徵，因而黃髮、紅鬚、碧眼等也就司空見慣了。唐代詩歌亦可以佐證。元稹《和李校書新題樂府十二首·法曲》後半部分云：「自從胡騎起煙塵，毛毳腥膻滿咸洛。女爲胡婦學胡妝，伎進胡音務胡樂。火鳳聲沉多咽絕，春鶯囀罷長蕭索。胡音胡騎與胡妝，五十年來競紛泊。」李白詩歌中不乏「胡姬招素手」之飲酒詩句，足以說明當壚胡姬之多。

西域人不僅在中原生活，而且還經商、讀書、做官等。西域人在唐代做官，且不論。就以宋王朝而言，也有不少西域人在做官，如宋末西域人蒲壽宬、蒲壽庚兄弟倆分別在梅州、泉州做官〔註 17〕。還有生活在宋王朝領域內的西域人，漢文化程度很高，如安世通，本安息人，入青城山學道，且有忠義心，寫得一手好書信〔註 18〕。由是觀之，有宋一代，即使是在中土，紅頭髮、綠眼睛等相貌之人也不在少數。《太平御覽》云：「羌煮貊炙，翟之食也。自泰始以來，中國尚之。」南宋范成大《攬轡錄》云：「民亦久習胡俗，態度嗜好與之俱化。」中國歷史上的民族融合是漢化，還是胡化？一直所誤以爲的漢文化總是同化少數民族文化的看法其實是錯誤的。中華文化的生成，更多的是民族文化的互化，是民族文化的交融和相互吸收，絕對不存在著所謂的一邊倒的漢化。

民族大融合，到了元代更甚。蒙元統治時期，大量西域人東遷，他們在中土的公牘中被稱爲色目人。「東遷西域人初到中土者多爲軍士、工匠、商人等」〔註 19〕，他們與漢人聯姻者頗多。以上職業，似乎與水滸好漢上梁山之前的工作或職業多爲相似。「僅從文獻記載看，元時自嶺北到雲南，由畏兀兒地至江浙，西域人在華之蹤跡幾乎無處、無地不在。」〔註 20〕明人田汝成說：「元時內附者，又往往編管江浙閩廣之間，而杭州尤夥，號色目種。隆準深眸，不啖豕肉。」〔註 21〕而眾所周知，杭州乃南宋、蒙元時期說唱藝術極爲發達的地區，號稱是「銷金鍋兒」。因此，勾欄瓦舍中的說唱故事，難免不打

〔註 16〕 《資治通鑒》卷 232《德宗紀》。
〔註 17〕 陳垣：《元西域人華化考》，上海古籍出版社，2000 年版，「緒論」第 6～7 頁。
〔註 18〕 陳垣：《元西域人華化考》，上海古籍出版社，2000 年版，「緒論」第 5～6 頁。
〔註 19〕 馬建春：《元代東遷西域人及其文化研究》，民族出版社，2003 年版，第 239 頁。
〔註 20〕 同上書，第 68 頁。
〔註 21〕 田汝成：《西湖遊覽志》卷 18，《南山分豚城內勝蹟真教寺》。

上此身體文化的烙印。而說書藝人或書會才人不管出於何種目的，謔稱也罷，指桑罵槐也罷，將孫權罵做「碧眼小兒」，也是民族文化衝撞、融合過程中留下來的歷史痕跡。

我們都知道，文學作品是現實生活的反映，因此成書於元末的《水滸傳》不會不反映蒙元時期的色目人之相貌。從水滸人物的身體描寫，我們不僅得出他們中的一部分人是西域人或西域人的後裔，而且還有助於我們深入理解熱血陽剛、尚武好鬥、血腥復仇、兄弟平等之水滸文化。雖然正如魯迅所言梁山泊並不是把所有人都看做兄弟的〔註22〕，但「兄弟」一倫尤其是結義兄弟之平等理念，實與儒家之等級倫理文化迥然不同，這也或許印證了中華文化乃多民族文化融合的結晶。

餘 論

由以上水滸人物的形貌敘事可知，身體是一種身份，是一種文化，是一種行為方式，也是一種精神實在。榮新江認為《清明上河圖》上「千漢一胡」，這個胡人就是城門前那位牽駝人，「他那突出的顴骨、深陷的眼窩、高翹的鼻樑、厚重的嘴唇」表明他是這幅圖上惟一的胡人〔註23〕。其實，「千漢一胡」的說法未必然確切，因為汴河橋上的那些人中恐怕有很多是民族融合後的後裔，如水滸人物那樣有黃鬚赤髮的、有綠瞳皙面的等等，能清楚地區分他們是「漢」還是「胡」嗎？人們往往想當然地以為，中國歷史上歷次的民族融合，都是漢文化同化了少數民族文化，其實，這與事實真相大相徑庭。水滸人物的身體敘事及其身體文化，表明了人們臆想中的所謂的漢化，其實很多時候都是胡化；當然，更多的是胡漢互化，即民族文化的相互融合。

（原載《現代語文》2011 年第 9 期）

〔註22〕魯迅：《魯迅書簡》，人民文學出版社，1957 年版，第 431 頁。
〔註23〕榮新江：《〈清明上河圖〉為何千漢一胡》，《隋唐長安：性別、記憶及其他》，復旦大學出版社，2010 年版，第 109 頁。

結義與結安答

引　言

　　《三國演義》和《水滸傳》中的異姓兄弟結義現象，學人往往僅把它看作是民間話語的反映，是弱勢群體為了生存而採取的做法。其實，異姓兄弟結義，作為一種普遍而突出的社會現象出現在蒙元時期的小說雜劇之中，實際上是特定歷史時期民族文化借助於說唱藝術而展現的時代精神，只不過最後被文人集撰成稿之後，這一點便被淹沒於我們獨斷的臆想之中了，因此很有必要對蒙古民族結安答文化與這兩部小說中異姓兄弟結義現象之間的聯繫予以揭示，以示其本相。

一、《三國》、《水滸》中的結義現象

　　《三國演義》和《水滸傳》中，異姓兄弟結義的現象比比也，而最為著名的就是《三國演義》中的桃園結義，小說敘述道：

　　　　及劉焉發榜招軍時，玄德年已二十八歲矣。當日見了榜文，慨然長歎。隨後一人厲聲言曰：「大丈夫不與國家出力，何故長歎？」玄德回視其人，身長八尺，豹頭環眼，燕頷虎鬚，聲若巨雷，勢如奔馬。玄德見他形貌異常，問其姓名。其人曰：「某姓張，名飛，字翼德。世居涿郡，頗有莊田，賣酒屠豬，專好結交天下豪傑。恰才見公看榜而歎，故此相問。」玄德曰：「我本漢室宗親，姓劉，名備。今聞黃巾倡亂，有志欲破賊安民，恨力不能，故長歎耳。」飛曰：「吾

頗有資財，當招募鄉勇，與公同舉大事，如何？」玄德甚喜，遂與
同入村店中飲酒。正飲間，見一大漢，推著一輛車子，到店門首歇
了，入店坐下，便喚酒保：「快斟酒來吃，我待趕入城去投軍。」玄
德看其人：身長九尺，髯長二尺；面如重棗，唇若塗脂；丹鳳眼，
臥蠶眉，相貌堂堂，威風凜凜。玄德就邀他同坐，叩其姓名。其人
曰：「吾姓關，名羽，字長生，後改雲長，河東解良人也。因本處勢
豪倚勢凌人，被吾殺了，逃難江湖，五六年矣。今聞此處招軍破賊，
特來應募。」玄德遂以己志告之，雲長大喜。同到張飛莊上，共議
大事。飛曰：「吾莊後有一桃園，花開正盛；明日當於園中祭告天地，
我三人結為兄弟，協力同心，然後可圖大事。」玄德、雲長齊聲應
曰：「如此甚好。」次日，於桃園中，備下烏牛白馬祭禮等項，三人
焚香再拜而說誓曰：「念劉備、關羽、張飛，雖然異姓，既結為兄弟，
則同心協力，救困扶危；上報國家，下安黎庶。不求同年同月同日
生，只願同年同月同日死。皇天后土，實鑒此心，背義忘恩，天人
共戮！」誓畢，拜玄德為兄，關羽次之，張飛為弟。

《水滸傳》中的異姓兄弟結義的敘事，比《三國演義》更為普遍，如混
江龍太湖小結義、宋江與武松的結義、魯智深與史進的結義……遑論百八好
漢，齊聚水泊梁山結義。這裡以第 44 回「錦豹子小徑逢戴宗，病關索長街遇
石秀」為例：

當時戴宗、楊林向前邀住，勸道：「好漢，且看我二人薄面，且
罷休了。」兩個把他扶勸到一個巷內。楊林替他挑了柴擔，戴宗挽
住那漢手，邀入酒店裏來。楊林放下柴擔，同到閣兒裏面。那大漢
叉手道：「感蒙二位大哥解救了小人之禍。」戴宗道：「我弟兄兩個，
也是外鄉人。因見壯士仗義之心，只恐足下拳手太重，誤傷人命，
特地做這個出場。請壯士酌三杯，到此相會，結義則個。」那大漢
道：「多得二位仁兄解拆小人這場，卻又蒙賜酒相待，實是不當。」
楊林便道：「四海之內，皆兄弟也。有何傷乎！且請坐。」……眾人
都吃了酒，自去散了。楊雄便道：「石家三郎，你休見外。想你此間
必無親眷。我今日就結義你做個弟兄，如何？」石秀見說，大喜，
便說道：「不敢動問節級貴庚？」楊雄道：「我今年二十九歲。」石

秀道：「小弟今年二十八歲。就請節級坐，受小弟拜爲哥哥。」石秀
拜了四拜，楊雄大喜。

「結義」一詞，至晚在南北朝便已出現。南朝梁蕭子顯《南齊書》云：「太
祖作牧淮、兗，始基霸業，恩成北被，感動三齊。青、冀豪右，崔、劉望族，
先睹人雄，希風結義。」到了唐代，杜甫《晚晴》詩句云：「未怪及時少年子，
揚眉結義黃金臺。」

古漢語中，與「結義」一詞相近的詞語還有「義結金蘭」。金蘭之交，源
自《周易・繫辭上》，「二人同心，其利斷金；同心之言，其臭如蘭。」以金
喻其堅，以蘭喻其香，用來形容「朋友」之間深厚的友情，指的是情投意合
的朋友關係，即「金蘭之友」。後來，就將由朋友而結爲異姓兄弟或姐妹的行
爲稱作結金蘭（契若金蘭）。按照習俗，義結金蘭，需要交換譜貼，這譜貼叫
做金蘭譜或蘭譜，因而「義結金蘭」的另一個說法叫做「換帖」。

《三國演義》中的桃園結義，是草莽民間異姓兄弟結義的典範，具有深
遠的影響。而元明時期，關於「桃園結義」敘事的文本有《三國志平話》、《劉
關張桃園三結義》雜劇、《花關索傳說唱詞話》、《三國志通俗演義》、《三國志
大全》、《護國祐民伏魔寶卷》、《三國志玉璽傳》彈詞、《銷釋萬靈護國了意至
聖伽藍寶卷》等，足以說明當時社會對此現象的認可。

三國時期，異姓結拜爲兄弟的現象確實是在社會中存在的，如馬騰與韓
遂「結爲異姓兄弟」（《三國志・蜀書・馬超傳》注引《典略》），裴松之注《三
國志》認爲馬良可能曾與諸葛亮「結爲兄弟」，但是這尚未成爲一種普遍現象；
不僅如此，亦不排除他們當時受到了游牧民族文化的影響。而只有在蒙元時
期，桃園結義的現象才成爲一種風尚，這都反映到成書於元末明初的《三國
演義》和《水滸傳》中。以普遍性而言，《水滸傳》較《三國演義》爲重；以
典型性而言，《三國演義》中作爲「義絕」（毛宗崗語）的關羽無與倫比。

《水滸傳》被賽珍珠翻譯爲英語的時候，書名直接改爲了《四海之內皆
兄弟也》（*All Men Are Brothers*），可以看出譯者對這部小說主旨把握的準確
性，雖然魯迅先生有異議。從某種意義上來說，《水滸傳》尤其是金批《水滸
傳》完全可以看做是一部異姓兄弟結義的故事書。百八異姓兄弟結義，這種
文學現象恐怕即使是在世界文學史上也是空前絕後的。

《三國演義》和《水滸傳》中所描寫的異姓兄弟結義這一社會現象，與

《金瓶梅》等小說中的異姓兄弟結義完全不同，二者有質的區分：前者是性情相投，惺惺相惜，緩急相助，不是親兄弟，勝似親兄弟；而後者則是以利相交，以財相結，財利消耗，風流雲散，具有極強的反諷意味。

何以如此？馬克思曾說過，「不是人的社會意識決定社會存在，而是社會存在決定人們的精神生活和政治生活領域」〔註1〕。在晚明銅臭熏天、唯利是圖的商品社會中，怎麼會可能出現《三國》、《水滸》中的異姓兄弟結義的現象呢？而文學現象總是某一歷史時代社會現象的真實反映，因而同是成書於元末明初的《三國》、《水滸》中的異姓兄弟結義的現象，應該從它產生的歷史處境中去尋找答案。

蒙元時期，蒙古族掌握著權力話語，其文化也是當時主流的文化形態。而在蒙古族文化中，結安答的社會習俗與其它民族相比，特別明顯和突出，從而不能不滲透和影響彼時的民俗文化和演唱藝術。

二、蒙古族的結安答

蒙古語的 Anda 或 And 音譯為漢語即安答、諳達、按答、按達或俺答，意思是結盟兄弟或結義兄弟。蒙古族著名學者羅布桑卻丹在《蒙古風俗鑒》中寫道：「若說蒙古族的本來性格，是正直果斷，英勇剛強。……以義氣為重，安於命運。……風尚特別重視君臣之義氣，出現很多有佛心的人。」蒙古族民間故事、蒙古史詩和《蒙古秘史》等中都有蒙古族結安答習俗的敘事和反映。

蒙古國《一百五十五歲的龍·莫日根汗》記載，龍·莫日根汗的第二個兒子成吉思·斯日勒呼里看家鄉出征，路上遇到碩貴·烏蘭·布通勇士。斯日勒呼想和他成為結義兄弟，遭到對方的拒絕和挑戰。兩位勇士猛烈地搏鬥，最後布通被殺死了。〔註2〕

蒙古國西部流傳的長篇史詩《阿勒泰·海拉赫》也有好漢結義的敘事：好漢博依門·門特爾殺死了十五頭的蟒古思，救活了烏克泰·莫日根，「兩位英雄刺破大拇指，互相喝血發誓，成為結義兄弟」〔註3〕。

〔註1〕 馬克思：《政治經濟學批判序言》，《馬克思恩格斯選集》第二卷，人民出版社，1997 年版，第 82 頁。

〔註2〕 陳崗龍、烏日古木勒：《蒙古民間文學》，寧夏人民出版社，2008 年版，第 123 頁。

〔註3〕 陳崗龍、烏日古木勒：《蒙古民間文學》，寧夏人民出版社，2008 年版，第 124

　　蒙古族，在原始游牧時期，具有鮮明的平等意識，如《蒙古秘史》第 35 節記載，孛端察兒告訴他哥說：「剛才在統格黎克小河上住的那群人，沒大沒小，不分尊卑、上下，一律平等……」《元史·本紀第二太宗》記載，窩闊台即皇帝位後「始立朝儀，皇族尊屬皆拜」。饒是如此，它與漢民族禮樂文化之等級分明亦不可同年而語。

　　而我們知道，異姓兄弟結義的基礎就是一種平等意識。它不像儒家文化中所謂的「兄友弟恭」，即即使是有血緣關係，也分上下等級。蒙古族的結安答，就是這種平等意識的社會行為體現，這一敘事，時常見之於他們的說唱藝術和文字記載之中。如《蒙古秘史》中有多處結安答的記載：

　　第 50 節記載，也速該·把阿禿兒「曾助克烈亦惕部主脫斡鄰勒（即王汗）奪回其部眾，遂與脫斡鄰勒結為義兄弟」〔註4〕。

　　第 57 節記載，「貼木真與箚木合又在這裡歡慶再次結為安答（義兄弟）」〔註5〕。

　　在第 96 節中，克烈亦惕部的王汗答應幫助貼木真找回其部落的百姓。〔註6〕

　　在第 105 節中，貼木真求助於安答（義兄弟）箚木合幫他搶回其妻子。〔註7〕

　　在第 116 節中，貼木真與箚木合重申「安答」之誼：「咱倆要互相親密友愛！」〔註8〕

　　第 117 節記載，貼木真與箚木合重申安答的情誼：「凡結為安答的，就是同一條性命，不得互相捨棄，要相依為命，互相救助」〔註9〕。兩個義兄弟，

　　　頁。
〔註4〕 失吉忽禿忽：《蒙古秘史》，余大鈞譯注，河北人民出版社，2001 年版，第 22 頁。
〔註5〕 失吉忽禿忽：《蒙古秘史》，余大鈞譯注，河北人民出版社，2001 年版，第 27 頁。
〔註6〕 失吉忽禿忽：《蒙古秘史》，余大鈞譯注，河北人民出版社，2001 年版，第 50 ～51 頁。
〔註7〕 失吉忽禿忽：《蒙古秘史》，余大鈞譯注，河北人民出版社，2001 年版，第 58 ～59 頁。
〔註8〕 失吉忽禿忽：《蒙古秘史》，余大鈞譯注，河北人民出版社，2001 年版，第 66 頁。
〔註9〕 失吉忽禿忽：《蒙古秘史》，余大鈞譯注，河北人民出版社，2001 年版，第 67 頁。

「夜間同衾而眠」，這不禁令人想起了劉備、關羽、張飛結義兄弟也是如此，這不能沒有受蒙古族草原文化的影響吧？

「史詩中的英雄們經常在戰爭中結安答，在尋找妻室時結安答，由戰馬的勸告而結安答，向神宣誓結安答，在搏鬥中力臂相等而結安答，在互相交換信物後結安答，這些結安答方式中隱伏著遠古崇拜意識和文化淵源。結安答習俗是飲血同魂的原始思維、語言崇拜和英雄崇拜等的產物，也是蒙古先民的歷史、文化的一種載體。」〔註10〕

在蒙古草原文化中，盛行好漢結義的習俗。而「好漢」在唐代雖然已有這個詞語，但其意義卻與《水滸傳》中的「好漢」含義不盡相同，如後晉劉昫等著《舊唐書·列傳第三十九》（武英殿本卷八十九）記載：「仁傑常以舉賢為意，其所引拔桓彥範、敬暉、竇懷貞、姚崇等，至公卿者數十人。初，則天嘗問仁傑曰：『朕要一好漢任使，有乎？』仁傑曰：『陛下作何任使？』則天曰：『朕欲待以將相。』」

到了宋代，「好漢」的意思與唐代的相比便有了變化，如《宋史》記載：「三年，光世宣撫江、淮，當移屯建康，命韓世忠代之。德從數十騎自京口逆世忠，度將及麾下，徒步立道左，抗言曰：『擅殺陳彥章，王德迎馬頭請死。』世忠下馬握其手曰：『知公好漢，鄉來纖介不足置懷。』」

而在元末明初，「好漢」的意思便與《水滸傳》中好漢的意義完全相同了，如在藍玉案中，乃兒不花的供詞是：「洪武二十六年正月二十三日，有蒙古衛指揮法古到家相望，隨後有脫臺指揮亦來。是不花就留各人飲酒間，有法古言說：『我昨日去望涼國公，他有句話對我說，要教你也知道，因此上我來和你商量。』是不花問說：『他道什麼來？』本官回說：『涼國公道，我們都是從小跟隨上位出氣力的人，到個公侯地位尚且保全不得，你這等出降的達達、色目人，更是不知久後如何，他說早晚要動手謀反，教俺準備些好漢來助他。』」〔註11〕

《蒙古秘史》第277節記載，元太宗批評其長子古余克的時候說：「你連一、二個斡魯速惕人、乞卜察兀惕人也沒有（親手）捉住過，連個山羊蹄子也沒有獲得過，竟充起好漢來，……」我們發現，《蒙古秘史》中多次出現「好漢」這個詞語，而即使是今天，蒙古族仍然流傳著很多「好漢歌」和好漢的

〔註10〕關金花：《蒙古族英雄史詩的結安答母題研究》，內蒙古大學博士論文，2009。
〔註11〕《逆臣錄》，王天順、何瑞田點校，北京大學出版社，1991年版，第289頁。

故事，蒙古民間故事尤其是英雄史詩中的主人公一般被稱爲「好漢」，如《一百五十五歲的龍‧莫日根汗》中「喇嘛給孩子起名爲傑出的好漢黑斯拜達日胡」〔註12〕、小仙女念咒語「願好人之子傑出的好漢站起來」〔註13〕等等，這一些難道不足以說明水滸好漢文化與蒙古族文化之間的聯繫嗎？

語言詞語具有時代性。正如蒙古族對漢語言諸多詞語的影響，「好漢」這個詞語在《水滸傳》中所具有的特定的含義恐怕也受到了蒙古族結安答文化的影響吧？

三、儒家思想中的兄弟之義與蒙古族的安答

許慎《說文解字》對「義」的解釋是：「己之威儀也。」段玉裁在《說文》「義」字下說：「古者『威儀』字作『義』，今『仁義』字用之。儀者，度也，今『威儀』字用之。誼者，人所宜也，今『情誼』字用之。……是謂『義』爲古文『威儀』字，『誼』爲古文『仁義』字。」又於「誼」字下作注曰：「按，此則誼、義古今字。周時作誼，漢時作義，皆今之『仁義』字也。其『威儀』字則周時作『義』，漢時作『儀』。」

《禮記》曰：「義者，宜此也」〔註14〕，「義者，天下之制也」〔註15〕，「理者，義也」〔註16〕。儒家倫理道德範疇內的「義」包括君臣之義、父子之義、兄弟之義‧朋友之義等。需要特別指出的是，儒家所謂的「兄弟之義」，強調有血緣關係的同姓兄弟之間的情誼。具體而言，就是親兄弟之兄友弟恭或兄友弟悌。

章學誠《丙辰札記》云：「《演義》之最不可訓者──《桃園結義》，甚至忘其君臣，而直稱兄弟。」〔註17〕這一看法，反映出儒家思想中的「義」是基於等級思想的，與蒙古族結安答文化中的平等思想大相徑庭，截然不同。

不僅如此，「桃園結義」之意識和行爲還遭到儒家之徒的諷刺和批評，如

〔註12〕陳崗龍、烏日古木勒：《蒙古民間文學》，寧夏人民出版社，2008年版，120頁。
〔註13〕陳崗龍、烏日古木勒：《蒙古民間文學》，寧夏人民出版社，2008年版，第121頁。
〔註14〕阮元校刻：《十三經注疏》，中華書局，1980年版，第1598頁。
〔註15〕阮元校刻：《十三經注疏》，中華書局，1980年版，第1639頁。
〔註16〕阮元校刻：《十三經注疏》，中華書局，1980年版，第1694頁。
〔註17〕章學誠：《章氏遺書》，影印吳興劉氏嘉業堂刻本，文物出版社，1985，第396頁。

邱煒萱《五百洞天揮塵》云：「自有《三國演義》出，而世慕爲拜盟歃盟之兄弟、占星排陣之軍師者多。邯鄲學步，至死不顧。」

這是因爲儒家所倡導的禮樂文明，本質上是血緣宗族基礎之上的等級文明，所以他們反對那些泯滅等級上下、親疏遠近的結安答。例如，在《論語》中，子夏曰：「商聞之矣，死生有命，富貴在天。君子敬而無失，與人恭而有禮，四海之內，皆兄弟也。君子何患乎無兄弟也。」子夏所謂的「四海之內皆兄弟也」，實質是禮的倫理範疇之內的兄弟關係。

如其不然，則被儒家之徒所笑，如《顏氏家訓‧風操》云：「四海之人，結爲兄弟，亦何容易。必有志均義敵，令終如始者，方可議之。一爾之後，命子拜伏，呼爲丈人，申父友之敬；身事彼親，亦宜加禮。比見北人，甚輕此節，行路相逢，便定昆季，望年觀貌，不擇是非，至有結父爲兄，託子爲弟者。」顏之推嘲笑「北人」異姓兄弟結義，主要還是在於他們打破了倫理輩分（儒家非常講究名分與等級）。「北人」之結義，顯然不是建立在血緣宗族關係之上的，他們異姓之間歃血爲盟、拜天祭地，是一種平等互助關係。

《三國演義》和《水滸傳》中的異姓兄弟結義，本質上是結於私交之義，是游俠之義，他們重然諾，輕生死，義不負心。荀悅曰：「立氣齊，作威福，結私交，以立彊於世者，謂之游俠。」水滸好漢結義，忘其生死，爲結義兄弟赴湯蹈火、兩肋插刀，在所不辭。

有人說施恩也是一霸，武松爲何「義奪」快活林？有人質疑水滸好漢的「義氣」，認爲他們並非全部是「濟困扶危」和「仗義疏財」，而是結幫拉派，僅爲小團體打鬥，甚至有土匪無賴之行徑。這種看法是基本符合小說敘事的，但不確之處在於他們是基於儒家的「義」來理解水滸好漢的，其實，水滸好漢的「義」具有鮮明的蒙古族結安答文化的特性。元代人羅春伯的《任俠十三戒》，很好地說明了蒙元時期人們尤其是蒙古族的俠義價值觀。其中第三戒爲「恩」：「恩莫大於知己。知己之遇，人生所難。終飯之惠必報，寧過無不及。豫讓曰：『彼以國士待我，我以國士報之；彼以眾人待我，我以眾人報之。』」〔註18〕這一條就很好地解釋了武松與施恩的結義。

魯迅說「山泊中人，是並不將一切人們都作兄弟看的」〔註19〕，這是誠然不錯的。但這一點如果聯繫到蒙古族的結安答習俗，就能更好地理解了。

〔註18〕陳繼儒：《寶顏堂秘笈》，文明書局，1922年版。
〔註19〕魯迅：《魯迅書簡》，人民文學出版社，1957年版，第431頁。

因為即使是在蒙古族的結安答文化中，他們也並不是隨便跟一個異姓人結拜為兄弟的。對方必須是好漢英雄或是王侯，他們才肯與之結安答。《任俠十三戒》中的第六戒為「交」：「憂人之憂，樂人之樂。清濁無失，使人各以我為私己。四豪萬計，不若田橫五百，其同類猶當重之。」這裡的「交」，即結交、結義。但他們的結義，受制於第四戒「施」之「勿施非類」〔註20〕，從而可見「山泊中人」，都打上了結安答文化的烙印。

儒家思想的仁愛、寬恕、禮制等思想似乎與《水滸傳》的敘述格格不入。儒家的親兄弟關係，是「兄友弟悌」，有等級思想、上下關係在其中；而水滸好漢異姓結義兄弟之間，雖然分為「天罡」和「地煞」，但他們「交情渾似股肱，義氣眞同骨肉」（《水滸傳》第七十一回語）。

在漢文化中，義結金蘭，固然古已有之，但是，只有到了蒙元時期，這一思想受到蒙古族結安答的影響之後才得以激活，並獲得了蓬勃的生命力，原因就在於蒙古族的結安答習俗深刻而廣泛地影響了當時整個社會。

結 語

《三國演義》和《水滸傳》中的異姓兄弟結義，是蒙古族結安答文化與漢民族俠義文化的結晶，是特定歷史文化場中的一種社會現象。它與《金瓶梅》中的西門慶十異姓兄弟結拜相比，其妍媸高下，崇尚卑劣，眞是不言而喻。西門慶的熱結十兄弟，便流於滑稽和反諷了。明人李贄《過桃園謁三義祠》詩云：「世人結交須黃金，黃金不多交不深。誰識桃園三結義，黃金不解結同心？」《金瓶梅》所反映的是晚明商品社會之世風，惟孔方兄馬首是瞻，此來談何俠心義膽？清人毛宗崗評點《三國演義》時感慨：「今復有此結拜兄弟否？！」從而也表明，清初亦沒有蒙元結安答的社會風尚，雖然滿族文化深受蒙古族文化之影響。由是可知，小說所反映的異姓兄弟結義這種社會現象，是有其歷史性的，而這歷史性的形成，實得益於蒙古族結安答文化及其與漢文化的融合。

（原載《濟寧學院學報》2012 年第 2 期）

〔註20〕陳繼儒：《寶顏堂秘笈》，文明書局，1922 年版。

杏黃旗與「替天行道」
——兼論黃顏色的文化意義

　　《水滸傳》無論哪一個版本，都有關於梁山山頂上樹立著「杏黃旗」的敘事，且完全相同。茲以《金批水滸傳》第七十回「忠義堂石碣受天文，梁山泊英雄驚惡夢」中的敘述爲例，援引如下：「山頂上，立一面杏黃旗，上書『替天行道』四字。忠義堂前，繡字紅旗二面，一書『山東呼保義』，一書『河北玉麒麟』。外設飛龍飛虎旗、飛熊飛豹旗，青龍白虎旗，朱雀玄武旗，黃鉞白旄，青幡皂蓋，緋纓黑纛；中軍器械外，又有四斗五方旗，三才九曜旗，二十八宿旗，六十四卦旗，周天九宮八卦旗，——一百二十四面鎮天旗，盡是侯健製造。金大堅鑄造兵符印信。一切完備。選定吉日良時，殺牛宰馬，祭獻天地神明。掛上忠義堂斷金亭牌額，立起『替天行道』杏黃旗」〔註1〕。

　　與金本所不同的是，容與堂本和百廿回本《水滸傳》除了第七十一回「忠義堂石碣受天文，梁山泊英雄排座次」敘述梁山泊一百○八好漢結義後，「山頂上立一面杏黃旗，上書『替天行道』四字」〔註2〕之外，在第七十三回「黑旋風喬捉鬼，梁山泊雙獻頭」中，還有當李逵誤以爲宋江搶奪了劉太公的女兒後，回到山寨，「拔出大斧，先砍倒了杏黃旗，把『替天行道』四個字扯做粉碎」的敘事。

〔註1〕　《金批水滸傳》，三秦出版社，1998年版，第1004頁。
〔註2〕　施耐庵、羅貫中：《水滸傳》（容與堂本），上海古籍出版社，1988年版，第1045頁。

　　有很多學者曾探討過「替天行道」中的「道」究竟爲何道？〔註3〕至今仍然爭議紛紜，莫衷一是。其實，這面旗子的顏色「杏黄色」已經清楚地表明了梁山泊的政治綱領，從而可推知「替天行道」中的「道」究竟何所指。

　　中華民族崇尚黄顏色的傳統，歷時已很久遠。在我國古代社會視爲正色的黄、青、白、赤、黑等五種顏色中，「黄色」最爲尊貴，它被認爲是神聖、正統的顏色。那麽，中國古人爲什麽特別崇尚黄顏色呢？劉師培在《古代以黄色爲重》中做了相關的考論，因爲文章不長，茲摘引如下：

> 近代以來，種學大明，稱震旦之民爲黄種，而徵之中國古籍，則五色之中獨崇黄色。《易》曰：「天玄而地黄。」《説文》亦曰：「黄，地之色也。從田從茣，茣亦聲。」蓋神州之間，土爲黄色，而上古之時，即以土色區種色。《易・繫辭》云：「坤爲地。」魏博士秦靜亦曰：坤爲土。而《坤卦・六五》則曰：「黄裳元吉。」蓋坤爲陰物，故漢儒之釋《易》者，謂陰爻居中，皆稱爲黄。試即《周易》全書徵之：雷水爲《解》，九二易陽爻爲陰爻，象爲雷地。《豫》卦也。故其詞曰：「得黄矢，貞吉。」而《象辭》以「得中道」釋之。火風爲《鼎》，六五，爲陰爻。故其詞曰：「鼎黄耳。」而《象辭》以「中」以爲飾釋之。澤火爲《革》，初九，易陽爻爲陰爻，象爲澤山。《咸》卦也。故其詞曰：「鞏用黄牛之革。」重火爲《離》，六二，爲陰爻。故其詞曰：「黄離元吉。」《象》詞亦以得中道釋之。皆陰爻居中稱黄之證也。又案《噬嗑》之象爲雷火，六二言「得金矢」，六五言「得黄金」，金亦黄色之代表也。蓋古代以黄爲中和之色，《白虎通》云：「黄者中和之色，自然之始，萬世不易。黄帝始作制度，得其中和，萬世常存，故稱黄帝也。」《風俗通》云：「黄者，光也，厚也，中和之色，德四季，與地同功，故稱黄以別之。」故《月令》之記「中央土」也，色皆尚黄。如「其帝黄帝」，建黄旗之類是也。又南蒯占筮，遇《坤》之《比》曰：「黄裳元吉。」示子服惠伯，惠伯謂：「中不中，不得其色。」見《左傳・昭公十二年》。《太玄經》亦曰：「黄

〔註3〕 探討「替天行道」中的「道」的論述頗多，如王平《〈水滸傳〉「替天行道」考論》、杜貴晨《〈水滸傳〉「替天行道」論》、陳遼《「替天行道」行何「道」——關於〈水滸傳〉中「道」的辨析》、王學泰《從「忠義」説到「替天行道」》、賀根民《王道烏托邦：〈水滸傳〉的「替天行道」思想》、施慶利《基於「狂歡」的顛覆與重建——〈水滸傳〉「替天行道」思想淵源及内涵再探》等等。

不黃，失中德也；黃不純，失中適也。」是古代以黃爲中德。又黃訓爲光，《説文》黃字芡聲，芡古文光。光爲光輝之義。如《易經》「觀國之光」，「輝光日新」是也。故震旦、支那之義，皆起於光、輝、黃，與皇通。《風俗通》云：「皇者，中也，光也。」與黃字訓中、訓光者相通。《尚書刑德考》亦云：「皇者，煌煌也。」故上古之君，皆稱爲皇。黃帝者，猶言黃民所奉之帝王耳。後儒不察，飾黃神、《河圖握拒》云：「黃帝名軒，北斗，黃神之精，匋文曰黃帝子。」黃星、《拾遺記》云：「黃帝以戊己之日生，時有黃星之祥。」黃雲《春秋演孔圖》云：「黃帝之將興，黃雲陞於堂。」之説以附會其詞，不足信也。又《風俗通》云：「俗説天地初開闢，未有人民，女媧摶黃土爲人。劇務，力不暇供，乃引繩絙泥中，舉而爲人。故富貴賢智者，黃土人也。貧賤凡庸者，引絙人也。」説雖荒渺，然足證古代人民悉爲黃種。《風俗通》析黃上人、引絙人爲二類，蓋黃土人者，漢族之民，而引絙人者，則爲異族之民。猶言引弓之民。與《堯典》之分百姓黎民者相符，不得以其荒誕而非斥之也。觀《漢書・律曆志》，謂萬事起於黃鍾之宮，亦古代重黃之證。此薑齋遺著所由以《黃書》爲名也。後序所論甚精。惜後儒味焉不察耳！〔註4〕

中國古代的文明，是源自黃河和黃土的農耕文明，人們具有「敬土」的思想。黃色之崇尚與中華民族的農耕文明及其對土地的特殊情感有關。華夏族世代息居於黃土高原，對黃土大地，有一種特別崇仰而依戀的情感，並由此而對黃土之色產生一種景仰、崇尚的心理。黨晴梵《先秦思想史論略》也認爲「黃」字「從田，是田土沾於人身之色」。《尚書大傳》云：「土者，萬物之所資生也，是爲人用。」《管子・水地》云：「地者，萬物之本原，諸生之根苑也。」《淮南子・天文訓》曰：「黃色，土德之色。」《考工記・畫繪之事》曰：「地謂之黃。」王充《論衡・符驗》曰：「黃爲土色，位在中央。」《漢書・律曆志》也說：「黃，中之色也。」黃色是黃土地、黃河以及華夏人黃皮膚所共有的顏色，於是它便理所當然地受到了獨尊的崇奉，以後愈演愈烈，最後其中的正黃色竟成爲帝王所壟斷的顏色了，成爲皇權的象徵，代表著最高權勢的尊貴和至上。

〔註4〕 錢谷融主編、張先覺編：《劉師培書話》，浙江人民出版社，1998年版，第13頁。

因此，在歷朝史料和小說戲曲中，常可看到正黃色被視爲君權神授的象徵顏色和御用顏色的言說。比如，黃鉞（用黃金爲飾的斧）曾作爲君王權力的象徵，只有擁有黃鉞才有權力進行征伐。《尚書·牧誓》記載周武王「左仗黃鉞，右秉白旄以麾」，而《水滸傳》中，也有「黃鉞白旄，青幡皂蓋，緋纓黑纛」的描述，表明他們享有征伐權。他如「黃榜」、「黃馬褂」、「黃龍」等都與皇權有關。

中國古代的禮樂文明，本質上是尊卑有度、上下有序的等級文明。這一點也體現在顏色的日常使用上。古人把色彩分爲正色和間色兩種，其中青、赤、黃、白、黑等五種顏色是正色，而綠、紅、碧、紫、橙等顏色爲間色。並且規定，正色爲尊，間色爲賤。而正色中的黃色尤爲人所尊崇，被稱之爲「帝王之色」。原因似乎與陰陽五行說有關，木、火、土、金、水分別對應於青、赤、黃、白、黑，土處於中央，黃色在五行中爲土，是中央之色，象徵著社稷和皇權。中國歷來崇尙「中」，因而黃色便成爲至尊至貴的顏色了。

《尙書·虞夏書·禹貢》記載：「厥土爲黃壤。」《周易》記載：「天玄地黃。」《中國歷代服飾》記載，秦漢時期，巾幘色「庶民爲黑，車夫爲紅，喪服爲白，轎夫爲黃，廚人爲綠，官奴、農人爲青」，此時黃色尚未成爲皇家御用之色。

黃色成爲帝王專有之顏色，始自漢武帝。司馬遷《史記·孝文本紀》記載：「魯人公孫臣上書陳終始傳五德事，言方今土德時，土德應黃龍見，當改正朔服色制度。」董仲舒提倡「君權神授」「天人合一」，於是黃色便成爲了帝王之色。其他顏色也有尊賤高下之分，如朱紫青綠是官階之色，白色則是平民之色。但在當時，黃色還沒有嚴格的禁忌。漢末流行「黃衣當王」的讖語；黃巾起義喊出「蒼天已死，黃天當立」的口號，並以黃巾纏頭，原因就在於黃巾起義軍的首領張角迷信讖緯之學，認爲劉漢是火德，火生土，土爲黃色，故他們以黃巾纏頭，表示天命所歸之意。但黃巾之黃，不知有無杏黃、明黃等更細緻的區分。

在封建社會中，朝廷明文規定明黃（正黃色）是皇家專用，始自李唐。貼黃制度，也始自唐代。顧炎武《日知錄集釋》記載：「宋葉夢得《石林燕語》曰：『唐制降敕有所更改，以紙貼之，謂之貼黃。蓋敕書用黃紙，則貼亦黃紙也。」據宋人王楙《野客叢書》記載，至晚從隋朝開始，黃袍就成了只有帝

王才能穿的服飾。「唐高祖武德初，用隋制，天子常服黃袍，遂禁士庶不得服，而服黃有禁自此始。」〔註5〕從此之後，正黃色成為了帝王之專用，臣民禁止穿黃袍。但只要不是明黃，至於其它黃色，道士女冠、平民百姓似乎仍然可以穿戴。如《法服品》規定：「凡諸女冠，裙皆全幅，帖緣染用梔黃。」同時規定執役衣「上中下衣皆用淺黃，色若黃屑土，黃作淡色。」唐王朝規定不同品級，袍衫的顏色也不同，即所謂的「品色服」。何等秩級穿什麼顏色的服裝，這種規定一直延續到清末。唐末黃巢曾做詩云：「衝天香陣透長安，滿城盡帶黃金甲」，就是衝著「服黃有禁」而言的。

宋太祖趙匡胤陳橋驛兵變，就是以「黃袍加身」來進行奪權的。

蒙元統治時期，民間還禁止穿赭黃、柳芳綠、紅白閃色、迎霜色（褐色）、雞頭紫、梔子紅、胭脂紅等顏色的衣裳。

明代朱元璋在《大明律》中明文規定不同階級使用不同的服裝、顏色等。《大明會典》記載：「寫黃仍寫內外貼黃與正黃。」

有清一代，嚴禁擅用黃色。據清人蔣良祺《束華錄》記載，雍正時平定青海叛亂有功的大將軍年羹堯，後來被判死罪的原因之一，就有山門用黃土墁道、用鵝黃色荷包、擅用黃包袱等罪狀。

江南織造是負責皇家衣服所用的絲綢綾緞，而曹寅在給康熙的奏摺中寫道：「明黃線羅十疋，尚足兩年之用。」〔註6〕由此也可看出，明黃乃皇家專用。

在清代，京官寫給皇帝的奏摺也是用明黃色的紙張。「折面及底頁均為明黃色綾子面。『恩折』和『賀折』在明黃色紙的背面襯有同樣尺寸的大紅紙，以示喜慶。上奏皇帝時，裝在一隻 22.5 釐米×10.5 釐米的明黃色綾子封裏，將口封好。」〔註7〕

皇家的圍牆、宮殿，可以塗上明亮的黃色，而一般人則絕對不允許用黃色塗抹建築物。末代皇帝溥儀在《我的前半生》中說：「每當回想起自己的童年，我腦子裏便浮起一層黃色：琉璃瓦頂是黃的、轎子是黃的、椅墊子是黃的、衣服帽子的裏面、腰上繫的帶子、吃飯喝茶的瓷製碗碟、包蓋稀飯鍋子的棉套、裏書的包袱皮、窗簾、馬韁……無一不是黃的。這種獨家佔有的所

〔註5〕 劉雲泉：《語言的色彩美》，安徽教育出版社 1990 年版，第 201 頁。
〔註6〕 轉引自〔美〕史景遷：《曹寅與康熙──一個皇室寵臣的生涯揭秘》，陳引馳、郭茜、趙穎之、丁昱譯，上海遠東出版社，2005 年版，第 104 頁。
〔註7〕 李維基：《淺談「奏摺」》，《中華工商時報》2002 年 8 月 16 日。

謂明黃色，從小把惟我獨尊的自我意識埋進了我的心底，給了我與眾不同的『天性』。」

　　溥儀與他的弟弟溥傑、大妹一起玩捉迷藏的時候，發現溥傑袖口的衣裏是明黃色的，溥儀在《我的前半生》中回憶道：「我立刻沉下臉來：『溥傑，這是什麼顏色，你也能使？』『這，這……這是杏黃的吧？』『瞎說！這不是明黃嗎？』『嗻，嗻……』溥傑忙垂手立在一邊。大妹溜到他身後，嚇得快要哭出來了。我還沒完：『這是明黃！不該你使的！』『嗻！』」從中我們可以看出，在清代，明黃是皇帝專用，其他人不得擅用或僭用。

　　黃色如果細分，還有多種，如鵝黃、橘黃、檸檬黃、金黃、深黃、杏黃等。其中的「杏黃」指的是「黃而微紅的顏色」，不是純正的黃色，民間可以用。朝廷明文嚴禁民間使用明黃色，因為這是皇家專用的色彩，庶民如果使用就會被以觸犯王法論處。

　　《漢語大辭典》對「杏黃旗」的解釋是：（1）杏黃色的旗幟，傳統戲曲、小說中多指綠林好漢聚眾起事的義旗。元代康進之《梁山泊李逵負荊》第一折云：「杏黃旗上七個字：『替天行道救生民。』」《西遊記》第六十八回：「既識字，怎麼那城頭上杏黃旗，明書三個大字，就不認得，卻問是甚去處，何也？」徐鑄成《報海舊聞·傑出的女報人》：「李逵曾大吵忠義堂，斧劈杏黃旗。」（2）杏黃色的旗幟，佛道神怪作戰時的帥旗。《封神演義》第四十七回：「只見杏黃旗招展，黑虎上坐一道人。」在《封神演義》中，杏黃旗除了作帥旗外，還是法寶。當姜子牙下崑崙山時，元始天尊贈送了他三件法寶：杏黃旗、四不像和打神鞭。姜子牙用「杏黃旗」來護身，因為杏黃旗是一件寶物。一旦出現危險，姜子牙就展開杏黃旗，於是便有萬朵金蓮，保護其身。從這些例子亦可以看出，「杏黃旗」一般是義軍、黑道等所使用的，朝廷皇室一般不使用它。

　　北宋宋徽宗專門設置了宮廷畫院。有一年，考試的題目是《竹鎖橋邊賣酒家》，畫師們看題後，畫得最好的據說是這樣一幅畫：重點畫了一片綠竹，密密蒼蒼，竹林深處高豎一根旗，旗橋上高挑一面「杏黃色」旗子，上書一個斗大的「酒」字，一座小橋隱約可見，而沒有畫酒店。我們看，酒旗用的顏色是杏黃色，原因就在於草莽民間只能使用杏黃色。

　　《西遊記》第四回「官封弼馬心何足，名注齊天意未寧」中，孫悟空嫌棄「弼馬溫」官職太小，反下天庭，聽了鬼王的建議，便教四健將：「就替我

快置個旗旗，旗上寫『齊天大聖』四大字，立竿張掛。自此以後，只稱我為齊天大聖，不許再稱大王。亦可傳與各洞妖王，一體知悉。」小說作者的過人之處就在於這裡並沒有寫出旗旗的顏色，因為孫悟空並不是「替天行道」，而是與天庭爭強，因此如果將旗子的顏色寫作「杏黃」便是敗筆。

杜貴晨先生曾撰文《〈水滸傳〉「替天行道」論》，認為「《水滸傳》主題研究近世影響較大的觀點主要有『逼上梁山』和『忠義』等說，其實皆不甚合於本書實際。比較諸說，書中作為梁山旗號的『替天行道』，實遠過於那可以有多解的『逼』字和前後不易貫通的『忠義』，應是作者留給我們把握一書主旨的竅門與鑰匙」〔註8〕。從梁山泊的這面杏黃旗之顏色來看，《水滸傳》的主旨的確就是「替天行道」，即殺貪官、除民害，從而順天報國。何以言之？如前所述，就因為梁山泊的旗幟不用皇帝專用的「明黃色」，而是只用民間所僅能使用的「杏黃色」，足以表明梁山泊並不想取代皇帝，而是替蒼天、替皇帝做事。宋江等梁山泊好漢受朝廷招安之後，連杏黃旗也不用了，而是改為了「紅旗」。小說寫道：「前面打著兩面紅旗，一面上書『順天』二字，一面上書『護國』二字。」這一點，從元雜劇中的水滸戲也可以旁證《水滸傳》的政治綱領是「替天行道」。

在元雜劇中，宋江儼然就是一個「包青天」，而梁山泊便是一個主持民間正義的「法庭」。如在《魯智深喜賞黃花峪》中，楊雄對李慶甫說：「蔡衙內若欺負你，來梁山告俺宋江。」〔註9〕當蔡衙內搶走李慶甫的妻子李幼奴時，李慶甫便到梁山來「告狀」。於是宋江就說：「拿住蔡衙內也，與我拿出去，殺壞了者。您一行人聽我下斷：則為你蔡衙內倚勢挾權，李幼奴守志心堅；強奪了良人婦女，壞風俗不怕青天。雖落草替天行道，明罪犯斬首街前。黑旋風拔刀相助，劉慶甫夫婦團圓。」〔註10〕

再如，在《爭報恩三虎下山》中，宋江也像開封府包拯那樣判決案件，為百姓平反冤獄。而《梁山泊李逵負荊》第一折伊始，宋江自我告白說：「澗水潺潺繞寨門，野花斜插滲青巾。杏黃旗上七個字，『替天行道救生民』。」《同樂院燕青博魚》（正末唱）「我不向梁山泊裏東路，我則拖的你去開封府的南衙，你做甚委眼睜睜當翻了人？」……可見，「梁山泊裏東路」與「開

〔註8〕 杜貴晨：《〈水滸〉「替天行道」論》，《菏澤學院學報》2008年第6期。
〔註9〕 王季思：《全元戲曲》第七卷，人民文學出版社，1990年版，第82頁。
〔註10〕 同上書，第97頁。

封府的南衙」都是法庭，只不過一是爲平民百姓伸張正義，一是爲權力財勢作護身符。當時的梁山泊便是社會正義力量的化身，是民間法庭，平民百姓一旦有了冤案便奔向「梁山泊裏東路」求助。元雜劇中梁山泊之「替天行道」，很大一部分就是爲百姓伸張正義。但這一點在《水滸傳》中有了發展和演變。

《水滸傳》中的「替天行道」究竟有何內涵和外延？王平先生通過考證後認爲，「『替天行道』經歷了由民間願望到文人理想的過程，其所替之天由『天道』演變爲『天命』，其內涵也由『俠義』演變爲『忠義』」〔註11〕。水滸好漢之「替天行道」無論是俠義還是忠義，它「首先承認君權的存在是上天的旨意，由此派生出的道就是君臣之義，替天行道就是替君行道，客觀上維護著這一君權的存在」〔註12〕。因而《水滸傳》中的替天行道，在政治上，既包括除暴安民、打抱不平，又包括護國安民，爲朝廷效力；在經濟上，便是均貧富，因爲「天之道，損有餘而補不足」（《道德經》語），雖然梁山泊正如有的論者所指出的，劫富濟貧在實際行動上並不多；但並不是沒有，如宋公明三打祝家莊之後，「所有各家，賜糧米一石」（第五十回）；打破北京大名府時，「又開倉放糧，將糧米俵濟滿城百姓」（第六十七回）等。

《水滸傳》之「替天行道」的眞實意思，就是通過梁山山頂上的那一杆杏黃旗來表達的。中國歷史上歷次農民起義，黃巾、赤眉、紅巾、紅襖、紅旗等都是言說著「彼可取而代之」（項羽語）之決心和意志，唯獨「杏黃旗」之杏黃，卻是別有一番含義在。

杏黃旗之顏色非皇家專用的明黃色，表明梁山泊並非取代宋天子也，而只是「替天行道」而已，不反天子，只反貪官，僅僅是替天行道之民間法庭也。當一個政府的司法機關不爲老百姓弱勢群體做主的時候，老百姓就以梁山泊作爲草莽民間伸張正義的場所，這也是《水滸傳》幾百年來作爲文學經典的價值意義之所在。

從梁山泊上的杏黃旗與替天行道之關係，可知顏色具有不言之言的文化意義。這一點，古今中外，概莫能外。好萊塢大片《肖申克的救贖》中的黑人罪犯 RED，按照他自己的說法即他是監獄中唯一眞正犯了罪的人，其名字音譯爲瑞德（RED），其本義則是「紅色」的意思。這就與西方人對紅色的偏見有關，西方人認爲紅色意味著暴亂、血腥和邪惡。再如《愛麗絲奇境漫遊

〔註11〕 王平：《〈水滸傳〉「替天行道」考論》，《文史哲》2010 年第 1 期。
〔註12〕 王平：《〈水滸傳〉「替天行道」考論》，《文史哲》2010 年第 1 期。

記》，愛麗絲在河邊看到白兔的時候，白兔的紅眼睛作者描述為 pink 即粉色；霍克斯將《紅樓夢》中的「怡紅院」翻譯為「怡綠院」等，都是這個原因。而我們中國人則特別喜歡紅色，如中國紅、紅燈籠、紅對聯、紅囍字等等。顏色的這種不言之言的文化意義，運用於我們生活的方方面面，如法國新小說派大師羅伯－格里耶撰寫的《桃色與黑色劇‧骰子》，其包裝就富有意蘊，正封面是粉色，外包裝的封面則是黑色，暗示了其電影小說的敘述內容是性與暴力。由此看來，《水滸傳》中杏黃旗之顏色，就是在言說著水泊梁山的政治主張是「替天行道」，而不是「革命鼎代」。

由是可知，我們在影視創作或文化旅遊景點營建的時候，即使是一面旗子的顏色，也要慎重，力求符合其歷史語境中的不言而言的內涵和外延。

（原載《水滸爭鳴》第 13 輯）

《水滸傳》中張天師的牧童形象探源

　　《水滸傳》楔子「張天師祈禳瘟疫，洪太尉誤走妖魔」中說洪信奉天子之命，去龍虎山請張天師祈禳瘟疫，但天師不在上清宮中，須洪信親自到山頂上茅庵中去請。洪信到了半山腰，被老虎和大蛇唬了一跳，之後：

　　　　（洪信）正欲移步，只聽得松樹背後隱隱地笛聲吹響，漸漸近來。太尉定睛看時，只見那一個道童，倒騎著一頭黃牛，橫吹著一管鐵笛，笑吟吟地騎著黃牛，正過山來。洪太尉見了，便喚那個道童：「你從那裡來？認得我麼？」道童不採，只顧吹笛。太尉連問數聲，道童呵呵大笑，拿著鐵笛，指著洪太尉說道：「你來此間，莫非要見天師麼？」太尉大驚，便道：「你是牧童，如何得知？」道童笑道：「我早間在草庵中伏侍天師，聽得天師說道：『朝中今上仁宗天子，差個洪太尉，齎擎丹詔御香，到來山中，宣我往東京做三千六百分羅天大醮，祈禳天下瘟疫。我如今乘鶴駕雲去也。』這早晚想是去了，不在庵中。你休上去。山上毒蟲猛獸極多，恐傷害了你性命。」太尉再問道：「你不要說謊。」道童笑了一聲，也不回應，又吹著鐵笛，轉過山坡去了。

　　　　……眞人道：「太尉可惜錯過！這個牧童，正是天師。」太尉道：「他既是天師，如何這等猥獕？」眞人答道：「這代天師，非同小可！雖然年幼，其實道行非常。他是額外之人，四方顯化，極是靈驗。世人皆稱爲道通祖師。」〔註1〕

〔註1〕　《金批水滸傳》，三秦出版社，1998年版，第7～8頁。

「牧童」這個詞語，在中國古代很早就有，例如《呂氏春秋‧疑似》中說：「入於澤，而問牧童；入於水，而問漁師。」但是，「牧童」作爲一個藝術形象，似乎唐代之前並不多，而從唐代開始，唐詩中多有關於牧童的吟詠，李世民就有「駐蹕撫田畯，回輿訪牧童」的詩句，而王維詩歌中更是多處提及牧童。宋代詩人如黃庭堅、雷震等對牧童多有吟詠。

在中國古代小說中，童子的形象頗多，像《西遊記》中的哪吒、紅孩兒（後來成爲觀音菩薩的善財童子）、《封神演義》中的哪吒等，而《水滸傳》中張天師則是一個牧童的形象。那麼，《水滸傳》中的張天師爲何是一個牧童形象呢？這個牧童形象的源流是怎樣的？下面試作一探討。

一、道教文化中的根源

《水滸傳》中張天師是一個牧童的形象，這一方面與歷史上第三十代天師張繼先虛靖先生有關係，另一方面與歷史上的道教釋教化也有關係。

《水滸傳》開篇中的虛靖天師，其原型實有其人，他就是張繼先。水滸故事發生在宋徽宗時期，而宋徽宗十分崇道，道士林靈素稱宋徽宗是長生大帝君下凡，爲道教之主。道錄院封宋徽宗爲「教主道君皇帝」。而早在宋眞宗時，朝廷賜封第二十四代天師張正隨爲「眞靜先生」，從此，宋代嗣任天師均襲封「先生」之稱。

張繼先，字遵正。或云「字嘉聞，又字道正。號翛然子」。張繼先生於宋哲宗元祐七年（1092）十月二十日。據說他五歲的時候他還不能開口說話，有一天聽到雞鳴，忽然笑著開口說話了，並賦詩一首曰：「靈雞有五德，冠距不離身，五更張大口，喚醒夢中人。」第二天，他便宴坐碧蓮花上，人皆稱異，呼爲眞仙。九歲時，承襲眞人之教。爲人淵默寡言，清癯白皙。宋徽宗崇寧以來，四次被召至京城，以治鹽池妖及建醮內庭，屢受褒賜。

崇寧二年（1103），解州奏鹽池水溢。徽宗以問道士徐神翁何以解之，徐道士說：「蛟蘗爲害，宜宣張天師。」於是宋徽宗命令有司聘之。第二年，張繼先應詔赴闕。宋徽宗召見，問道：「卿居龍虎山，曾見龍虎否？」張繼先說：「居山虎則常見，今日方睹龍顏。」宋徽宗聽了大悅。

十二月望日宋徽宗又一次召見張繼先，對他說：「解池水溢，民罹其害，故召卿治之。」張繼先立即書寫鐵符，令其弟子祝永祐同中官投池岸圮處，不一會兒雷電晝晦，有蛟蘗磔死。當時張繼先年僅十三，宋徽宗要厚賞他，

他辭而不受。這件事於史有徵，而張繼先又是少年英俊，因此對水滸故事中的張天師牧童形象的生成是有影響的，即童子天師是有出處的。

崇寧四年（1105）五月，張繼先又一次應召入對。在這次召見中，張繼先對宋徽宗說：「元祐諸臣皆負天下重望，乞聖度從容。」宋徽宗悚然問道：「朕何所不容？」張繼先說：「陛下弘建皇极，無偏無黨，以天下蒼生爲念，幸甚。」這裡張天師對皇帝的回答，體現了他站在元祐一黨的立場，這與《水滸傳》文本敘事中偏袒元祐舊黨、攻擊元豐新黨的政治態度是完全一致的。

靖康元年（1126），「金人寇汴，上與太上皇思天師預奏之言，遣使急召，至泗州天慶觀，索筆作頌曰：『一面青銅鏡，數重蒼玉山，恍然夜缸發，移跡洞天間。寶殿香雲合，無人萬象閑，西山下紅日，煙雨落潺潺。』書終而化，時靖康丙午十一月二十三日，京師亦以是日陷。族父武功大夫張憲適至，率士民葬於龜山之下。」虛靖先生享年三十六。或許元代的八思巴也是英年早逝，或許張天師預言宋王朝都城汴京的陷落，或許張天師是英才早發，不管怎樣，張繼先張天師成爲了《水滸傳》開篇中的一位重要的人物，並且是以一位牧童的藝術形象展現的。

「詩言志」，這是誠然不錯的，從張繼先的詩歌中能看出其心志。張繼先創作了四十八首《金丹詩》，如「採陰丹法起何時，後漢劉晟亦自迷。不免輪迴歸復道，豈將淫欲益愚癡。狗豬行狀稱爲妙，神魔陰謀不可欺。爭似無爲清靜道，一爐金就養嬰兒。」（其六）他在《還山》中還說「長年京國甚羈囚，丘壑歸來始自由」，表明了他閒雲野鶴、不願被世俗羈絆的心態。

《莊子·徐无鬼》篇云，黃帝將見大隗於具茨之山。在襄城之野迷途，恰逢一牧馬童子，問路，問大隗後，又問如何「爲天下」，得：「去其害者而已」，黃帝「稱天師而退」。〔註2〕這裡的牧馬童子，似乎亦是《水滸傳》中張天師的原型來源之一。

《水滸傳》中張天師的牧童形象與道教中關於嬰兒的教理可能也有關係。外丹派認爲嬰兒是鉛。內丹派中嬰兒是人之情，是神與氣的結合。《國史》記載：呂洞賓本儒生，因科場不利，而轉學道，遇五代隱士鍾離權授以內丹道要，隱居終南山，活動於關中等地。「年百餘歲，而狀貌如嬰兒。世傳有劍術，時至陳摶室」，與陳摶、李琪（一作「李奇」）等傳奇人物交往。道士修煉，以求長生，他們認爲通過修煉能夠返老還童，童顏於是似乎成爲了有道

〔註2〕 《莊子今注今譯》，陳鼓應注釋，中華書局，1983年版，第633～634頁。

行的長生者的標誌之一。

到中晚唐，牧童的形象被意象化和詩意化了，加入了更多的道家無為無爭的思想，成為了一種理想化的生活狀態。盧肇《牧童》詩云：「誰人得似牧童心，牛上橫眠秋聽深。時復往來吹一曲，何愁南北不知音。」棲蟾《牧童》詩：「牛得自由騎，春風細雨飛。青山青草裏，一笛一蓑衣。日出唱歌去，月明拊掌歸。何人得似爾，無是亦無非。」

到了宋代，牧童這個藝術形象，尤其是作為與世無爭自由自在的這個意象，更加廣泛地被應用在詩歌詞曲之中了，例如黃庭堅《牧童詩》曰：「騎牛遠遠過前村，短笛橫吹隔隴聞。多少長安名利客，機關用盡不如君。」詩歌中牧童這個意象所蘊含的自然人生、沒有是非爭競的精神境界與道家、道教的思想相契合。

早在隋唐時期，就開始了儒、釋、道三教合一的趨勢，而道教不僅借鑒和吸收了佛教的一些理論，而且在意象上也多有採用或化用，例如神仙傳中一些形象受到了佛教的影響。

道教宣揚自由心境與自然生活。老子主張返歸本初，莊子主張修生養性，道教接納了這些思想，認為在人世間應該順任自然、保其本心。隋唐之後佛教典籍中出現了大量牧童的形象和《牧童歌》。例如《古尊宿語錄》卷十一載慈明禪師作《牧童歌》：「牧牛童，實快活，跣足披蓑雙角撮，橫眠牛上向天歌……」〔註3〕老子說：「眾人熙熙，如享太牢，如春登臺。我獨泊兮，其未兆，如嬰兒之未孩。」還說過「專氣致柔，能嬰兒乎」，「為天下谿，常德不離，復歸於嬰兒」，「含德之厚，比於赤子」等。道教推崇和追求清靜無為的自然境界，表現出對兒童聖潔、純真的自然狀態的推崇。按照道教的說法，凡是神仙居住的洞天福地，一般有金童玉女伺候。

宋元話本中不乏牧童的形象，例如在《種瓜張老》中，「一個牧童騎著蹇驢，在那裡吹這哨笛兒。但見：濃綠成陰古渡頭，牧童橫笛倒騎牛。笛中一曲昇平樂，喚起離人萬種愁。」

水滸故事發生和流傳的時候，正是道教、佛教和儒教三教合一的宋元明時期，因此道教從佛教那裡也吸納了一些教義、意象和故事，改造和發展了自己的義理及其相關敘事，下面簡略陳述之。

〔註3〕〔宋〕頤藏主，古尊宿語錄（第 11 卷），中華書局，1994 年版，第 182 頁。

二、道教的釋教化與佛教文化中的根源

道教，作為中國土生土長的宗教，形成於東漢末年，然而佛教至晚在東漢永平十年（67）就傳入中土，其間彼此的影響就已經開始了。佛教的教義刺激了道教思想的發展，這從魏晉玄學即可看出。到隋唐時候，三教論衡中道教每每敗北，主要原因就在於它缺乏義理形而上的思辨，而佛教宏大完整的體系由於因明論富有邏輯和思辨而更加雄辯，於是出現了道教從佛教中竊取教義的做法，這倒是促成了道教的發展。

據胡小偉在《三教論衡與唐代俗講》中的考證，「歷代三教論衡的重大論辯中，道士『理屈詞窮』不止一次兩次」，「道家所以常敗之故，首先是其模仿抄襲釋氏處既多且陋，如《弘明集》卷六謝鎮之《重與顧道士書》謂『道家經籍簡陋，多生穿鑿。至如靈寶妙眞，採撮法華，製用尤細。』兩相論辯，不免有『李鬼見李逵』之困且窘」。但是正如陳寅恪所說的，「道教對輸入之思想，如佛教摩尼教等，無不盡量吸收，然仍不忘其本來民族之地位。既融成一家之說以後，則堅持夷夏之論，以排斥外來之教義。」

中唐之後，佛教俗講勃興，它通過講述故事來演說佛法的方式被民間藝人以及道教徒所學習和採納，例如韓愈《華山女》中所說的「黃衣道士亦講說，座下寥落如明星。華山女兒家奉道，欲驅異教歸仙靈。洗妝拭面著冠帔，白咽紅頰長眉青。遂來升座演眞訣，觀門不許人開扃。不知誰人暗相報，忽然振動如雷霆……」便記載了道士或女冠模仿佛教俗講進行說唱的事實。

到宋代後，市民文化隨著商品經濟的發展而得到了很大的發展。在瓦舍勾欄中，有「說參請」「諢經」等，這些故事的演說自然會深深影響到其他說書藝人以及廣大的聽眾。毋庸置疑，無論是三教論衡還是市人耳食，道教在教義闡發和故事傳說等方面受到了佛教的影響，而佛教中土化的過程中也受到了道教的影響。道教釋教化的過程中，古印度的神話傳說以及佛教中的故事通過俗講等方式為世人廣知。

在古印度的神話傳說故事中，有很多關於牧童的傳說，這或許與印度多牛以及神牛崇拜有關係。在佛教故事中，除了迦膩色迦王與牧童的傳說外，還有很多與牧童相關的敘事，例如龍樹菩薩前往印度南方的聖山，在途中來到了大河邊，遇見了許多牧童，大師問他們如何能過河。有人就故意指引大師到一條險道上，那裡既有兇猛的鱷魚，又充滿了急流。但是有一個牧童善意地告訴大師：「那條路不好走，請走這一邊。」就背著大師走過去，到了

水中央時，大師化現了許多可怖的兇殘鱷魚等種種危險。牧童反而安慰大師：「在我未死前，請您不用害怕。」大師馴服了那些化現的鱷魚，終於來到了岸上。

漢譯佛經《文殊師利普超三昧經》是西晉月氏三藏竺法護所譯，其中就有《幼童品第四》等篇章。佛教長於以故事說「佛法」，其中不乏兒童的形象。而藏傳佛教中的八思巴對中國古代小說中兒童形象敘事的影響更大。

元代佛教，是指元世祖即位至元順帝末年的百餘年間（1260～1368）蒙古族在全中國範圍內建立元王朝時期的佛教。自十三世紀初葉，元太祖成吉思汗就曾命其後裔，給各種宗教以平等待遇。元世祖忽必烈在即位前，就邀請西藏地區的名僧八思巴東來，即位後，奉爲帝師，命掌理全國佛教，兼統領藏族地區的政教。

薩迦派第五祖八思巴生於公元1235年，本名叫洛哲堅贊。《西藏王臣記》記載：（八思巴）「幼而穎悟，長博聞思，學富五明，淹貫三藏」。據說三歲時，他便能講喜金剛修法，措辭流暢，聽眾歎爲稀有，得到了大家的稱讚。四歲時跟隨其伯父薩迦班智達赴阿里的吉莊帕巴瓦底寺。九歲講喜金剛本續《二觀察》，名聲大著。十歲在拉薩大召寺釋迦佛像前受沙彌戒，並從傑隆堪布聽受《三百學處》。後來忽必烈通過西涼廓丹汗來邀請班智達，八思巴和他的弟弟金剛手隨侍前往。十七歲時，八思巴在蒙古地區從薩迦班智達廣聞顯密之學，深得班智達的嘉許，被授予釋迦金像和經缽。後班智達舉行教主傳法典禮，將所有徒眾託他攝受。班智達付法事畢就逝世了。八思巴十九歲時，經廓丹汗介紹，往晤忽必烈於潛邸，爲忽必烈夫婦等二十五人傳喜金剛四種灌頂。忽必烈感彼法恩，遂將西藏十三萬戶（前藏、後藏各六萬戶、延卓一萬戶）作爲求密法的供養。此後七十多年間，薩迦派執掌了西藏的政教大權。

據《新元史・釋老傳》，八思巴圓寂後，薩迦派僧人繼續爲蒙元帝師的有亦憐眞、答兒麻八剌乞列、亦攝思連眞、乞剌斯八斡節兒、輦眞監藏、都家班、相兒家思、公哥羅古羅思監藏班藏卜、旺出兒監藏、公哥列思八沖納思監藏班藏卜、亦輦眞吃剌失思等喇嘛。又終元之世，每一位登基的皇帝必須先就帝師受戒，從而表明黃教喇嘛對蒙元的影響之大，而八思巴由於是蒙元第一任帝師，且是少年天才，因此頗得其他宗教的豔羨。

從以上可見，八思巴三四歲就能夠講說佛法，可謂是天才，其形象和事蹟給人們留下了深刻的印象，這個兒童天才的形象爲道教所吸納和化用，並由於八思巴與道教的第三十代天師張繼先少年英俊有契合之處，從而促成了

張天師牧童形象的生成和發展。

三、牧童黑天是張天師牧童形象的根源

從中國道教史、佛教史可知，道教從佛教中吸收、轉化了若干教義，甚至道教中的一些神仙也深受佛教的影響，而佛教的思想也不是從天上掉下來的，它從婆羅門教、耆那教以及古印度的一些神話傳說中汲取了深厚的營養。

Krishna 今譯作「克裏希那」，「黑天」是佛教舊譯，他是印度教諸神中最受崇拜的一位神祇，他被視為毗濕奴的第八個化身，是諸神之首，是世界之主，後被佛教吸收而成為佛教的護法。黑天是一位印度人民所喜愛的人物，創作於十五、六世紀的《蘇爾詩海》中還有諸如《黑天要去放牛》、《黑天到森林去放牛》這樣的詩歌。

古印度關於黑天的神話，主要是他與妖魔鬥法的故事。當黑天還是嬰兒的時候，羅剎女布丹娜圖謀毒死他，他吸盡了布丹娜的奶汁。牧民們給黑天舉行了消災儀式。

當黑天還是一個牧童的時候，阿修羅巴迦變作了一隻巨鶴，看見黑天之後立即張開長長的人嘴向他撲去。他一下子就把黑天吞了下去，就像吞食了一條小魚。可是不知什麼緣故，巴迦就地打起轉來，然後張開大口，打了一個飽嗝，把黑天又吐了出來。黑天把巴迦的長嘴折成兩段，殺死了剛沙的一員大將巴迦。〔註4〕

又有一次，阿修羅阿閣伽羅變作了一條巨蛇，張著血盆大口趴在路上，將黑天、大力羅摩、其他牧童和牛群一起吞進了肚子裏。可是，黑天一走進這條兇惡的巨蛇口裏，自己將立即變得高大起來，他的頭頂住了巨蛇的上顎，他的身體堵住了巨蛇的咽喉。阿閣伽羅憋得喘不動氣，肚子頓時脹得鼓鼓的，最終它的肚子脹破了，腦袋耷拉到路旁很遠的地方。〔註5〕

黑天在蛇腹中驟長軀體，直到腹破蛇亡，這個情節在《西遊記》中經常出現，例如孫悟空鑽到獅子、鐵扇公主等肚子裏，從而制服了它們。在《西遊記》第六十七回中，孫悟空用這一招對付大蟒蛇。孫悟空在大蟒蛇的腹內

〔註4〕 〔俄〕埃爾曼・捷姆金編：《印度神話傳說》，董友忱、黃志坤編譯，上海譯文出版社。

〔註5〕 〔俄〕埃爾曼・捷姆金編：《印度神話傳說》，董友忱、黃志坤編譯，上海譯文出版社。

上跳下躍，使那怪物一會兒「似一道路東虹」，一會兒「似一隻贛保船」，一會兒「把鐵棒從脊背上一搦將出去，約有五七丈長，就似一根桅杆」。這回，那大蟒蛇可被孫悟空折磨得慘了，最後還一命嗚呼。這一點與黑天在妖蛇肚子裏的作爲何其相似！

馬圖拉城有一個瀆神之君，名字叫做庚斯。他雖然是烏羯羅瑟那的王后所生，但不是他的親骨肉。據說，一個妖王變作烏羯羅瑟那的模樣，誘姦王后所生。——這個情節，難道不是孫悟空變作牛魔王、牛魔王變作豬八戒的先導嗎？庚斯長大成人後，異常暴虐，於是濕婆化作黑天，剪除庚斯。

黑天先後殺死了庚斯派去的女妖、羅刹、化作巨鶴的妖魔、巨蛇以及庚斯本人，是一個少年英雄，同時由於他是一個牧童，又充滿了童心童趣。

古印度神話中毗濕努的第八化身黑天的故事中有很多偷盜的故事。大梵天盜去放牧的牛和牧童，黑天富於巧思，如數另造一批牛和牧童，與大梵天所盜去的一般無二。另一個偷竊故事是黑天喜歡同榨油的村女嬉戲，有時候黑天將她們榨的油盡行偷去，一飲而盡。第三個黑天偷竊的故事，是他遇到一群牧女戲水爲樂，竟然將她們的衣服盜走，掛在高樹上。牧女們苦苦央求，黑天才把衣服歸還。《西遊記》中前七回關於孫悟空的故事，其實就有黑天故事的影子。美猴王也是喜歡偷竊，例如他偷吃了王母娘娘蟠桃園裏的仙桃，偷喝了宴會上的美酒，偷吃了太上老君的仙丹等，讀者並沒有對這種偷竊感到厭惡和反感，反而覺得有意思有趣味。

古印度神話中黑天的形象主要是一個頑皮的牧童。古印度神話傳說中的很多故事通過佛教的說法尤其是俗講變文而在草莽民間廣爲流傳，而《水滸傳》本是勾欄瓦舍中「說話」的產物，受俗講變文的影響，從而改編、創撰了張天師的牧童形象。牧童黑天這位少年英雄的傳說，通過佛教東傳尤其是通過俗講的口頭傳說，影響了道教中某些故事，進而重塑了張天師牧童的形象，並與《水滸傳》的預述聯繫了起來，作爲水滸敘事的因緣。

四、結　語

綜上可知，《水滸傳》開篇中張天師的牧童形象具有豐富的文化底蘊，其源頭與道教、佛教、古印度神話傳說中的牧童黑天等都有密切的關係，正如文學作品中其他意象的來源具有多祖特點一樣，張天師的牧童形象也是如此。

《水滸傳》中的張天師是一個牧童形象，其背後具有豐富的文化內涵：

既是道教清靜無為、自由自在、淳樸率真、無憂無慮等義理的載體，又有第三十代天師原型張繼先少年英才的影子，還有佛教尤其是忽必烈帝師八思巴天才兒童形象影響的痕跡，但小說中張天師牧童形象的生成最為重要的是通過俗講變文而來的古印度神話傳說中的牧童黑天，他是《水滸傳》中張天師牧童形象的根源。

（原載《水滸爭鳴》第 12 輯）

論《大宋宣和遺事》在思想和結構上的民族特色

　　《大宋宣和遺事》在中國文學史上往往被僅僅看作是史料，尤其是被看作《水滸傳》較原始的資料而聞名，其實，《大宋宣和遺事》的思想和結構，在中國文學乃至於世界文學中，都具有十分獨特十分鮮明的民族特色，很有作進　步探討的必要。在思想上，《大宋宣和遺事》是用《周易》的陰陽思想來解釋北宋何以亡國的，這是中國古人當時對北宋亡國的理解和解釋。在敘事結構上，《大宋宣和遺事》由「元、亨、利、貞」四集構成，即以《周易》的「乾」卦來結撰，匠心獨運，極具民族特色。

一、《大宋宣和遺事》在思想上的民族特色

　　表面看來，《大宋宣和遺事》似乎更像一篇政論，它的敘事不像宋代通俗文學敘事作品那樣先是有一個引子或者是楔子，而是直接開門見山地提出了文章的主旨，擺出了作者的觀點。文章一開頭的議論就說國家之治亂，乃是陰陽一理，而這個陰陽繫於皇帝正邪一心，這就是文章的中心思想，接下來在關於歷代帝王荒淫亂國的敘述上則繞了一個大圈子：先從堯舜明君說起，再一一列舉昏君，正反兩面作為引子，引出宋徽宗。作者分析北宋何以亡國也是從這個角度進行的。

　　這一點應該說具有與眾不同的特點，因為無論是中國的詩歌還是八股制義在寫法上都講究的是「起承轉合」，大多都是先以與主故事相似或相反的小故事引起敘事，這一點宋元話本小說最為典型。《水滸傳》《紅樓夢》《儒林外

史》等名著也是這樣，此乃「大風起於青萍之末」的具有民族特色的敘事思維所決定的。然而《大宋宣和遺事》則不然，有點議論文的特徵，下筆伊始就點出了主題。

諸葛亮《出師表》中所說的「親賢臣，遠小人，此先漢所以興隆也；親小人，遠賢臣，此後漢所以傾頹也」，是中國封建王朝中文人知識分子對於朝廷興亡的歷史總結。這裡的「賢臣、小人」之分，其實就是《周易》陰陽思想的具體體現。也就是說，古人認識國家興亡的思維模式就是從陰陽思想出發的。

《大宋宣和遺事》也是這樣，起首詩就是「常歎賢君務勤儉，深悲庸主事荒淫。致平端自親賢哲，稔亂無非近佞臣。」緊接著而來的議論「看破治亂兩途，不出陰陽一理。」「這個陰陽，都關係著皇帝一人心術之邪正是也。」這就是《大宋宣和遺事》的主題思想，以下的敘事都是圍繞著這個中心思想展開的。這也是為什麼《大宋宣和遺事》的敘事結構用的是《周易》一開始的「乾」卦。乾者，天也。朱駿聲《說文通訓定聲》：「達於上者謂之乾。凡上達者莫若氣，天為積氣，故乾為天。」《易·說卦》：「乾為天、為圜、為君、為父、為玉、為金、為寒、為冰、為大赤、為良馬、為老馬、為瘠馬、為駁馬、為木果。」皇帝者，天子也，往往是天的代表。這就是說，《大宋宣和遺事》無論是敘事還是其結構，都是關於「皇帝」的，都是反思國家朝廷之興亡與皇帝的關係的。這也表明作者的寫作意圖乃是反思北宋何以亡國的原因。

《周易》的陰陽思想是小說作者反思北宋亡國原因的指導思想，在這個指導思想之下，作者一一反思了宋徽宗這個皇帝「一人心術之邪正」的具體表現，從具體的歷史事例中證明了他的陰陽思想詮釋思路的正確性。

宋徽宗、宋欽宗北狩之後，當時的人們是如何認識北宋亡國的呢？主要有如下幾種觀點看法，這幾種理由雖然不乏荒誕邪說，但也昭顯了古代中國人對北宋亡國反思的時代性特點和民族特色：

一是風水說：認為北宋亡國是由於宋真宗的陵墓風水不好。乾興元年（1022），擔任山陵使的宰相丁謂不聽陰陽生徐仁旺之言，將宋真宗的陵墓確定在牛頭山後之地。徐仁旺當時曾上表陳述「山後」之害：「坤水長流，災在丙午年內；丁風直射，禍當丁末年終，莫不州州火起，郡郡盜興。」後來果然不出徐仁旺所料，大金軍隊攻破汴京果然是在丙午即靖康元年（1126），而丁末即建炎元年（1127）則「諸郡焚如之禍，相仍不絕，幅員之內半為盜區。」

〔註1〕

　　一是讖緯說：主要包括拆字和讖語。以拆字而論，認爲北宋亡國是由於徽宗改元「宣和」，所謂「宣」即「一家有二日」〔註2〕，很不吉利。以讖語而論，如宋太祖趙匡胤作詩之讖：太祖一日收平江南，有徐鉉奉使至太祖殿下，盛誇其主能文，因誦其詩。太祖道：「此詩村教書語耳！」因道：「我少時有《詠日詩》。」道是詩曰：「須臾捧出大金盤，趕散殘星與明月。」後來人以爲應大金破汴梁之讖。

　　一是氣數說：古人喜歡用「數」或「定數」來解釋事物的興亡。《大宋宣和遺事》中記載：「一日，太宗問：『朕立國以來，將來運祚如何？』陳摶奏道：『宋朝以仁得天下，以義結人心，不患不久長；但卜都之地，一汴，二杭，三閩，四廣。』太宗再三詰問，摶但唯唯不言而已。在後高宗中興，定都杭州，蓋將前定之數，亦非偶然也。」等到北宋氣數已盡，「上天」早有預示。據說宣和末年在開封上清宮瑤仙殿出現字跡數行：「家內木蛀盡，南方火不明；吉人歸塞漠，互木又摧傾。」〔註3〕這便是「上天」對北宋氣數已盡的預示。對此，人們起初困惑不解，北宋滅亡後，才如此解釋：「家內木」即宋，「吉人」、「互木」分別是「佶」、「桓」，即徽宗、欽宗的名字，而所謂「火」則是有「炎宋」之稱的趙宋王朝的所謂「德運」。諸如此類的荒誕邪說甚多，但似乎不宜一概以封建迷信而一棍子打死，而是應該深思中國古人對社會現象進行解釋的角度和民族特色。

　　一是小人亡國說：這是從陰陽思想出發，將人分爲君子、小人，從而追究小人的亡國責任。宋徽宗寵信的大臣和宦官往往被視作是小人。早在北宋將亡而未亡之時，太學生陳東便將蔡京、童貫、王黼、梁師成、朱勔、李彥痛斥爲「六賊」，認爲他們是導致禍亂的罪魁。其實，宋徽宗作爲六賊的總後臺，其罪責當不在六賊之下。陳東受歷史所局限，只罵貪官，不罵皇帝，完全可以理解。此論一出，立即廣爲流傳，並被人們普遍接受。號稱深得二程眞傳的著名理學家楊時又追根溯源，進而將罪責歸結於王安石。他說：「蔡京以紹述神宗爲名，實挾王安石以圖身利。」「致今日之禍者，實安石有以啓之也。」〔註4〕南宋初年，號稱中興名臣的趙鼎也說；「至崇寧初，蔡京託名紹

〔註1〕　何薳：《春渚紀聞卷一》，中華書局，1997年版。
〔註2〕　蔡絛：《鐵圍山叢談卷一》，三秦出版社，2005年版。
〔註3〕　孔個：《宣靖妖化錄》，陶宗儀《説郛》，中國書店，1986年版。
〔註4〕　黃淮、楊士奇：《歷代名臣奏議》，上海古籍出版社，1989年版。

述，盡祖安石之政，以致大禍。」宋高宗趙構接過此說，大肆渲染：「今日之禍，人徒知蔡京、王黼之罪，而未知天下之亂，生於安石。」〔註5〕某些大臣即刻隨聲附和。於是，此說在整個南宋時期乃至元明清幾乎視同定論。明人商輅等人所編《續通鑑綱目》卷九甚至認爲：「汴宋之禍，始於神宗、安石，終於徽宗、蔡京。君子原情定罪，不當置神宗、安石於徽宗、蔡京之下。」楊時首倡此說，高宗予以鼓吹，商輅等人予以贊同，都是因爲古人從君子、小人之分的陰陽論出發的，這是當時人理解社會問題的思維角度。

古人解釋北宋亡國的原因固然頗多，但最爲主要的是用「陰陽思想」進行闡釋。正如黃玉順說的：「《莊子・天下》云：『易以道陰陽。』周易哲學可以歸約爲『陰陽』問題。不僅如此，其實整個中國哲學也可以歸約爲陰陽問題。中國哲學幾乎所有重要範疇，都是一種『二元一體』的關係範疇，亦即某種『陰陽』關係。例如，何謂『道』？『一陰一陽之謂道。』何謂『氣』？『蓋陰陽者氣之二體。』何謂『仁』？『仁，親也，從人二（即二人）。』『仁者愛人。』（其實也是一種二元一體陰陽關係）何謂『理』？『理不可見，因陰陽而後知。』看來無須多費唇舌，『陰陽』思維確爲中國思維的最高範式。中國哲學的三大問題，就是天人、群己、身心關係問題，無非陰陽關係問題。《易傳》完成了陰陽範疇的生成，『陰陽』思維從此成爲中國哲學的基本思維模型。」〔註6〕

呂省元對於宣和年間事件的看法，就是陰陽思想指導下的對北宋亡國的解釋，而《大宋宣和遺事》的作者顯然也是贊成的，他說：

後來呂省元做《宣和講篇》說得宣和過失最是的當。今附載於此：「世之論宣和之失者，道宋朝不當攻遼，不當通女眞，不當取燕，不當任郭藥師，不當納張毂。這個未是通論。何以言之？天祚失道，內外俱叛，遼有可取之釁，攻之宜也。女眞以方張之勢，斃垂亡之遼，他日必與我爲鄰，通之可也。全燕之地，我太祖、太宗日戰而不能取，今也兼弱攻強，可以收漢、晉之遺黎，可以壯關河之上勢，燕在所當取也。郭藥師舉涿、易來降，則以燕人守燕可也。平州乃燕之險，張毂舉平州來歸，則撫之亦可也。中國之召侮於女眞者，不在乎此。蓋女眞初未知中國虛實，初爲遣使非人，泛海屢至，每

<hr/>

〔註5〕 李心傳：《建炎以來繫年要錄》，上海古籍出版社，1992年版。
〔註6〕 黃玉順：《周易及其哲學》〕，《周易人生智慧叢書》，四川人民出版社，2001年版。

　　爲其酋所辱，則取輕於其始矣。及議山後地，黏罕尙兀自說南朝四面被邊，若無兵刀，怎能立國如此強大，尙有畏怕中國的意。自郭藥師既降之後，遼人垂滅之國，尙能覆敗官軍。虜酋曾告馬廣道：『劉起慶用兵，一夕逃遁，您看我家用兵有走的麼？』則中國之取侮於女眞者，不特一事也。設使當時不攻遼，不通女眞，不取燕山，不認藥師，不納張毅，其能保金兵之不入寇乎？蓋宣和之患，自熙寧至宣和，小人用事六十餘年，奸倖之積久矣。彗犯帝座，禍在目前而不知；寇入而不罷郊祀，怕礙推恩；寇至而不告中外，怕妨恭謝；寇迫而不撤彩山，怕礙行樂。此小人之夷狄也。童貫使遼，遼人笑曰：『大宋豈無人，乃使内臣奉使耶？』女眞將叛盟，朝廷遣使者以童大王爲辭，黏罕笑道：『汝家更有人可使麼？』此宦官之夷狄也。虜至燕而燕降，至河北則河北之軍潰，至河南即河南之戍散。此兵將之夷狄也。置花石綱，而激兩浙之盜起；科免夫錢，而激河北、京東之盜熾。此盜賊之夷狄也。自古未有内無夷狄，而蒙夷狄之禍者。小人與夷狄皆陰類，在内有小人之陰，足以召夷狄之陰。霜降而豐鐘鳴，兩至而柱礎潤。以類召類，此理之所必至也。宣和之間，使無女眞之禍，必有小人篡弒、盜賊負乘之禍矣。」

　　《大宋宣和遺事》從中國傳統的陰陽思想來解釋北宋的亡國，這一思路在今天仍然很有啓發意義。因爲對於明淸小說中的社會現象，人們習慣於用西方理論來解釋，但往往不是很地道，總讓人感覺有點「隔」。例如，階級論者認爲《水滸傳》的主題思想是農民革命的史詩，讚頌了造反有理的革命道理，可是爲什麼對小說文本中眞正的革命造反者方臘（王慶、田虎）進行口誅筆伐呢？不就是因爲方臘「嘯聚賊兵、謀叛造反、僭王稱號」嗎？小說中讚美的宋江一夥正是因爲具有「只反貪官不反皇帝」的忠君思想才成爲正面肯定的對象。農民起義說的論者爲什麼只看見梁山泊好漢的不徹底的反抗而對方臘等人的徹底革命的反抗視若無睹呢？歐陽見拙《〈蕩寇志〉是〈水滸〉作者觀點的再現──〈水滸傳〉與〈蕩寇志〉的比較》認爲忠君思想在封建社會裏有其存在的歷史必然性，全部水滸故事情節說明了作者歌頌宋江起義、鞭撻方臘起義並不是一般的歌頌農民起義。〔註7〕這個觀點是正確的，是

──────────

〔註7〕歐陽見拙《〈蕩寇志〉是水滸作者觀點的再現：〈水滸傳〉與〈蕩寇志〉的比

對於小說中農民起義現象的準確描述。中國歷史上農民暴動有三種：一是打家劫舍、殺人越貨；一是揭竿而起，接受招安，爲皇權效力；一是改朝換代。顯然，《水滸傳》的作者是不贊成真正的奪取政權的革命性造反的。

中國古代社會在階級結構上不同於西方。馬克思針對生產方式的獨特性曾提出過「亞細亞生產方式」的概念。美國卡爾・魏特夫在《東方專制主義》中把東方社會稱爲「治水社會」，在這種社會裏，是權力而不是財產決定著人們在現實社會政治生活中的地位和作用，也就是說「官僚機構構成當時的統治階級」〔註8〕。它不像西方那樣以私有財產或經濟的多寡作爲劃分階級的主要依據，而是根據人們同國家機構中的關係來劃分階級。因而這樣的社會中的階級結構就具有多元性、靈活性和流動性。

因此，用西方的階級分析方法研究中國古代社會顯然是很隔膜的，科舉制度致使中國古代社會的階級性時時發生流動，尤其是讀書人「朝爲田舍郎，暮登天子堂」是一個普遍的社會現象，而其他人又是「貧不過三代，富不過五代」，更重要的是中國古代社會無處不洋溢著儒家的仁義思想，就是寺廟道觀都接濟救助貧苦民眾，這無疑起到了緩解階級矛盾的作用，《水滸傳》中宋江仗義疏財，史太公等救濟貧弱，《西遊記》中的地主富戶人家也是樂善好施的……這些都說明了中國古代社會階級矛盾衝突並不是受西方思想影響的人們所想像的那樣嚴重的尖銳對立。在中國古代社會裏，體現爲尖銳對立的是官民關係，因爲「自秦以降的二千餘年間，中國社會的基本矛盾與其說是地主階級與農民階級的矛盾，倒不如說是官僚階級與平民百姓的矛盾」〔註9〕，擁有經濟實力的富戶地主在現實社會中不一定擁有政治上的勢力，就如《水滸傳》中的盧俊義，是大名府有名的大財主，然而卻被走卒衙隸玩弄於股掌之中。翻翻中國歷史，就會明白歷朝歷代的農民起義，大多都是旱潦自然災害，致使飢寒交迫的人們爲了生存不得不造反的；在歷史上多次的起義暴動中，領導階層往往也是有經濟實力而沒有政治權力的或政治上不得意的那一些人，而農民大眾反而只是跟隨者罷了。對《水滸傳》中的梁山好漢用階級分析的方法來觀照都自己不能說服自己，因爲梁山泊好漢中不乏「帝子神孫、

較》，《明清小說研究》，1989 年第 3 期。

〔註 8〕 〔美〕卡爾・魏特夫：《東方專制主義》，中國社會科學出版社，1989 年版。

〔註 9〕 崔茂新：《論小說敘事的詩性結構：以〈水滸傳〉爲例》，《文學評論》2002 年第 3 期。

富豪將吏」。

　　新時期的學者將人們把從硬套西方的階級鬥爭理論的思維中解放出來，轉到了官民對立的社會結構之中，這無疑更靠近了中國古代社會的實際情況。然而還沒有觸摸到其核心。中國古代社會社會結構的核心是什麼呢？是從《周易》陰陽思想而來的忠奸、正邪、君子小人的劃分。這一點在《水滸傳》中也是顯然的。新時期學者認爲的官民對立社會結構就解釋不了小說中的宿元景、時文彬等好官現象以及王四、黃文炳等刁民現象，這就是說，官僚集團中也有好官、清官，忠臣義士；而平民百姓中也有邪佞、無賴，姦邪之輩。這也是爲什麼梁山泊一百八人英雄好漢中既有朝廷命官，也有地主豪強，還有獵人漁民，以及和尙道士等三教九流的原因。因爲在中國古代社會裏，無論是誰，他們都不是從地主階級與農民階級的階級對立視角看待問題，也不是純粹的從官民對立的視角來分析問題，而是從忠奸、正邪、君子小人等陰陽的角度來理解和解釋各種社會問題的。從這個意義上說，《大宋宣和遺事》關於北宋亡國的詮釋對我們歷史地、科學地認識和解讀中國古代文學作品中的社會現象很有啓發意義。

二、《大宋宣和遺事》在敘事結構上的民族特色

　　《大宋宣和遺事》開頭的敘事仍然是傳統的弄引法：先從歷朝歷代的亡國之君敘起。中國古人的思維方式從來不是或者說很少是開門見山、直奔主題的，往往是拐彎抹角、迂迴曲折地比較含蓄地達到自己的目的。在藝術審美上也是這樣，特別欣賞「含蓄美」；在言語表達上，特別講究「羚羊掛角」、「不著一字盡得風流」，特別提倡「意在言外」、「立象取意」、「得意忘言」等等。

　　在敘事結構上，《大宋宣和遺事》的獨特性就在於它利用了《周易》乾卦的組合來進行結撰的。這種敘事結構也反映了這本小說不僅在思想上而且在結構上都是著眼於《周易》的視角。

　　對於乾卦之四德「元亨利貞」的解釋，不勝枚舉。然而，無論怎樣解釋，都必須依據《周易》的本義，只要能融會貫通，自圓其說，似乎都是可以的。例如程頤認爲，乾之「元亨利貞」是天道、君道、陽，有剛健之德，四者是相輔相成，不可缺一；它是創生萬物的原動力，有「始、長、遂、成」之義。另有人認爲「元亨利貞」爲乾之四德，是天道的本質，核心就是一個「生」

字。《繫辭》說：「天地之大德曰生。」生是一個動態的過程，可以區爲分四個層次：元者，萬物之始；亨者，萬物之長；利者，萬物之遂；貞者，萬物之成。如果與四時相配，元爲春生，亨爲夏長，利爲秋收，貞爲多藏。這個動態的過程發展到貞的階段並未終結，而是貞下起元，多去春來，開始又一輪的循環，因而生生不息。這個解釋與程頤的理解大同小異，略有發揮。王夫之在《周易內傳》中對「元亨利貞」的具體解釋則又有所不同，他把「乾」理解爲「氣之舒也」；「元」，就是「興起舒暢之氣，爲其初級」；……。

聶世美整理《偶齋詩草》（上海古籍 2005 年出版），在其《前言》中說：「中國社科院文學所圖書館藏有一鈔本《竹坡詩草》，亦分四集，集名依次爲元、亨、利、貞。顯然，此本集名乃取義於《周易革卦》卦辭：巳日乃孚。元亨，利貞，悔亡。據孔穎達《正義》云云（略），不管所鈔者是否已有『改製革命』意識，其以『元亨利貞』名集而蘊含的『悔亡』意義是一目了然的。」聯繫到《大宋宣和遺事》來看，作者是不是也有「悔亡」的意思呢？

結合《大宋宣和遺事》的文本敘事，程頤的解釋在這裡更吻合。

《大宋宣和遺事》的內容分爲十部分：第一部分講中國歷代昏君，一直講到宋徽宗。開篇點題，首先講宋徽宗，然而「有事於泰山先有事於桑林」的習慣性思維使得作者首先自盤古開天闢地以來的昏君一一點出，直至宋徽宗；第二部分講王安石變法，北宋亡國之後，尤其是在南宋，無論是朝廷的權力話語，還是市民百姓都異口同聲地認爲是王安石變法導致的北宋滅亡。於是，改革變法者都被以姦臣視之；而保守派則全部成爲了忠臣義士。在《大宋宣和遺事》裏，變法派王安石、蔡京等都是被認爲是姦臣、小人的。第三部分講宋徽宗任用蔡京，如前所述，蔡京也是被作者以及當時南宋軍民看作是姦臣、小人的。第四部分講宋江等三十六人聚義，最後被張叔夜平定，提供了《水滸傳》的雛形。這裡的宋江等三十六人根本沒有體現出一絲一毫的「替天行道」「仗義疏財」或「抱打不平」等俠義思想來，在這裡他們還是被作爲盜賊來看待的。盜賊，按照陰陽思想，也是陰類，即「置花石綱，而激兩浙之盜起；科免夫錢，而激河北、京東之盜熾。此盜賊之夷狄也。」（《大宋宣和遺事·亨集》）第五部分講宋徽宗與李師師的故事。李師師，這個絕色佳人，薄命紅顏，在中國古人眼裏，本來就是「禍水」，女色也是陰類。第六部分講宋徽宗和道士林靈素的故事。難道作者認爲是宋徽宗沉溺於道教而亡國的？第七部分講東京汴梁元宵節燈會盛況。此處是以汴梁上元佳節燈火盛

會來表達亡國之哀，即以樂景寫悲景也，以樂寫哀，一倍於哀也。第八部分講金兵攻陷汴梁。點明小人誤國的嚴重後果，導致神州陸沉，夷狄在上。第九部分講宋徽宗和宋欽宗被俘北上。從而表明天道好還，他們是罪有應得。第十部分講康王趙構南渡，建立南宋。那麼這些內容是如何分配在「元、亨、利、貞」四集中的呢？

> 元集：（始）王安石、蔡京等姦臣、道士林靈素、夷狄、宦官、盜賊等紛紛登場，此亂之始也。
>
> 亨集：（長）盜賊蜂起、李師師女色誤國、納張愨、燈會享樂等等，此亂之長也。
>
> 利集：（遂）金兵入汴、北宋皇帝北狩，此禍之遂也。
>
> 貞集：（成）徽宗、欽宗北狩、康王南渡中興。禍亂之成，貞下起元。貞，正，歸於正位，這裡指的是康王趙構即位。

從中可以看出，《大宋宣和遺事》的敘事結構乃是以《周易》乾卦的思想為指導的，其敘事完全符合「元亨利貞」即「始長遂成」的順序，這與西方「頭身尾」三一律的結構完全不同，如果用西方的「焦點透視」來觀照它的敘事結構，那麼，肯定得出西方人關於中國古代小說「綴合式」結構的結論。但是，如果用「散點透視」來觀照，結合乾卦的「元亨利貞」來理解，那麼，《大宋宣和遺事》的敘事結構又是多麼的有機統一。

《周易》中的「乾」卦，就是「元亨利貞」。《大宋宣和遺事》的敘事結構以《周易》的乾之四德即「元亨利貞」來結構，不可不謂獨具匠心。更為絕妙的是，用《周易》的乾卦來結構全文，主題思想與敘事結構融為一體，這也是極具民族特色的。

餘 論

毋庸諱言，《大宋宣和遺事》中的一些觀點迂腐、迷信、守舊、支持元祐黨人，反對改革變法。特別重視對讖語的敘述，是中國古人天意、數、宿命等迷信思想的體現，還是天人合一思想指導下的敘事？安史之亂的緣由解釋為「安祿山思念貴妃之色」從而舉兵反叛，何其謬也！這是文學視角下對歷史現象的主觀詮釋。杜鵑都城中飛鳴，解釋為南人為相，禍亂天下。這顯然是牽強附會的。北宋宮中多琉璃，作者看作是「流離」的讖語。這是無稽之談。王雱死後擔枷向王安石哭訴，純是造謠誣衊、無中生有，這等敘事是求

眞求實的歷史的敘事嗎？錢鏐轉生爲宋高宗的證據就是他們都活了八十一歲，以及都是偏安江南一隅。一句話，《大宋宣和遺事》的確是多生拉硬扯的見識。但是這些「見識」卻都是歷史的、具有民族特色的，所以不宜一棍子打死，而是需要深入地探討其產生的文化底蘊。

王利器之《〈宣和遺事〉解題》一文，說四卷本原爲兩卷，這也是很明顯的：前兩卷議論始議論終，且是白話；後兩集文言文，第三集又是以入回詩開始。後來，《大宋宣和遺事》分爲四集，集名依次爲元、亨、利、貞。顯然，根據《周易革卦》卦辭：「巳日乃孚。元亨，利貞，悔亡。」來看，兩卷本更符合作者的原義，即「悔亡」也。也就是說，《大宋宣和遺事》的結撰本身就蘊含著深刻的寓意，形式也有含義。中國古人也用甲乙丙丁，或天地玄黃，或周吳鄭王等來排序，其實文本結構的民族文化意蘊還是值得我們深究的。

列寧說過：「在分析任何社會問題時，馬克思主義理論的絕對要求，就是要把問題提到一定的歷史範圍之內。」〔註 10〕楊義則提倡回歸中國文化原點進行闡釋〔註 11〕。這些都是很有道理的。從以上對《大宋宣和遺事》思想內容和敘事結構民族特色的分析可知，對中國古代小說的解讀，也應該結合其產生的歷史處境、文化底蘊和民族特性來進行詮釋，得出的結論才會比較符合中國古代小說的實際情況。否則，生搬硬套西方文論來闡釋中國古代的社會現象，就會容易得出一些不倫不類、似是而非的結論來。當然，西方文論也能提供一些不同的詮釋視角，兩相對照，反而更有利於我們理解中國古代小說的民族特色。

（原載《菏澤學院學報》2010 年第 1 期）

〔註10〕 〔蘇〕列寧：《列寧選集》第 2 卷，人民出版社，1995 年版，第 440 頁。
〔註11〕 楊義：《中國敘事學的文化闡釋》，《文藝理論》，2003 年第 12 期。

《西遊記》的成書與俗講、說話

引　言

　　《西遊記》的成書，學者一般將之溯源到《大唐西域記》，這當然不無道理，但對於玄奘和尚到天竺取經的本事的神化的考察，似乎還有較大的闡釋空間：小說中的說唱因素如何解釋？小說與俗講變文有何關係？西域的西遊故事是如何傳到中原的？宋代勾欄瓦舍中的西遊故事來自何處？對小說又有何影響？等等。

　　另外，《西遊記》是關於唐僧西天取佛經的故事，雖然與佛教密切相關，但正如魯迅先生曾指出的，小說的作者「尤未學佛，故末回至有荒唐無稽之經目」〔註1〕。《西遊記》的作者將《般若波羅蜜多心經》誤以爲是《多心經》。其實，「般若」是梵語音譯，大智慧的意思；「波羅」爲彼岸；「蜜多」爲到達的意思。將《心經》誤讀爲《多心經》，其緣由就在於一方面《西遊記》的作者不熟悉佛典、不懂得佛典的教義；另一方面也在於小說的作者是將從西域開始流傳、歷經幾百年在瓦舍勾欄裏打磨過的西遊故事編輯而成的，性質是「編撰」，因此有一些西遊故事本是勾欄瓦舍裏幾代說話藝人的創造，那一些講故事的藝人大多是鄉教授而已，不用說對佛經教義不懂，就是歷史事實有一些也是似是而非的——例如將魏徵稱之爲「丞相」（《西遊記》第九回）。

　　在諸多研究《西遊記》成書的著述中，關於俗講變文與說話藝術對西遊故事以及這部小說生成所起的作用和所具有的影響基本沒有涉及或沒有深入

〔註1〕　魯迅：《中國小說史略》，人民文學出版社，1973 年版，第 140 頁。

展開，因此有探討的必要。

一、《大唐三藏取經詩話》與俗講

《漢語詞典》對「俗講」的解釋：「院講經形式。多以佛經故事等敷衍爲通俗淺顯的變文用說唱形式宣傳一般經義。其主講者稱爲『俗講僧』。」《佛學大詞典》對「俗講」的解釋：「謂以在俗者爲對象之講經。開講之僧，稱俗講僧。所說之資料皆屬故事之類，爲一種以平易通俗體裁解說佛教經典內容之法會，盛行於唐代、五代。」

據《續高僧傳》卷二十《善伏傳》載：善伏於貞觀三年（629）曾在常州義興（江蘇宜興）聽俗講，其後皈依佛教。可知俗講於貞觀年間在常州地方即已開講。有唐一代，俗講普及於各地。在長安，有奉敕令而舉行一個月者（一年三次，於正月、五月、九月等三長齋月各行一月），亦有於地方寺院舉行短期之俗講者。所開講之經，較常見者，有《法華》、《涅槃》、《金剛》、《華嚴》、《般若》等大乘經典。又據敦煌文獻載，知我國邊疆地區俗講亦十分普及。

俗講變文的起源，學者主要有如下幾種觀點：「有主張直接仿自佛經體裁的（如鄭振鐸的《中國文學史》、《中國俗文學史》）、或謂起源於南朝轉讀唱導（如向達的《唐代俗講考》）、或起於古代之韻文者（程毅中《關於變文的幾點探索》）、或起於清商舊樂的變歌（向達《唐代俗講考》），或起於變相（周一良《讀〈唐代俗講考〉》）」〔註2〕。

也有學者認爲俗講深受古印度說唱藝術的影響，如呂超在《印度表演藝術與敦煌變文講唱》中認爲，「以兩大史詩（按：《摩訶婆羅多》和《羅摩衍那》）爲代表的印度世俗講唱藝術也極有可能傳入敦煌地區。《羅摩衍那》雖然沒有漢文譯本，但其故事曾在新疆、吐蕃廣泛流播。就敦煌等地出土的文獻來看，除了梵文本《羅摩衍那》外，尚有于闐文（中古伊朗語）、吐蕃文、吐火羅文、回鶻文等多種語言的譯本或改編本。考慮到早期藏語七音節詩，甚至『在韻律方面也受到印度格言詩作的影響』，我們便可以推斷：傳入西域、吐蕃的印度史詩彈唱表演，很可能依附於當地的曲藝活動而來到敦煌，進而影響變文講唱。」〔註3〕中國先秦固然存在著優伶演唱，如《周禮・春

〔註2〕 釋永祥：《佛教文學對中國小說的影響》，佛光出版社，1998年版。
〔註3〕 呂超：《印度表演藝術與敦煌變文講唱》，《南亞研究》2007年第2期。

官》載有瞽人向民間婦女「誦詩，道正事」，但無論是規模、形式還是影響，都無法與古印度演唱藝術相比，我們看古印度兩大史詩，其中的敘事經常提到說唱藝人跟隨著戰爭的進展以及對於戰事的講唱〔註4〕。

俗講，人們誤以爲是始自中唐。其實，這是錯誤的。俗講伴隨著佛教的東傳就已開始了，只不過中唐時大興，引起了人們的注意而已，之前就有很多關於俗講的記載。例如，唐玄宗開元十九年（731）頒佈《禁僧徒斂財詔》，就明令禁止僧徒對俗眾宣講。它說：「近日僧徒……因緣講說，眩惑州閭，溪壑無厭，唯財是斂。……或出入州縣，假托威權；或巡歷鄉村，恣行教化。……自今以後，僧尼除講律之外，一切禁斷。」

安史之亂後，諸侯割據，百姓貧苦，這就爲佛教的傳播提供了適宜的土壤和氣候條件，於是俗講大興。皇帝也明令規定長安中的寺廟在長齋月開講。皇室、漁民等都去聽講。道教之徒也學習佛教俗講的形式而開講。民間藝人也開講以糊口。

日本學者平野顯昭認爲，俗講與「正講」相對，是「講於俗律」的意思，而不是「以庶民大眾爲對象的講經」〔註5〕。通常，人們都以爲俗講與「僧講」相對，並將俗講界定爲面向世俗大眾的說唱。其實，無論是俗講還是僧講，都是僧人的講唱，都是僧人以講故事的形式來演說「佛法」，只不過俗眾更喜歡聽其中的故事，於是寺院便漸漸成爲了戲場，以至於上至皇帝下至漁民都去聽講。後來，民間藝人受其影響和啓發，也以「看圖說話」的方式演說故事，從而謀一口飯食。再後來，隨著技藝的精進，索性去掉了圖畫，發展成爲了「口技」，如宋代瓦舍勾欄中的「說話」，到了元代又演變爲平話。

佛教自創立伊始，就是以譬喻、故事等來演說其佛理。佛教的傳播也是這種方式。佛教本是口頭傳法，後來才有了四大結集〔註6〕。即使是書面的佛

〔註4〕 例如在《摩訶婆羅多》中，俱盧族和般度兩族內戰的敘述就是由全勝向持國講述的，後由林中隱逸毗耶娑用了三年時間整理編纂而成。另外，在故事中有說唱藝人跟隨軍隊轉移的記載。

〔註5〕 平野顯昭著：《唐代的文學與佛教》，張桐生譯，業強出版社，1987年版，第198～199頁。

〔註6〕 佛教有四次結集。第一次：佛滅度後三個月，迦葉尊者，得摩竭陀國國王的讚助，召集千名阿羅漢集於王舍城外，七葉岩窟中，然後從千人中選出五百人，擔任結集三藏事宜，又稱五百結集。第二次：大約距佛滅度百年時，時長者耶舍，邀請賢聖比丘七百人，於毗捨離城，重行結集，主要是想更改戒律，使其變寬鬆些，但遭到否決。第三次：公元前二百五十年是阿育王篤信

經，大多也是以故事闡釋經義。譬如《賢愚經》，陳寅恪先生認爲它「本當時曇學等八僧聽講之筆記，今檢其內容，乃一雜集印度故事之書，以此推之，可知當日中央亞細亞說經，例引故事以闡經義。此風蓋導源於天竺，後漸及於東方。」〔註7〕

有學人認爲俗講是受中國民間講故事的影響才形成的，如李騫《唐話本初探》認爲，「唐代說話是在古代的宮廷優人說故事的基礎上發展起來的」。路工《唐代的說話與變文》說：「變文的出現，比我國說唱文學出現的時間遲得多，應該說變文是吸取了我國說唱文學的營養發展起來的。」〔註8〕胡士瑩《話本小說概論》則認爲「主要是市民和市民的『說話』影響了俗講」。這些說法都是錯誤的。其實，是佛教的俗講刺激和激發了中國說話藝術的蓬勃發展，是俗講變文影響和刺激了中國固有的說話因素——作爲講故事的說話，當然講故事自從有人類以來就有了，但是眞正作爲一種藝術和一種謀生的手段，它是商業化的結果。而其藝術性卻是受到了俗講變文的影響之後歷代說話藝人經過打磨而成的，從而使之發達起來了。

俗講是佛教說「法」的形式之一。佛教東傳到中土後，先是寺院裏依然參照古印度的做法進行正說和俗講。寺院中的俗講由於有趣逗樂，因此俗眾都樂意去聽，並且在聽講的過程中慷慨地對寺院進行施捨。民間藝人受到啓發，學習俗講的演說方法，以演義歷史故事、時事故事，甚至也演講一些佛經故事。道教也模仿和學習俗講的方法，但一般不及佛教的俗講之精彩，所以有時候就用女冠開講道經以吸引觀眾〔註9〕。

佛法，但有外道窮於衣食，混入佛教，篡改經典，時六萬比丘，聚謀挽救之策，結果選出精通經藏者一千人，目犍連帝須爲上首，集於華氏城，整理正法，淘汰魔僧。第四次：公元前七十年，健馱羅國，迦膩色加王，崇信佛法，但所請僧眾，所說佛法不一樣，於是，選阿羅漢五百人，以婆須密或稱世友菩薩爲上首，集於迦濕彌羅城，將三藏各製十萬頌，名大毗婆娑論。以上結集皆是小乘的四次結集，《智度論》說，佛滅度後，文殊等諸大菩薩請阿難於鐵圍山結集三藏，謂之菩薩乘，是爲大乘結集。

〔註7〕 陳寅恪：《金明館叢稿二編》，上海古籍出版社，1982 年版，第 192 頁。

〔註8〕 兩文都出自周紹良、白化文編《敦煌變文論文錄》，上海古籍出版社，1982年版。

〔註9〕 如韓愈的詩《華山女》：「街東街西講佛經，撞鐘吹螺鬧宮廷。廣張罪福恣誘脅，聽眾狎恰排浮萍。黃衣道士亦講說，座下寥落如明星。華山女兒家奉道，欲趨異教歸仙靈。洗妝拭面著冠帔，白咽紅頰長眉青。遂來升座演眞訣，觀門不許人開扃。不知誰人暗相報，㪍然振動如雷霆。掃除眾寺人跡絕，驊騮

　　玄奘回國後應唐太宗之請口述了《大唐西域記》，由其弟子辨機筆錄成書。玄奘的另兩個門徒慧立、彥琮又專門撰寫了《大唐大慈恩寺三藏法師傳》。有人對《西遊記》成書的源流考察最早追溯到這本書，但我認為俗講中的西遊故事才是小說《西遊記》的本源。歷史上的玄奘和向去天竺遊學的史實何以成為了神話傳說中的西遊故事？這是俗講的功績，由於俗講除了要借助佛本生故事來說「法」，還借助歷史故事，甚至是時事故事來演說、宣傳佛教之教義，而玄奘和尚取經的故事顯然更適合俗講弘法的需要，所以西遊故事首先生成於俗講之中，後經勾欄瓦舍裏的「說話」即說諢經、說參請等添枝加葉，從而更加豐富了西遊故事。

　　游國恩等編《中國文學史》認為《大唐三藏取經詩話》「形式近乎寺院的『俗講』」。《大唐三藏取經詩話·出版者前言》也說：「書裏面的這些詩，雖然都是中國七言（也有三言和五言）詩歌的形式，性質卻接近佛經的偈贊；話文也和佛經相近；因此，它的體裁與唐朝、五代的『講唱經文』的『俗講』類似，可能受了它們的影響。」而劉堅《〈大唐三藏取經詩話〉寫作時間蠡測》從語言學的角度對《大唐三藏取經詩話》進行了考證，認為其中的語音是唐五代的西北方言，語法有別於宋人話本，語彙與變文同時，形製也是俗講變文的規範。〔註10〕蔡鐵鷹認為，《大唐三藏取經詩話》「並不像一般文學史所採信的那樣，是南宋臨安出現的說經話本，而是晚唐時出現在西北敦煌一帶的寺院俗講底本」〔註11〕。《大唐三藏取經詩話》是俗講變文的結果，這一說法是完全正確的，但是，恐怕未必僅僅只是「西北敦煌一帶」寺院裏的俗講變文。

　　胡勝認為，「《大唐三藏取經詩話》『寺院俗講』的性質決定了作品濃重的『弘佛』傾向（這從其他情節也可感知，比如猴行者的自願加盟，深沙神的化橋渡人，大梵天王神號的威力無邊等。」〔註12〕

　　蔡鐵鷹在其《西北萬里行，艱難欣喜兩心知》中曾經提出了一個問題，但並沒有詳細回答，而是一筆帶過。這個問題是：西域取經故事系統是如何

　　　　塞路連輜軒。觀中人滿坐觀外，後至無地無由聽。」
〔註10〕 劉堅：《〈大唐三藏取經詩話〉寫作時代蠡測》，《中國語文》1982年第5期。
〔註11〕 蔡鐵鷹：《論宋元以來民間宗教對〈西遊記〉的影響》，《民族文學研究》2008年第2期。
〔註12〕 胡勝：《女兒國的變遷——〈西遊記〉成書一個「切面」的個案考察》，《明清小說研究》2008年第4期。

傳入內地的？〔註13〕其實，這個問題的答案應該是通過俗講傳入內地的。俗講隨著佛教的東傳就已經開始了，但眞正形成規模、興盛起來的時間卻是在中唐。正是俗講，將已有傳奇、神話色彩的玄奘取經故事敷演開來，它歷經晚唐、五代、南北宋，至元代形成西遊平話、西遊雜劇等。到晚明的時候，市民文學興盛，可能是由吳承恩集撰成書。

二、《西遊記》說果報、說因緣與俗講

從俗講說「法」、勸懲崇佛這個角度能夠更好地理解《西遊記》的主旨，即《西遊記》不是「階級鬥爭」，不是「人才說」，而是自我的救贖。《西遊記》其它的主旨理解都不能與文本的整體性相契合，如有的側重於前七回孫悟空的大鬧天空、反抗精神；有的側重於後半部分的鬥法、取經、終成正果等，但只有從自我的救贖來解釋，才能完整地把握小說整個文本的意義：唐僧即金蟬子因爲不認眞聽佛祖說「法」，所以必須歷經九九八十一難才能完成自我救贖，成了正果；孫悟空因爲大鬧天宮，觸犯天條，因此雖然他一個筋斗就能到西天，但也必須歷經種種苦難以後才能成佛；豬八戒本是天蓬元帥，因爲好色，在天宮裏醉酒後調戲嫦娥，所以也被貶到下界，錯投豬胎，需要遭受磨難，進行自我救贖；沙僧是天宮裏的捲簾大將，因爲工作失職，在宴會上打碎了琉璃盞所以也必須進行自我救贖。甚至白馬即小白龍本是西海敖閏之子，因爲縱火燒了殿上明珠，被他父親告他忤逆，天庭上犯了不孝之死罪，是觀音菩薩親見玉帝，討他下來，叫他與唐僧做個腳力，也是自我救贖；甚至某些神仙妖怪因爲過失被罰到人世間進行自我救贖……通過經歷各種苦難以獲得解脫，這是古印度一些宗教如婆羅門教、耆那教等苦行意識的信念。印度宗教很多，大多贊同苦行。因此，古印度的神話傳說、寓言故事等中不乏各種苦行的故事，其中就有被流放到森林裏去苦行十幾年，如《羅摩衍那》中的羅摩，自我流放到森林裏十四年，完成自我救贖之後，又回到象城做國王等。

小說中的唐僧其前身是佛祖的二弟子金蟬子，爲什麼被罰到人世間進行自我救贖？就是因爲他不認眞聽佛祖說「法」。顯然，這是俗講時講師或法師嚇唬聽眾的伎倆，即你們也要認眞聽講，否則就會像金蟬子一樣在來世受苦

〔註13〕蔡鐵鷹：《西北萬里行，艱難欣喜兩心知》，《淮陰師專學報》1991年第2期。

受罪的。《西遊記》第一百回「徑回東土，五聖成眞」中，如來對唐僧說道：「聖僧，汝前世原是我之二徒，名喚金蟬子。因爲汝不聽說法，輕慢我之大教，故貶汝之眞靈，轉生東土。今喜皈依，秉我迦持，又乘吾教，取去眞經，甚有功果，加升大職正果，汝爲旃檀功德佛。」這就說明唐僧遭受磨難是有其因果的。

唐僧西天取經的緣起即《唐太宗入冥記》也是一個說因緣的故事，即魏徵「他識天文，知地理，辨陰陽，乃安邦立國之大宰輔也。因他夢斬了涇河龍王，那龍王告到陰司，說我王（按：唐太宗）許救又殺之，故我王遂得促病，漸覺身危。魏徵又寫書一封，與我王帶至冥司，寄與酆都城判官崔珏。少時，唐王身死，至三日復得回生。虧了魏徵，感崔判官改了文書，加王二十年壽。今要做水陸大會，故遣貧僧遠涉道途，詢求諸國，拜佛祖，取大乘經三藏，超度孽苦昇天也。」（第六十八回）

小說中很多故事都是通過說因緣來結撰的，如朱紫國國王病了三年，與王后分別三載就是如此。孫悟空使計騙得金毛犼妖怪金鈴，溜出洞外挑戰，引出那妖怪，用鈴搖出煙、沙、火，使那怪走投無路。觀音灑甘露救火，並言此怪是自己坐騎，因報國王射傷孔雀大明王菩薩子女之恨，來此拆散國王鸞鳳：

菩薩道：「他是我跨的個金毛犼。因牧童眈睡，失於防守，這孽畜咬斷鐵索走來，卻與朱紫國王消災也。」行者聞言急欠身道：「菩薩反說了，他在這裡欺君騙后，敗俗傷風，與那國王生災，卻說是消災，何也？」菩薩道：「你不知之，當時朱紫國先王在位之時，這個王還做東宮太子，未曾登基，他年幼間，極好射獵。他率領人馬，縱放鷹犬，正來到落鳳坡前，有西方佛母孔雀大明王菩薩所生二子，乃雌雄兩個雀雛，停翅在山坡之下，被此王弓開處，射傷了雄孔雀，那雌孔雀也帶箭歸西。佛母懺悔以後，吩咐教他拆鳳三年，身耽啾疾。那時節，我跨著這犼，同聽此言，不期這孽畜留心，故來騙了皇后，與王消災。至今三年，冤愆滿足，幸你來救治王患，我特來收妖邪也。」（第七十一回）

再如天竺國公主拋繡球打中唐僧，要與唐僧婚媾，被孫悟空看破她是假公主，當孫悟空正要一棒打殺她時，忽聽得九霄碧漢之間，有人請他棍下留情！行者回頭看時，原來是太陰星君，太陰告訴悟空那個妖邪是她廣寒宮搗玄霜仙藥的玉兔。行者說那個玉兔攝藏了天竺國王之公主，卻又假合眞形，

欲破他聖僧師父之元陽。其情其罪，其實何甘！怎麼便可輕恕饒他？太陰便解釋其中的因緣，說：「你亦不知。那國王之公主，也不是凡人，原是蟾宮中之素娥。十八年前，他曾把玉兔兒打了一掌，卻就思凡下界。一靈之光，遂投胎於國王正宮皇后之腹，當時得以降生。這玉兔兒懷那一掌之仇，故於舊年走出廣寒，拋素娥於荒野。但只是不該欲配唐僧，此罪真不可逭。幸汝留心，識破真假，卻也未曾傷損你師。萬望看我面上，恕他之罪，我收他去也。」行者笑道：「既有這些因果，老孫也不敢抗違。但只是你收了玉兔兒，恐那國王不信，敢煩太陰君同眾仙妹將玉兔兒拿到那廂，對國王明證明證。一則顯老孫之手段，二來說那素娥下降之因由，然後著那國王取素娥公主之身，以見顯報之意也。」太陰君信其言，用手指定妖邪，喝道：「那孽畜還不歸正同來！」玉兔兒打個滾，現了原身。（第九十五回）這顯然也是說因緣了，唐僧西天取經所遭受的八十一難中有很多都是這些說因緣以結撰的。

不用再多列舉了，《西遊記》中的西遊故事，大多是因果報應的敘事。從小說文本中的西遊故事可以推知，它們大多是俗講或說因緣的產物。

三、《西遊記》文本中的說唱因素與俗講、說話

美國漢學家韓南先生認為：「唐代白話文學與佛教的關係密切……佛教和民眾娛樂的關係很密切，唐代寺院往往也是民眾娛樂的中心。兩方面的因素必然推進白話文學的發展，也會刺激那些原已存在的世俗口頭文學的發展。」〔註14〕我們從關於「俗講」的文獻記載可知，上至皇帝、公主，下至市民百姓，都喜歡到寺院裏去聽俗講。道教徒乃至於民間藝人也都效法說唱這一方式，於是「詩話」「詞話」等大興。而今存《大唐三藏取經詩話》雖然是南宋所刻，但玄奘取經故事不排除自中唐就已經在寺院裏演說開來了。

卒於明萬曆二十一年（1593）的李詡在其《戒庵老人漫筆》「禪玄二門唱」條下云：「道家所唱有道情，僧家所唱有拋頌，詞說如《西遊記》《藍關記》，實匹休耳。」（卷五）《藍關記》講述的是關於韓湘子的道教故事，屬於道教之道情；《西遊記》則屬於佛家拋頌。可見當時確有僧人以講唱的方式向民眾傳播《西遊記》等故事。

李贄《西遊記》評第一回側評說：「凡西遊詩賦，只要好聽，原為只說而

〔註14〕〔美〕韓南著，尹慧珉譯：《中國白話小說史》，浙江古籍出版社，1989年版，第6頁。

設。若以文理求之，則腐矣。」〔註15〕李贄的這一個評點，實在是抓住了《西遊記》說唱的本質。謝肇淛曰：「俗傳有《西遊記演義》，載玄奘取經西域，道遇魔崇甚多，讀者皆嗤其俚妄。」而「俚妄」二字正說明了《西遊記》的「里諧於耳」的世俗性、通俗性和說唱性。

劉蔭柏認爲《西遊記》具有很鮮明的說唱特色〔註16〕。他在《〈西遊記〉的藝術特色及對後世的影響》中說：「小說殘留著說唱文學的痕跡。孫悟空每次出場，都要談一下出身歷史光輝的戰鬥業績，在戲曲中這叫自報家門。《西遊記》中這樣的情節大概有十幾次，每次的內容都差不了多少。這就是說唱文學的特點。」〔註17〕根據劉蔭柏的考證，《西遊記》中有很多「說唱痕跡」。這些「說唱痕跡」或即宋之說話中的說經或之前俗講的影子。

紀德君認爲，《西遊記》中的民間說唱遺存主要表現在三個方面：通俗唱詞的大量穿插；故事情節模式化現象比較突出；民間俗語的頻繁使用。這些殘存的民間說唱痕跡說明《西遊記》確曾在一定程度上得力於民間說唱的孕育，或許其前身就是一種「詞話」〔註18〕。而西遊「詞話」的前身或本身就是關於西遊故事的俗講。

柴劍虹則從「作爲全書的有機組成部分，這些韻語或鋪敘，或描述，狀物寫景，均與散文部分互爲補充，相得益彰，極少有重複累贅之感」、「體式多樣，節奏感強，即便是雜言歌賦，也無論長短，仍然講求句式整齊」和「語言生動活潑，尤多通俗風趣之語，和全書『雜以詼諧，間以刺諷』（鄭振鐸語）的風格相統一」等三個方面論述了《西遊記》中的韻語與敦煌講唱文學的關係，認爲二者存在著「《西遊記》這一類小說對唐五代講唱文學作品的繼承與發展的淵源關係」〔註19〕。

毋庸置疑，《西遊記》文本中充斥著說書的口吻，具有講唱結合的特點。中國隋唐之前固然有講故事的事實，但是他們僅僅是講故事，而俗講顯然是以講唱相結合的藝術。這是由於俗講本是佛教說「法」的方式之一，因而深受印度梵文學口頭藝術形式的影響，即形式是韻散結合。散文用以講說故事、

〔註15〕 朱一玄、劉毓忱編：《西遊記資料彙編》，南開大學出版社，2002年版，第227頁。
〔註16〕 劉蔭柏：《劉蔭柏說〈西遊記〉》，中華書局，2005年版。
〔註17〕 劉蔭柏：《插圖本話說西遊記》山東畫報出版社，2006年版，第165頁。
〔註18〕 紀德君：《〈西遊記〉中的民間說唱遺存》，《廣州大學學報》，2007年第1期。
〔註19〕 柴劍虹：《〈西遊記〉與敦煌學》，《敦煌研究》2000年第2期，第151～152頁。

鋪陳情節，而韻文則往往是對相關故事的歸納或概括。「有詩爲證」云云是大家最熟悉的。我們知道，印度的歷史主要是口傳的歷史，爲了便於記誦，都是採用韻文以概括以上講過的故事的大意或是引起下文的。中國章回小說所採用的韻散結合，主要是受了它的影響（途徑是經過漢譯佛經），而不是像有的學人所說的是爲了攀附詩歌的正統性。而我們也發現，中國章回小說中的韻文，除了專門描寫風景的之外，也都是具有概括上文或引起下文的作用。而對風景的描述，其實也是古印度梵文學的影響。這種影響也是通過漢譯佛經而傳入東土的。

中國古代章回小說裏「韻散結合」的敘事模式，是俗講變文影響的結果，再向上追溯的話，是漢譯佛經、梵文學的影響使然。韻文是用來唱的，散文是敘說故事的。魯迅先生說：「因爲唐時很重詩，能詩者就是清品，而說話人想仰攀他們，所以話本中每多詩詞。」這是魯迅先生的臆測，他並沒有以論據進行論證，其實不是這樣的。話本中每多詩詞，這是源自俗講變文中韻散結合的固定文體，而俗講變文的韻散結合文體是受漢譯佛經的影響，而佛經的韻散結合文體乃是梵文學固有的樣式。梵文學之所以形成了韻散結合的文體，歸根於它的口頭文學傳統。韻文便於記憶，且都是上文講說的總括或歸納，因此起著一個承上啓下的敘述作用。

關於《西遊記》中「韻散結合」的特點，胡適說：「印度的文學有一種特別體裁：散文記敘之後，往往用韻文（韻文是有節奏之文，不必一定有韻腳）重說一遍。這韻文的部分叫做『偈』。印度文學自古以來多靠口說相傳，這種體裁可以幫助記憶力。但這種體裁輸入中國以後，在中國文學上卻發生了不小的意外影響。彈詞裏的說白與唱文夾雜並用，便是從這種印度文學形式得來的。」〔註20〕

有學者認爲《西遊記》的敘事結構也受到了俗講變文的影響：俗講的「押座文和散座文，直接導致了說話開場詩、散場詩的產生」〔註21〕。不僅如此，話本小說、劇本的開場詩、散場詩其實也都是中晚唐、五代俗講影響的結果。

北宋、南宋時的「說經」、「說參請」等，恐怕就是唐代俗講之嫡系後裔。《都城紀勝》記載：「說話有四家：一者小說，謂之銀字兒，如煙粉、靈怪、傳奇。說公案，皆是搏刀杆捧，乃發跡變泰之事。說鐵騎兒，謂士馬金鼓之

〔註20〕 胡適：《白話文學史》，安徽教育出版社，1999年版，第129頁。
〔註21〕 孫遜：《中國古代小說與宗教》，復旦大學出版社，2000年版，第128頁。

事。說經，謂演說佛書。說參請，謂賓主參禪悟道等事。講史書，講說前代書史文傳、興廢爭戰之事。最畏小說人，蓋小說者能以一朝一代故事，頃刻間提破。合生與起令、隨令相似，各占一事。」據《都城紀勝・瓦舍眾伎》可知，在瓦舍勾欄裏，其它諸如「散樂、雜劇、諸宮調、清樂、百戲、影戲、商謎」等等，十分眾多，熱鬧非凡，僅僅說話就名目繁多。我們完全可以想像，西遊故事在勾欄瓦舍中是一重鎮，它在俗講的基礎上嬉笑怒罵，談笑風生，從而豐富和發展了西遊故事。

到了南宋，仍然有「說經」的，例如楊維楨《東維子文集》卷六「送朱女士桂英演史序」中說：「（孝宗）奉太皇壽，一時侍前應制多女流也。……說經爲陸妙靜、妙慧；小說爲史慧英；對戲爲李瑞娘；影戲爲王潤卿；皆一時之選也。」女流說經，可以推想肯定是宣講佛經故事也。宋代勾欄瓦舍裏有說諢經、說參請等，這些都是俗講的變體。我們不排除這些故事裏就有很多西遊故事，即西遊故事應該也是勾欄瓦舍裏說話的重要內容之一。

《西遊記》中也有元代的歷史印痕。《西遊記平話》就是西遊故事與小說《西遊記》的過渡橋樑。胡士瑩在其《話本小說概論》中，有考證云：「平話的名稱，不見於宋代文獻，以現有資料來看，『平話』大概是元人稱講史的一種習語，但由於平話一詞在元代廣泛運用，逐漸也用到其他內容的話本上。」勾欄瓦舍、十字街頭、人口湊集之處都有說話藝人在演說西遊故事，例如諸宮調、元雜劇等都有不同版本的西遊故事，因此就會有多種西遊故事的版本存在。例如，苗懷明認爲小說《西遊記》的成書是「兩套西遊故事的扭結」而成，鄭之珍的《新編目連救母勸善戲文》中的西遊故事顯然與小說《西遊記》中的西遊故事是不同的，二者「是一種平行的關係，但同時又彼此影響，形成一種較爲錯綜複雜的互動關係」〔註 22〕。其實恐怕遠遠不止兩套，西遊故事不僅爲說書藝人娛樂聽眾提供了素材，而且還成爲了某些宗教組織宣傳宗派主張的依據（如西遊寶卷），因此西遊故事就會不斷地根據需要而變形。

《西遊記》不是個人的獨立創撰，而是歷經幾百年，西遊故事在民間藝人世代累積而成體系，最後有一位文人以集撰的方式將西遊故事編撰而成，因此其中的說唱藝術色彩也就遺留了下來。

〔註22〕 苗懷明：《兩套西遊故事的扭結──對〈西遊記〉成書過程的一個側面考察》，《明清小說研究》2007 年第 1 期。

四、對「變相」的演説、《大唐三藏取經詩話》的「某某處」敘事 與《西遊記》的空間敘事

1、對「變相」的演説

變相指的是「敷演佛經的內容而繪成的具體圖相。一般繪製在石窟、寺院的牆壁上或紙帛上，多用幾幅連續的畫面表現故事的情節，是廣泛傳播教義的佛教通俗藝術。後道教等亦利用此一形式渲染、表述道經及其他內容」。

當今敦煌變文中仍然留有當年俗講演説時的一些痕跡，例如變文中的散文部分多有「……處」、「請看……處」、「……時」、「若為……」等，提醒聽眾觀看「變相」。敦煌變文文本中大多都有「……處」，這是俗講演唱講説時指給觀眾看的變相的具體地方。變相都是一幅圖一幅圖的，或許全相、連環畫、插圖等就是「變相」的後裔。從《大目乾連冥間救母變文》、《八相文》、《破魔變文》、《降魔變文》等來看，根據「變相」進行演講的特點十分明顯。變文之韻散結合，其中的韻文一般並不推動情節的發展，而是表現俗講僧根據變相演義之後，對「變相」的內容、意義的重複以示概述與強調。

而從有關文獻可知，江湖藝人俗講的時候，也是有「一鋪一鋪」的圖象，以便於「看圖説話」。譬如晚唐詩人吉師老《看蜀女轉昭君變》：「妖姬未著石榴裙，自道家連錦水濱。檀口解知千載事，清詞堪歎九秋文。翠眉顰處楚邊月，畫卷開時塞外雲。説盡綺羅當自恨，昭君傳意向文君。」再如李賀《許公子鄭姬歌》云：「長翻蜀紙卷明君，轉角含商破碧雲。」……由是可知，俗講以及晚唐五代時期的民間説話總是有畫卷或變相作為演説依據的。

「鋪」是「變相」中圖象相互區別的一個單元。敦煌變文中多有「上卷立鋪，此入下卷」、「從此一鋪，便是變初」等套語，這些套語表明變文不過是對「變相」的敘説，其敘事是以「鋪」作為劃分「卷」的基本敘事單元，即變文是以「一鋪（畫卷）」為基礎，具有相對獨立的敘事內容與情節安排。變文所講述的故事情節在「鋪」之間轉化，「鋪」是變相的單位，變文關於變相的演説在文字中便以「處」或「鋪」遺留了下來。由於變文大多是依據變相進行演説的，即主要是以某一「鋪」或某「處」為特徵的空間敘事為主，這就直接影響和導致了《西遊記》的空間敘事。「敘述的空間化是中國古代長篇敘事的一個根本特徵。」〔註23〕敦煌變文中所謂的「……時」的時間敘事

〔註23〕林崗：《明清之際小説評點學之研究》，北京大學出版社，1999 年版，第 172 頁。

往往是以空間敘事展開的，即化「時間」敘事爲「空間」敘事。

「話本」與「畫本」是兩個不同的概念，表明了其間說話藝術的發展和變化，並不是人們想當然以爲的畫本之「畫」是說話之「話」之誤。例如，《韓擒虎畫本》有人認爲是《韓擒虎話本》之誤，其實它本是變相畫本的底稿——這是原始的俗講的底稿，後來到了說話藝術興盛的時期，才改爲「話本」的。

2、《大唐三藏取經詩話》中「某某處」的敘事

詩話是中國古代說唱文學的一種，有說有唱，其體制有韻文（一般是詩）也有散文。詩即通俗的詩贊。魯迅《中國小說史略》第十三篇：「（《大唐三藏取經詩話》）三卷分十七章，今所見小說分章回者始此；每章必有詩，故曰詩話。」現存最早的作品就是南宋時「中瓦子張家印」的《大唐三藏取經詩話》。

《大唐三藏取經詩話》中的「行程遇猴行者處第二」「入大梵天王宮第三」「入香山寺第四」「過獅子林及樹人國第五」「過長坑大蛇嶺處第六」「入九龍池處第七」「入鬼子母國處第九」「經過女人國處第十」「入王母池之處第十一」「入沉香國處第十二」「入波羅國處第十三」「入優缽羅國處第十四」「入竺國渡海之處第十五」「轉至香林寺受心經本第十六」「到陝西王長者妻殺兒處第十七」等小題目顯然都是「某某處」，這就表明詩話的敘事是以空間進行展開的，即《大唐三藏取經詩話》的敘事本質上是空間敘事，以空間作爲展開講述故事的線索和依據，而其中「某某處」令人想起前人對變相講說時所指著某某地方進行敷演時的情景，詩話中的「某某處」或許俗講變文或變相影響的結果。

3、《西遊記》的空間敘事

這種指著某一地方進行俗講的敘述就是空間敘事。空間敘事之結構，主要體現在「綴段式」結構上。西方漢學家批評中國古代長篇章回小說往往是「綴段式」結構，其實這是由於空間敘事而不是時間「頭身尾」敘事的緣故所造成的。蒲安迪在其《中國敘事學》裏曾歸納了西方對中國小說敘事結構的看法，即「總而言之，中國明清長篇章回小說在『外形』上的致命缺點，在於它的『綴段性』（episodic），一段一段的故事，形如散沙，缺乏西方 novel 那種『頭、身、尾』一以貫之的有機結構，因而也就欠缺所謂的整體感」，他進而分析了綴段式結構的原因在於「中國的一般敘事文學並不具備明朗的時

間化『統一性』結構」，這一看法無疑是正確的，因為中國長篇小說的敘事主要是空間敘事。

眾所周知，《西遊記》具有明顯的空間敘事特徵，它是由一個個相對獨立的小故事組成的，尤其是西天取經所遇到的九九八十一難，關於每一座山每一座林中的妖怪的敘事其實就是空間敘事。這些劫難故事的敘事結構大都很相似，即「遇難——解難」的敘事模式，即唐僧師徒忽然到了某一座山前或某一林中，唐僧被妖魔捉去或遭到什麼災難，孫悟空等前去解救，不果，去找救兵，降伏了妖怪；再前行，又是如此……這前一個磨難故事與後一個磨難故事之間，便是一幅與另一幅的「變相」而已。變相的銜接，往往是時間的敘事，大多有一段相似的關於季節變化更替的語句，如第六十四回開首：「卻說師徒四眾，走上大路，卻才收回毫毛，一直西去。正是時序易遷，又早冬殘春至，不暖不寒，正好逍遙行路。忽見一條長嶺，嶺頂上是路。」而降伏妖怪的敘事則主要是空間敘事。一難之後，隨後再遇到新的磨難，而磨難的徵兆是突然橫亙在唐僧師徒四人面前的一座高山或一條大河，於是又開始了新的空間敘事。

五、《西遊記》集撰之前的西遊故事而成

小說《西遊記》成書之前，西遊故事大量存在於變文、詩話、詞話、平話、雜劇等中，小說中的西遊故事有的與這些故事不盡相同，然而有的卻是十分相近，甚至幾乎沒有差異，這就表明小說採用了之前的一些西遊故事，下面簡略例證如下：

1、《西遊記》中西天取經的緣故即《唐太宗入冥記》，最早見之於敦煌變文，小說顯然是採集了這個故事，從而薈萃成文。

2、《西遊記》中第九回之前的「附錄」即關於唐三藏身世的故事，毫無疑問是後來加入的。「唐僧身世」的故事，本質上是「江流兒」的故事，在小說成書之前在多個民族傳說中都有流傳，這也說明了《西遊記》集撰式的創作特點。

3、摩頂松的故事。唐代李亢《獨異志》記載：「初，奘將往西域，於靈巖寺見有松一樹，玄奘立於庭，以手摩其頂曰：『吾西去求佛教，汝可西長；若吾歸，即卻東回，使吾弟子知之。』及去，其枝年年西指，約長數丈。一年忽東回，門人弟子曰：『教主歸矣！』乃西迎之，玄奘果還。至今眾謂此松

為摩頂松。」〔註24〕

《西遊記》第一百回《徑回東土，五聖成真》：

> 卻說那長安唐僧舊住的洪福寺大小僧人，看見幾株松樹一顆顆
> 頭俱向東，驚訝道：「怪哉，怪哉！今夜未曾颳風，如何這樹頭都扭
> 過來了？」內有三藏的舊徒道：「快拿衣服來！取經的老師父來了！」
> 眾僧問道：「你何以知之？」舊徒曰：「當年師父去時，曾有言道：『我
> 去之後，或三五年，或六七年，但看松樹枝頭若是東向，我即回矣。』
> 我師父佛口聖言，故此知之。」急披衣而出，至西街時，早已有人
> 傳播說：「取經的人适才方到，萬歲爺接入城米了。」眾僧聽說，
> 又急急跑來，卻就遇著，一見大駕，不敢近前，隨後跟至朝門之外。
> 唐僧下馬，同眾進朝。

4、大鬧天宮的故事。劉振農《「大鬧天宮」非吳承恩創作考——〈西遊記〉成書過程新探之一》中說：「筆者校讀朱鼎臣《唐三藏西遊釋厄傳》，發現通過版本考察，可以證明『大鬧天宮』部分基本沒有吳承恩創作的情節成份，而是朱鼎臣在民間評話本《西遊記》基礎上編輯定型的。就『大鬧天宮』而言，吳承恩所作工作主要是語言上的潤飾提高，在潤飾中還增加了一些對孫悟空形象不利的細節穿插，它說明吳承恩主觀上對『大鬧天宮』的故事並非充分肯定。」〔註25〕

5、《永樂大典》「魏徵夢斬涇河龍」

《永樂大典》的修撰開始於明成祖永樂元年（1403），定稿於永樂五年（1407），其「用韻以統字，用字以繫事」的編輯方法集撰而成，對所收典籍基本上是整段、整篇，乃至整部地抄入。《永樂大典》所收「夢斬涇河龍」，基本保存了《西遊記》祖本文字的本來面貌。從現存片段看，《西遊記》祖本文白夾雜，具有《三國志演義》之「文不甚深，言不甚俗」的特點。

至於這部《西遊記》平話的成書年代，鄭振鐸認為：「古本《西遊記》的文字古拙粗率，大類元刊《全相平話五種》和羅貫中的《三國志演義》。其喜用『之、乎、者、也』的文言的習氣，也正相同。當是元代中葉（或遲至元

〔註24〕朱一玄、劉毓忱編：《西遊記資料彙編》，南開大學出版社，2002年版，第32～33頁。

〔註25〕劉振農：《「大鬧天宮」非吳承恩創作考——〈西遊記〉成書過程新探之一》，《中國人民警官大學學報（哲社版）》1994年第3期。

末）的作品。」〔註26〕趙景深也認爲約刊於元代〔註27〕，此後的學者雖未論
證，卻多以爲其爲元末明初的作品。〔註28〕而石鍾揚《虞集〈西遊記〉序考
證》則認爲「這部古本《西遊記》（或曰《唐三藏西遊記》，或曰《西遊記》
平話）很可能是元初的作品」〔註29〕。

6、《朴通事諺解》中的西遊故事

《朴通事諺解》作爲朝鮮人學習漢語的教科書，其間所敍《西遊記》故
事，是以對話加注釋的方式出現的，對話敍述情節，注釋說明背景。其中敍
述得較完整的是「車遲國鬥聖」的故事。先敍道人伯眼大仙，被車遲國王拜
爲國師，並煽惑國王毀佛崇道。唐僧到達時，伯眼大仙們正在做羅天大醮，
被孫行者奪吃了祭星茶果還打了兩鐵棒。於是伯眼要唐僧與他當著國王的面
鬥聖，一決輸贏，拜強者爲師。其中關於「鬥聖」場面的敍述與世德堂本《西
遊記》的敍事幾近相同，這又證明了《朴通事諺解》記載的《西遊記》至遲
在元末明初已經比較完整了。

…………

要之，唐代的敦煌變文《唐太宗入冥記》以及敦煌變文的「活化石」河
西寶卷中的《唐王遊地獄》等足以證明俗講中有大量西遊故事。而南宋時刊
印的「講經」話本《大唐三藏取經詩話》，如前所述，具有「俗講」的性質，
或許就是中晚唐、五代俗講中西遊故事的一個整理本（不是俗講的底本），其
中已塑造了三藏法師、猴行者、深沙神等藝術形象。

元代楊景賢的《西遊記》雜劇，首次出現了「朱八戒」的形象，猴行者
也演變爲「通天大聖」孫悟空。「元瓷州窯唐僧取經瓷枕」上面的繪圖有唐僧、
孫悟空、豬八戒、沙僧、馬匹等，也事實地證明了在元代西天取經的師徒形
象已經定型。在話本創作方面，至遲在元明之際《西遊記平話》或《唐三藏
西遊記》業已問世。而《朴通事諺解》所收的西遊故事與《永樂大典》第13139
卷所收《魏徵夢斬涇河龍》等都證明了世德堂本《西遊記》之前西遊故事就

〔註26〕鄭振鐸：《西遊記的演化》，劉蔭伯編《西遊記研究資料》，上海古籍出版社，
　　　　1990年版，第622頁。
〔註27〕趙景深：《談〈西遊記平話〉殘文》，《文匯報》1961年7月8日第3版。
〔註28〕游國恩等主編：《中國文學史》第4冊，人民文學出版社，1964年版，第932
　　　　頁。
〔註29〕石鍾揚：《虞集〈西遊記〉序考證》，《明清小說研究》2007年第4期。

基本成形了。在世代累積和民間說唱文學的基礎上，明代中葉又有文人或許就是吳承恩對西遊故事做出了創造性的總結，最終「集撰」而成《西遊記》。

結　語

綜上可知，《西遊記》不過是編纂、集撰了之前俗講變文、勾欄瓦舍裏流傳了幾百年的西遊故事，從而形成了一部西遊取經以求自我救贖的不朽的經典之作。俗講將古代印度的兩大史詩中的故事紹介到東土，與唐玄奘天竺取經的故事合流；宋元說話藝術又將西遊故事進行了衍變和擴充，從而豐富和發展了西遊故事；元代的《西遊記平話》已初具《西遊記》之雛形，明代的文人或許就是吳承恩將以往眾多西遊故事以「集撰」創作的方式成書，這其間中晚唐、五代的俗講和宋元的「說話」對於西遊故事的生成和發展貢獻巨大。

（原載《中國古代小說戲劇研究叢刊》第 7 輯）

試論豬八戒的原型爲瓦拉哈

引　言

關於豬八戒的原型，迄今已有朱士行、牛臥、金色豬、驢等說法：

杭州佛教協會編《靈隱》認爲「朱八戒傳說是二國時往西域求法的第一僧人朱士行」。

陳寅恪認爲豬八戒的原型是《根本說一切有部毘奈耶雜事》中《佛制苾芻剃髮不應長緣》中的牛臥苾芻：大神爲了避免國王傷害牛臥，自變身爲一大豬，國王隨後追逐這頭豬。於是牛臥乘機逃走〔註1〕。

有學人認爲佛教中的金色豬是豬八戒的原型，可是，根據《西遊記》，豬八戒是「黑豬精」，不是「金色豬」，張錦池《論豬八戒的血統問題》已有具論，此處不贅。

楊光熙根據《大唐三藏取經詩話》中有一頭驢，從而認爲豬八戒的前身是「驢」〔註2〕。

以上關於豬八戒原型的考論，不無價值和意義，但離事實眞相還相去甚遠，因而有進一步探討的必要。

一、《西遊記》中豬八戒的形象

我們探求豬八戒的原型，應該依據《西遊記》文本對他的描述，抓住其

〔註1〕　陳寅恪：《金明館叢稿二編》，三聯書店，2003年版，第166～170頁。
〔註2〕　楊光熙：《〈西遊記〉中豬八戒形象的前身是「驢」》，《學術月刊》2009年第4期。

本質特徵。而依據小說文本可知，豬八戒乃一黑豬精：

豬八戒第一次出場時，是觀音菩薩去東土尋求取經人，經過木吒與之打鬥後，觀音菩薩問：「你是哪裏成精的野豕，何方作怪的老彘，敢在此間擋我？」（《西遊記》第八回「我佛造經傳極樂，觀音奉旨上長安」）

豬八戒之形貌，另一次出自孫悟空之眼中，即「黑臉短毛，長喙大耳」（《西遊記》第十八回），可見乃黑色豬，不是金色豬。況且，豬八戒是一頭「野豬」，不是「家豬」。當唐僧問西去的前程時，烏巢禪師對唐僧說：「野豬挑擔子，水怪前頭遇。」這裡「野豬」罵的是八戒呢（《西遊記》第十九回）。之前孫悟空要捉拿他的時候，回去對唐僧也說豬悟能「嘴臉像一個野豬模樣」，由是觀之，豬八戒的原型只能是「野豬」，且是黑色的野豬，而不可能是金色豬或是驢。

《大唐三藏取經詩話》中尚未出現豬八戒這個形象，最早在《朴通事諺解》注引《西遊記平話》爲「黑豬精朱八戒」。《西遊記》雜劇中的「豬八戒」爲「金色豬」，顯然，這是兩個系統。

在《西遊記》中，豬八戒初到高老莊的時候，「是一條黑胖漢，後來就變做一個長嘴大耳朵的呆子，腦後又有一溜鬃毛，身體粗糙怕人，頭臉就像個豬的模樣」，張錦池認爲這就是豬八戒「平素的尊容」。

《西遊記》中豬八戒這個藝術形象，關鍵有以下幾點需要把握：它是一黑色的野彘，豬首人身，水神。而這個藝術形象，與中國神話中的豬的形象大相徑庭。那麼，在中國神話中，豬是什麼樣子呢？它是否與豬八戒形貌有一些相似的地方呢？

二、中國神話中豬神的形象

在《山海經》的《北山經》、《中山經》記載了四十多位「彘身人首」的豬神，這與豬八戒「豬頭人身」的形象是截然不同的。

《大荒西經》說：「有獸，左右有首，名曰屏蓬。」與《大荒西經》爲同一性質，不同版本的《海外西經》也說：「並封在巫咸東，其狀如彘，前後皆有首，黑。」這裡所謂的屏蓬、并封，是兩個頭的像豬一樣的怪物。《逸周書》云：「區陽以鱉封。鱉封者若彘，前後有首。」聞一多在《伏羲考》中說：「並封、屏蓬本字當作「並逢」，「並」與「逢」俱有合義，乃獸牝牡相合之象也。」這種兩頭獸顯然也與豬八戒的形象相去甚遠。

　　《山海經》中，顓頊之父為韓流，嘴巴像豬，腳似豬蹄。《山海經》還記有「流沙之東，黑水之西，有朝雲之國，司彘之國。」徐顯之《山海經探源》指出：「在《北次山經》中所述共 46 個山，其中有 20 個山的山民崇拜馬，另外 26 個山崇拜豬。」《淮南子》中有「豕喙民」，漢高誘注解說「豕喙民」是長著豬嘴一樣的人群。《莊子·大宗師》中的狶韋氏是一個開闢大神，形象似豬。

　　「合窳」其「音如嬰兒」，「狀如彘而人面」，「是獸也，食人，亦食蟲蛇，見則天下大水」。這或許是先民之洪水經驗的記錄，但並沒有言及此獸就是水神，豬八戒是天河裏的天蓬元帥，源頭恐怕不曾出於此。天蓬是天神名。蓬，星名，即蓬星。天蓬，或天宇中如蓬之星也。野豬之鬃毛剛硬瘦長，與天蓬類似。封豕長蛇，長是蛇的外貌特徵；封則是豬的外貌特徵。封，其中的一個古義是「祭天」，封豕，封蓬，祭天之豬也，天豬也。天蓬，即天豬也。豬八戒之天蓬元帥，即豬元帥也。

　　金董解元《西廂記諸宮調》卷三：「便是天蓬黑煞，見他也應伏輸。」《三國演義》第一〇一回云：「令關興結束做天蓬模樣，手執七星皂旛，步行於車前。」《水滸傳》第十三回：「這個是扶持社稷毘沙門，托塔李天王；那個是惡頓江山掌金闕，大蓬大元帥。」由此看來，豬八戒被稱為天蓬元帥是取天蓬之黑煞模樣，即黑野豬也。

　　杜甫詩「家家養烏鬼，頓頓食黃魚」中的「烏鬼」即豬。唐代杜光庭《道教靈驗記》寫到「天蓬印」和「天蓬咒」，它們用來祈雨。在道教中，玄武大帝又稱為「天蓬將軍」。在傳奇、話本中，有關於「黑相公」、「烏將軍」的敘事，它們都指的是豬精。唐人張鷟《朝野僉載》說，唐代洪州人養豬致富，稱豬為「烏金」。唐代《雲仙雜記》引《承平舊纂》：「黑面郎，謂豬也。」唐代牛僧孺《玄怪錄》中「烏將軍」最具此三大特色：好色、貪食、輕信。「每歲求偶於鄉人，鄉人必擇處女之美者而嫁焉」。他見到素不相識的人，「喜而延坐」，「與對食，言笑極歡」。

　　野豬會不會游泳？在太平洋中部的礁石島上棲息著不少野豬，它們嘴裏的獠牙特別鋒利，當缺乏傳統食物的情況下，還能夠在淺海中游泳，靠捕魚充饑。看來，野豬是會游泳的。《小爾雅》云：「豞，豬也。」《禮記·月令》云：「食黍與豞。」注：「水畜也。」

　　豬八戒是水神，在《西遊記》中的多次水中鬥戰，他和沙僧都是能將，

而孫悟空則望塵莫及。豬八戒的這一本事，應該來自毗濕奴的化身野豬，到
海底把陸地拯救上來吧。

「所謂『豕禍』，便是水災的別稱。」〔註3〕「初民是把『豬』、尤其是江
豬之類看作兆示風雨的『水獸』……被看做水神、雨神的化身。」〔註4〕

由以上可知，中國古代的《山海經》關於野豬的敘述，其中「豬身人面」
的有四十多位，又有兩個頭的豬，這些豬的形象，是中國遠古神話中關於豬
的想像的產物，但它們都不是「豬頭人身」的形象。

中國西藏兼受印度文化和中原文化的影響，中原文化也深受藏族文化的
影響。豬八戒這個形象與西藏還有密切的關係。在《西遊記》這部小說中，
豬八戒下凡後所生活的高老莊就在烏斯藏國，而烏斯藏是元明時期朝廷對西
藏的稱呼。元朝中期，整個青藏高原被劃分爲三個行政區域，其中之一便是
衛藏阿里，設烏思藏納里速古魯孫等三路宣慰使司都元帥府（亦稱烏思藏宣
慰司），管轄烏思藏（即吐蕃王朝時的「衛藏四茹」）及其以西的阿里地區，
即今西藏自治區所轄區域的大部。到了明代，朝廷稱「西藏」爲烏斯藏。

阿壩州的嘉絨藏族，家中供奉「牛首人身」的神像，稱爲額爾多，神通
廣大〔註5〕。而豬八戒則是一個「豬首人身」的形象。藏族由於苯教的緣故而
崇拜黑色〔註6〕。早期苯教又被稱爲黑教〔註7〕。《新唐書‧吐蕃傳》記載：藏
人「居父母喪，斷髮、黛面、黑衣，既葬而吉。」天蓬乃黑煞，此形象可能
源自藏族苯教中的神話傳說。

《西遊記》中豬八戒的第一個渾家是卵二姐，這恐怕也與藏族文化有關。
在藏族，有很多卵生世界的神話，譬如《創世歌》《斯巴卓浦》《朗氏家族史》
等〔註8〕。噶爾梅說：「把巨卵作爲神和惡魔的最初的起源，這是西藏苯教的

〔註3〕 葉舒憲：《中國神話哲學》，中國社會科學出版社，1992年版，第296頁。

〔註4〕 葉舒憲、蕭兵、鄭在書：《山海經的文化尋蹤》，湖北人民出版社，2004年版，
第1969頁。

〔註5〕 丹珠昂奔：《藏族文化發展史（上冊）》，甘肅教育出版社，2001年版，第391
頁。

〔註6〕 丹珠昂奔：《藏族文化發展史（上冊）》，甘肅教育出版社，2001年版，第395
頁。

〔註7〕 丹珠昂奔：《藏族文化發展史（上冊）》，甘肅教育出版社，2001年版，第396
頁。

〔註8〕 丹珠昂奔：《藏族文化發展史（上冊）》，甘肅教育出版社，2001年版，第442
頁。

一種相當獨特的想法。」〔註9〕苯教認爲，世界最初是混沌，然後是卵，由卵而神、魔等，這或許就是卵二姐命名的本義吧。

藏族的神話傳說故事，有的是本民族原有的，有的是受了印度神話影響而合成的，不管怎麼樣，在唐代的時候，有一些藏族的神話可能傳到了中土。文化的交流是無孔不入的。或許唐王朝與吐蕃之間的戰爭，或許吐蕃佔領河西走廊後，藏族的神話也隨之傳入了西域、中土，並與中土的神話傳說交合從而生成了新的神話故事。

《西遊記》與漢譯佛經之間的關係，是很複雜的，一方面二者之間有淵源，另一方面小說的作者又不很懂佛經，就如魯迅先生所說的，小說的作者「尤未學佛，故末回至有荒唐無稽之經目」〔註10〕。《西遊記》的作者將《般若波羅蜜多心經》誤以爲是《多心經》。其實，「般若」是梵語音譯，大智慧的意思；「波羅」爲彼岸；「蜜多」爲到達的意思。但是，這還遠遠不夠，因爲我們需要弄清楚一個問題，即印度神話傳說是如何傳到中土的？它應該是隨著西域佛教之俗講和藏族與中原文化之交流而進入東土的，並對中國文學的影響甚爲深遠。

正如陳寅恪所言，「自佛教流傳中土後，印度神話故事亦隨之輸入。晚近年發現之敦煌卷子中，如維摩詰經文殊問疾品演義諸書，益知宋代說經，與近世彈詞章回體小說等，多出於一源，而佛教經典之體裁與後來小說文學，蓋有直接關係。此爲昔日吾國之治文學史者，所未嘗留意者也。」〔註11〕魯迅也認爲：「魏晉以來，漸譯釋典，天竺故事亦流傳世間，文人喜其穎異，於有意或無意中用之，遂蛻化爲國有。」〔註12〕

《西遊記》中豬八戒這個藝術形象，既具有中土的文化底蘊，又具有印度文化的獨特特徵。這一形象的生成，其源頭應該是在印度，它通過西藏、西域等地的西遊故事，在中土得以豐富和發展。

三、印度神話中的野豬與金色豬

豬八戒是受印度神話毗濕努化身爲野豬拯救陸地故事的影響而敷演的，

〔註9〕 噶爾梅：《苯教歷史及教義概述》，中央民族學院藏學研究所編《藏學研究譯文集》，内部鉛印本。

〔註10〕 魯迅：《中國小說史略》，人民文學出版社，1973年版，第140頁。

〔註11〕 陳寅恪：《金明館叢稿二編》，三聯書店，2003年版，第192～197頁。

〔註12〕 魯迅：《魯迅全集》（第9卷），人民文學出版社，1980年版，第50頁。

但它不是通過佛教故事傳到中土的。現當代的學者，對於印度本源原型的探索，一般溯源到漢譯佛經就結束了，其實，那不是源，而是流。因為佛教故事吸納了大量印度神話、婆羅門教等中的神靈及其故事。另外，我們需要注意的是，佛教中的豬與婆羅門教中的豬是兩個形象，而元雜劇與元明清小說中的豬也是兩個形象，它們是兩個系統。《西遊記》雜劇中的金色豬，是佛教故事中的說法。

在楊景賢《西遊記》雜劇第十三齣「妖豬幻惑」中，豬八戒自報家門說：「某乃摩利支天部下御車將軍。」〔註 13〕而摩利支天（Maricideva），又名摩利支菩薩或摩利支提婆。摩利支是梵文 Marici 的音譯，意思是「光」，deva 提婆，意思是「天」。從「光」的意義引伸附會出她會隱形法，能救人於厄難。她在古印度神話中出身甚早，後來被佛教所吸收。

摩利支天在佛寺的造像是一天女形象，手執蓮花，頭頂寶塔，坐在金色的豬身上，周圍環繞著一群豬。在印度神話中，摩利支天三個頭分向三面，各有三隻眼。正面善相微笑，菩薩臉；左面豬容，有獠牙，伸舌頭，皺眉；右面童女相，面似蓮花。乘豬車，常作立或跪於車上三折腰舞蹈姿勢。身邊圍繞著一群豬。〔註14〕《本行集經》三十一曰：「摩梨支，隋雲陽焰。」漢譯佛經中譯曰「陽焰」，以其形相不可見不可取，故名。又曰華鬘，以天女之形相名之。不空譯《摩利支天經》曰：「有天名摩利支，有大神通自在之法。常行日前，日不見彼，彼能見日。無人能見，無人能知，無人能害，無人欺誑，無人能縛，無人能債其財物，無人能罰，不畏怨家，能得其便。」天息災譯《大摩利支菩薩經》曰：「摩利支菩薩陀羅尼，能令有情在道路中隱身，非道路中隱身，眾身中隱身，王難時隱身，水火盜賊一切諸難皆能隱身，不令得便。」

從以上可知，豬八戒的原型與摩利支天及其坐騎「金色的豬」並沒有關係。但有一點是應該指出的，摩利支天在印度神話中出道甚早，而漢譯佛經中的摩利支天不過是被佛教吸納了而已。在印度神話中，豬並不是可惡的或是可厭的，而是勇猛可與獅子相媲美，深得古代印度人之喜愛，否則毗濕努何以曾化身為野豬瓦拉哈（又譯作瓦洛哈〔註 15〕）來拯救陸地？這也許才是

〔註13〕 朱一玄、劉毓忱：《西遊記資料彙編》，南開大學出版社，2002 年版，第 102 頁。
〔註14〕 白化文：《漢化佛教參訪錄》，中華書局，2005 年版，第 110 頁。
〔註15〕 〔美〕戴爾·布朗編：《古印度：神秘的土地》（李旭影譯），華夏出版社、廣

豬八戒故事的源頭。

印度神話說，當妖魔希羅尼亞克夏把大地拖進大海，毗濕努化身爲一頭野豬，潛入海底，與妖魔搏鬥千年之久，最終將妖魔殺死，使大地解救。在《摩訶婆羅多》中這頭黑色的野豬被稱爲「喬賓陀」：毗濕奴曾下凡化身爲野豬，在茫茫大海中找到大地，並將大地重新馱起。因此，毗濕奴又被稱爲「喬賓陀」，意思是「發現大地者」。

豬八戒的原型，是印度神話中毗濕奴的一次化身即名叫做瓦拉哈的野豬。我以前讀到毗濕奴的八次化身的時候，以爲野豬就是禽獸的野豬形象，可是等我看到毗濕奴的野豬化身即瓦拉哈的雕像的時候〔註 16〕，我明白了豬八戒的原型是什麼了，原來瓦拉哈是「豬頭人身」的形象，這豈不就是豬八戒的形象嗎？《西遊記》中的豬八戒就是「豬頭人身」，它與瓦拉哈一模一樣，顯然它的原型就是瓦拉哈。瓦拉哈力大無窮，而豬八戒不是也有很大的力氣嗎？譬如豬八戒變作一頭大豬將七絕山稀柿衕的舊道拱開（《西遊記》第六十七回）。

古印度對豬的認知和情感是基於森林裏野豬的兇猛形象，而不是家豬懶惰不潔的形象。據說，在古代的森林裏，野豬比獅子還兇猛，這或許是野豬也作爲神的化身的原因之一吧。野豬曾因爲勇猛而被崇拜。「豬」這個名詞在日本常用作人的名字，日本人用「豬」給幼兒命名，並非爲了好養活，而是欣賞豬的勇猛精神。中國古代，漢武帝幼名叫彘。彘，即豬。可見，人們在當時並不討厭豬。歐洲人認爲野豬雖然沒有角，卻是獸類中最兇悍的動物。它的獠牙尖銳而強硬，可以輕易刺傷敵人；它經常在樹干上摩擦肩部下脅，使之成爲堅強的盾甲。因此歐洲的許多紋章以豬爲圖案，表示猛勇和強悍。例如英格蘭王查理三世的徽章是兩頭豬拱衛著盾牌，蘇格蘭亞蓋公爵的徽章上，豬頭像置於圖案上方。家豬好吃懶做，且沒有什麼令人畏懼之處，如果人們單以家豬來理解豬八戒，那麼會誤解豬八戒形象的本來含義的——雖然豬八戒固有好吃懶做之世俗性。

古代的印度人似乎很喜歡「豬」這種動物。例如《羅摩衍那》中有這樣

西人民出版社出版，2002 年版，第 162 頁。在這部著作中，毗濕奴的野豬化身被翻譯爲瓦洛哈，其雕像是「豬首人身」。

〔註 16〕〔英〕韋羅尼卡·艾恩斯著：《印度神話》，孫士海、王鏞譯，經濟日報出版社，2001 年版。在這部著作中的圖 49 是毗濕奴的野豬化身瓦拉哈，它是 12 世紀喬罕風格的板岩雕刻，形象也是「豬首人身」。

的詩句:「巨大的野豬住在山洞裏,它們在林子裏來回蕩遊;爲了想喝水走了過來,吼聲就好像那公牛;它們樣子都長得很美,人中英豪!你會在池旁邂逅。」〔註17〕牛在印度是神的化身,而野豬被比作「公牛」,且認爲野豬的「樣子都長得很美」,從而衷心地予以讚美,這種情感的喜好愛憎其實倒是反映了西遊故事的地域文化特點。

四、豬八戒是中印文化融合的結晶

豬八戒這個藝術形象的生成受了多方面的影響,除了其原型瓦拉哈之外,還有毗羅陀的影子。當毗羅陀被羅摩的箭射中後,他說過一番話:「……我曾迷戀過天女蘭跋……」〔註18〕這一點與天蓬元帥之所以被貶到人間的原因何其相似。天蓬元帥因爲「迷戀過」嫦娥,酒後失性調戲嫦娥,所以被勒令「重責兩千錘」貶出天關,「有罪錯投胎」,成了「豬剛鬣」(《西遊記》第十九回)。

在印度,人們相信萬物有靈和輪迴轉世,猴子和野豬等動物都是受人們崇敬的。而在中國,除了龍之外人們似乎並沒有什麼動物崇拜;況且,在《山海經》中豬神的形象是「人頭豬身」,然而豬八戒卻是「豬首人身」,因此豬八戒這個形象的原型是印度神話中毗濕奴的化身野豬瓦拉哈。

印度神話中瓦拉哈是怎麼傳到中土的?應該說還是途徑佛教的傳播(既包括漢譯佛經,又包括俗講變文),雖然佛經中的金色豬與瓦拉哈並非屬於同一個體系的神話。但印度人關於豬的思維範式,決定了無論是瓦拉哈還是金色豬都是「豬首人身」,這與中國神話中的豬神「豬身人頭」是完全不同的。

據現存英國大英博物館內,由斯坦因竊去的敦煌唐人繪圖像《大摩里支菩薩圖》,是一張幢幡,上繪大摩里支菩薩,菩薩腳前有一隻豬,豬頭人身,雙手架開,作奔走如飛狀,造形活潑,顯出法力無邊的樣子。曹炳建認爲這就是後來傳說中的野豬精——豬八戒的最早雛形〔註19〕。這幅圖,其中的豬是「豬頭人身」,毫無疑問,它也是印度神話思維範式的產物,其原型可追溯到毗濕奴的化身瓦拉哈:佛教中的一些神是將婆羅門教中的神借用了,如大梵天等,只不過地位發生變化罷了;婆羅門教即後來的印度教亦然,在印度

〔註17〕 蟻蛭:《羅摩衍那》,季羨林譯,譯林出版社,2002年版,第408頁。
〔註18〕 蟻蛭:《羅摩衍那》,季羨林譯,譯林出版社,2002年版,第17頁。
〔註19〕 曹炳建:《〈西遊記〉作者研究回眸及我見》,《遼寧師範大學學報》,2002年第5期。

教中佛陀成爲了毗濕奴的第九次化身。這幅畫裏的那頭豬，其「豬首人身」一方面是印度神話的遺傳，另一方面則是豬八戒與瓦拉哈的「中間物」即它是瓦拉哈從印度傳入中土的媒介，同時也證明西遊故事生成於西域，後隨著俗講變相傳入中原，在流傳的過程中，這個形象又被打上了中土文化的烙印。

毋庸置疑，豬八戒這個藝術形象及其故事也有濃郁的中土成分和色彩。或許，朱士行（法號八戒）作爲最早西天取經的和尚，得到了西域、中土僧俗的欽敬，於是他們將朱士行即朱八戒與瓦拉哈聯繫起來了，從而敷演出了關於豬八戒的有趣故事以及豬八戒這個世俗而可愛的形象。

豬八戒與中國第一個正式出家的和尚朱士行有何關係呢？今天《西遊記》中豬八戒姓豬，而明代之前他是姓朱的，有元雜劇可以爲證。朱士行（203～282），三國時高僧，祖居潁川（今禹州市）。朱士行法號八戒，自然是「朱八戒」了。魏齊王曹芳嘉平二年（250），印度律學沙門曇訶迦羅到洛陽譯經，在白馬寺設戒壇，朱八戒首先登壇受戒，成爲我國歷史上漢家沙門第一人。爾後，朱八戒便在白馬寺鑽研《小品般若經》，並且開講佛經，成爲中國僧人講經的始作俑者。後來，他聽說西域有善本《大品經》，便決心隻身西行取經。魏元帝景元元年（260），他從雍州（今陝西長安縣西北）出發，涉流沙河而到于闐（今新疆和田），得到《大品般若經》原本，抄寫 90 章，約 60 萬字，於晉武帝太康三年（282）派弟子弗如檀等送回洛陽。朱八戒未及返回故土，在于闐圓寂，享年 80 歲。公元 291 年，陳留倉垣水南寺印度籍僧人竺叔蘭等開始翻譯、校訂朱八戒抄寫的《大品般若》經本。歷時 12 年，譯成漢文《放光般若經》，共 20 卷。

朱元璋建立明王朝後，朱是國姓，爲了避諱國姓朱八戒從而改爲「豬八戒」。《朴通事諺解》的有關注文記載，唐僧於花果山石縫中救了孫行者，「與沙和尚及黑豬精朱八戒偕往」西天取經。這同明代以前其它的有關「西遊」故事把「豬八戒」稱爲「朱八戒」是一致的。明初，楊景賢的《西遊記》雜劇中的豬八戒已經由「朱」改爲「豬」了。並且，將《朴通事諺解》中的「黑豬精」改爲「金色豬」了。《西遊記》雜劇取材於佛經故事，而其中的摩利支天豬車中的豬就是金色豬。至於改姓，這顯然是因明代國姓爲朱，再稱豬爲「朱八戒」，就會冒觸忤本朝國姓的危險，爲了避諱，不得不改。

楊景賢《西遊記》雜劇第十三齣《妖豬幻惑》開頭自敘到：「自天門到下方，隻身唯恨少糟糠。神道若使些兒個，三界神祇腦（惱）得忙。某乃摩利

支天部下御車將軍。生於亥地，長於乾宮；搭琅地盜了金鈴，支楞地頓開金鎖。潛藏在黑風洞裏，隱現在白霧坡前。生得嘴長項闊，蹄硬鬣剛。得天地之精華，秉山川之秀麗。在此積年矣。自號黑風大王，左右前後，無敢爭者。」很明顯，這裡的豬八戒形象與《西遊記平話》中的豬八戒形象迥然不同，而我們知道，中國戲曲與小説似乎是兩個自成體系的系統，如《水滸傳》與水滸戲，其中的人物形象、人物性格、故事情節等都不相同。

豬八戒這個藝術形象與中土的豬龍文化也有密切的關係，例如紅山文化中有玉豬龍，足見中國古人對豬龍的喜愛和崇拜。另外，《三國演義》第七十三回「玄德進位漢中王，雲長攻拔襄陽郡」中關平在爲關羽解夢的時候説「豬有龍象」：

且説關公是日祭了「帥」字大旗，假寐於帳中。忽見一豬，其大如牛，渾身黑色，奔入帳中，徑咬雲長之足。雲長大怒，急拔劍斬之，聲如裂帛。霎然驚覺，乃是一夢。便覺左足陰陰疼痛，心中大疑。喚關平至，以夢告之。平對曰：「豬亦有龍象。龍附足，乃升騰之意，不必疑忌。」雲長聚多官於帳下，告以夢兆。或言吉祥者，或言不祥者，眾論不一。雲長曰：「吾大丈夫，年近六旬，即死何憾！」正言間，蜀使至，傳漢中王旨，拜雲長爲前將軍，假節鉞，都督荊襄九郡事。雲長受命訖，眾官拜賀曰：「此足見豬龍之瑞也。」於是雲長坦然不疑，遂起兵奔襄陽大路而來。

這一些表明遠古時代中國古人似乎對豬也並不討厭，雖然喜愛程度可能不及古印度人。就更不用説豬八戒在當今社會取得了令人心儀的地位了：據問卷調查，豬八戒在他們師徒四人中最爲女性青睞，甚至到了偶像的地步，即「嫁人就嫁豬八戒」，原因據説是因爲豬八戒憐香惜玉，懂得溫存，而好色、貪吃皆人之本性，甚至是親近的理由了。以今例古，豬八戒在蒙元、晚明商品經濟市民文化大潮中頗得小市民的青睞和喜愛。

據專家們鑒定：廣州博物館所藏唐僧取經的瓷枕製作的年代至遲不晚於元代，應爲宋、元磁州窯的代表作品。從瓷枕上取經故事圖來看，豬八戒長嘴大耳，肩扛九齒釘鈀，邁步跟隨；但他還沒腆著大肚子──瓦拉哈從未腆著大肚子，也沒擔行李。

豬八戒這個藝術形象生成於元代，《朴通事諺解》説「《西遊記》（按指《西遊記平話》）熱鬧，悶時節好看」，由此可知《西遊記》雛形已具，而豬八戒幽默風趣的個性或已形成。在商業經濟較發達的蒙元、晚明，市民的情

趣好尚反映在小說戲曲中，西遊故事中豬八戒的個性自然也打上了市民的色彩。《西遊記》中豬八戒好色、慵懶、自私、愛貪小便宜等性格特徵，顯然是市民個性在小說中的反映。

結　語

　　綜上所述，《西遊記》中豬八戒這個藝術形象是中印文化交融薈萃的結晶，其藝術形象的變遷史表明它是中印文化交流的結果，從而豬八戒身上既帶有印度神話的基因，又帶有華夏審美的風習。但是，追根溯源，豬八戒的原型是瓦拉哈。

（原載《明清小説研究》2011 年第 3 期）

沙僧的印度血統試探

　　《西遊記》中的沙僧，其原型的溯源迄今雖然多有論述，但是仍然尚有進一步探討的空間。沙僧原型的探源，一般都追溯到漢譯佛經，如李小榮《沙僧形象溯源》認為「其原型當是出於密教中的深沙神」、蔡相宗《從佛教唯識宗談〈西遊記〉中沙僧形象》認為「沙僧形象是佛教唯識宗抽象理論的文學具象」、夏敏《沙僧、大流沙與西域宗教的想像》認為沙僧「披掛骷髏乃 11～14 世紀西域流行藏傳佛教密宗的形象顯現」等。但這些僅是源流之上流，還不是其根源，譬如項戴骷髏雖然在藏傳佛教密宗中所常見，但此習俗卻是源自古印度的婆羅門教之濕婆派。由於佛教亦曾受婆羅門教、耆那教等之影響，因而佛教口傳或文字上的相關敘事，尚不是其源，其源頭應到印度宗教神話傳說中去探尋。下面從沙僧的身體文化、遭際內蘊和意念化身等試論述其鮮明的印度血統。

一、「苦行」理念的具象化

　　佛教教義吸收了婆羅門教、耆那教等的教義、神祇及其相關的神話傳說，如婆羅門教中的因陀羅成為了佛教的帝釋天。婆羅門教教義中的輪迴轉世、善惡因果、苦行解脫等都被佛教所吸收。婆羅門教提倡苦行，認為苦行可得大法力，轉世後能夠提升種姓。印度兩大史詩《摩訶婆羅多》和《羅摩衍那》都對苦行者進行了由衷的不遺餘力的讚美。

　　《羅摩衍那》一開篇就說：「仙人魁首那羅陀，學習吠陀行苦行。」季羨林對「苦行」解釋說：「梵文 tapas，原意是『發熱』或『受苦』，是印度和其他國家的一種宗教迷信活動。做法是身體受苦，比如不吃飯、少吃飯、

吃和灰的飯、坐在有釘的木板上、身體倒懸、胳膊高舉、用烈火炙烤，等等」〔註1〕。

　　佛教的建立者悉達多·喬答摩又被稱為「釋迦牟尼」，一般譯為「釋迦族的聖人」。其實，「牟尼」（muni）的意思很多，除了「聖人」、「仙人」外，還有「苦行者」、「僧侶」、「隱士」等〔註2〕。釋迦牟尼在求道的過程中也曾修過苦行。他出家後首先是拜沙門為師，實行嚴厲的苦行，長達六年之久，最後胸肋骨頭磊磊然，其臀部骨頭就像駱駝的足骨等。「釋迦牟尼的真名是『悉達多』，……意譯『吉財』或『一切義成』」〔註3〕；其姓「喬答摩」是「最好的牛」〔註4〕的意思。

　　沙門，「本意是修行者、苦行者，指出家人，多指佛教出家人」〔註5〕。沙僧是印度沙門意識理念的一個具象化身，他帶有印度宗教崇尚苦行的特點。據《西遊記》的敘述，沙僧本是天宮中的捲簾大將，僅僅因為打碎了一個玻璃盞便被判了死刑，虧了赤腳大仙求情，免遭殺戮，但仍然被貶到流沙河，且遭受沙僧所說的「七日一次，將飛劍來穿我胸脅百餘下方回」的懲罰。罪不當罰，打碎一個玻璃盞就要被處死？這其中當另有緣故。我們先看一下原文：

　　　　怪物聞言，連聲喏喏，收了寶杖，讓木叉揪了去，見觀音納頭下拜，告道：「菩薩，恕我之罪，待我訴告。我不是妖邪，我是靈霄殿下侍鑾輿的捲簾大將。只因在蟠桃會上，失手打碎了玻璃盞，玉帝把我打了八百，貶下界來，變得這般模樣。又教七日一次，將飛劍來穿我胸脅百餘下方回，故此這般苦惱。沒奈何，飢寒難忍，三二日間，出波濤尋一個行人食用。不期今日無知，衝撞了大慈菩薩。」菩薩道：「你在天有罪，既貶下來，今又這等傷生，正所謂罪上加罪。我今領了佛旨，上東土尋取經人。你何不入我門來，皈依善果，跟那取經人做個徒弟，上西天拜佛求經？我教飛劍不來穿你。那時節功成免罪，復你本職，心下如何？」

〔註1〕〔印〕蟻蛭：《羅摩衍那》，季羨林譯，譯林出版社，2002年版，第420頁。
〔註2〕〔印〕蟻蛭：《羅摩衍那》，季羨林譯，譯林出版社，2002年版，第420～421頁。
〔註3〕季羨林：《禪與文化》，中國言實出版社，2006年版，第37頁。
〔註4〕白化文：《漢化佛教參訪錄》，中華書局，2005年版，第6頁。
〔註5〕薛克翹：《印度民間文學》，寧夏人民出版社，2008年版。

那怪道：「我願皈正果。」又向前道：「菩薩，我在此間吃人無數，向來有幾次取經人來，都被我吃了。凡吃的人頭，拋落流沙，竟沉水底。這個水，鵝毛也不能浮。惟有九個取經人的骷髏，浮在水面，再不能沉。我以爲異物，將索兒穿在一處，閒時拿來頑耍。這去，但恐取經人不得到此，卻不是反誤了我的前程也？」菩薩曰：「豈有不到之理？你可將骷髏兒掛在頭項下，等候取經人，自有用處。」怪物道：「既然如此，願領教誨。」菩薩方與他摩頂受戒，指沙爲姓，就姓了沙，起個法名，叫做個沙悟淨。當時入了沙門，送菩薩過了河，他洗心滌慮，再不傷生，專等取經人。（《西遊記》第八回「我佛造經傳極樂，觀音奉旨上長安」）

　　捲簾大將即沙僧僅僅因爲一點小過失，卻遭受這麼嚴酷無情的懲罰，這是爲何？我想應該從印度宗教提倡「苦行」來理解。印度是「宗教博物館」，宗教非常之多，但是絕大多數宗教，如婆羅門教、耆那教等都提倡苦行，並認爲「修煉苦行是取悅於天神甚至是超越天神威力的一種方式」〔註6〕。

　　印度婆羅門教認爲苦行是達到達磨（dharma）的途徑之一，佛教也是如此。『『苦行』……是印度宗教思想中最爲普遍的信仰……佛教開始曾反對苦行，後來妥協了。傳到中國，竟然信仰『焚身供佛』，燒香疤，剁指頭，刺血寫經，……」〔註7〕沙僧是一個和尚，也是苦行者。如何理解沙僧的懲罰？其實不應該從罪不當罰這個角度去理解，而是應該從沙僧是一個沙門，而沙門實行苦行修煉，不用說有了過錯，就是沒有過錯，他們也往往進行自我懲罰，如將一條腿弔起來，常年不落下，以至於肌肉萎縮；或躺在釘子做成的門上，將身體刺得遍體鱗傷；或坐在泥淖中，將自己泥封起來……

　　《西遊記》深受印度神話、印度文化之影響，在小說的行文中也不時的顯山露水。譬如佛祖對孫悟空說玉皇大帝「自幼修持，苦歷過一千七百五十劫。每劫該十二萬九千六百年。你算，他該多少年數，方能享受此無極大道？」（《西遊記》第七回）唐僧之不近女色，其實在本質上就是色戒之苦行的修煉。這些顯然是印度神話、宗教和哲學中提倡苦行、苦修在西遊故事中留下的痕跡，小說行文總是不自覺地露出其間關係的蛛絲馬蹟。

　　1983 年，金克木先生在《印度文化論集》中介紹了古印度佛教宣傳家將

〔註6〕〔英〕韋羅尼卡：《印度神話》，孫士海、王鏞譯，經濟日報出版社，2001 年版。
〔註7〕金克木：《文化的解說》，中國人民大學出版社，2007 年版，第 61 頁。

概念人物化的作品。這些人物不是以人物說教加以標籤——如我們說的概念化人物——而是把哲學原理化為有血有肉的戲劇人物，它本身是很生動的敘事文學，再以哲學概念命名，點明其意義。金克木先生介紹的有公元一世紀左右的戲劇殘本，人物有「覺」（智慧）、「稱」（名聲）、「定」（堅定）等。有公元十一世紀的《覺月初升》，人物有「愛」、「欲」一對夫妻，有國王「心」的兩個妻子分別生了「大癡」和「明辨」兩個兒子，「明辨」將和「奧義」結婚，引發出了錯綜複雜的故事。印度人長於將其意識、概念、哲理等具象化、人物化和故事化。據梵學家的考證，《摩訶婆羅多》這部偉大的史詩，其本事也就是占到了整個篇章一半的篇幅，另一半的篇幅是各種插話和其它形式的插敘。許多插話或插敘，其實都是意識理念之故事化。古代印度的佛教曾運用概念人物化的手法成功地宣傳佛教教義。由此可知，沙僧也是此一思維方式的產物，即他是「苦行」意念的化身。

二、骷髏飾品

《西遊記》中沙僧項戴人頭骷髏的描寫，其實是之前西遊故事的遺留或繼承，其最主要的影響來自於佛教，特別是密宗，但我們如果要探析其原型，這還是遠遠不夠的，因為佛教密宗的骷髏飾品，其淵源來自印度婆羅門教的濕婆派。

沙僧以人頭骷髏為項飾，在西遊故事中出現得很早。在《大唐三藏取經詩話》中，沙僧還是作為「深沙神」（東晉竺曇無蘭譯《佛說摩尼羅亶經》云：「若有國中鬼，一者名深沙，二者名浮丘。是二鬼健行，求人長短，若有頭痛目眩寒熱傷心，即當舉是二鬼名字，便當說《摩尼羅亶經》，是諸鬼神無不破碎者。」到唐朝時深沙與浮丘合而為一，成為佛教密宗的護法神。）出場的時候，他脖子上就已戴著兩個骷髏。那兩個骷髏是三藏法師的前身，據說唐僧曾兩度被深沙神吃掉。在元人《西遊記》雜劇中，深沙神已被改成沙和尚，他脖項上掛著九個骷髏頭，據說唐僧「九世為僧」，被沙和尚「吃他九遭」。

玄奘口述、辯機筆錄《大唐西域記》曾說：「外道服飾，紛雜異制，或衣孔雀雙尾，或飾骷髏纓絡。」夏敏考察了西藏地區密宗造像的裝飾，認為玄奘所說的「外道」就是當時在印度已經流行的佛教密宗〔註8〕。然而，康

〔註 8〕 夏敏：《沙僧、大流沙與西域宗教的想像》，《明清小說研究》，2005 年第 1 期。

保成根據《大唐西域記》所記載迦畢式國外道「或露形，或塗灰，連絡骷髏，以爲冠蔓」認爲，公元七世紀，印度佛教中的密宗還不是正宗。後來密宗的勢力不僅很快在印度本土發展起來，而且迅速傳到我國，到唐玄宗開元年間，「三大士」即善無畏、金剛智、不空先後翻譯密宗經典，並在各地建曼荼羅壇場，密宗才在我國傳播開來。《西遊記》中沙僧形象的前身——密宗護法神深沙神信仰，就是在這樣的背景下興起的。康保成注意到掛骷髏的深沙神由印度佛典中的惡鬼演變爲密宗的護法神后，在中唐時期隨著密宗的流行而漸見普遍，《大正藏》、《五燈會元》都有深沙神的記錄。〔註9〕

公元 839 年，日本和尚常曉將中土的深沙神王像帶到了日本，這個深沙神像就身掛骷髏裝飾品。玄奘在流沙河遇難時夢中見到的、並且救他性命的毗沙門天的化身，就是沙僧的前身深沙神或深沙大將。根據日本學者中野美代子的考證，沙僧有一副畫像很早以前就傳到了日本。這幅畫像中，沙僧的形象是：「頭髮蓬鬆倒豎，形態猙獰恐怖。頸部掛著七個或是九個骷髏瓔珞，腹部顯現出一個可愛的童子頭像。左手握著蛇，脖子上也纏繞著蛇。雙膝上是大象頭像，長長的鼻子從短衣下面伸出來。」中野美代了認爲，「關於（沙僧）雙膝處伸出來的象鼻子，與骷髏瓔珞一樣，讓人覺得是接受了印度或西藏邪教神形象的影響所至（致）。在西藏曼陀羅畫像中，不僅有骷髏，甚至還有串起活人頭顱爲瓔珞的圖象」〔註10〕。從中野美代子所論述的沙僧這幅畫像可知，《西遊記》中沙僧其前身深沙神或深沙大將形象所具有的西域特色更爲明顯。

夏敏根據西域佛教史方面的材料認爲，「恰恰正是 11～14 世紀，藏傳佛教及其密宗曾給予于闐高昌地區以非常強烈的影響，從古代于闐王國、高昌回紇王國、契丹貴族耶律大石在西域建立的西遼王朝，直至忽必烈統治時期的元王朝，藏傳佛教先後在西域得以傳播」，因而沙僧「披掛骷髏乃 11～14 世紀西域流行藏傳佛教密宗的形象顯現」。〔註11〕我認爲，這是沙僧項戴骷髏習俗的源流之流，而不是真正的源頭，源頭應該一直追溯到古印度。

在印度教造像中，濕婆通常是瑜伽苦行者打扮，遍身塗灰，髮結椎髻，

〔註9〕 康保成：《沙和尚的骷髏項鍊：從頭顱崇拜到密宗儀式》，《河南大學學報》，2004 年第 1 期。

〔註10〕 〔日〕中野美代子：《西遊記的秘密》，王秀文等譯，中華書局，2002 年版，第 40～41 頁。

〔註11〕 夏敏：《沙僧、大流沙與西域宗教的想像》，《明清小說研究》，2005 年第 1 期。

頭戴一彎新月，頸繞一條長蛇，胸前一串「骷髏」，腰圍一張虎皮，四手分持三叉戟、斧頭、手鼓、棍棒或母鹿。他額上長著第三隻眼睛，可以噴射神火把一切燒成灰燼。由於古代濕婆派的一些極端信徒有裸體、以骷髏為飾品、用骨灰塗身抹面等習慣，因而漢譯經典又稱濕婆派為「塗灰外道」或「骷髏外道」。

公元前四世紀上中葉，即原始佛教的末期，正統佛教與婆羅門教相結合，形成了佛教密宗一派。在佛教密宗中，金剛、明王、護法神等神佛造像大都有骷髏裝飾品，有的戴骷髏冠，有的身戴骷髏瓔珞。例如，怖畏金剛身佩 50 顆鮮人頭，遍體掛人骨珠串。據說佩戴人骨、骷髏一方面象徵世事無常，另一方面象徵戰勝惡魔和死亡。

在金剛部造像中，我國雲南盛行大黑天神像。大黑天原是婆羅門教濕婆神（Siva，大自在天）的化身之一，對其信仰始於笈多王朝（公元 4～6 世紀）。七世紀婆羅門教的經典提及：「大黑天神圓目凸腹，怒面獠牙，鼻翼寬闊，身佩骷髏或人頭頂環，以蛇為纓珞」。印度在十一世紀帕拉王朝時，作為護法神的大黑天神在佛教中的地位顯著提升，現存大黑天像大多為這一時期的作品，以四臂像居多。大理崇聖寺三塔塔藏文物中有大黑天神像多尊，其基本特徵為：現忿怒護法相，身軀粗壯、頂戴骷髏冠，身佩戴骷髏或人頭頂環，以蛇為纓珞，亦以四臂像為主，也有八臂像，造型與印度大黑天像相近，而鮮為中原密宗所見。〔註12〕

藏密中的骷髏裝飾也來自印度。七世紀藏王松贊干布迎娶了尺尊公主、文成公主為妃，開始在王室中推行密宗。七世紀末，藏王赤松德贊建桑耶寺，開始在西藏傳播密法。八世紀時，蓮花生大師所創立的西藏金剛舞（即羌姆），最初就帶有印度密宗儀式的顯著特點。蓮花生把印度密宗的血祭儀式（此儀式用人頭骨、人皮、人腸、人血、少女腿骨作為法器和祭品）帶到西藏，與西藏當地的苯教相結合，印密被土著化。八世紀之後，西藏的寧瑪、薩迦、葛舉、格魯等教派都是顯密兼修，從而形成了獨特的藏密。在藏密的各尊神像中，絕大多數的神像其頸部或腰部都有一連串骷髏作為瓔珞，像大威德怖畏金剛、勝樂金剛、歡喜金剛、護法神大黑天等都是如此。在印度佛教裏，一般人的骷髏與得道高僧的骷髏價值完全不同。《大唐三藏取經詩話》和元雜劇《西遊記》都說沙僧項上的骷髏是唐僧的前身。

〔註12〕 姜懷英、邱宣充：《大理崇聖寺三塔》，文物出版社，1998 年版。

最初，沙僧將骷髏頭掛在項上原本並不是觀音菩薩的指示，而是他炫耀戰功的資本。這種用人頭骨來炫耀戰功的方式其實源於古代人類的原始部落。據人類學家的研究，世界各地的原始部落，普遍存在著獵首、食人並以人的頭骨做裝飾的習俗。以骷髏為飾，固然是許多人類原始氏族部落的習俗，但對於進化到文明世界的民族，堂而皇之保存在宗教裏面，我們確切知道的就只有印度。

三、藍臉與紅髮

沙僧在國內文獻中最早的敘述，見之於《大唐三藏取經詩話》，他被稱作「深沙神」。但是從《大唐三藏取經詩話》到元雜劇《西遊記》，沙僧的形象都很單薄，關於身體形象的描寫和敘述頗少，只有到了小說《西遊記》中，沙僧的形象才鮮活豐富起來。《西遊記》中沙僧的形象是：

> 「青不青，黑不黑，晦氣色臉；長不長，短不短，赤腳筋軀。眼光閃爍，好似灶底雙燈；口角丫叉，就如屠家火缽。獠牙撐劍刃，紅髮亂蓬鬆。一聲叱吒如雷吼，兩腳奔波似滾風。」（第八回「我佛造經傳極樂，觀音奉旨上長安」）

> 「一頭紅焰髮蓬鬆，兩隻圓睛亮似燈。不黑不青藍靛臉，如雷如鼓老龍聲。身披一領鵝黃氅，腰束雙攢露白藤。項下骷髏懸九個，手持寶杖甚崢嶸。」（第二十二回「八戒大戰流沙河，木叉奉法收悟淨」）

從以上《西遊記》中的描述可知，沙僧長著紅頭髮，是藍靛臉色。

至於藍靛臉色，其實是有其文化淵源的，《羅摩衍那》曾對羅剎的面貌有過描述，即他們的「臉色像藍吉牟陀」，而「吉牟陀是一種植物名」〔註13〕，這就是說，羅剎的臉色是藍色的。印度神話中不僅羅剎藍臉，有的大神也是藍臉，譬如毗濕奴的皮膚就是「藍黑色」〔註14〕的，其臉色自然也是「藍黑色」的。

婆羅門教中這些藍臉的神祇是如何傳入中土的呢？是通過漢譯佛經，因為佛教借了大量婆羅門教中的神祇為其護法，從而漢譯佛經中不乏青黑色臉面的神祇，他們途徑俗講和說話又流傳到民間。《大唐三藏取經詩話》「過

〔註13〕〔印〕蟻垤：《羅摩衍那》，季羨林譯，譯林出版社，2002 年版，第 125 頁。
〔註14〕楊怡爽：《印度神話》，陝西人民出版社，2010 年版，第 39 頁。

長坑大蛇嶺處第六」敘說唐僧、猴行者遇到一個白衣婦人，猴行者認定是一白虎精，結果滿山都是白虎，於是「猴行者將金鐶杖變作一個夜叉，頭點天，腳踏地，手把降魔杵，身如藍靛青，髮似硃沙，口吐百丈火光」。這裡的「夜叉」，就是一個「藍面紅髮」的形象。

四川《邛崍縣志》中說：「蜀中古廟多藍面神像，……頭上額中有縱目。」值得我們注意的，除了「三目」（楊二郎是三隻眼；馬王爺是三隻眼；而印度史詩中濕婆是三隻眼）文化之存留外，還有一點也很重要，那就是神像是「藍面」的。眾所周知，中國本土的神像幾乎沒有「藍面」的，而四川卻有藍面神像，這裡的藍面神像來自漢譯佛經，源自古印度。印度神話中有眾多的藍面神祇，印度人甚至以藍色為美，《羅摩衍那》中就將悉多漂亮的眼睛比作是「藍色的荷花」〔註15〕。而中國神話體系中在這方面也深受印度的影響，像鬼判，其形象便是「朱髮藍面，皂帽綠袍」（王同軌《耳談》）。

燕京崇仁寺沙門希麟集《續一切經音義》卷第五云：「摩訶迦羅：梵語也。摩訶此云大，迦羅此云黑，經云『摩訶迦羅大黑天神』，唐梵雙舉也。此神青黑雲色，壽無量歲，八臂各執異仗，貫穿骷髏以為瓔珞，作大忿怒形，足下有地神女天，以兩手承足者也。」〔註16〕這裡的「摩訶迦羅」其實就是印度婆羅門教中的三大神之一的大黑天神，他的形貌具有典型的印度特色，如「八臂」、「骷髏」裝飾、青黑雲色等。「不同的顏色在印度傳統中具有不同含義，……藍色象徵著海洋、天空、河流這種大自然中最飽滿的顏色，從而體現了毗濕奴的無處不在。但印度傳統中也認為藍色象徵著剛毅和男子氣概，有藍色皮膚的人因而就是具有殺魔素質的人。」〔註17〕

印度的神話傳說，糅雜著達羅毗荼人、雅利安人等民族的原始記憶，因此毗濕奴、羅剎、大黑天天神等或許就是達羅毗荼人這些印度原始土著的神靈之一吧。而毗濕奴作為印度三大神之一，其神靈和威力受到信徒的崇拜，或許多多少少地影響到了西域其他的游牧民族，進而在西遊故事中的沙僧這個藝術形象上也留下了烙印。

除此之外，沙僧之青面與西北少數民族的烏古斯人之青面可能也不無關係吧？「古代烏古斯人的著名史詩《烏古斯傳》在敘述英雄主人公烏古斯的

〔註15〕〔印〕蟻蛭：《羅摩衍那》，季羨林譯，譯林出版社，2002年版。

〔註16〕《大正新修大藏經（第54冊）》，日本大藏經刊行社，1924～1934年版，第953頁。

〔註17〕楊怡爽：《印度神話》，陝西人民出版社，2010年版，第47頁。

形象時說：烏古斯『……臉是青的，嘴是火紅的，眼睛是鮮紅的，頭髮和眉毛是黑的』」〔註18〕。這是因為烏古斯人崇拜青色，在他們看來，青色為神聖之色，此詞譯自「柯克」，而「柯克」指的是「一切藍色、青色、深綠色，也指藍色的天空」〔註19〕。由是觀之，沙僧之「藍靛臉」，是有著西域烏古斯人的文化為依據的，並不是想當然的胡亂編造，從而也表明西遊故事本生成於西域，後來傳到了東土。

至於紅髮，從《阿拉伯波斯突厥人東方文獻輯注》可知，印度有一些土著部落，他們的頭髮就是「紅髮」。例如羅姆尼島上生活在沼澤地裏的裸體人，「他們講一種聽不懂的語言，與獸相似；他們身高四拃，兩性器官極小，頭髮很細，呈紅棕色……」〔註20〕。

《神異經‧西北荒經》云：「西北荒有人焉，人面朱髮，蛇身人手足，而食五穀禽獸，貪惡愚頑，名曰共工。」這裡需要特別指出的是，共工生活在西北荒，其形象之一卻是「朱髮」，即紅頭髮。神話本是人類現實生活的某種反映與解釋，由此可知西域以前曾生活過紅髮的民族。

據歷史記載，生活在西域的烏孫這個民族其頭髮就是紅色的。唐代顏師古對《漢書‧西域傳》作的一個注中提到「烏孫於西域諸戎，其形最異，今之胡人青眼赤鬚狀類彌猴者，本其種也」。按此說法，烏孫人應為赤髮碧眼、淺色素之歐洲人種。而沙僧之「紅髮」，要麼是西域少數民族與西遊故事發生關係的歷史痕跡的遺留，要麼是中土說書藝人的任意杜撰？後者的可能性比較小，原因就在於《西遊記》中師徒四人形象的定型是在元代，即來自西亞、中亞的色目人在神州赤縣非常多的時候，也就是說，蒙元時期的說唱藝人或許就地取材而將色目人之形貌納入到了西遊故事之中了吧？這一點絕對不是空穴來風，而是有根據的。元末楊景賢所作雜劇《西遊記》第三卷第十一齣有一個對話：「〔沙和尚〕我姓沙。〔行者云〕我認得你，你是回回人河裏沙。」

綜上所述，從沙僧的身體文化及其遭際內蘊、意念化身等可推知，《西遊記》中的沙僧具有鮮明的印度血統。

（原載《中國石油大學學報》2013 年第 4 期）

〔註18〕那木吉拉主編：《阿爾泰神話研究回眸》，民族出版社，2011 年版，第 136 頁
〔註19〕那木吉拉主編：《阿爾泰神話研究回眸》，民族出版社，2011 年版，第 135 頁。
〔註20〕〔法〕費琅編譯：《阿拉伯波斯突厥人東方文獻輯注》，中華書局，1989 年版，第 169 頁。

《西遊記》與西域動物

引　言

　　有讀者認爲《西遊記》敘述的是一些動物故事，如瑞典人將《西遊記》解讀爲唐僧和僕人沙僧帶著寵物猴、寵物豬去西方旅遊（探險）的故事，一路上寵物猴解決了諸多障礙，譬如一隻蠍子、兩隻蜈蚣、九隻黃鼠狼、七隻蜘蛛、二頭犀牛、兩隻獅子和三匹狼等。〔註1〕而林庚《西遊記漫話》則從動物童話的角度解讀《西遊記》，認爲「《西遊記》所展示的是一些動物世界中所發生的故事，其中所寫的神魔除土屍魔以外，幾乎都是由動物精變而成的，像猢、牛、象、鹿、虎、羊、豹、蠍子、老鼠、貂鼠、金魚、狐狸、六耳獼猴、大鵬、蜘蛛、蟒蛇、犀牛、蜈蚣、黑熊等等，構成了一個獨特的動物王國」〔註2〕。他們都是從動物角度來解讀《西遊記》，而其中的動物，大都帶有鮮明的西域特色，這一點卻很少爲人們所注意，因而有拋磚引玉之必要。

　　在印度民間文學作品中，以動物作爲其中主角的故事不勝枚舉。中國寓言故事中也不乏動物，但大多形成於春秋戰國時期，並且是出現在以故事說理的諸子作品之中，如「守株待兔」、「狐假虎威」和「畫蛇添足」等。「印度的動物寓言與中國的動物寓言有一個很大的不同，就是在印度的故事中，人和動物之間是可以對話的，動物和人幾乎有平等的地位。而中國寓言中的動物就是動物，不能和人同日而語。」〔註3〕而《西遊記》中的動物則具有印度

〔註1〕　佚名：《瑞典學生眼中的〈西遊記〉》，《教師博覽》2003 年第 12 期。
〔註2〕　林庚：《西遊記漫話》，北京出版社，2004 年版，第 130 頁。
〔註3〕　薛克翹：《印度民間文學》，寧夏人民出版社，2008 年版，第 47 頁。

動物寓言故事中的這個特點,如第三十回中白龍馬勸豬八戒去求孫悟空回來救師父。

　　魯迅說:「嘗聞天竺寓言之富,如大林深泉,他國藝文,往往蒙其影響。即翻爲華言之佛經中,亦隨在可見。」〔註4〕東方學研究專家季羨林先生曾說過,印度人富有幻想力,鳥獸蟲魚等都有思想、有感情、有脾氣、有性格,相關的故事收集在《五卷書》、《益世嘉言集》和《佛本生經》等中。這些故事集是佛經故事以及西遊故事的淵藪。佛經中舍利弗與六師外道鬥法:六師外道先後變幻爲寶山、水牛、水池、二鬼、大樹等怪物奇形,力圖威懾舍利弗。而舍利弗則先後變爲金剛、獅子、白象、天王、風神而將其一一降下。從中可以看出,像白象、獅子等都是西域之物產。

　　在印度國徽上有四種動物:雄獅、大象、駿馬和公牛。《羅摩衍那》童年篇第五章中談到了「殺死老虎、獅子、野豬」等,也談到了一個富人能夠「布施一千隻牛」〔註5〕,以及「馬祭」等,這些動物在《西遊記》中都有出場。唐僧師徒四人西天取經的路上,遇到的妖魔鬼怪大多是動物(也有植物如杏樹之仙等)精變而成,這些動物具有明顯的西域特色。

一、獅 子

　　據學者考證,中國的十二生肖文化源自印度。佛教大乘派認爲南瞻部洲大海中有四座神山,每座山上有三個神獸,一共十二個:豬、鼠、牛、獅子、兔、龍、毒蛇、馬、羊、獼猴、雞、犬。它們虔心敬佛,都修成了正果。老鼠因爲改惡從善,得到了諸佛的賞識,於是以老鼠爲首,十二神獸每月、每年輪流當值巡邏南瞻部洲,宣傳佛法。印度人以此十二神獸輪流值歲,作爲紀年法。公元前三世紀,阿育王派遣僧侶使者到中亞及周邊國家宣傳和弘揚佛教,十二神獸紀年法也隨之傳入當地。中原漢人的十二屬相說法,其實是通過草原民族而傳入的。我們看,蒙古族就是以十二獸紀年的,如《蒙古秘史》中的「猴兒年」、「馬兒年」等。公元一世紀後,受西域文化影響的南匈奴呼韓邪單于歸附漢廷,入五原居住,十二神獸紀年法也隨之傳入了中原。但是,中原從來沒有獅子而有老虎,於是遂將老虎取代其中的獅子。〔註6〕印

〔註4〕 魯迅:《集外集·〈癡華鬘〉題記》,《魯迅全集》第七卷,人民文學出版社,2005 年版,第 103 頁。

〔註5〕 季羨林:《季羨林文集》第十七卷,江西教育出版社,1999 年版,第 41 頁。

〔註6〕 蘇淵雷:《玄奘》,王其興主編《玄奘傳三種》,上海人民出版社,2008 年版,

度的十二神獸紀年法中的獅子，這樣便被改換爲中國十二屬相中的老虎，從而可說明西遊故事中關於獅子的敘事，都是源自西域。

獅子原產於非洲、南美洲，過去曾生活在歐洲東南部、西亞、印度和非洲大陸。亞洲獅主要生活在印度，斯里蘭卡也有，因而玄奘時斯里蘭卡被稱爲「獅子國」。從史書上看，西域諸國總有到中原進貢獅子的。獅子在現實生活中的存在，反映在藝術文化之中。在印度神話中，「雪山神女的坐騎，則是一巨獅」〔註 7〕。因陀羅的坐騎是一頭大象。火神阿耆尼的坐騎是一頭羚羊。……顯然，獅子、大白牛、大象、羚羊等都是西域人們所習見的動物，也是當地神話傳說中所常有的，它們的故事通過佛教東傳尤其是俗講變文而爲中土的民眾所喜聞樂見，從而形成了以動物鬥法爲主的西遊故事。

東漢雕刻的獅子，其腰脅多生有雙翼，有學者認爲這是「西亞文化的影響」〔註 8〕。佛教以獅子爲靈獸，而佛教「以像設教」，所以佛教石窟大多雕刻有獅子、金剛、力士等護法。唐代杜佑《通典》記載：唐代獅子舞是從天竺經西域傳入中原，當時河西走廊尤爲盛行，以太平樂伴奏，小謂之五方獅子舞。

《大慈恩寺三藏法師傳》記載：「白城東南三千餘里至僧伽羅國（唐言執師子。非印度境也）。國周七千餘里。都城周四十餘里。人戶殷稠，穀稼滋實。黑、小、急、暴，此其俗也。國本寶渚多有珍奇。其後南印度有女娉鄰國，路逢師子王，侍送之人怖畏逃散，唯女獨在車中。師子來見負女而去，遠入深山，採果逐禽以用資給。歲月既淹，生育男女。形雖類人而性暴惡。男漸長大白其母曰：『我爲何類？父獸母人。』母乃爲陳昔事。子曰：『人畜既殊，何不捨去而相守耶？』母曰：『非不有心，但無由免脫。』子後逐父登履山谷，察其經涉。他日伺父去遠，即擔攜母、妹，下投人裏。至母本國訪問舅氏，宗嗣已絕，寄止村閭。其師子王還，不見妻子。憤恚出山，哮吼人裏。男女往來，多被其害。百姓以事啓王。王率四兵簡募猛士，將欲圍射。師子見，已發聲嗔吼。人馬傾墜，無敢赴者。如是多日，竟無其功。王復標賞告令：『有能殺師子者。當賜億金。』子白母曰：『飢寒難處，欲赴王募如何？』母曰：

第 172～173 頁。
〔註 7〕〔美〕布朗：《印度神話》，華夏出版社，1989 年版，第 289 頁。
〔註 8〕蘇淵雷：《玄奘》，王其興主編《玄奘傳三種》，上海人民出版社，2008 年版，第 164～165 頁。

『不可。彼雖是獸，仍爲爾父。若其殺者，豈復名人。』子曰:『若不如是，彼終不去。或當尋逐我等來入村閭。一旦王知我等還死，亦不相留，何者？師子爲暴，緣娘及我。豈有爲一而惱多人？二三思之，不如應募。』於是遂行。師子見，已馴伏，歡喜都無害心。子遂以利刀開喉破腹。雖加此苦而慈愛情深，含忍不動，因即命絕。王聞，歡喜，怪而問之。何因爾也竟不實言。種種窮迫方乃具述。王曰:『嗟乎！非畜種者，誰辦此心。雖然，我先許賞，終不違言。但汝殺父，勃逆之人不得更居我國。』敕有司多與金寶，逐之荒外。即裝兩船多置黃金及資糧等。送著海中，任隨流逝。男船泛海至此寶渚，見豐奇玩即便止住。後商人將家屬採寶，復至其間。乃殺商人，留其婦女。如是產育子孫經無量代，人眾漸多，乃立君臣。以其遠祖執殺師子，因爲國稱。女船泛海至波剌斯西，爲鬼魅所得，生育群女。今西大女國是也。又言僧伽羅是商人子名。以其多智，免羅刹鬼害。後得爲王，至此寶渚，殺除羅刹。建立國都，因之爲名。語在《西域記》。」這裡敘述了獅子國由來的傳說，對《西遊記》也有影響。在《三藏法師傳》中，是人與獅子生子，而這似乎不大符合中土的習俗，所以便有了金毛犼將金聖娘娘攝去消災的說法。

　　《西遊記》中菩薩道:「他是我跨的個金毛犼。因牧童盹睡，失於防守，這孽畜咬斷鐵索走來，卻與朱紫國王消災也。」行者聞言急欠身道:「菩薩反說了，他在這裡欺君騙后，敗俗傷風，與那國王生災，卻說是消災，何也？」菩薩道:「你不知之，當時朱紫國先王在位之時，這個王還做東宮太子，未曾登基，他年幼間，極好射獵。他率領人馬，縱放鷹犬，正來到落鳳坡前，有西方佛母孔雀大明王菩薩所生二子，乃雌雄兩個雀雛，停翅在山坡之下，被此王弓開處，射傷了雄孔雀，那雌孔雀也帶箭歸西。佛母懺悔以後，吩咐教他拆鳳三年，身耽啾疾。那時節，我跨著這犼，同聽此言，不期這孽畜留心，故來騙了皇后，與王消災。至今三年，冤愆滿足，幸你來救治王患，我特來收妖邪也。」(《西遊記》第七十一回「行者假名降怪犼，觀音現象伏妖王」)

　　在《西遊記》中，獅子出頭露面的機會真是不少。其他如文殊菩薩的坐騎青獅，也曾與普賢菩薩的坐騎白象、如來的舅舅大鵬鳥等在獅駝國要擒拿唐僧吃唐僧肉，以圖長生不老，把美猴王爲難得不輕。

　　從《山海經》的記載來看，中國西部在遠古的時代，由於當時白虎眾多，所以有一個以西王母爲首的部落，他們崇拜白虎，並以白虎爲圖騰，其主管

祭祀的巫師也打扮成爲老虎的樣子。〔註9〕而在中原，也是以老虎爲獸中之王，而不是以獅子爲獸中之王，這是因爲獅子不是中原的土產。但是，在《西遊記》中，獅子作爲西天取經途中的妖怪或菩薩的坐騎，卻是再三出現的。

今天，海外往往將「舞獅子」看作是中國的傳統文化內容之一，逢年過節，國外的中國城往往表演舞獅子。其實，獅子本不是中國的土產，而是來自西域；而舞獅子或獅子舞也是來自西域，現在卻與千手觀音一同被視作是中國傳統文化的精粹，此等文化現象值得深思。

二、老　鼠

在《西遊記》第八十三回「心猿識得丹頭，姹女還歸本性」中，金鼻白毛老鼠精就是一隻大老鼠。唐僧被這女妖精搶去，孫悟空到處尋找，忽然在妖怪的地府裏發現一個大金字牌，牌上寫著「尊父李天王位」；略次些兒，寫著「尊兄哪吒三太子位」。行者見了，滿心歡喜。於是孫悟空就去天宮告狀，托塔李大王不服，要與孫悟空格鬥，這時候哪吒以劍架住：

> 哪吒道：「父王忘了。那女兒原是個妖精。三百年前成怪，在靈山偷食了如來的香花寶燭，如來差我父子天兵，將他拿住。拿住時，只該打死。如來吩咐道：『積水養魚終不釣，深山喂鹿望長生。』當時饒了他性命。積此恩念，拜父王爲父，拜孩兒爲兄，在下方供設牌位，侍奉香火。不期他又成精，陷害唐僧，卻被孫行者搜尋到巢穴之間，將牌位拿來，就做名告了御狀。此是結拜之恩女，非我同胞之親妹也。」天王聞言，悚然驚訝道：「孩兒，我實忘了。他叫做甚麼名字？」太子道：「他有三個名字：他的本身出處，喚做金鼻白毛老鼠精；因偷香花寶燭，改名喚做半截觀音；如今饒他下界，又改了，喚做地湧夫人是也。」天王卻才省悟。

《西遊記》中唐僧師徒遭遇地湧夫人的這一劫，實有其西域原型的，它就是于闐國的鼠神。而鼠神的傳說，見之於《大唐西域記》。它記載說：「此沙磧中鼠大如蝟，其毛則金銀異色，爲其群之酋長，每出穴遊止則群鼠爲從。昔者匈奴率數十萬眾寇掠邊城，至鼠墳側屯軍。時瞿薩旦那王率數萬兵，恐力不敵，素知磧中鼠奇而未神也。洎乎寇至無所求救，君臣震恐莫知圖計，復

〔註9〕 劉錫誠：《神話崑崙與西王母原相》，《西北民族研究》2002 年第 4 期。

設祭焚香請鼠，冀其有靈少加軍力。其夜瞿薩旦那王夢見大鼠，曰敬欲相助願早治兵，且曰合戰必當克勝。瞿薩旦那王知有靈祐，遂整戎馬，申令將士，未明而行，長驅掩襲。匈奴之聞也，莫不懼焉。方欲駕乘被鎧，而諸馬鞍人服弓弦甲，凡厥帶繫鼠皆齧斷。兵寇既臨面縛受戮。於是殺其將，虜其兵。匈奴震攝，以爲神靈所祐也。瞿薩旦那王感鼠厚恩建祠設祭。」〔註10〕

于闐對鼠神的崇拜，豐富了《西遊記》中托塔李天王、孫悟空等的故事。于闐民間故事中的老鼠王就是《西遊記》中金鼻白毛老鼠精的原型。《大唐西域記》中關於「鼠壤墳」的記載，敘說了于闐老鼠齧斷入侵匈奴軍隊的馬鞍、軍裝、弓弦、甲帶等，從而幫助當地人戰勝了敵人，從此老鼠受到了人們的頂禮膜拜，並成爲了當地的保護神。

《大唐西域記》中提及的鼠壤墳傳說，即是當時流傳的關於老鼠的民間傳說。「從當地流傳的民間故事中我們瞭解到，瞿薩旦那王在抵禦匈奴侵犯時，缺乏兵力，便求助於老鼠，由於鼠神的助兵，瞿薩旦那王得以大敗匈奴兵，保全其國，鼠便被其國人看作類似『戰神』一類的有恩於國人的吉神，在祭祀鼠的時候，獻上弓矢、食品，表示不忘其恩。此後，當地人便保留了以鼠爲神，並向鼠祭祀以祈求福祐的民俗信仰。由『行次其穴下乘而趨拜以致敬』可知對鼠已達到了頂禮膜拜的地步。對鼠神的崇拜，可謂一種獨特的民俗。」〔註11〕河西寶卷中的《老鼠寶卷》也是當地民俗的產物。這一民俗對《西遊記》成書的影響頗大，小說中托塔李天王的乾女兒金鼻白毛老鼠精是一個老鼠精，《西遊記》作者的奇幻構思應該是來源於這一個老鼠精的民間傳說。

與中原文化所不同的是，西域于闐國以老鼠爲神，進行祭拜；印度北部還有一座老鼠神廟（Karni Mata Temple）〔註12〕；印度神話中濕婆的象頭兒子的坐騎就是一隻老鼠；印度十二神獸紀年中就有老鼠；印度民間故事中有諸多關於老鼠的傳說……毋庸置疑，《西遊記》中的老鼠敘事，具有鮮明而濃郁的西域文化特色。

〔註10〕玄奘、辯機原著：《大唐西域記校注》，季羨林等校注，中華書局，1985年版，第1017～1018頁。

〔註11〕石利娟：《古代漢族西域散文中的新疆想像研究——以〈大唐西域記〉爲例》，《長春師範學院學報》2008年第4期。

〔註12〕張金鵬：《印度的老鼠神廟》，《視野》2009年第24期。

三、孔　雀

　　印度共和國，其古名爲身毒或天竺，別稱爲「孔雀之國」或「婆羅多」。印度的國鳥是「藍孔雀」。孔雀屬（Pavo）的兩個種是印度和斯里蘭卡產的藍孔雀（P. cristatus，即印度孔雀）和分佈自緬甸到爪哇的綠孔雀（P. muticus，即爪哇孔雀）。藍孔雀還有兩個突變形態：白孔雀和黑孔雀。

　　孔雀在印度的森林裏比比皆是，觸目可見。「印度中部比爾人的莫里族崇奉孔雀爲圖騰，奉獻穀物給他；但是這一族的人相信，哪怕他們只是踏到孔雀走過的路上，他們也會從此得某種病；一個婦女如果看見了孔雀，她必須用面紗遮住臉往別處看。」〔註13〕

　　孔雀在古印度神話傳說故事中經常出現。印度教中的鳩摩羅是眾神的保護者，他勇敢善戰，除了戰鬥之外別無興趣，對女人也不感興趣，他的坐騎就是孔雀。他有一幅坐著孔雀的雕像，至今仍存。印度神話有一種大孔雀明王，常作慈悲中年女相，也騎著一孔雀。到了《西遊記》中，它就成爲了「佛母孔雀大明王菩薩」。

　　在印度的歷史上還出現過一個「孔雀」王朝。《沙恭達羅》劇本是依據《摩訶婆羅多》中的一個插話改編的，而女主人公沙恭達羅在梵語中是「孔雀女」的意思。現今寶萊塢的電影中，人們依然可以看見其中生活背景中有「孔雀」在徜徉，譬如《名利場》（Vanity Fair）中就有這樣的場景。

　　在《西遊記》第七十七回「群魔欺本性，一體拜眞如」中，如來佛降服了大鵬鳥，其中叙說了孔雀曾將佛陀吸進肚子裏去的故事：

> 如來道：「自那混沌分時，天開於子，地闢於丑，人生於寅，天地再交合，萬物盡皆生。萬物有走獸飛禽，走獸以麒麟爲之長，飛禽以鳳凰爲之長。那鳳凰又得交合之氣，育生孔雀、大鵬。孔雀出世之時最惡，能吃人，四十五里路把人一口吸之。我在雪山頂上，修成丈六金身，早被他也把我吸下肚去。我欲從他便門而出，恐污眞身；是我剖開他脊背，跨上靈山。欲傷他命，當被諸佛勸解，傷孔雀如傷我母，故此留他在靈山會上，封他做佛母孔雀大明王菩薩。大鵬與他是一母所生，故此有些親處。」行者聞言笑道：「如來，若這般比論，你還是妖精的外甥哩。」

〔註13〕〔英〕詹·喬·弗雷澤《金枝》，徐育新、汪培基、張澤石譯，中國民間文藝出版社，1987年版，第685頁。

在小說中，孔雀與大鵬鳥是姐弟關係，而孔雀在南亞、中國雲南一帶頗多，但在中原似乎不多見，從動物的地域特徵來看，這個故事也是西域文化的產物。

其實，由孔雀為原型而在印度神話中生成的大鵬金翅鳥，無論在印度神話中，還是在《西遊記》中，都是其間敘事的重鎮，而《西遊記》中大鵬鳥勇武機智，有膽有識，就是以印度神話以及《羅摩衍那》中的闍吒優私為原型的〔註14〕，囿於篇幅所限，此處不再展開，但《西遊記》中孔雀、大鵬鳥等的敘事，源自西域，深受印度神話史詩之影響，卻是無可置疑的。

四、牛

眾所周知，印度多牛，牛在印度人眼裏乃是神物，即使是今天對於印度教教徒來說仍然如此。印度人崇拜牛，古印度神話中關於牛的故事很多。《摩訶婆羅多》插圖中有很多幅都是牛、孔雀與人和睦相處，這是現實生活在神話故事中的體現和反映。

印度教教徒（8 世紀商羯羅改革之前是婆羅門教教徒）一直崇拜牛，其歷史可謂是綿長悠久。《印度神話》圖 10 是「印度河文明的公牛理想化的表現形式。印章上帶有 4000 多年以前的文字，目前尚未釋讀出來。哈拉帕出土。」〔註15〕圖 9 是公元前 2000 年的「站在香爐前的公牛」，它是「印度河文明印章中最常見的標誌」。圖 7 是約公元前 2000 年時「獸主」的印章，它「頭戴著吠陀時代神祇與晚期濕婆特有的公牛角」……所有這一些無疑都表明，印度人崇拜牛的歷史之久遠。

據印度著名學者恰托巴底亞耶考證，吠陀文獻中許多詞彙的詞根都是「牛」，這反映了當時牛與雅利安人的生活是息息相關的，如「戰爭」一詞原意為「爭奪牛群」；「部落酋長」意為「擁有數百頭牛的人」等〔註16〕。佛教的創始人釋迦牟尼本姓「喬答摩」，其意是「家中有最好的牛」〔註17〕，這一族姓說明佛陀家世乃家中有最好的牛的部落首領。

〔註14〕　〔印〕蟻蛭：《羅摩衍那》，季羨林譯，譯林出版社，2002 年版，第 287～295 頁。

〔註15〕　〔英〕韋羅尼卡·艾恩斯：《印度神話》，孫士海、王鏞翻譯，經濟日報出版社，2001 年版。

〔註16〕　林承節：《印度史》，人民出版社，2004 年版。

〔註17〕　白化文：《漢化佛教參訪錄》，中華書局，2005 年版，第 6 頁。

到了公元前 1000 年左右，印度宗教由多神教漸漸發展到三大神崇拜，即毗濕奴、濕婆和梵天。在印度神話傳說中，三大主神之一的破壞神濕婆，其坐騎就是一頭白色的公牛，它被尊稱為聖牛難迪（一翻譯為南迪，即 Nandi 的音譯）。而毗濕奴的第八個化身黑天本是牧童，便是放牧牛群的兒童，如《印度神話》圖 14 便是「牧神克利希那（按：克利希那是黑天的另一個音譯）在牛群中」的情形。在關於黑天的神話中，當黑天還是嬰兒的時候，布丹娜圖謀毒死他，他吸盡了布丹娜的奶汁。牧民們給黑天舉行了消災儀式：「首先，她們在王子的頭上揮舞牛尾巴，然後用牛尿給孩子洗身，又把磨碎的牛蹄粉灑在他的身上，爾後再用手指蘸著牛糞在嬰兒身體的十二個部位上寫上毗濕奴的名字。」〔註 18〕

在《西遊記》中，唐僧師徒取經路上的魔怪從牛變成的就有：太上老君的坐騎青牛、偷油吃的犀牛（犀科是一個繁盛的古老類群的孑遺，現存僅 5 種，其中非洲 2 種，亞洲 3 種，其中亞洲犀即印度犀、爪哇犀和蘇門犀），還有齊天大聖的結拜兄弟牛魔王等。

《西遊記》第四回「官封弼馬心何足，名注齊天意未寧」中，牛魔王自封為「平天大聖」：說那猴王得勝歸山，七十二洞妖王與那六弟兄，俱來賀喜。在洞天福地，飲樂無比。猴王對六弟兄說：「小弟既稱齊天大聖，你們亦可以大聖稱之。」內有牛魔王忽然高叫道：「賢弟言之有理，我即稱做個平天大聖。」

眾所周知，印度是一個神牛崇拜的國度，可是為什麼從古印度傳來的關於牛的故事卻將它演化為一個魔王？其實即使是在印度神話中，也有牛妖，例如克利希那曾經將塵土飛揚中前來攻擊自己的牛妖抓住，並扭斷了它的脖子（艾恩斯《印度神話》圖 72）。再如在摩訶黛維的神話故事中，也有一個牛妖摩希沙。摩訶黛維有多個名字，如薩蒂、帕爾瓦蒂、杜爾伽、迦梨，她騎著一隻老虎，專門誅殺魔鬼，特別是誅殺通過修煉苦行獲得力量把眾神趕出天國的水牛怪摩希沙。當杜爾伽臨近摩希沙在文迪亞山的領地時，摩希沙看見了她，打算擒獲她。儘管摩希沙以許多迅速變化的形式攻擊她，但還是無力抵抗杜爾伽，死於長矛之下。〔註 19〕你看，摩希沙是不是與《西遊記》

〔註 18〕〔俄〕埃爾曼・捷姆金編《印度神話傳說》，董友忱、黃志坤編譯，上海譯文出版社，2002 年版，第 15 頁。

〔註 19〕〔英〕韋羅尼卡・艾恩斯：《印度神話》，孫士海、王鏞翻譯，經濟日報出版

中的牛魔王很相近？

　　而在印度的民間故事中，確實是有一個牛魔王，或者說它是摩希沙的另一個版本（因爲我們知道，印度的神話故事有不計其數的版本），而這個牛魔王與《西遊記》中的牛魔王可以說更相近。在《摩根德耶往世書》下卷中，杜爾迦女神除掉的這個妖魔就是牛魔王，爲了準確說明其間的關係，茲摘錄如下：

　　　　在遠古，天神之王是因陀羅，惡魔之主是牛魔王。天神和惡魔連續打了一百年仗。結果，天神被惡魔打敗，牛魔王坐上了因陀羅的寶座。眾天神失去了天堂，來到梵天、毗濕奴和濕婆大神面前，請三大神替他們做主。

　　　　……惡魔之王看到自己的將領一個個被殺死，就變化成一頭牛親自衝上戰場。他殺死了許多女神的從者。然後瞪圓兩隻通紅的眼睛，向女神猛衝過來。女神扔出一條神索，將牛縛得結結實實。於是牛魔王變化成一頭獅子，掙脫了繩索。女神立即舉起三叉戟，去砍獅子的頭，惡魔又變成一個手持利劍的男子。女神射出無數神箭，惡魔之王又變成一隻巨象。女神立即揮劍砍掉大象的鼻子。惡魔重新變成牛形，用角挑起一座座大山朝女神砸來，女神用箭把大山擊碎。然後她縱身一躍，跳上牛背，用三叉戟狠刺牛脖子，終於將惡魔之王殺死了。〔註20〕

　　從以上的敘事，我們可知牛魔王大鬧天宮與孫悟空大鬧天宮非常相似，孫悟空的紅眼睛是否從牛魔王的紅眼睛而來？牛魔王在印度神話故事中，有「大力王」之稱，而在《西遊記》中第四十四回「法身元運逢車力，心正妖邪度脊關」中，孫悟空也有「大力王菩薩」之稱。《西遊記》中哪吒擒拿牛魔王與《摩根德耶往世書》下卷中杜爾迦擒殺牛魔王是何其相似呀！孫悟空三借芭蕉扇中，孫悟空與牛魔王斗法，這時：

　　　　卻好有托塔李天王並哪吒太子，領魚肚藥叉、巨靈神將，慢住空中，叫道：「慢來，慢來!吾奉玉帝旨意，特來此剿除你也！」牛王急了，依前搖身一變，還變做一隻大白牛，使兩隻鐵角去觸天王。天王使刀來砍。隨後孫行者又到。哪吒太子屬聲高叫：「大聖，衣甲

社，2001 年版，第 120 頁。
〔註20〕薛克翹：《印度民間文學》，寧夏人民出版社，2008 年版，第 94～95 頁。

在身，不能爲禮。愚父子昨日見佛如來，發檄奏聞玉帝，言唐僧路
阻火焰山，孫大聖難伏牛魔王，玉帝傳旨，特差我父王領眾助力。」
行者道：「這廝神通不小！又變作這等身軀，卻怎奈何？」太子笑道：
「大聖勿疑，你看我擒他。」這太子即喝一聲「變！」變得三頭六
臂，飛身跳在牛王背上，使斬妖劍望頸項上一揮，不覺得把個牛頭
斬下。天王收刀，卻才與行者相見。那牛王腔子裏又鑽出一個頭來，
口吐黑氣，眼放金光。被哪吒又砍一劍，頭落處，又鑽出一個頭來。
一連砍了十數劍，隨即長出十數個頭。哪吒取出火輪兒掛在那老牛
的角上，便吹眞火，焰焰烘烘，把牛王燒得張狂哮吼，搖頭擺尾。
才要變化脫身，又被托塔天王將照妖鏡照住本象，騰那不動，無計
逃生，只叫「莫傷我命！情願歸順佛家也！」

在這一段裏，牛魔王被哪吒砍頭後又生出一個頭來，哪吒一連砍了十數個頭，
牛魔王一連生出了十數個頭，季羨林先生在《〈西遊記〉與〈羅摩衍那〉——
讀書札記》中進行了考證，認爲「中國的牛魔王是印度羅剎王羅波那的一部
分在中國的化身」〔註21〕，即牛魔王乃源自古印度神話也。《羅摩衍那》第六
篇《戰鬥篇》說：「頭顱滾落大地上，頭上又長一頭顱。羅摩雙手靈且巧，作
事迅速又利落；又在陣前射飛箭，射中魔頭第二個。頭顱剛剛被射斷，另一
頭顱又出現；即使羅摩射飛箭，疾飛迅駛如閃電。如此射掉一百個，頭顱個
個差不多；羅波那仍未死去，依舊健壯又快活。」〔註22〕

　　尤其是，當羅摩用大梵天很久以前專爲因陀羅製造的箭射死了惡魔羅波
那的時候，維毗沙那哭道：「……羅剎部落的公牛，你終於被強大的羅摩殺死
了！」這裡羅波那的弟弟稱呼他是「羅剎部落的公牛」與牛魔王顯然是有密
切的淵源關係的。

五、大　象

　　玄奘《大唐西域記》卷七有「獼猴、白象」的敘述，這兩種動物也極具
西域之地域特色的。我們將印度稱之爲「象主之國」，將土耳其（馴馬民族大

〔註21〕季羨林：《〈西遊記〉與〈羅摩衍那〉——讀書札記》，《比較文學與民間文學》，
　　　　北京大學出版社，2001年版，第154頁。
〔註22〕季羨林：《〈西遊記〉與〈羅摩衍那〉——讀書札記》，《比較文學與民間文學》，
　　　　北京大學出版社，2001年版，第153～154頁。

月氏的後裔）稱之爲「馬主之國」，將斯里蘭卡稱之爲「獅子國」〔註23〕……
從這些稱呼也可以看出大象、馬匹、獅子等與其國家的密切關係。

　　大象在印度頗多。在印度神話史詩中，如在《摩訶婆羅多》中，般度族
與俱盧族大戰的時候，都有象軍。《漢書·張騫傳》記載張騫彙報說：「身毒
國在大夏東南，可數千里。其俗土著與大夏同，而卑濕暑熱，其民乘象以戰。」
從中可見大象與印度民眾關係的密切。印度歷史上的戒日王，據說有「象軍
六萬、馬軍六萬」〔註24〕。《大唐大慈恩寺三藏法師傳》卷四記載：「國南界
數十由旬有大山林。幽茂連綿二百餘里。其間多有野象，數百爲群。故伊爛、
拏瞻波二國，象軍最多。每於此林令象師調捕充國乘用。又豐豺兒黑豹，人
無敢行。」我們今天仍然能看到阿克巴大帝騎著大象的圖畫〔註25〕。在印度，
很多神廟外都有大象的雕像，如蓋拉什廟外的雕像等。

　　關於大象的神話傳說也很多，例如濕婆的兒子象頭神犍尼薩。傳說濕婆
沉醉於苦行，常年外出修行，歸家時也不敲門。某次他苦修歸來，妻子帕爾
瓦蒂正在洗澡，見丈夫進來大爲尷尬。於是下一次濕婆外出修行期間，帕爾
瓦蒂用薑黃黏土（一說用布）做出一個小男孩並賦予其生命，給他起個名字
犍尼薩，讓他看守大門，任何人在她洗澡時不得入內。這時，濕婆歸來，剛
到家門口，就看見一個男孩兒守在那裡，濕婆說他是帕爾瓦蒂的丈夫，誰知
犍尼薩就是不肯放他入內，濕婆失去耐性，說話間便與男孩兒開戰，用三叉
戟一下子就把男孩兒的頭顱給砍下了。等帕爾瓦蒂沐浴後發現犍尼薩居然被
其父所害，既傷心又氣憤，隨即要求濕婆救活兒子。然而犍尼薩的頭顱早不
知去向，濕婆只好向創造神梵天求助。梵天告訴濕婆，在他一路尋找過程中
所遇到的第一個且頭朝北方的生物，便可將其首級拿來代替做犍尼薩的腦
袋，於是濕婆便派遣他的坐騎公牛南迪四處尋找，最後終於發現一隻天帝因
陀羅之坐騎大象面對北方，於是將大象的頭裝到了犍尼薩身上令其復活了。
這就是象頭神，據說在印度人氣最旺。

　　釋迦牟尼下天凡入胎就是乘著白象：他乘著白象由兜率天下降到人世
間；又乘著白象從摩耶夫人右脅入胎。當時摩耶夫人正在夢中，夢見了此事。

〔註23〕孫毓修：《玄奘》，王其興主編《玄奘傳三種》，上海人民出版社，2008年版，
　　　　第5頁。
〔註24〕宋雲彬：《玄奘》，王其興主編《玄奘傳三種》，上海人民出版社，2008年版，
　　　　第73頁。
〔註25〕龍昌黃：《印度文明》，北京出版社，2008年版，第106頁。

〔註 26〕據《長阿含經》卷三等許多經論記載,七種王寶之一便是白象寶,表示「力大無比而性情柔順,形象是白象牙色的象,有六牙。據說六牙表『六度』,四足象徵『四如意』」〔註 27〕。據印度神話,特利薩拉在生大雄的時候,夢見了白象、白牛、白獅等,這是大人物降生時的徵兆。「白色」的動物,在西域以及中國西部等都有,但在中原、東部則極其稀有。

唐僧師徒到獅駝國的時候,有三個妖怪,其中一個就是大象:「鳳目金晴,黃牙粗腿。長鼻銀毛,看頭似尾。圓額皺眉,身軀磊磊。細聲如窈窕佳人,玉面似牛頭惡鬼。這一個是藏齒修身多年的黃牙老象」。(第七十五回)《西遊記》中關於大象的敘事,顯然不是空穴來風,而是有其生態地理淵源的。

餘 論

古印度的動物寓言故事影響深遠。H.G.羅林森在《歐洲文獻和思想中的印度》中認為,公元前 975 年泰爾的國王希拉姆派遣船隊前往俄斐去取得「象牙、猿猴和孔雀」,而「毫無疑問的是,進口的這些物品來自印度」〔註 28〕。這就表明,這些動物具有極其鮮明的地域特色。羅林森在探討印度寓言的影響時,便認為「在寓言中充當主人公的獅子、豺狼、大象和孔雀等動物和鳥類,大多是印度的鳥獸」〔註 29〕。

印度神話史詩中的動物敘事不僅影響了佛教文學,豐富了俗講中的西遊故事,而且對後世中國文學也有影響。例如《封神演義》中由佛教的觀音菩薩、文殊菩薩、普賢菩薩漢化為破太極陣的文殊廣法天尊、破兩儀陣的普賢真人、破四象陣的慈航道人,他們的坐騎勘首仙青毛獅子、靈牙仙白象、金光仙金毛犼等都是具有鮮明西域特徵的動物。

(原載《中國古代小說戲劇研究》第 8 輯)

〔註 26〕白化文:《漢化佛教參訪錄》,中華書局,2005 年版,第 9 頁。

〔註 27〕白化文:《漢化佛教參訪錄》,中華書局,2005 年版,第 230 頁。

〔註 28〕〔英〕G.T. 加勒特主編:《印度的遺產》,陶笑虹翻譯,上海人民出版社,2005 年版,第 1 頁。

〔註 29〕〔英〕G.T. 加勒特主編:《印度的遺產》,陶笑虹翻譯,上海人民出版社,2005 年版,第 30 頁。

陳繼儒與《金瓶梅》的作者

引　言

　　關於《金瓶梅》的作者問題，被稱爲是不可解的問題。這個問題，一方面出現了五六十種可能的作者，另一方面又是被諷刺爲「笑學」（劉世德語）的緣由之一。那麼，《金瓶梅》的作者研究究竟有沒有價值和意義呢？毋庸置疑，作者研究是有其價值和意義的，正如吳敢在《開創金學新時代——在第六屆（臨清）國際〈金瓶梅〉學術討論會閉幕式上的總結報告》所說的，「《金瓶梅》作者研究是金學的主要支撐之一。《金瓶梅》作者研究又與《金瓶梅》成書年代、成書過程、成書方式等研究，還與《金瓶梅》文化、語言、內容、藝術、人物等研究，密切關聯。」黃霖也說過，「《金瓶梅》作者研究的意義不僅限於作者本身，還在於此推動了一系列相關領域、相關問題研究的深入。」〔註1〕《金瓶梅》的作者研究顯然是十分重要的，但研究過程中確實也出現了很多的問題，牽強附會、主觀臆斷、嘩眾取寵等現象也時有發生。這也就是說，一方面，小說作者的研究是有意義的，另一方面，對這個問題的探討，應該解決一個思路的問題，即如何才能科學地、邏輯地探求這部小說的作者呢？從《金瓶梅》的傳播和接受來探討《金瓶梅》的作者，或許能夠對這個問題的解決有些幫助。

一、從《金瓶梅》的傳播、接受來溯源《金瓶梅》的作者

　　學術界一直認爲袁宏道從董其昌家中抄《金瓶梅》頭幾回的「萬曆二十

〔註1〕　黃霖：《笑學可笑嗎：關於〈金瓶梅〉作者研究問題的看法》，《內江師範學院學報》，2007 年第 3 期。

四年」，即 1597 年，是這部奇書在明代社會上流傳的最初記錄〔註2〕。袁宏道在《與董思白書》中說：「《金瓶梅》從何得來？伏枕略觀，雲霞滿紙，勝於枚生七發多矣。後段在何處？抄竟當於何處倒換？幸一的示。」〔註3〕

從《金瓶梅》的流傳來看，董其昌是一個應該值得注意的人。因爲《金瓶梅》最早的傳播有文字記載的只能追溯到董其昌。除了上面提到的袁中郎給董其昌寫信詢問《金瓶梅》下半部之外，還有以下記錄：

袁小修在《遊居柿錄》中萬曆四十二年（1614）甲寅七月二十三日以後寫的一段話：「袁無涯來，以新刻《卓吾批點水滸傳》見遺，予病中草草視之。記萬曆壬辰（1592）夏中，李龍湖方居武昌朱邸，予往訪之，正命僧常志鈔寫此書，逐字批點。……今日偶見此書，諸處與昔無大異，稍有增加耳。……往晤董太史思白，共說諸小說之佳者，思白曰：『近有一小說名《金瓶梅》，極佳。』予私識之。後從中郎眞州，見此書之半，大約摹寫兒女情態具備，乃從《水滸傳》潘金蓮演出一支。所云『金』者，即金蓮也；『瓶』者，李瓶兒也；『梅』者，春梅婢也。舊時京師，有一西門千戶，延一紹興老儒於家。老儒無事，逐日記其家淫蕩風月之事，以西門慶影其主人，以餘影其諸姬。瑣碎中有無限煙波，亦非慧人不能。……但《水滸》崇之則誨盜，此書誨淫，有名教之思者，何必務爲新奇以驚愚而蠱俗乎！」〔註4〕

從萬曆二十四年袁宏道給董其昌的信也可以得知董其昌是有文字記載最早擁有《金瓶梅》這部奇書的人。袁宏道在信中問道：「《金瓶梅》從何得來？」目前所知有關《金瓶梅》的最早記載見於此信〔註5〕，也就是說，對於《金瓶梅》的傳播逆流溯源，最早就是袁宏道問董其昌這封信的時間。顯然，董其昌是有文字依據最早傳播《金瓶梅》的人。

董其昌，字無宰，號思白，華亭人，明代著名書畫家和收藏家。從《金瓶梅》的傳播來看，只有董其昌才是這部小說傳播的源頭。據沈德符《萬曆野獲編》「聞此爲嘉靖間大名士手筆」，《金瓶梅》的作者乃是「大名士」。毋庸置疑，《金瓶梅》這部小說委實是有「淫穢」的嫌疑——否則，作者也不至於自稱爲「蘭陵笑笑生」——小說作者把這麼一本書贈給董其昌，這就說明他們之間的關係非常密切。那麼，在當時與董其昌相交厚密的眞正的「大名

〔註2〕 吳敢：《20世紀〈金瓶梅〉研究史長編》，文匯出版社，2003年版。
〔註3〕 朱一玄：《金瓶梅資料彙編》，南開大學出版社，1985年版，第167頁。
〔註4〕 朱一玄：《金瓶梅資料彙編》，南開大學出版社，1985年版，第84頁。
〔註5〕 陳大康：《〈金瓶梅〉作者如何考證》，《新華文摘》，2004年第9期。

士」有誰呢？我認爲，只有陳繼儒才能算得上與董其昌交好的眞正的「大名士」。爲什麼這樣說呢？下面試論證之。

二、陳繼儒與《金瓶梅》

陳繼儒（1558～1639）是明代的文學家、藏書家、書畫家，字仲醇，號眉公，又號麋公。華亭（今上海松江）人，與董其昌同郡。諸生。二十九歲以隱士自居，而又周旋往來於官紳之間，於詩文、戲曲、小說、書法、畫藝均有研究，是當時響噹噹的「大名士」。喜鑒別，然舛誤頗多。富藏書，他曾說讀未見書，如得良友；見已讀書，如逢故人。喜抄校舊籍，因得顏魯公書，乃名其藏書堂爲「寶顏堂」。又有「玩仙廬」、「來儀堂」等。精於校讎之學，自稱：凡得古書，校過即付抄，抄後復校，校過復刻，刻後復校，校過即印，印後再復校。萬曆中，所刻《寶顏堂秘籍》六集，收書 229 種，多掌故、瑣言、藝術、譜錄等，其中多罕見秘籍（「罕見秘籍」四字值得深思），保存了明代及明以前的小說雜記。清乾隆間，大興文字獄，該書版被禁燬。又輯有《國朝名公詩選》，上自高啓、王暈，下到李贄、屠隆等，每人之下，各附有小傳。著有《皇明書畫史》、《書畫金湯》、《眉公秘籍》、《陳眉公全集》等。

1、陳繼儒與同郡董其昌關係厚密無比

陳繼儒與董其昌不僅僅是同郡，而且二人日常交遊頻繁，關係之厚密，非同尋常。據《陳繼儒生平簡表》〔註6〕可知，從陳繼儒三十歲時（1587）起，到他七十九歲時董其昌病故，近五十年二人詩文書畫交遊頻繁：陳繼儒三十歲時，董其昌爲其畫《山居圖軸》；有文字記載的交遊年份是陳繼儒三十一歲、三十五歲、三十七歲、三十九歲、四十歲、四十二歲、四十五歲、四十六歲、五十歲、五十一歲、五十三歲、五十五歲、六十一歲、六十三歲、六十七歲、六十八歲、七十歲、七十一歲、七十二歲、七十三歲、七十七歲、七十九歲——是年董其昌病故。後三年，陳繼儒也病故。

2、陳繼儒與「緇黃」

陳繼儒的《墓誌銘》說：「先生姓陳，諱繼儒，自號空青公。不知其里居子姓，或云『華亭人也。』先生少好讀書，長長於詩歌文詞，頃刻萬言。晚嗜緇衣黃冠之學，悉鋪其精華，已盡吐去。先生二十一補諸生，二十八裂其

〔註6〕 李菁：《晚明文人陳繼儒研究》，上海師範大學 2006 年碩士論文。

冠,投檄郡奪。退而結茆小崑山之陽,廟祀二陸主。」有學人從「緇黃」角度論證《金瓶梅》作者,從陳繼儒晚年（1629）與董其昌等人請蒼雪大師講《楞伽》於白龍潭弘揚佛法以及「晚嗜緇衣黃冠之學」等可知,陳繼儒與《金瓶梅》有著密切的關係。

3、陳繼儒的著述風格

直到清乾隆間,蔣士銓作傳奇《臨川夢·隱奸》的出場詩,不少人就認為是刺陳眉公的。全詩是:「妝點山林大架子,附庸風雅小名家。終南捷徑無心走,處士虛聲盡力誇。獺祭詩書充著作,蠅營鍾鼎潤煙霞。翩然一隻雲間鶴,飛去飛來宰相衙。」松江古稱雲間,故有諷刺陳繼儒之說。

蔣士銓諷刺陳繼儒的著述風格是「獺祭詩書充著作」,平心而論,可謂是一針見血、一語中的。陳繼儒的確是採取了一種「不著述」的著述風格,即「獺祭」的風格,或者說是一種「集撰式」創作風格。《四庫總目提要》曾經評論他的著作為:「《養生膚語一卷》（編修程晉芳家藏本）明陳繼儒撰。以寡欲保精及起居調攝諸法為養生之要。雜採史傳說部及前人緒論,大抵習見語也。」

可見陳繼儒的寫作方式其實大多是「雜採」前人著述以「編纂」或「集撰」,而不是完全的新創。陳繼儒之「獺祭詩書充著作」,而《金瓶梅》創作特點正是如此,詳見拙文《論〈金瓶梅〉的集撰式創作特點》,此處不贅。

4、陳繼儒的小心與大膽

陳繼儒在《文娛序》中說:「往丁卯（1567）前,璫網告密。余謂董思公云:吾與公此時,不願為文昌,但願為天聾地啞。」他寫過一首《歸隱歌》送黃仲石。詩中說:「唯唯諾諾違我心,戰戰兢兢掣我肘,虎爭殿上龍戰田,玄黃堅白難為剖。此時避世亦哭世,此時杜門亦杜口。」陳繼儒在《答蕭戶部》中也說:「一味杜口杜門而已。」他在臨死的時候說:「八十年履薄臨深,不怨天不尤人。」陳繼儒小心謹慎,或許有人說這樣一位謹小慎微的人豈能允許他的手下去集撰《金瓶梅》這樣的淫書?

其實,在晚明,社會風氣糜爛,陳繼儒是在政治方面小心謹慎,而不是在色情的享樂上,例如有記載他曾攜妓女與朋友同遊。他在《小窗幽記》中又說:「自身行樂耳,遑恤其他。」他在《題李丹記》中提出了他的「學生」思想,其中的「未嘗學生,先學造死」就很符合《金瓶梅》的內容。

晚明是一個消費社會，消費文化成爲主流，整個社會風氣不以色情享受爲恥，這是陳繼儒之所以大膽允許老儒編輯《金瓶梅》的緣由；而他爲人圓滑、謹愼、小心，這恐怕是他之所以不會自己出面傳播《金瓶梅》的原因吧。

5、陳繼儒與窮老名士

清代蔣士銓《臨川夢·隱姦》說陳繼儒「將江浙許多窮老名士，養在家中，尋章摘句，別類分門，湊成各樣新書刻板出賣」，「延招吳越間窮儒老宿隱約飢寒者，使之尋章摘句，族分部局，刺取其瑣言僻事，薈蕞成書，流傳遠邇。」

這是一則很重要的考察《金瓶梅》作者的文獻資料，因爲它將導向解開《金瓶梅》作者究竟是誰的眞面目。這則資料應該深入、詳細地進行考察。它或許能夠解開《金瓶梅》作者是「大名士」傳聞的眞實性、《金瓶梅》何以多江南風味（江浙老儒自然是如此）、既然是出自「大名士」手筆何以如此多的紕漏和矛盾等問題的內在原因了。

袁宏道在《觴政》中曾經鼓吹人生有五大樂：「目極世間之色，耳極世間之聲，身極世間之鮮，口極世間之談，一快活也；堂前列鼎，堂後度曲，賓客滿席、男女交舄，燭氣熏天，珠翠委地，金錢不足，繼以田土，二快活也；中藏萬卷書，書皆珍異，宅畔置一館，館中約眞正同心友十餘人，人中立一識見極高如司馬遷、羅貫中、關漢卿者爲主，分曹部署，各成一書，遠文唐宋酸儒之陋，近完一代未竟之篇，三快活也；千金買一舟，舟中置鼓吹一部，妓妾數人，遊閒數然人，浮家泛宅，不知老之將至，四快活也；然人生受用至此，不及十年，家資田地蕩盡矣。然後一身狼狽，朝不謀夕。托缽歌妓主院，分餐孤老之盤，往來鄉親恬不知恥，五快活也。」其中的第「三快活」或許就是袁宏道豔羨陳繼儒延招江浙「老儒」（或許就是傳聞中的「紹興老儒」）著述的生活方式。

由「族分部局」和「分曹部署」來看，《金瓶梅》或者是幾位江浙老儒集撰所成。由此也可以說明何以《金瓶梅》行文前後矛盾、重複以及「顚倒錯亂」等現象了。

三、一個「大膽的假設」

由以上資料，完全可以大膽地假設《金瓶梅》的作者（確切地說是集撰

者）就是陳繼儒門下編輯書籍的一位或幾位江浙老儒，他或他們通過「集撰式」編輯、新撰了《金瓶梅》。集撰的主要原因在於是他或他們在博覽群書、編輯書籍的時候，有意無意地收集到了許多豔情小說、姦情小說，出於好玩或戲謔的目的，假借《水滸傳》西門慶與潘金蓮的姦情敷演出一部新的小說來。

　　《金瓶梅》的作者是陳繼儒手下編書的老儒，這是一個大膽的假設和推測，主要緣由如下：這部小說具有鮮明的「集撰式」創作特點〔註7〕，引文如此之多，落魄文人不可能如此旁徵博引；而眞正的大名士又不屑於照抄照搬；這也就是說圖書館人員之類的人是集撰《金瓶梅》的前提條件，而陳繼儒酷好藏書，他延招的江浙老儒有條件「摘引」眾書；陳繼儒與董其昌關係甚好，陳繼儒爲人謹愼小心，所以這部小說由董其昌在私人圈子裏流傳，從而袁中郎能夠從董其昌手中得到半部《金瓶梅》；「嘉靖大名士」說不過是耳食而已，沈德符「野獲」罷了，傳聞豈能當眞？然而，另一方面，無風不起浪，傳聞肯定也有眞實的成分在，即「大名士」當然也有那麼一點眞實的影子：「大名士」是「分曹部署」編撰者罷了；而「嘉靖」則是煙雲手法也，陳繼儒雖然不是嘉靖年間的大名士，但他絕對是萬曆年間的「大名士」，他延招的老儒中或也稱之爲「嘉靖」間名士，「大」字不過是沾了陳繼儒這位「大名士」的光而已；陳繼儒生活的年代與《金瓶梅》成書時間相符合；陳繼儒手下雇用一些老年儒生即「窮老名士」以摘錄、編輯出版書籍爲生，有東拼西湊的條件；陳繼儒雖然自己寫文章反對誨淫誨盜，但是出於射利計，且《金瓶梅》之拼湊不是出於他之手，陳繼儒睜眼閉眼也是可能的，遑論當時的社會風氣就是那樣奢侈淫靡。

四、假設與幾個問題的關係

1、紹興老儒的問題

　　袁小修（中道）於萬曆二十五年（1597）在其兄中郎（宏道）家見到《金瓶梅》後所說：「舊時京師，有一西門千戶，延一紹興老儒於家。老儒無事，逐日記其家淫蕩風月之事，以西門慶影其主人，以餘影其諸姬，瑣碎中有無

〔註7〕 張同勝：《論〈金瓶梅〉的集撰式創作特點》，《徐州工程學院學報》，2008年第1期。

限煙波，亦非慧人不能。」（見《遊居柿錄》第九百七十九條）

袁小修是袁中郎之弟，袁中郎是董其昌傳播《金瓶梅》的最早的讀者之一，一般說來，袁小修的這則記載是有其真實性的。因為袁中郎、董其昌等人不可能不知道《金瓶梅》創作的內幕。

有人已經論證《金瓶梅》的江南地域特色，「紹興老儒」說是可能的，但「紹興」則是煙雲手法也，此老儒在陳繼儒手下工作；《金瓶梅》中所描寫的飲食顯然是長江、淮河流域一帶的。

據金學專家考證，《金瓶梅》中既有南方飲食、風土人情，也有北方方言和習俗，這除了《金瓶梅》成書的集撰式創作之外，其實也不排除這樣一種可能：那位窮老名士籍貫是山東蘭陵，但是一直在江南或者具體地說就是在紹興生活和工作，晚年為了生計到陳繼儒手下編書，從而被人稱作是「紹興老儒」。這也是完全可能的。根據戴不凡的考證，潤飾者是「浙江一帶之吳儂，不是蘇州一帶之吳儂」〔註8〕。這倒是論證了「紹興老儒」傳言中的真實性。

也有這種可能：「紹興老儒」的謠言起自於出版商要刊印《金瓶梅》的時候還缺少五回，於是就讓一個真正的紹興老儒來補上了，於是這個紹興老儒也就浪得虛名了，被認作是《金瓶梅》全書的作者了。但《金瓶梅》的集撰者是陳繼儒雇用編書的某個江浙老儒，這種可能性最大。

2、大名士的問題

沈德符在《萬曆野獲編》卷二十五「附錄」《金瓶梅》條中指出：「聞此為嘉靖間大名士手筆。」1985 年，孫遜、陳詔《金瓶梅作者非「大名士」說──從幾個方面「內證」看金瓶梅作者》一文刊出，否定《金瓶梅》作者是「嘉靖間大名士」說。其中的論證有一些是很有道理的：《金瓶梅》確實是「摘引了前人作品極多」，行文粗糙、重複，俚俗不文，甚至有顛倒錯亂的地方。《金瓶梅》確實是對中下層人物的刻畫和對市井場面描寫得更為逼真、鮮活。卜鍵進行了分析和反駁，認為這則原始材料「自有著其不容忽視的資料價值，是值得我們認真思考和研究的」〔註9〕。

什麼是真正的大名士？誰是與《金瓶梅》相關的「大名士」？這是一個值得深入探討的問題。

探討《金瓶梅》的作者，「大名士」是一個不應繞過去的問題，不管它與

〔註8〕 戴不凡：《《金瓶梅》零簡之題》，《小說見聞錄》，浙江人民出版社，1980 年版。
〔註9〕 劉輝、楊揚：《金瓶梅之謎》，書目文獻出版社，1989 年版，第 40～43 頁。

小說作者的關係或疏或密。什麼樣的人才能算是真正的大名士呢？並不是當今學者動輒把一個做過官的文人就呼做「大名士」。大名士在當時社會中應該是一個響噹噹的名人，且是一個很出名的讀書人。他的名聲應該是傾動「朝野」或「寰宇」的人物，決不是隨便一個僅僅讀過書、做過官的就是大名士。做過官並不是大名士的必要條件。在當時，誰能算得上是一位大名士呢？由上文關於陳繼儒的簡介可知，他確實是一位地地道道的大名士。

據《四庫全書總目提要卷一三二·續說郛》，「山人競述眉公，矯言幽尚。」「吳淩越布，皆被其名；灶妾餅師，爭呼其字。」《列朝詩集》載，許多人都想與陳繼儒交友，唯恐配不上他。陳繼儒又到處招吳越一帶的窮愁儒者，「使之尋章摘句，族分部居，刺取其瑣言僻事，薈萃成書，流傳遠近，款啓寡聞者，爭購爲枕中之秘。於是眉公之名，傾動寰宇。」遠到夷酋土司，都搜尋他的文章詩作；近到酒樓茶館，都懸掛他的畫像。甚至窮鄉小鎮裏，那些賣大餅、賣豆豉的人都知道陳繼儒的名字，天子都聽說了他的聲名，屢次下詔徵用他爲官，都被他婉拒了。《靜志居詩話》載：「仲醇（陳繼儒的字）以處士虛聲，傾動朝野。」這樣的人不是「大名士」，誰又能算得上是「大名士」呢？！

陳繼儒絕對是一位大名士。沈德符《萬曆野獲編》：「聞此爲嘉靖間大名士手筆」。正因爲是「聞」即道聽途說而已，所以是不確切的；但「大名士」不假，只不過不是嘉靖年間的，而是萬曆年間的罷了。

說《金瓶梅》出自「嘉靖年間大名士」之手或「紹興老儒」之手，其實都是有些真實的影子在其中的。真實的情況，應該是「紹興老儒」集撰而成《金瓶梅》，而「大名士」則是主持者或傳播者，他通過自己的朋友小圈子以傳抄的方式流傳開來，因此被外人謬傳爲是「大名士」所作。

這樣一來，就完全解釋了何以《金瓶梅》文筆粗糙不像是出自大名士之手而卻有出自大名士之手之名的原因了。

明人沈德符在其所著的《萬曆野獲編》中介紹說：「袁中郎《觴政》以《金瓶梅》配《水滸傳》爲外〔逸〕典，予恨未得見。丙午，遇中郎京邸，問：『曾有全帙否？』曰：『第睹數卷，甚奇快。今惟麻城劉延白承禧家有全本，蓋從其妻家徐文貞得者。』……中郎又云：『尚有名《玉嬌李》者，亦出此名士手，與前書各設因果報應。……」〔註10〕

〔註10〕 朱一玄：《金瓶梅資料彙編》，南開大學出版社，1985年版，第85頁。

徐文貞即徐階，徐階是大學士，陳繼儒被譏諷為「飛來飛去丞相家」，徐文貞就是其中的一家；且徐文貞的籍貫與董其昌、陳繼儒相同，他們是老鄉。陳繼儒曾在王錫爵家設館教書，王錫爵也是大學士。王錫爵進京的時候，還請陳繼儒一同前往，被陳繼儒婉拒。袁中郎說得很清楚，《玉嬌李》也是出自此名士之手。注意，又是「名士」。當時，真正的大名士應該說不會很多的，而陳繼儒就是一位名副其實的大名士。

3、成書時間是嘉靖還是萬曆年間？

陳繼儒生於 1558 年，卒於 1639 年，不會是嘉靖年間的大名士，因為嘉靖年間是從 1521 年至 1566 年間。萬曆 24 年，即 1597 年，陳繼儒三十九歲。他是萬曆年間的大名士。但是「聞嘉靖年間的大名士」，也是有可能的，即這一位紹興老儒可能在嘉靖年間就已開始集撰《金瓶梅》了，只不過後來到陳繼儒門下「尋章摘句，族分部局，刺取其瑣言僻事，薈蕞成書」，在萬曆年間，才開始由大名士陳繼儒傳播此書而已。

另外，「嘉靖」之說，也不排除是出於人們「好古」的意識，即傳播者一般不會說「當下」某某所作，而是「以前」如「嘉靖年間」某大名士所作，從而既引起了好事者的興趣，又達到了不願將作者告知他人的目的。

五、從目前的研究成果來驗證對《金瓶梅》作者的斷定

潔本《金瓶梅詞話》中共有 362 首詩詞，潘慎認為這些詩詞存在著很多問題，一是「引用前人名作出現的謬誤，一是創作出現的錯誤，如混韻、重韻、失律、重字、串調等」〔註 11〕。梅節根據潘慎的考察，認為「不少詩詞其拙劣的程度，著實令人吃驚」，「名士們是不敢做的、不肯做也不屑做的。」〔註 12〕小說中的詩詞有的「拙劣」固然與大名士不符，但與以摘抄編纂出書謀生的「窮儒老宿」卻是相符合的。

朱德熙通過分析方言中的問句結構，認為《金瓶梅》中第五十三至第五十七回這五回出自南方文人之手，其他各回出自北方文人之手〔註 13〕。書中

〔註11〕潘慎：《〈金瓶梅〉的詩詞創作和它的作者》，《太原大學學報》，2002 年第 1 期，第 13 頁。
〔註12〕陳遼：《解〈金瓶梅〉作者和版本之謎：評梅節金瓶梅閒筆硯》，《博覽群書》，2008 年第 9 期，第 34 頁。
〔註13〕朱德熙：《漢語方言裏的兩種反覆問句》，《中國語文》，1985 年第 1 期。

的飲食主要是南方江浙一帶的風味。其中偶而的北方方言或飲食，那不過是
「集撰式」創作方式所導致的罷了。

陳繼儒是大名士，這是毫無疑問的，研究陳繼儒的專著、論文都證實了
這一點。《金瓶梅》的成書方式與陳繼儒的著述風格完全一致，更爲關鍵的是
他手下一幫子老儒以集撰式創作編纂書籍。

魯歌在《〈金瓶梅〉作者「王稚登說」簡論》認爲王稚登是《金瓶梅》的
作者。我認爲，王稚登是《金瓶梅》較早的傳播者之一，而不是集撰者。從
《陳繼儒生平簡表》可知，1598 年王稚登曾經專門拜訪陳繼儒於寶顏堂。由
此推測，王稚登從陳繼儒手中獲得了《金瓶梅》，從而傳播開來。

馬泰來《諸城丘家與〈金瓶梅〉》認爲，「丘石常與同縣丁耀亢至交友好」
〔註 14〕。從《諸城縣志》可知，丁耀亢曾專門去拜訪過董其昌。這就不排除
丘志充手中的《金瓶梅》不是來自董其昌了。

不用多引了，這個「大膽的假設」對《金瓶梅》這部奇書所存在的諸多
爭議和歧見不敢說是能夠完全解決了，但顯然是很有啓示意義的。拙稿這裡
不過是拋磚引玉，以期引起方家的注意和思考。

結　語

探討《金瓶梅》的作者，關鍵是一個思路的問題。從《金瓶梅》的傳播、
接受逆流而上，追根溯源，最早只能溯源到董其昌。與董其昌交情厚密且眞
正是「大名士」的只有一個陳繼儒。而陳繼儒手下網羅著一批吳越間的「窮
老名士」以「尋章摘句，族分部局，刺取其瑣言僻事，薈蕞成書」的方式給
他編書，摘抄編書過程中某一江浙老儒以集撰式創作手法，集撰而成《金瓶
梅》也就是情理之中的事情了，而作爲陳繼儒老朋友的董其昌在熟識朋友圈
子裏傳播《金瓶梅》的抄寫本，於是這部奇書也就不脛而走，流傳開來了。

（原載《徐州工程學院學報》2010 年第 2 期）

〔註 14〕 馬泰來：《諸城丘家與〈金瓶梅〉》，《中華文史論叢》，1984 年第 3 期。

再論陳繼儒與《金瓶梅》的作者
——從學「生」與「勝於枚生《七發》多矣」談起

一、養生：《金瓶梅》與《七發》的契合點

　　袁宏道《錦帆集》卷四《與董思白書》云：「《金瓶梅》從何處得來？伏枕略觀，雲霞滿紙，勝於枚生《七發》多矣。後段在何處？抄竟當於何處倒換？幸一的示。」〔註1〕

　　日本學者小野忍在《〈金瓶梅〉解說》中說：「對《金瓶梅》給以『雲霞滿紙』的評語，大概指的是這部小說對於『飲食男女』的描寫。不過，將它與《七發》比較的說法，究竟何意，難於理解。」〔註2〕

　　袁世碩先生在《袁宏道贊〈金瓶梅〉「勝於枚生〈七發〉多矣」釋》中回答了這個問題，袁先生認為《金瓶梅》「描繪的是西門慶、潘金蓮、李瓶兒等人物的故事，雖然涉及到城市生活的諸多方面，中心卻是西門慶發乎嗜欲逐財、逐色的活動，尤其著意於表現其佔有眾多女人的嗜欲和樂趣」。小說後半部，以善善惡惡的筆法敘述了西門慶縱慾身亡、潘金蓮被武松殺死、吳月娘誠心禮佛，兒子孝哥進入空門，「這也頗像劉勰說『始邪末正』，說擬《七發》的文章猶如揚雄所說『先騁鄭衛之聲，曲終而奏雅』」。這也就是說，《金瓶梅》的寫法與《七發》類似，都是先揚後抑，明似褒揚實則貶斥，都是「勸百諷

〔註1〕　朱一玄編：《金瓶梅資料彙編》，南開大學出版社，2002年版，第157頁。
〔註2〕　〔日〕小野忍等著：《日本研究金瓶梅論文集》，黃霖、王國安編譯，齊魯書社，1989年第3期。

一」。在故事的敘述上，《金瓶梅》更是勝似《七發》，正如袁世碩先生認爲袁宏道稱讚《金瓶梅》「勝於枚生《七發》多矣」之處在於「包括形象鮮活、敘寫生動，也應該包括所敘寫的生活圖畫更貼近社會人生實況，這都不是賦體文章之敘事狀物所能做到的」。

枚乘《七發》是吳客與楚太子關於「養生」的問答。「內容是吳客說七件事啓示楚太子以養生修身之道。前六事是音樂、飲食、車馬、宴樂、狩獵、觀潮，都是富貴中人擁有並且不惜侈糜的生活享受」〔註3〕。《七發》的主旨是「發乎嗜欲，始邪末正，所以戒膏粱之子也」。《七發》是勸百諷一，其目的是勸誡。「勝於《七發》多矣」這句話，表明二者有相同之處，即《七發》是勸百諷一，而《金瓶梅》也是勸百諷一，其主旨在於勸誡，在於「獨罪財色」；「獨罪財色」的目的在於養生。「雲霞滿紙」不過是藝術上的勝出而已。下面從事例上略作陳述：

《七發》中吳客曰：「今夫貴人之子，必官居而閨處，內有保母，外有傳父，欲交無所。飲食則溫淳甘脆，腥醲肥厚；衣裳則雜沓曼煖，燀爍熱暑。雖有金石之堅，猶將銷鑠而挺解也，況其在筋骨之間乎哉？故曰：縱耳目之欲，恣支體之安者，傷血脈之和。且夫出輿入輦，命曰蹙痿之機；洞房清宮，命曰寒熱之媒；皓齒蛾眉，命曰伐性之斧；甘脆肥膿，命曰腐腸之藥。今太子膚色靡曼，四支委隨，筋骨挺解，血脈淫濯，手足墮窳；越女侍前，齊姬奉後；往來遊宴，縱恣於麴房隱間之中。此甘餐毒藥，戲猛獸之爪牙也。」這一段宏論，與《金瓶梅》開篇的詩詞，其表達的意思是一樣的。

《金瓶梅》崇禎本開篇入話引用了唐代道士呂洞賓的詩「二八佳人體似酥，腰間仗劍斬愚夫。雖然不見人頭落，暗裏教君骨髓枯」以闡發女色禍身、好色傷身的道理，勸誡世人遠離淫色。小說第一回開門見山，「獨罪財色」（張竹坡語），認爲「這『財色』二字，從來只沒有看得破的。若有那看得破的，便見得堆金積玉，是棺材勤帶不去的瓦礫泥沙；貫朽粟紅，是皮囊內裝不盡的臭淤糞土。高堂廣廈，玉宇瓊樓，是墳山上起不得的享堂；錦衣繡襖，狐服貂裘，是骷髏上裹不了的敗絮。即如那妖姬豔女，獻媚工妍，看得破的，卻如交鋒陣上將軍叱吒獻威風；朱唇皓齒，掩袖回眸，懂得來時，便是閻羅殿前鬼判夜叉增惡態。羅襪一彎，金蓮三寸，是砌墳時破土的鍬鋤；枕上綢

〔註3〕　袁世碩：《袁宏道贊〈金瓶梅〉「勝於枚生〈七發〉多矣」釋》，《明清小說研究》2008年第2期。

繆，被中恩愛，是五殿下油鍋中生活。」這一思想觀點，與《七發》所引之文如出一轍，都是看破榮華富貴、紅顏美色的勾當。

東吳弄珠客在《金瓶梅序》中說過小說「蓋爲世戒，非爲世勸也」，戒的就是「酒色財氣」（小說一開篇就點題勸誠），因爲貪財好色是養生的大害。《金瓶梅》之集撰，目的就是「獨罪財色」使讀者「生憐憫心」「生畏懼心」，從而貴生、學「生」和養生。

二、學「生」：陳繼儒的人生哲學

而萬曆年間的眞正大名士陳繼儒，其人生哲學就是學「生」的思想〔註4〕。所以，陳繼儒與《金瓶梅》的關係，除了拙文《陳繼儒與〈金瓶梅〉的作者》所談的他養著一些老儒「尋章摘句」「薈萃成書」〔註5〕之外，他的學「生」思想與小說的「養生」哲學也完全一致。

陳繼儒的人生哲學是學「生」，這一學「生」理論與《金瓶梅》的創作主旨是完全一致的。這一思想是在《題李丹記》的題跋中提出來的，他說「吾家希夷，嘗攬鏡掀髯笑曰：『非帝則仙。』趙輔國問徑山欽禪帥：『弟子欲出家，得否？』欽喝云：『出家乃大丈夫事，豈將相所能爲！』說者謂具帝王福，然後可證神仙果。余謂不然。漢武帝何人也，西王母且以骨濁胎濁呵之，則下此將相又可知矣。常時東方一歲星，日在殿廷嘲侮調笑，武帝眼中不識，而乃從文成五利輩，索長生不死之術，非濁而何？今眞人列仙，無日不遊行人間，而士大夫爲黃白女兒所愚，未嘗學生，先學造死，轉蜣丸與屠羊肆豈不相去萬萬哉」，這裡的學「生」，有兩個基本的意思：珍愛生命，安身立命；享受生活，重情適性。

學「生」的思想，其實早在中國先秦之時，就頗爲流行。例如告子所說的「食色性也」。後來，楊朱更是明確提出「貴生」「貴己」「輕物重生」等思想。道家之修身養性以求長生不老，自然也是學「生」、養生題中的應有之義。孔子也是重生的，如他曾說過「未能事人，焉能事鬼」「未知生，焉知死」（《論語・先進篇》）。到了晚明，商品經濟的繁榮更是促進了世人公開宣揚和追求聲色享受。陳繼儒雖然是隱居於山泉，但他聲氣通於天下，並沒有與世人隔

〔註4〕 宋桂芬：《論陳繼儒的人生哲學》，《華東師範大學》，2005 年版。
〔註5〕 張同勝：《陳繼儒與〈金瓶梅〉的作者》，《徐州工程學院學報》，2010 年第 2
　　　　期。

絕，過著安貧樂道的生活，相反，從其經歷作爲來看，他是一位特會享受人生、特別注重養生的大名士——陳繼儒身體屢弱，然而卻活到了82歲便是證明。政治可以閉口不談，功名可以置之度外，但安身立命、享受生活卻是不可或缺的。

陳繼儒臨事而懼，不談政治，遠離是非，一門心思追求生活的閒適，置身於泉林、酒色的享受之中。他在《文娛序》中對其密友董其昌説：「吾與公此時，但願爲天聾地啞，庶幾免於今世矣」。在《答蕭戶部》中他說「屏跡空山，不與聖賢講學，不與豪傑談兵，一味杜口杜門而已」。陳繼儒避世，但追求人生的適意和享受。他在《小窗幽記》：「無事而憂，對景不樂，即自家亦不知是何緣故，這便是一座活地獄，更説什麼銅床鐵柱，劍樹刀山也。」「一杯酒留萬世名，不如生前一杯酒。自身行樂耳，遑恤其他。百年人做千年調，至今誰是百年人？一棺戢身，萬事都已。」陳繼儒毫不掩飾他對聲色欲望的喜好和追求，並且認爲正是這種聲色享樂才是眞性情的表現，人生在世就要常尋樂地，活就要活得眞實坦率：「眞放肆不在飲酒高歌，假矜持偏於大庭賣弄……認得當下眞，是以常尋樂地。」「富貴大是能俗人之物，使吾輩當之，自可不俗。」

陳繼儒在《題魯生詩後》這一篇題跋裏，還強調物質生活的滿足是學「生」的最基本條件，他説：「不因饑擾世，冗吾笑人間。鳴磬鳥空集，懸瓢鶴半慳。食新餘雪瀑，看飽足雲山。詩骨如枯葉，誰能味此閒？此魯生辟穀詩也。今縱發爲名士，豈能爲修糧道人，取三根稻草束肚耶？且詩骨甚瘦，又豈能腰石夜春？三腳鐺，長腰米，不得不仰給人間！」魯生在其《辟穀詩》中看淡物質，表明他追求道義之決心和意志，但陳繼儒並不認可，他肯定了飲食是人生活的基本需求，如果基本的物質都需要仰給他人，那麼一切都是空談，從中我們可以看出陳繼儒的學「生」思想是務實的。陳繼儒在《復閔康侯》中説：「唯有低首三村學究中，學生安身而已。」陳繼儒二十九歲的時候，焚燒了象徵儒士身份的青衿，並作了《告布衣呈》以絕後路，在這篇呈中，他説：「覆命歸根，請從今日。」這就表明他的學「生」實踐，是從不爲物役、不爲虛名開始的。

陳繼儒的學「生」、養生，首先是物質生活條件的滿足，其次是精神生活的享受。養生分爲內養和外養。內養指的是人的精、氣、神的保養，外養指的是遠離政治是非，不因社會原因殞命。陳繼儒多次拒絕顧憲成邀請他去講

學、並在文章中說要以李卓吾為殷鑒，這都表明他是善於養生、學「生」的。

晚明狎妓之風盛行，文人「狎妓納妾，結歡女伶歌兒，都是很平常的事，也不覺得有傷大雅，反以為風流倜儻，舌底筆下，津津樂道」〔註6〕。在陳繼儒的詩詞中多處記錄了他載伎與友人同遊的場景。《陳眉公全集·贈金陵汪妓》欣賞汪妓「水桃初著花」的清麗嬌豔；《題鐵婆》稱讚吳中妓鐵婆「一種風流若個猜，綺心俠骨最憐才」；春日載妓遊泖作詞《點絳唇》，直言自己因「佳人情」，而「浪拍空花，欲釣心情倦」；《一痕沙》記其與揚州妓王六的交往，情意繾綣，「記得去年穀雨，柳蘸鵝黃春水，水上奏琵琶，一痕沙」。陳繼儒在其《晚香堂小品》卷四中對楊校書家妓青綃更情有獨鍾，題詩《端午日白龍潭同楊校書侍兒青綃二十一首》，寫其情態可掬：「醉拋團扇眼難起，斜倚闌干橫眼挑（其一）」；贊其天生麗質：「芙蓉脂肉桃花眼，何必紅衫襯素綃（其十七）」；並表示稱羨之情：「不衫不履應無價，傾國傾城未必妖（其十七）」。陳繼儒與妓女多有往來，再如他有《題馬妓畫蘭》。陳繼儒與妓女交遊，與其泛舟，同其遊山，為其題扇，聽其鼓琴……陳繼儒雖然狎妓，但反對象西門慶那樣的以色戕身，據說他曾拒絕過一位主動登門拜訪的妓女。

陳繼儒對於女色的態度，與《金瓶梅》的觀點毫無二致。他在《霜天曉角·警世》這首詞中說：「紅顏雖好，精氣神三寶，卻被野狐偷了。眉頭皺，腰肢嫋，濃妝淡掃，弄得君枯槁。暗發一隻箭，射英雄，應弦倒。迎醫問禱，疾病來纏繞，悔煞從前草草。這煩惱，自家付，填精補腦，下手應需早。把凡心打疊，訪仙翁，學不老。」〔註7〕

陳繼儒二十九歲放棄舉業之後，便崇信道教，與道士多有往來；「晚嗜緇衣黃冠之學」〔註8〕，晚年皈依佛教，他在《佛論》裏認為「天地所重，重在活人。活人之門，無過佛教」，「余獨曰佛氏者，朝廷之大養濟院也」。陳繼儒是篤信佛教的，他臨終前，叫兒子陳夢蓮把名衲請到榮香庵誦經，以延年長壽。

《陳眉公先生全集·年譜卷》記載陳繼儒：「三十歲時嗜長生之術，設館委巷，一時負笈者皆知。」錢謙益《列朝詩集小傳》評論陳繼儒「妙得老子陰符之學」。陳繼儒在王世貞家坐館時，日讀道藏一函，讀之兩年。對於道家

〔註6〕 夏咸淳：《晚明士風與文學》，中國社會科學出版社，1994年版，第51頁。
〔註7〕 饒宗頤、張璋纂：《全明詞》（第三冊），中華書局，2003年版，第1319頁。
〔註8〕 〔清〕姜紹書輯：《無聲詩史》（卷四），明文書局，1991年版，第210頁。

的修身養性，他尤其有興趣，後來還曾專門集撰《養生膚語》來談養生。《養生膚語》，它雜取前人作品，以故事的形式說明寡欲保神，起居調攝諸法是養生之道。具體內容包括：飲食起居、保氣養神、陰陽調和、修身養性等。

而《金瓶梅》崇禎本開篇的地點設置在道觀，這是有深刻寓意的，不是隨意點染，因爲道教「貴生」。小說結局的地點是佛寺，也是有寓意的，即通過空門以解脫。這與陳繼儒的人生經歷也頗相似：他三十歲「謝去青衿」，便從道；晚年卻崇信佛教了。

錢謙益《列朝詩集小傳·陳繼儒傳》記載陳繼儒：「延招吳越間窮儒老宿隱約飢寒者，使之尋章摘句，族分部局，刺取其瑣言僻事，薈萃成書。」中國古代文人有撰史的傳統，如張岱編著《石匱書》，錢謙益、沈德潛等都有以詩存史的說法，因此我們認爲《列朝詩集小傳·陳繼儒傳》是具有史書的價值的，也就是說，陳繼儒延招老儒集撰成書是歷史的事實。在這些暢銷書裏，就有上文提到的《養生膚語》。陳繼儒領導著江浙老儒編了很多諸如此類的書籍，再如《長者言》多爲一些醒世勸世之言，用以警世、訓誡世人，也有處世的心得體會。而《金瓶梅》其實也是以故事的形式勸說世人不要耽於女色、放縱性欲，而是要學會養生、寡欲保神。

三、集撰：獨具個性的編書風格

錢謙益《列朝詩集小傳》中提到陳繼儒領導老儒編書的方式是「族分部局」「薈萃成書」，而袁宏道曾豔羨此事。袁宏道鼓吹人生有五大樂：「目極世間之色，耳極世間之聲，身極世間之鮮，口極世間之談，一快活也；堂前列鼎，堂後度曲，賓客滿席、男女交舄，燭氣熏天，珠翠委地，金錢不足，繼以田土，二快活也；中藏萬卷書，書皆珍異，宅畔置一館，館中約直正同心友十餘人，人中立一識見極高如司馬遷、羅貫中、關漢卿者爲主，分曹部署，各成一書，遠文唐宋酸儒之陋，近完一代未竟之篇，三快活也；千金買一舟，舟中置鼓吹一部，妓妾數人，遊閒數然人，浮家泛宅，不知老之將至，四快活也；然人生受用至此，不及十年，家資田地蕩盡矣。然後一身狼狽，朝不謀夕。托缽歌妓主院，分餐孤老之盤，往來鄉親恬不知恥，五快活也。」〔註9〕其中的「三快活」或許就是袁宏道羨慕陳繼儒「分曹部署，各成一書」編書的生活方式。

〔註9〕 錢伯城：《袁宏道集箋校》，上海古籍出版社，1981年版，第211頁。

　　陳繼儒與他延招的老儒，他們編書的手法，是「尋章摘句」「薈萃成書」（錢謙益語）「或刺取瑣言僻事，詮次成書，遠近競相購寫」〔註10〕或「獺祭詩書」（蔣士銓語）即「集撰」的方式，另外，從陳繼儒編撰的一些書籍也可以看出他出書的特點，如《虎薈》，《四庫總目提要》批評說：「明陳繼儒撰。繼儒有《邵康節外紀》，已著錄。是編末有黃廷鳳跋，謂繼儒病瘧，王穉登貽以虎苑一帙佩之，而瘧愈，遂為是書。凡所引用，多拉雜無倫。若《周禮》司尊彝，裸用虎彝、蜼彝，《漢書》履虎尾絢履之類，與談虎無涉，亦皆漫為牽綴，真所謂無關體要者也。」

　　從歷史上學者文人對於陳繼儒成書的稱謂如「摭拾」、「薈撮」、「好古、嗜奇、刻書」等詞語中進一步證明了陳繼儒的著述風格就是「集撰」，而他們這一「集撰」編書的獨特方式，可謂是絕無僅有，除了錢謙益的記載、《明史》的述評外，清人蔣士銓對此曾進行過諷刺，他在其劇作《臨川夢》中挖苦陳繼儒是「裝點山林大架子，附庸風雅小名家。終南捷徑無心走，處士虛聲盡力誇。獺祭詩書充著作，蠅營鍾鼎潤煙霞。翩然一隻雲間鶴，飛來飛去宰相衙。」還譏諷陳繼儒「以此曹此銀錢飯食，將江浙許多窮老名士，養在家中，尋章摘句，別類分門，湊成各樣新書刻板出賣。」〔註11〕蔣士銓的評價有失偏頗這裡存而不論，但就其所說的陳繼儒的著述風格是「獺祭詩書」卻是中其肯綮，符合陳繼儒編書的特點的，而《金瓶梅》集撰其他詩詞、曲調、小說等之多（可參閱美國漢學家韓南的《〈金瓶梅〉探源》），在中國小說史上是無與倫比的。僅戲曲方面，即如潘承玉《金瓶梅新證》所考證得出的，《金瓶梅》中，涉及小曲 27 支、小令 59 支、散套 20 套 30 種，涉及《西廂記》、《兩世姻緣》等戲劇作品 24 部〔註12〕，這只能說明一個問題，即只有「專業」的摘抄者才能如此做。詩、詞、曲、駢文、奏章等文體《金瓶梅》中無所不有，更足以證明「集撰」式創作之性質。而其中有很多文理不通的詩詞，更是證明《金瓶梅》不會出自像王世貞、屠隆、李開先、徐渭、王稚登、賈三近等受過正統詩文寫作訓練的有名文士之手，而只能是出自三家村教書先生的拼湊，而陳繼儒家中養的那些老儒，其實就是陳繼儒所說的「埋首三家村教授」中的那些粗通文字的儒生而已。《金瓶梅》的「集撰」成書方式與陳繼儒的「獺

〔註10〕　〔清〕張廷玉等：《明史》，中華書局，1974 年版，第 7631～7632 頁。

〔註11〕　〔清〕蔣士銓：《臨川夢》，上海古籍出版社，1989 年版，第 19～20 頁。

〔註12〕　潘承玉：《金瓶梅新證》，黃山書社，1991 年版。

祭詩書」是何其吻合！

張靜秋《陳繼儒與晚明山人文化》把陳繼儒的作品分爲了「著述之作和編輯之作」〔註 13〕，這一分法一方面說明了作者發現了陳繼儒作品不能一概而論爲「作品」，有「編次」拉雜堆積之集；另一方面卻忽視了陳繼儒作品「集撰」的特點，即這些作品中亦引亦撰，不惟堆積也。這一點詳參拙文《論〈金瓶梅〉的集撰式創作特點》以及筆者與杜貴晨先生合撰的《論〈金瓶梅〉成書的「集撰」式創作性質》，此處不贅。

《金瓶梅》的作者蘭陵笑笑生只是一個筆名，關於蘭陵笑笑生的本名有多種說法，迄今已經近七十種。其中比較出名的包括王世貞說、賈三近說、屠隆說、李開先說、徐渭說、王稚登說。這幾位可能作者都立不住腳，僅僅以《金瓶梅》「集撰」的成書性質和成書方式就給否定了。

四、陳繼儒與《金瓶梅》的作者

以上從《金瓶梅》的創作主旨和成書風格探討了陳繼儒與《金瓶梅》的關係，下面從《金瓶梅》的傳播和接受再看這部小說的作者。

《金瓶梅》的最早記載見之於袁中郎向董其昌詢問這部小說下半部下落的尺牘，而董其昌交遊的「大名士」中陳繼儒最爲著名。沈德符《萬曆野獲編》記載：「聞此爲嘉靖間大名士手筆」。這句話的核心是「聞」字，聽說而已，係捕風捉影之談；但無風不起浪，傳聞也有部分的眞實性在。陳繼儒是眞正的「大名士」，這一點毋庸置疑：「隆萬以後，運趨末造，風氣日偷，道學侈稱卓老，務講禪宗；山人競述眉公，矯言幽尚」〔註 14〕，「守令之臧否，由夫片言；詩文之佳惡，冀其一顧；市骨董者，如赴畢良史攉場；品書畫者，必求張懷罐估價。肘有兔園之冊，門闌鷺羽之車，時無英雄，互相矜飾。甚至吳綾越布，皆被其名，灶妾餅師，爭呼其字」〔註 15〕，其編著文字，「遠而夷酋土司，咸丐其詞章」〔註 16〕。但陳繼儒是一位世俗的大名士，不是清高的隱士、山人。而傳聞之言《金瓶梅》出自「嘉靖間大名士」之手的眞實處

〔註 13〕張靜秋：《陳繼儒與晚明山人文化》，南京師範大學中文系，1997 年版。
〔註 14〕〔清〕永瑢、紀昀主編：《四庫全書總目提要》（卷二十五），中華書局影印本，1965 年版，第 2739 頁。
〔註 15〕〔清〕朱彝尊：《靜志居詩話》，明文書局，1991 年版，第 85 頁。
〔註 16〕〔清〕錢謙益：《列朝詩集小傳》，上海古籍出版社，2008 年版，第 637～638 頁。

在其「大名士」，不實之處在於不是「嘉靖」年間而是「萬曆」年間而已。如前所論，陳繼儒雖是大名士，但他又是一位小心謹慎的人，這從他與人交往和他的臨終遺言可知，從而可以推知陳繼儒即使是與《金瓶梅》關係密切，恐怕也不會透露相關消息的。而袁中郎所謂「大名士」云云也是敷衍話語，不願透露小說作者真實姓名也。

明沈德符著《萬曆野獲編》卷二十五記載：「袁中郎《觴政》以《金瓶梅》配《水滸傳》為外典，予恨未得見。丙午，遇中郎於京邸，問：『曾有全帙否？』曰：『第睹數卷，甚奇快。今惟麻城劉延伯承禧家有全本，蓋從其妻家徐文貞錄得者。』又三年，小修上公車，已攜有其書，因與借抄挈歸。」〔註17〕這段話說得十分清楚：《金瓶梅》原稿全本在當時只有湖北麻城劉承禧家有，是從其岳父家抄來的（劉承禧之妻徐氏，係明嘉靖時著名宰相徐階的曾孫女）。而陳繼儒與徐階交遊厚密，在他年輕時就曾得到徐階的器重。顯然，徐階後人家藏《金瓶梅》全帙從何得來恐怕是不言而喻的吧？同時，沈德符之「聞此為嘉靖間大名士手筆」恐怕也與劉承禧有關，即因為《金瓶梅》全帙出自劉承禧家，而他又是徐階這位嘉靖間大名士的曾孫女婿，於是沈德符便附會此說了吧？

屠本畯《山林經濟籍》記載：「相傳嘉靖時，有人為陸都督炳誣奏，朝廷籍其家。其人沉冤，託之《金瓶梅》。王大司寇鳳洲先生家藏全書，今已失散。」此處的王大司寇鳳洲先生即明朝嘉靖時期的王世貞。1934年，吳晗《〈金瓶梅〉的著者時代及其社會背景》考證了嚴世蕃並非死於中毒，並找出書中諸多內證證明《金瓶梅》的成書時間大約是在萬曆十年到三十年（1582～1602），從而否定了王世貞創作《金瓶梅》的可能性。《山林經濟籍》記載王世貞「家藏全書」倒是完全有可能，因為陳繼儒與王世貞家關係非同一般。陳繼儒是王世貞的門生，王世貞死後，王世貞的兒子王士祺請陳繼儒整理王世貞的文集。《明史》卷287《王世貞傳》云：「一時士大夫及山人、詞客、衲子、羽流，莫不奔走門下。」天下文人皆奔走於王世貞門下，王世貞重視提攜後進，獎掖不遺餘力，其中就有陳繼儒。陳繼儒在給王世貞寫的墓誌銘即《王元美先生墓誌銘》中稱讚說：「公之獎護後進，衣食寒士，惓惓如若己出。」陳繼儒在《陳眉公先生全集・弇州史料序》中自云，「余嘗少從王弇州先生遊，居恒談笑諧謔，無所不委蛇。」〔註18〕從而可知，王世貞家藏

〔註17〕朱一玄編：《金瓶梅資料彙編》，南開大學出版社，2002年版，第80頁。
〔註18〕陳繼儒：《陳眉公先生全集》（卷四），明崇禎吳震元刻本。

《金瓶梅》全書完全有可能,而這《金瓶梅》未必就不是來自於陳繼儒。

《金瓶梅》手抄本的傳播與陳繼儒的交遊密切相關,迄今與小説作者待選者相關的大多與陳繼儒交遊厚密,如徐階、王世貞、董其昌、屠隆、王穉登、王錫爵等;或者與陳繼儒的密友董其昌交遊甚好,如袁中郎、丁耀亢等。認爲徐渭是小説作者的論者考證出陶望齡手中有《金瓶梅》的抄本,而陶望齡與袁中郎是好友,所以陶望齡手中的《金瓶梅》極有可能是從袁中郎那兒抄去的。明萬曆間《金瓶梅》抄本擁有者徐階、王肯堂、文在兹等,這些人都與大名士陳繼儒有著密切的關係。萬曆十一年(1583)前後,陳繼儒與王世貞、屠隆等結識。萬曆二十六年(1598),王穉登訪陳繼儒於寶顏堂,授以《虎苑》闕瘂,後果病癒。陳繼儒與徐階、王世貞、董其昌等人厚密自不待言,董其昌與袁中郎、丘諸城等人情密交好,而《金瓶梅》就是先在這幾個人中流傳開來的。最早有記載的是袁中郎從董其昌手裏獲得《金瓶梅》前半部手稿。

陳繼儒交遊很廣,據李菁《晚明文人陳繼儒研究》的考證,他「交遊顯貴,接引窮約」,與一千多人有交往,且大多是官宦、名士,最著名的有首輔徐階、申時行、朱國楨、韓爌、禮部尙書陸樹聲、刑部尙書王世貞、大學士王錫爵、禮部尙書董其昌、大學士方岳貢、其他名士小友還有徐光啓、李維楨、顧憲成、耿定向、王衡、黃宗羲、陳子龍、張岱等〔註19〕,而《金瓶梅》的可能作者群中很多待選者與他很厚密,這就説明《金瓶梅》是從陳繼儒及其好友董其昌等人手裏傳播出去的。

結 語

綜上,關於陳繼儒的學「生」思想與《金瓶梅》的創作主旨、陳繼儒「集撰」之編書方式、陳繼儒及其好友與小説的傳播等關係的探討,進一步證明了筆者在《陳繼儒與〈金瓶梅〉的作者》中的大膽假設:《金瓶梅》的作者,係陳繼儒手下編書的老儒,他或他們按照陳繼儒的創作指導思想和「分曹部署」(袁宏道語)之安排,利用陳繼儒家藏的豐富的圖書,以「尋章摘句」「薈萃成書」的手法,集撰了《金瓶梅》這部「雲霞滿紙」勝過《七發》的小説。

(原載《〈金瓶梅〉與臨清:第六屆國際〈金瓶梅〉學術討論會論文集》)

〔註19〕 李菁:《晚明文人陳繼儒研究》,上海師範大學,2006年,第18～33頁。

論《金瓶梅》成書的「集撰」式創作性質

一、關於「集撰」式創作

關於《金瓶梅》成書的性質，自上世紀 50 年代以來，學術界出現並一直存在兩種完全對立的意見，可分別概括爲「世代累積成書」說和「文人獨立創作」說。

據筆者所見，這兩種意見的對立始於上世紀中葉的一次學術討論。1954年 8 月 29 日《光明日報》副刊《文學遺產》上發表潘開沛《〈金瓶梅〉的產生和作者》一文，該文據《金瓶梅》的平話體裁、戲曲曲藝的大量引錄、行文的重複矛盾、一邊講一邊編的結構、淫詞穢語的說書習慣等特點，認爲該書是「在同一個時間裏或不同的時間裏，很多藝人集體創作的作品」。翌年 4月 17 日該副刊又發表徐夢湘《關於〈金瓶梅〉的作者》一文反駁潘文的觀點，認爲《金瓶梅》完全是「有計劃的個人創作」，之所以名之爲『詞話』，是因爲最初小說都曾模仿評話創作。此後，這兩種觀點在《金瓶梅》研究中都有各自的支持者，前者有徐朔方、支沖、趙景深、蔡國梁、蔡敦勇、周中明、劉輝、傅憎享、徐永斌等，後者有杜維沫、朱星、李時人、魯歌、馬征、周鈞韜以及美國的浦安迪、日本的日下翠等，隱然形成《金瓶梅》成書問題上的對立的兩大學術陣營。

我們認爲，如上《金瓶梅》成書的兩說各有一定道理，而又都不無偏頗。「世代累積成書」說正確地看到了《金瓶梅》人物故事原型與文本是經過不同的歷史時代的民間說書藝人、書會才人等的說唱、編纂，以及不同歷史時代的文人、出版商進行增刪潤色，又最後又由某一個文人集大成的特點，肯

定了這一過程中諸色人等與各種前期文本的貢獻，卻忽略了這個集大成者最後的決定性作用和最終文本的獨立品質，而且會陷入以下的困境，即如果《金瓶梅》是世代累積集體創作的話，難道這部世情小說的生成不是在晚明，而是之前的那幾個以倫理道德為核心價值的「世代」？那麼又如何解釋《金瓶梅》這部小說在敘事題材、藝術結構、道德性隱退以及人性張揚等方面的創新性和時代性呢？與此相反，「文人獨立創作」說雖然強調了最後某位文人集大成的作用與貢獻，卻顯然是忽視了《金瓶梅》人物故事原型及前期文本對最後成書的重要影響，從而不免使人疑惑，書中那些等同或幾近抄襲的成分該如何看待？

且不說這些問題勢必會影響乃至一定程度上左右《金瓶梅》一書作者、文本的研究與評價，也不說二說非此即彼之二元對立的思維方式不合科學的精神，我們只需要回到《金瓶梅》文本的實際，就可以發現並且認為，它既不應該被視為是「世代累積」的結果，也不是一般意義上的「文人獨立創作」，而是這二者的中間狀態——集撰式創作！我們認為，只有此說才可以準確表明《金瓶梅》成書過程的性質。

「集撰」一詞至晚在唐代文獻上就出現了，四十八卷《瑜伽論記》上面寫著「釋遁倫集撰」。明代章回小說更多署某某「集撰」的現象，如容與堂本《水滸傳》署「施耐庵集撰、羅貫中編次」等即是。這裡「集」有彙集各種文本編為一書之意。其主要工作固然是編，但正如今天真正的主編在編輯書籍之前肯定有其明確的目的性，也就是有一個編纂的指導思想，他會根據這個目的性或指導思想來決定對已有文本材料的取捨、刪改和編排，那麼新編纂的文本就是一個新的意義載體。從這個意義上說，「集」也不失為是一種有創意的工作。「撰」的本義為創作或纂集，或兼為創作與編次。「撰」之作創作義無須舉例；「撰」作「纂集」義的如曹丕《與吳質書》中的「頃撰其遺文，都為一集」即是。「撰」兼作「創」與「編」的如撰具、撰定、撰造等等。這些例子說明在古人的意識裏「撰」字本身也有「編」的含義，並不純粹只是寫作、著書的意思。當然，「集撰」這個詞語的重心在「撰」上，「集」的「編次」功用畢竟是次要的，是為創作服務的。這正如何滿子先生在論及《水滸傳》的成書時所說：「集撰，就是集合短篇話本的《水滸》故事而撰成長篇小說之謂。」這裡「撰」無疑是「集撰」的本質，「集」則主要是「集撰」的手段。我們認為，至少就章回小說而言，「集撰」是古代中國民族特色的一種創

作方式，其特點是重視對文獻資料的襲用，並在其基礎之上敷演成篇，從而完成一部新作品。《金瓶梅》的成書就是如此，以下分別從《金瓶梅》的敘事策略、寫人藝術和語言運用等方面，試論其「集撰式創作」的特徵。

二、《金瓶梅》敘事策略的「集撰」式特徵

就《金瓶梅》這部世情小說而言，儘管它的創作題材和主題思想都與《水滸傳》截然不同；但是，人們在《金瓶梅》中仍然可以赫然看到它借鑒某些水滸故事的痕跡，有的地方甚至就是直接照抄照搬。《金瓶梅》對《水滸傳》的大量襲用與《金瓶梅》文本是一種什麼關係，在敘事中起著什麼作用，它在創作方式上究竟是什麼性質，這些問題都值得作進一步的探討。

西門慶與潘金蓮勾搭成姦、偷寒送暖、毒殺武大郎這一節在《金瓶梅》和《水滸傳》中具有最大的重合度，甚至可以說《金瓶梅》前六回基本上就是照抄的《水滸傳》，諸如故事情節、人物語言、市井特色等，無不是襲用了《水滸傳》，這個「襲用」量之大本身就是「集撰」之「集」的證明。但是這個「集」又不是單純的拼湊、集合，而是以「集」為「撰」。這一點從《金瓶梅》這部小說的整體文本就能看出來：《金瓶梅》所襲用《水滸傳》的這六回與整部小說的主題思想、藝術特色等都是融為一體的。也就是說，小說作者「有時只是對舊有材料作了小小的變動，但他在變動中鎔鑄個人感情使材料依據一定的傾向重新生動起來的工作，如頰上三毫，也決非簡單的加減運算，而是化腐朽為神奇」〔註1〕。作為針砭「酒色財氣」的一部世情小說，《金瓶梅》的主題思想與英雄傳奇《水滸傳》是截然不同的。《金瓶梅》借用了西門慶、潘金蓮之間的姦情、戀情，重新敷演成一部譴責社會黑暗的「哀書」〔註2〕。西門慶、潘金蓮故事的襲用在《金瓶梅》中作者賦予了新的意義，或者說，《水滸傳》中的西門慶與潘金蓮在《金瓶梅》中僅僅是一個符號的借用，是為其主題思想服務的，如果換成其它姦情故事的主人公亦無不可。

《金瓶梅》在敘事策略上對《水滸傳》、《三國演義》、《古今小說》等文本的仿寫和襲用都具有這個「以集為撰」的特徵，下面再舉幾個例子：如第

〔註1〕 杜貴晨：《論〈三國演義〉的文學性及其創作性質》，見《數理批評與小說考論》，齊魯書社，2006 年版。
〔註2〕 張潮：《幽夢影》，江蘇古籍出版社，2001 年版。

八回《燒夫靈和尚聽淫聲》中和尚偷聽李瓶兒與西門慶在交合之時的七顛八倒，可以看出《水滸傳》中潘巧雲在給她前夫王押司做功果的時候，那些念經的禿驢們見了潘巧雲都「七顛八倒」的影子；第二十六回西門慶設下圈套，引誘來旺出來趕「賊」反而被西門慶當賊捉拿的敘事，與《水滸傳》中張都監、張團練和蔣門神設下陷阱，將武松誣陷爲盜賊的敘述頗爲相似；第四十七回苗員外被家奴苗青謀財害命、侵佔家產的故事，就有《水滸傳》中盧俊義被管家李固與娘子勾搭成姦、侵佔財產、謀害性命的故事成分；第六十二回潘道士解禳祭燈法，可以看出《金瓶梅》對《三國演義》中諸葛亮臨死之前在五丈原禳星延命故事的模仿；第八十四回《吳月娘大鬧碧霞宮》就是改頭換面地套用了《水滸傳》宋江清風寨解救、釋放劉知寨夫人的故事梗概；吳月娘被賺入方丈中被殷天錫調戲和呼救那一段的敘事，不禁令人想起高衙內調戲林沖娘子的相關描寫；第九十八回陳敬濟與韓道國女兒韓愛姐相遇媾和、產生愛情的故事，很大一部分就是直接移用了《古今小說・新橋市韓五賣春情》。所有這些都是《金瓶梅》集撰式創作在「集」上的體現。

然而這些襲用、仿寫不過是作者進行創作的手段，它們對《金瓶梅》中西門慶、李瓶兒和吳月娘等主要人物的個性塑造以及對人情冷暖、世態炎涼、惟財是圖的銅臭社會進行嘲弄、諷刺和批判才是其敘事目的。人們從中可以得出：西門慶與李瓶兒在花子虛喪禮上肆無忌憚地交媾暴露了他們在倫理道德上的鮮廉寡恥；西門慶爲了達到長期霸佔宋惠蓮的目的而陷害其夫來旺，展現的是西門慶虛僞、奸詐、歹毒的一面；苗青與苗員外的寵妾刁七兒勾結偷情，又害死了苗員外，西門慶竟然索要了苗青一千兩銀子（與夏提刑平分了）而枉法放了苗青，這烘托了西門慶判案之徇私舞弊、貪贓枉法，揭露了封建社會中錢財、人情大於法律的黑暗現實，具有深刻的社會批判意義；西門慶請潘道士解禳祭燈體現了他對李瓶兒的癡情，說明了人性的複雜；吳月娘堅決反抗殷天錫的姦污，凸顯了她的潔身自好、保全貞節；韓愛姐曾經爲人作妾、流落中賣過身，但在結識陳敬濟後產生了眞感情，在陳敬濟死後竟然爲之守節，誓死不嫁，這一敘事刻畫了一個命運多舛、性格獨特的女子。韓愛姐其母偷歡賣春、她也曾賣過身，最後竟然守節以終，這無疑反映了人情和人性的多面性、眞實性和複雜性。從整個文本來看，小說作者通過以集爲撰來敘事的策略應該說是成功的，它深化了小說主題，豐富人物個性，賦予了故事新的文學意義。

　　據統計，《金瓶梅》借鑒和仿寫過的白話短篇小說有七八種之多，如《刎頸鴛鴦會》、《志誠張主管》、《戒指兒記》、《西山一窟鬼》、《五戒禪師紅蓮記》、《楊溫攔路虎傳》、《新橋市韓五賣春情》、《港口漁翁》等。毋庸諱言，《金瓶梅》與以上提到的各種故事文本之間存在著因襲模仿關係，但是，作者在進行編纂的時候有他自己的主題思想、敘事目的和謀篇布局之法，那些故事不過是他用來敷演的材料和模仿的對象。也就是說，作者在模仿、採用其它文獻資料的同時還有他自己的有意識的虛構和想像，這一點是最主要的，即文學創造性是這部小說的最有價值和最有意義之所在。

　　韓南仕《〈金瓶梅〉探源》中揭示了《金瓶梅》所借素材明晰可考的有小說話本十種、戲曲十四種、清曲（合套曲和散曲）一百四十種，還有宋史及其它說唱文學作品。韓南的這一考證有力地證明了《金瓶梅》對其它文本襲用的量之大、之多，也即證明了《金瓶梅》集撰創作中的「集」的成分乃是一個不可忽視的存在。同時也要看到，這個「集」的量雖然大，但是它們都經過了作者創造性的改造，已經與小說文木融爲一體，成爲了不可分割的一部分。譬如說罷，《金瓶梅》中的性描寫很多都是襲用了《海陵王荒淫》、《金士亮荒淫》以及當時氾濫一時的狹邪小說中的色情敘事，然而，把它們刪除之後的潔本卻大大消弱了小說對淫欲的批判力量，致使小說的主題表達也顯得蒼白無力。

　　韓南在對小說素材來源的研究中，往往對小說作者選擇素材的動機和修辭效果等方面有獨到的理解，韓南說：「《金瓶梅》的作者無視文史學家對各種體裁判定的分界線，不論是正史、小說、戲曲，也不論是長篇、短篇，只要與作者的想像力相近，都在錄取之列。作者還從當時流行的口頭文學中吸取某些技巧，表現了他借用傳統手段的願望。小說是作爲讀物提供給讀者，而不是演唱給聽眾，由於《金瓶梅》如此出色地接受了多種文學形式，儘管作了大量的借用，它仍然超過前期的文學作品。我們還應該看到小說作者爲使抄錄來的段落滿足自己的創作意圖所作的改動。只有分析出哪些引文不得不改動，哪些改動後來達到預期的效果或者未達到引導出給讀者所期望的東西時，我們才能探索出這部小說的獨創性。」〔註3〕

　　從性質上來說，《金瓶梅》中所有那些對其它文本的襲用和仿寫經過作者的改寫之後都服務於《金瓶梅》這部小說的主題思想；作者在「合理地打碎、

〔註3〕梅新林、葛永海：《〈金瓶梅〉文獻學百年巡視》，《文獻》1999年第4期。

挪移、改作或就舊有材料生發的過程中，投入自己的主體意識或說思想與情感，使這種重組、重塑的結果成爲富於作家個人與時代精神的新的生氣灌注的整體」〔註4〕，這一「整體」產生了新的文學意義，《金瓶梅》所反映的對社會黑暗的悲涼情感、時代特色和時代精神，無論是誰，都無法否認它在文學史上的獨特性和新創性，因此從根本上來說這種寫法是一種創作，而不是沒有文學性的相關材料的彙編或堆積。

在對其它文本敘事藝術的襲用上，《金瓶梅》無疑是明代四大奇書較爲突出的一部，但是實事求是地說，襲用和仿寫雖然在《金瓶梅》中確實存在著，但都經過了作者有意識地改造，成爲了小說文本中的不可替代的、融爲一體的一部分，因此這部小說的文學創造性還是占第一位的。這就是說《金瓶梅》在敘事策略上是以集錄其它文本相似的故事情節或敘事藝術爲基礎，加以改造和創新，從而生成具有新的文學意義的文本。有無新的文學意義的生成是區別「集撰」與「編纂」的根本依據，是判斷一部文學作品有無文學獨創性的根本依據，也是判定《金瓶梅》這部小說文學創造性的根本依據。

三、《金瓶梅》寫人藝術的「集撰」式特徵

《金瓶梅》中的主要人物西門慶、潘金蓮以及情節人物武松等都是取自《水滸傳》，但是他們與《水滸傳》中的同名人物並不完全相同，完全是兩個類型的形象。

《水滸傳》中的西門慶還僅僅是一個色徒、淫棍而已。他在王婆的幫助下勾引、通姦了潘金蓮，後被武松鬥殺。而《金瓶梅》中的西門慶則是一個集官僚、淫棍、富商身份於一身的圓形人物：既是一個「生來秉性剛強，做事機深詭譎的精明商人」，又是一個「閒遊浪蕩、不守本分」的花花公子；既有勾結官府、草菅人命的惡霸一面，也有慷慨救濟結拜兄弟、頗講江湖義氣的一面；既是「打老婆的班頭，降婦女的領袖」，又是一個有情有義的丈夫（尤其是對李瓶兒，西門慶是有眞感情的）；……總之，他與《水滸傳》中的「西門慶」應該說是兩個不完全相同的人物形象，他更複雜、更人性、更眞實。《金瓶梅》崇禎本評點者對西門慶的評點就比較全面、辯證，評點者認爲小說作者並非把他寫得絕對的惡，而是指出「西門慶臨財往往有廉

〔註4〕 杜貴晨：《論〈三國演義〉的文學性及其創作性質》，見《數理批評與小說考論》，齊魯書社，2006年版。

恥、有良心」，資助朋友時「脫手相贈，全無吝色」，出手很大方。崇禎本評點者就注意到了《金瓶梅》中西門慶個性的複雜性。

《金瓶梅》通過李瓶兒在給其夫花子虛超度亡靈的時候與西門慶（西門慶此時也全不念其結拜兄弟之義）媾和引得念經的禿驢們七顛八倒的敘事，既有助於塑造西門慶和李瓶兒這兩個人物形象，又進一步深化了小說對「酒色財氣」、虛情假意、人情冷暖等社會黑暗和人性醜陋面的揭露和批判，從而塑造了西門慶、李瓶兒縱慾淫蕩、鮮廉寡恥的一面。

西門慶給了來旺一包銀子讓他去開酒館，又設下計策賊喊捉賊把來旺當賊拿一事固然是仿寫了《水滸傳》中張都監陷害武松一節，但是卻以此刻畫和雕塑了西門慶的奸詐狠毒形象，這一襲用對於西門慶性格的深化則是很有必要的，堪稱妙筆。

《金瓶梅》中西門慶對苗青害主的判案則刻畫了西門慶作為墨吏的一面，又豐富和鮮活了西門慶這個惡霸形象，在中國文學畫廊裏添加了一個具有複雜內蘊的典型形象，從中可以看出西門慶唯利是圖、陰險奸詐的一面。

《金瓶梅》中潘道士祭燈則是西門慶為了救治李瓶兒的生命，從而展現了西門慶對李瓶兒深厚、真摯的感情。《金瓶梅》中批安說西門慶大哭李瓶兒是疼錢而不是疼人，其實是不確切的。李瓶兒早已嫁給了西門慶，其財產都早已成了西門慶的，李瓶兒或生或死都與錢財的歸屬沒有大的關係了，西門慶疼的是什麼錢？從小說文本的敘述來看，西門慶確實是對李瓶兒有真情實意的，他得知祭燈無效，「心中甚慟」「不覺淚出」，道士告誡他不要到病人房裏去，然而西門慶卻是一意孤行，置若罔聞，夜裏照舊到李瓶兒屋裏陪伴李瓶兒。其後西門慶在為李瓶兒畫真、在家宴聽曲等時候思念起李瓶兒就落淚，這難道是虛情假意、只知道疼錢的人能夠做出來的？難道惡霸奸商對其家人就沒有真實的感情了？好人十全十美沒有瑕疵，壞人沒有一絲一毫的善心，這種絕對化、平面化的道德敘事不符合《金瓶梅》的現實主義創作原則。集奸商、惡霸、淫棍為一身的西門慶還有對小妾的深情厚意的一面。潘道士為李瓶兒祭燈的仿寫，為深化西門慶個性的複雜化、立體化起到了畫龍點睛的作用。

小說通過西門慶吞併寡婦孟玉樓、李瓶兒的財產、偷稅漏稅、獨攬生意等途徑塑造了一個精明的商人的形象，而《水滸傳》中的西門慶不過是一個開著生藥鋪與縣府有首尾的小商人而已；《金瓶梅》中的西門慶是理刑副千

戶，「列銜金吾衛衣左所副千戶、山東等處提刑所理刑」，而《水滸傳》中的西門慶不過在縣府說事過活而已，尚無一官半職；《金瓶梅》中的西門慶雖然是一個惡人形象，然而當吳典恩向他借銀一百兩，借條上寫著每月利行五分，西門慶取筆把利錢抹了去，不要吳典恩的利息；在經濟困難時西門慶還捐金十二兩資助常峙節買房子，這多少有點市民的仗義疏財的品質；以及西門慶對李瓶兒死去的真情流露上都體現了西門慶「這一個」的人物形象。

潘金蓮也是從《水滸傳》中借衍而來的，在《水滸傳》中她的個性相對還比較單純，從武大郎的妻子到西門慶的姘頭，純粹是一個淫婦的形象，其主要故事情節就是與西門慶的偷情通姦，如此而已。而《金瓶梅》裏的潘金蓮形象就更加豐富了，她不但是一個縱慾風流的淫婦，而且還是一個心狠手辣的妒婦。

在《金瓶梅》中，潘金蓮的經歷、性格、形象等得到了多方面的改造，小說擴展、充實了喬大戶姦淫潘金蓮的故事，改變了《水滸傳》中潘金蓮當大戶纏她的時候去告訴了主人婆的情節，增強了潘金蓮淫慾的本性。等武松誤殺李外傳刺配兩千里之外後，潘金蓮嫁到了西門慶家，她是一個咬群的主，霸攔漢子，恃寵生驕，顛寒作熱，虐待秋菊。她妒忌李瓶兒生了一個兒子官哥，就訓練雪獅子嚇死他。潘金蓮後來又私通小廝琴童、與女婿陳敬濟亂倫、解渴王潮兒等，這些都淋漓盡致地刻畫出了一個機變伶俐的淫婦、搬弄是非的妒婦形象。

另外，《金瓶梅》中的潘金蓮還有「爭強好勝」的一面，這一點從她不支付潘姥姥的轎錢就可以看出來；也有同情和救濟貧弱的一面，這從被磨鏡子的老漢騙了小米和醬瓜去就可以證明；她還識字、會唱小曲；如此等等，都與《水滸傳》中的潘金蓮是有所區別的，也就是說《金瓶梅》中的潘金蓮其性格更為複雜，其形象更為豐滿。所有這一些，都說明了《金瓶梅》作為一部文學作品的文學創造性。《金瓶梅》已經擺脫了傳統小說那種簡單化的平面敘事，開始展現真實的人物所具有的複雜矛盾的多重性格。對於這一點，崇禎本評點者也已經注意到了。他在評析潘金蓮時，既指出她的「出語狠辣」，「俏心毒口」，慣於「聽籬察壁」、「愛小便宜」等弱點，也讚美她的「慧心巧舌」、「韻趣動人」等「可愛」之處。不僅如此，評點者還衝破了封建傳統道德的束縛，對潘金蓮這樣一個「淫婦」，處處流露出讚美和同情。在潘金蓮被殺後，評點者道：「讀至此，不敢生悲，不忍稱快，然而心實惻惻難言哉！」

這是對一個複雜形象的充滿矛盾張力的審美感受。

《水滸傳》中的西門慶與潘金蓮的偷情故事，目的不過是為了塑造天人、天神形象的江湖好漢武松。小說通過對西門慶、潘金蓮姦情的敘事，烘雲托月地刻畫了武松之悌、之義、之正、之智、之勇等。而《金瓶梅》中的西門慶與潘金蓮的故事則複雜多了，小說通過對他們的淫蕩縱慾、對西門慶的貪財忘義以及對李瓶兒「愚」、「淺」而又「醇厚」、「情深」，龐春梅的性聰慧、喜謔浪等的敘事，是為了達到「獨罪財色」的目的。

武松這個人物形象從《水滸傳》到《金瓶梅》的衍化中變化也是很大的，甚至可以說有質的不同。在《水滸傳》中，武松，用金聖歎的話來說就是「天人」、「天神」。金聖歎自問自答說：「武松何如人也？曰：武松天人也。武松天人者，固具有魯達之闊，林沖之毒，楊志之正，柴進之良，阮七之快，李逵之真，吳用之捷，花榮之雅，盧俊義之大，石秀之警者也。斷曰：第一人，不亦宜乎？」在金聖歎眼裏，武松即使是魯莽，也是「豪傑不受羈絆」。然而就是這個英雄豪傑，在《金瓶梅》裏面，簡直就是一個儒弱的小市民形象，就連為兄長武大郎報仇也是流放回來，給了王婆一百兩銀子，以迎娶潘金蓮到家看管迎兒為由誘騙她到家中，然後才殺死了潘金蓮。至於起先誤打李外傳，向縣令求饒：「小人也有與相公效勞用力之處，相公豈不憐憫？相公休要苦刑小人！」這等言行，哪有一點豪傑氣象？可是，如果小說沒有襲用「武松殺嫂」，那麼就沒有《金瓶梅》這部奇書。

《金瓶梅》中的過街鼠張勝、草裏蛇魯華顯然是取自《水滸傳》的過街老鼠張三、青草蛇李四，二者也有極大的不同。張三、李四雖說是在大相國寺的菜園子裏小偷小摸的，可是自從被魯智深收服之後，也頗講義氣。林沖的娘子被淺薄子弟調戲，他們也趕來抱打不平。張勝、魯華兩個潑皮無賴也是雞竊狗盜之徒，常受西門慶資助，受西門慶唆使將蔣竹山的藥店砸爛。西門慶的回報也不菲，除了當場將口袋裏的四五兩銀子倒給了他們，張勝、魯華向蔣竹山勒索的三十兩銀子也給了他們。這等敘事都是為了刻畫西門慶的個性特徵的。

通過以上對西門慶、潘金蓮、武松等人在《水滸傳》與《金瓶梅》個性刻畫的比較可知，《金瓶梅》固然是借用了《水滸傳》中的人物，但是《金瓶梅》中的西門慶和潘金蓮形象更加豐富，個性更加複雜，變成了新的形象；而武松的個性特徵則完全被市民化了。《金瓶梅》中還有其它一些人物也是有

原型的，例如陳國軍在《李瓶兒原型探源：以〈張于湖傳〉爲中心》中就認爲李瓶兒的「原型與角色設計，源於《張于湖傳》的可能性很大」；但「可能性很大」也說明了她們是兩個不同的人物形象。對《水滸傳》或其它文本中人物的借用是集撰式創作之「集」，而新人物形象的成功塑造則是集撰之「撰」的明證。

四、《金瓶梅》語言運用的「集撰」式特徵

孔子的「述而不作」「信而好古」對中國古代的讀書人影響至深，古代的文人似乎是習慣於引用他人的著述來表達自己的思想或看法，從而形成了一種大量襲用前人文獻資料來進行撰述的寫法。《金瓶梅》從其它書籍文本上大量成套抄錄而來的詩詞、戲文、曲詞，大段照抄而來的書信、摺奏、法事表文，有聞必錄式的自然主義的繁瑣描寫，游離主題甚至與所要表現的對象相反的閒言碎語、遊戲文字，以及那些作者津津樂道的顛鸞倒鳳場面的公式化敘述，……所有這一些大多都有「出處」，它們是作者直接摘抄、搬用或套用當時已經存在的《京本通俗小說》、《古今小說》等小說總集、盛行一時的色情小說、戲曲小調或笑話集等。當然，小說作者在襲用他人文字的同時還根據故事情節和行文的需要加以增刪修改，使之更好地爲小說的敘事和寫人服務。這一現象就是典型的集撰式創作在語言運用上的表現。

日本荒木猛在《關於崇禎本〈金瓶梅〉各回的篇頭詩詞》中考證出三十六首詩詞的出處及作者。孟昭連《崇禎本〈金瓶梅〉詩詞來源新考》中又考證出三十八首詩詞的出處及作者。這樣一來，一百回篇頭詩詞中就至少有七十四首詩詞是借用的，可見《金瓶梅》集撰式創作中「集」的數量之大。但是，從荒木猛和孟昭連這兩位學者的考證中，人們也可以看出《金瓶梅》的作者並非原封不動地照搬照抄，其中一些詩詞還是作了與小說文本相吻合的修改。例如，據孟昭連的考證，小說第三十六回回首中的「既傷千里目，還驚遠去魂。豈不憚跋涉？深懷國士恩。季布無一諾，侯嬴重一言。人生感意氣，黃金何足論。」是節選自唐代魏徵五古《述懷》，原詩共二十句，此處只節選了最後八句。「遠去魂」原作「九逝魂」，「無一諾」原作「無二諾」，「黃金」原作「功名」。〔註 5〕第三十六回回目是「翟管家寄書尋女子，蔡狀元留

〔註 5〕 孟昭連：《崇禎本〈金瓶梅〉詩詞來源新考》，《金瓶梅文化研究》（第五輯），
　　　　 群言出版社，2007 年版。

飲借盤纏」,「遠去魂」伏韓愛姐被西門慶送往東京翟管家府中作妾,遠離故土,寓小草懷鄉之意;《金瓶梅》既然是「獨罪財色」,又,此回中蔡狀元因翟管家而向西門慶借盤纏,西門慶慷慨答應,闊綽接濟,那麼作者將「功名」改爲「黃金」自然更爲切題。

　　1992 年在棗莊召開的第二屆國際《金瓶梅》學術討論會上,梅節等曾經指出《金瓶梅》抄襲套用了明朝中葉的文言小說《懷春雅集》中的二十首詩,並特別指出作者生吞活剝、肆意竄改,引用內容錯誤百出〔註6〕。小說作者在引用中的「錯誤百出」豈不正說明了《金瓶梅》的成書特點不僅是引用和摘抄,而且還有古爲今用、爲我所用的再創作嗎?在古代不登大雅之堂的話本小說創作中,文人沒有著作版權的意識,只要是認爲能夠合爲己用,對其它文本的襲用、仿寫、對故事的移花接木、張冠李戴等並不足奇,大家似乎都習以爲常。

　　據當代一些學者的考證,《金瓶梅》第五十六回的《哀頭巾詩》、《祭頭巾文》,均出自屠隆的《開卷一笑》〔註7〕;《金瓶梅》第七十回〔正宮·端正好〕套曲五支,出自李開先《寶劍記》第五十齣〔註8〕;……諸如此類的照搬其他作者的大量的詩文、戲文、曲詞可以說在《金瓶梅》中比比皆足,這些戲文、曲詞爲小說人物形象的塑造、人物個性的刻畫以及敘事都起到了很好的作用,決不是可有可無的。例如潘金蓮深夜等待西門慶不回,寂寞難耐,唱小曲訴衷腸、表心聲,就很符合潘金蓮這個使女出身、且會唱小曲的身份,也表達了潘金蓮性欲之強烈,爲西門慶之死作了伏筆。這一寫法都是小說作者借他人之酒杯澆自己之塊壘的集撰式創作的具體體現之一,都是他在小說中一以貫之的編撰手法,並不能證明屠隆或李開先就是《金瓶梅》的作者,它不過是小說作者採用現成的時曲小調來進行創作而已。

　　《金瓶梅》中一些笑話和戲謔語,有的就是直接摘抄自明代當時的笑話集如《解慍編》、《時尚笑談》、《笑府》、《新刻華筵趣樂談笑酒令》等〔註9〕。但是,這些笑話或戲謔語等卻能夠很好地服務於小說中人物形象的刻畫和塑

〔註6〕　梅節:《從套用竄改〈懷春雅集〉詩文看〈金瓶梅詞話〉的作者》,《金瓶梅研究》(第五輯),遼瀋書社 1994 年版。

〔註7〕　黃霖:《〈金瓶梅〉作者屠隆考》,《復旦大學學報》1983 年第 3 期。

〔註8〕　卜鍵:《〈金瓶梅〉作者李開先考》,甘肅人民出版社,1988 年版。

〔註9〕　洪濤:《〈金瓶梅詞話〉中雙關語、戲謔語、葷笑話的作用及其英譯問題》,《金瓶梅文化研究》(第五輯),群言出版社,2007 年版。

造，也能較好地配合小說的故事情節發展，以及入木三分地諷刺和渲染世態炎涼、人情冷暖。如果沒有這些笑話和戲謔語（包括一些黃段子），應伯爵、謝稀大等這些幫閒的形象就不會刻畫得如此惟妙惟肖、生動逼真。笑話、戲謔語如果孤零零地來看，不過是逗人開懷、或捧腹或莞爾罷了，可是把它們用在應伯爵等幫閒的口裏，便很好地刻畫出了這些幫閒的嘴臉，體現了他們的幫閒之才，把應伯爵、謝稀大等幫閒寫得活靈活現，使人如見其人，如聞其聲。如果沒有幫閒之才，也是做不了幫閒的。而現成的笑話、黃段子等就是表現幫閒之才的最好的材料。這種借用現成的語言材料在小說中或敘事或寫人，便是集撰式創作在語言運用上的體現。

正是因為作者熱衷於大量套用其它文本中現成的語言表達，《金瓶梅》中人物的語言，有時候存在著一些不甚符合其身份和不很符合具體場合的地方。作為小市民的口頭語、歇後語之類的市民語言適當地引用或許使人物更加鮮活生動；可是不能搬用得過多，否則的話就是過猶不及，顯得臃腫累贅、重複囉嗦。

譬如說罷，西門慶死後，潘金蓮與她女婿陳敬濟偷姦媾和的事情東窗事發後，月娘找來王婆，讓她帶走、賣掉潘金蓮。潘金蓮不服，當面質問月娘「如何平空打發我出去」的時候，王婆的答話雖然生動活潑但是不很得體，她說：「你休稀裏打鬨，做啞裝聾！自古蛇鑽窟窿蛇知道，各人幹的事兒各人心裏明。金蓮，你休呆裏撒奸，兩頭白面，說長並道短，我手裏使不的你巧語花言，幫閒鑽懶！自古沒個不散的筵席，出頭椽兒先朽爛。人的名兒，樹的影兒。蒼蠅不鑽沒縫兒蛋。你休把養漢當飯，我如今要打發你上陽關！」王婆的答話之所以說不很得體是因為在當時的情境中她不可能這樣說，這些話似乎純粹是市井俚語的羅列和堆積。更何況，當時潘金蓮質問的是月娘，並沒有問王婆，那麼王婆幫腔，在當時的場合之下她會說得圓滑些，含蓄些，不會像竹筒子倒豆子似的套用一連串市井俚語出來。

諸如此類的話語表達，小說文本中還有一些。但是，在通過人物語言來表現人物性格，使之「口吻酷肖」，並從人物的話語中能看出人物個性來，《金瓶梅》比過去的一些小說有了很大的進步，尤其是市民語言方面運用得活靈活現。它繼承和發展了宋元話本的語言藝術成果，比較擅長描摹和刻畫市民階層的聲口唇吻。例如當孟玉樓決心嫁給西門慶的時候，其娘舅張四出面干涉，與孟玉樓夫家姑姑楊姑娘那番爭吵，就是聲口逼肖，十分符合他們的地

位、身份，使人從他們的話語中看出他們內心的真實想法來。再如龐春梅同孫雪娥的吵嘴，也是得寵的丫頭和失勢小妾的口吻再現。

《金瓶梅》中其它書信、奏摺、遊戲等文字，尤其是性交縱慾場面的公式化描寫，應該也是作者從別的小說文本中抄錄或模仿而來的。如果把《金瓶梅》與晚明當時氾濫一時的豔情狹邪小說對照來看，就會發現其中關於性描寫和性敘事有大量雷同的地方。

朱德熙通過分析漢語方言中的問句結構，認為《金瓶梅》第五十三回至第五十七回是出自南方文人之手，而其它各回則是出自北方人之手。〔註10〕且不說這個結論正確與否，就《金瓶梅》小說文本中存在著「可VP」結構和「VP不VP」結構這兩種不同區域的漢語方言反覆問句的現象來看，也說明這部小說語言行文中的集撰式特點。

《金瓶梅》借用、襲用或引用了大量的其它文本的詩詞、曲詞、笑話、戲謔語、歇後語等，並不是純粹地為了引用而引用，而是為小說的敘事和寫人服務。從小說塑造的鮮活的王婆、應伯爵、潘金蓮等人物形象和具有文學意義獨創性的敘事來看，小說在語言運用上的集撰式創作是成功的。人們能夠從他們說的話中可以看出人的個性來。

五、結　語

《金瓶梅》在敘事策略上以集為撰，創造出新的文學意義，這是它在小說敘事上的集撰式特徵；它在寫人藝術上的集撰式特徵就是在借用了先前人物的基礎上又塑造出了不同於借用人物的新的活生生的藝術形象；它在語言運用上的集撰式特徵就是襲用其它文本的語言來進行敘事或寫人，經過適當的改造，使之與文本相契合，從而達到了古為今用、為我所用的創作目的。總之，《金瓶梅》成書的集撰式創作特徵就是以集為撰或雖集實撰，從而創造出新的文學意義和新的人物形象。

《金瓶梅》固然有對其它文本東挪西借、抄襲搬用的成分在，但它們畢竟經過了作者的巧妙構思和匠心獨運，以及作者的想像和虛構，化腐朽為神奇，承載著作者獨特的情感感受和主題思想，在小說文本的整體中獲得了新的價值和意義。這種集撰式創作，以故為新、古為今用、以集為撰，一方面

〔註10〕朱德熙：《漢語方言裏的兩種反覆問句》，《中國語文》1985年第1期。

體現了作者的淵博學識，另一方面也是更爲關鍵的是作者通過集撰，使新文本又有了新的意義生成，又塑造出了新的文學形象。

　　探討《金瓶梅》成書的這一集撰式創作性質，對於認識它是如何成書的、它的作者究竟是誰以及把握它的敘事藝術特色等都具有重要意義。不僅如此，把握了《金瓶梅》的集撰式創作性質，還有助於我們理解中國古代小說的成書特點和古人進行藝術創作的方式。因爲集撰式創作在中國古代小說文本敘事中佔有重要的一席。

（本文係以第一作者與杜貴晨先生合撰。原載《明清小説研究》2008 年第 1 期）

毛澤東評《金瓶梅》的問題視域

　　毛澤東對《金瓶梅》所作的評論不多，但都很精粹，且自成一家之言。

　　對毛澤東評論《金瓶梅》的歷史情境進行考察，一方面對毛澤東所作的具體評論能有更好的理解，另一方面也能夠幫助我們把握《金瓶梅》文學意義解讀的歷史性。

　　列寧說過：「在分析任何社會問題時，馬克思主義理論的絕對要求，就是要把問題提到一定的歷史範圍之內。」〔註1〕分析毛澤東關於《金瓶梅》的評說，也應遵循這條馬克思主義基本原則。分析毛澤東評論《金瓶梅》的著眼點，就在於搞清楚毛澤東當時具體的問題視域是什麼，他是在什麼時候、什麼條件下說這些話的。

　　毛澤東評論《金瓶梅》的言論在時間上集中在二十世紀五十年代末六十年代初。那麼，搞清楚這一歷史階段中國內部發生了哪些重大政治事件，弄清楚什麼是毛澤東評論《金瓶梅》具體的問題視域，是探尋毛澤東何以如此評論《金瓶梅》的關鍵。

　　毛澤東是一位偉大的政治家，毋庸置疑，他評說《金瓶梅》的問題視域在於其政治視角而不在於學術視角。因此為了準確地理解毛澤東對《金瓶梅》的評說實質，首先要搞明白這些評論產生的時代性問題視域。

一、經濟問題：時代性問題視域與《金瓶梅》本文視域的契合點

　　（一）1956 年 2 月 20 日毛澤東在聽取工作彙報的時候，將《金瓶梅》與

〔註1〕 列寧：《列寧選集》（第 2 卷），人民出版社，1995 年版，第 440 頁。

《水滸傳》加以比較，指出：「《水滸傳》是反映當時政治情況的，《金瓶梅》是反映當時經濟情況的。這兩本書不可不看。」〔註2〕

毛澤東爲什麼在聽取工作彙報的時候，指出《水滸傳》與《金瓶梅》這兩部小說「不可不看」呢？回到具體的歷史情境，才可能準確理解這句話的眞實含義。

根據中共中央黨史研究室編《中國共產黨大事記》，1953年7月，朝鮮停戰協定簽字，出現了建國以來少有的外部和平環境，中國政府得以集中精力搞國內建設。9月，過渡時期總路線正式向全國公佈。到年底，全國範圍的學習和宣傳過渡時期總路線的活動大張旗鼓地開展起來。1955年7月，第一屆全國人民代表大會第二次會議通過了我國發展國民經濟的第一個五年計劃。在1956年1月15日，北京市各界二十多萬人在天安門廣場舉行慶祝社會主義改造勝利聯歡大會，慶祝北京市農業、手工業全部實現合作化和全國第一個實現資本主義工商業的全行業公私合營。繼北京之後，到1月底，全國大城市以及50多個中等城市，先後實現了全部資本主義工商業的公私合營。1956年2月8日，周恩來在國務院第二十四次全體會議討論《關於目前私營工商業和手工業的社會主義改造中若干事項的決定（草案）》時的發言，要求經濟工作要實事求是。全國上下，工商業社會主義改造和經濟建設如火如荼地開展起來了。

1955年通過的第一個五年計劃，表明黨的工作重心轉向了社會主義經濟建設。在舉國上下進行工商業社會主義改造過程中，在毛澤東的問題視域裏少不了如何進行社會主義經濟建設的問題。這是當時的一個很現實的問題視域，從這兒出發，諳熟中國古典小說的毛澤東於是也就很自然地考慮哪一些小說是封建社會政治鬥爭的反映，而哪一些小說觸及了封建社會的經濟生活。在眾多的中國古典小說中，描寫經濟情況的並不多，而《金瓶梅》就是其中很重要的一部。出於如何建設和發展社會主義經濟的考慮，作爲黨的領袖的毛澤東當然也就會要求黨的高級領導幹部閱讀《金瓶梅》。

毛澤東要求黨政幹部閱讀《金瓶梅》後不久，1956年4月25日毛澤東寫了《論十大關係》。由此也可知，經濟問題是毛澤東考慮的重大問題之一，那麼，爲數不多的反映「經濟情況的」《金瓶梅》自然也是毛澤東的思考對象。

（二）1957年，毛澤東又說：「《金瓶梅》可供參考，就是書中污辱婦女

〔註2〕 馬廣志：《毛澤東四評金瓶梅》，《黨史文苑》，2005年第5期，第52頁。

的情節不好。各省委書記可以看看。」〔註3〕

毛澤東對中央擴大會議人員還說:「你們看過《金瓶梅》沒有?我推薦你們看一看,這本書寫了明朝的眞正的歷史。」毛澤東對中國古典文學進行解讀,其一貫的視角就是歷史視角和政治視角。他對於《紅樓夢》《水滸傳》《聊齋誌異》等是從「歷史史料」角度來解讀的,他對於《金瓶梅》的解讀和理解也是如此,他是把《金瓶梅》當作「明朝的眞正的歷史」來閱讀的。

毛澤東指示「各省委書記可以看看」《金瓶梅》。於是,文化部、中宣部同出版部門協商之後,以「文學古籍刊行社」的名義,按 1933 年 10 月「北京古侠小說刊行會」集資影印的《新刻金瓶梅詞話》,重新影印了兩千部。這兩千部《金瓶梅》的發行對象是各省省委書記、副書記以及同一級別的各部正副部長。影印本《新刻金瓶梅詞話》兩函二十一冊,正文二十冊,二百幅插圖輯爲一冊。所有的購書者均登記在冊,並且編了號碼。

毛澤東爲什麼要在 1957 年建議各省省委書記看看《金瓶梅》呢?從中國共產黨 1957 年大事記可知,經濟建設是毛澤東在 1957 年最主要的思考點之一。社會主義建設在當時是黨中央工作的核心。例如,作爲中共中央總書記的鄧小平於 1957 年 4 月 8 日在西安作了《今後的主要工作是搞建設》的報告。

1957 年 9 月,在中共八屆三中全會上,毛澤東認爲 1956 年對經濟工作中過急情況的糾正是「反冒進」。八屆三中全會通過了《農業發展綱要十四條(修正草案)》,這實際是農業「大躍進」的綱領。會後,全國大部分省、自治區召開黨的各級幹部會議,傳達貫徹三中全會精神,積極準備掀起工農業生產的高潮。11 月 13 日,《人民日報》發表社論,提出了「大躍進」的口號。1958 年 5 月召開的中共八大二次會議是發動「大躍進」運動的一次重要會議。會議制定了「鼓足幹勁,力爭上游,多快好省地建設社會主義」的總路線,通過了第二個五年計劃,提出了一系列不切實際的任務和指標。

由以上可知,1957 年前後毛澤東對於如何建設社會主義經濟的思考是毛澤東建議各省省委書記看看《金瓶梅》的問題視域。

(三)1959 年 12 月至 1960 年 2 月,毛澤東在閱讀蘇聯《政治經濟學教科書》的一次談話中,將《金瓶梅》與《東周列國志》進行了比較。他說,《東周列國志》只「寫了當時上層建築方面的複雜尖銳的鬥爭,缺點是沒有寫當時的經濟基礎」,而《金瓶梅》卻更深刻,「在揭露封建社會經濟生活的矛盾,

---

〔註3〕 馬廣志:《毛澤東四評金瓶梅》,《黨史文苑》,2005 年第 5 期,第 52 頁。

揭露統治者與被壓迫者的矛盾方面,《金瓶梅》是寫得很細緻的」〔註4〕。

　　大躍進期間以及失敗之後,社會主義的經濟建設問題是毛澤東主要的問題視域,他將《金瓶梅》與《東周列國志》進行比較就是著眼於經濟問題,或許希望從中能夠獲得一些經濟建設問題的經驗和教訓。通過比較,毛澤東認為《東周列國志》等大多數古典小說僅僅是反映了當時的政治問題,而對經濟情況涉及得很少,但《金瓶梅》就不同了,它不僅「寫了明朝的眞正的歷史」,而且還反映了「當時的經濟情況」,尤其是「在揭露封建社會經濟生活的矛盾,揭露統治者與被壓迫者的矛盾方面,《金瓶梅》是寫得很細緻的」。正是毛澤東對當時經濟問題的視域引起了他對古典小說經濟情況反映的關注,從而引發了毛澤東對《金瓶梅》作了如上的評論。

二、「只揭露黑暗」:政局之問題視域與小說本文視域的契合點

　　1959 年盧山會議上,彭德懷於 7 月 14 日寫了一封萬言書給毛澤東,在肯定總路線和 1958 年工作的前提下,分析了 1958 年以來「左」傾錯誤及產生的原因,並提出了具體的建議,其中不乏指責和批評之聲。毛澤東認為有些人把當時的形勢說得「一塌糊塗」是別有用心的,他堅信「神州不會陸沉、天不會塌下來的」,成績與失誤不過是「九個指頭和一個指頭」的問題。從中也可以看出,當時的指責確實是「揭露黑暗」的程度比較嚴重。毛澤東說「假如辦十件事,九件是壞的,都登在報上,一定滅亡,應當滅亡。」毛澤東還說:「我們現在的經濟工作,是否會像 1927 年那樣失敗?像萬里長征那樣,大部分根據地喪失,紅軍和黨都縮小到十分之一,或者還不到?我看不能這樣講。」〔註5〕由此可見,毛澤東對當時一些同志「只揭露黑暗」的嚴重不滿。

　　在 1961 年 12 月中央政治局常委和各大軍區第一書記會議上,毛澤東說:「《金瓶梅》是《紅樓夢》的祖宗,沒有《金瓶梅》,就寫不出《紅樓夢》。」「你們看過《金瓶梅》沒有?我推薦你們看一看,這本書寫了明朝的眞正的歷史。」〔註6〕當時毛澤東關於《金瓶梅》與《紅樓夢》進行比較的潛意識或許就是經濟建設失誤的教訓與以後成功建設之間的辯證關係。

〔註4〕　馬廣志:《毛澤東四評金瓶梅》,《黨史文苑》,2005 年第 5 期,第 52 頁。
〔註5〕　李銳:《盧山會議實錄》,春秋出版社,1989 年期。
〔註6〕　馬廣志:《毛澤東四評金瓶梅》,《黨史文苑》,2005 年第 5 期,第 52 頁。

　　1962 年 1 月 11 日至 2 月 7 日，中共中央在北京召開擴大的中央工作會議。參加會議的有縣委以上的各級黨委主要負責人 7000 人，因此這次大會又稱「七千人大會」。開會期間，七千人在大會上揭蓋子，白天出氣，晚上看戲。毛澤東在會上作了自我批評，但認為全國形勢並不是漆黑一團、一塌糊塗，所以對於譴責小說、對於《金瓶梅》的只是「揭露黑暗」就有所感觸、有所思考，於是也就有所發揮了，也就是說，毛澤東的這一理解根源於他彼時彼地的問題視域。

　　1962 年 8 月，毛澤東在中央工作會議核心小組上的談話中，又將《金瓶梅》與《官場現形記》加以比較。他說：「有些小說，如《官場現形記》，光寫黑暗，魯迅稱之為譴責小說。只揭露黑暗，人們不喜歡看。《金瓶梅》沒有傳開，不只是因為它的淫穢，主要是它只暴露黑暗，雖然寫得不錯，但人們不愛看。《紅樓夢》就不同，寫得有點希望嘛。」〔註7〕

　　9 月 24 日至 27 日，中國共產黨八屆十中全會在北京舉行，毛澤東作了關於階級、形勢、矛盾和黨內團結問題的講話。在這次會議上，毛澤東除了錯誤地批判所謂「單幹風」（指包產到戶）和「翻案風」之外，還嚴厲指責所謂「黑暗風」（指對當時嚴重困難形勢作充分估計的觀點）。毛澤東批判「黑暗風」不是一時的心血來潮，而是醞釀良久了，至晚可以追溯到三年前的廬山會議。他認為有些所謂的「右派」或「反黨集團」只看到社會主義建設的黑暗面和消極面，只是刮「黑暗風」，如同《金瓶梅》只「暴露黑暗」，沒有看到「希望」。

　　顯然，毛澤東的這些評說，是有感而發，是有現實針對性的。《紅樓夢》寫得有點希望，指的是高鶚補寫《紅樓夢》的結局為「蘭桂齊芳」，而不是曹雪芹預定的「落了片白茫茫大地真乾淨」的悲慘結局。毛澤東正是針對著當時一些所謂的「右派」對社會主義經濟建設中的失誤進行鋪天蓋地的批評乃至是攻擊而言的，毛澤東認為不能只看到問題的消極面和黑暗面，而是要看到「前途是光明的」，雖然「道路是曲折的」（毛澤東語）。也就是說，毛澤東主張學有所用，活學活用，密切聯繫實踐，他也是這麼做的。毛澤東對中國古典小說的評論，很多都是從當時他的問題視域出發進行的，有著強烈的現實性和針對性。

〔註7〕　馬廣志：《毛澤東四評金瓶梅》，《黨史文苑》，2005 年第 5 期，第 52 頁。

三、問題視域與意義的理解

「問題視域」都是時代性的問題視域，不同的歷史時代有不同的問題視域，從不同的問題視域出發對同一部小說的理解也就有了不同的切入角度，從而也就有了不同何所向的理解和解釋，這也是爲什麼古典名著主題思想闡釋眾說紛紜莫衷一是的原因之一。

問題視域是時代性的，由此形成的詮釋模式也是具有鮮明時代性的，即某一個歷史時代其主流的思想意識、權力話語和理解模式往往占主導地位，它影響乃至決定著人們如何進行詮釋。譬如說罷，二十世紀五十至七十年代，人們對於《紅樓夢》《三國演義》《西遊記》《水滸傳》等中國古典小說都是從馬克思主義的階級論、反映論和現實主義角度來進行詮釋的，下面根據游國恩等主編的《中國文學史》（人民文學出版社，1964）對四大名著的解讀作一簡單的引述：《三國演義》「揭示了當時社會的黑暗和腐朽；譴責了統治者的殘暴和醜惡；反映了人民在動亂時代的災難和痛苦，也表現了他們對統治集團的愛憎和向背」等；《水滸傳》「深刻地挖掘了起義的社會根源；成功地塑造了起義英雄的群像，並通過他們不同的反抗道路展現了起義如何由零散的復仇火星發展到燎原大火的鬥爭過程；也具體地揭示了起義失敗的內在原因」；《紅樓夢》描寫了封建包辦婚姻的罪惡以及封建禮教對青年男女自由和心靈的摧殘，「揭露了封建社會後期的種種黑暗和罪惡，及其不可克服的內在矛盾，對腐朽的封建統治階級和行將崩潰的封建制度作了有力的批判」，客觀上反映了封建社會的衰亡是歷史發展的必然趨勢；《西遊記》挖掘了農民起義的社會根源，批判統治階級的罪惡，揭示「官逼民反」、「亂自上作」的眞理——這與當時對《水滸傳》主題思想的解讀何其相似。這就是說，在某個具體的歷史時代，時代性的問題視域直接導向了詮釋模式的時代性。同一個歷史時代的詮釋往往有一個相似或相同的詮釋視角、意識形態、定勢思維和詮釋方法等，即有一個相對固定的詮釋模式。

時代性的詮釋模式本質上其實是「先有結構」的詮釋結果。海德格爾說過，「明確地被理解的東西，具有『某某東西作爲某某東西』的結構」〔註8〕，在二十世紀五六十年代，階級論和反映論就是人們解讀文學作品的「先有結構」，毛澤東從經濟的角度理解《金瓶梅》這一解讀也具有「先有結構」的

〔註8〕 〔德〕海德格爾：《理解與解釋》，洪漢鼎主編：《理解與解釋》，東方出版社，2001 年版，第 118 頁。

鮮明特徵。

對於《金瓶梅》經濟視角的解讀這種詮釋也可以看出前理解或成見的視域對於文學意義進行理解的前規定性。這也就是說,新的意義的生成不僅受制於小說文本對意義何所向所具有的前規定性,而且也受制於讀者的問題視域,因為問題視域對意義何所向也具有前規定性,新的意義一般就是在這兩種視域的融合過程中生成的。

加達默爾說:「『何種答案回答何種問題依事實而定。』這個短語實際上是解釋學的原始現象:沒有一種陳述不能被理解為對某個問題的回答,也只能這樣來理解各種陳述。」〔註9〕這個觀點是加達默爾一直主張的,他在《真理與方法》中就曾說過,「理解一個問題,就是對這個問題提出問題,理解一個意見就是把它理解為對某個問題的回答。」〔註10〕

《金瓶梅》的接受史真切而生動地體現了哲學詮釋學關於理解和解釋的理論。二十世紀五六十年代人們對於《金瓶梅》的闡釋,就充分地說明了理解的「問答」邏輯。「只有當我們預先假定一件藝術作品充分表現了一個藝術理念(adaquation)時,藝術作品才能被理解。在這裡我們也必須發現藝術作品所回答的問題,如果我們想理解藝術作品——即把它作為一種回答來理解的話。」〔註11〕

當時毛澤東關於《金瓶梅》的理解其實不過是回答了對於那一具體的歷史時代經濟問題的思考。從毛澤東關於《金瓶梅》的這些評論可知,歷史語境中的問題視域導致了他對《金瓶梅》進行了現實針對性的解讀。

政治角度、歷史角度是毛澤東一貫的對中國古典小說解讀的方法。從經濟方面解讀和評論中國古典小說,《金瓶梅》則是較為顯著的一部,其原因就在於經濟建設以及經濟建設失誤所產生的「只揭露黑暗」問題是當時毛澤東的時代性問題視域,他從這問題視域出發,對《金瓶梅》這部小說進行了相關的評說。

毛澤東之所以從《金瓶梅》而不是從其它古典名著來談論經濟問題,這

〔註9〕　〔德〕加達默爾:《哲學解釋學》,夏鎮平、宋建平譯,上海譯文出版社,2004年版,第11頁。

〔註10〕　〔德〕加達默爾:《真理與方法》,洪漢鼎譯,上海譯文出版社,2004年版,第482頁。

〔註11〕　〔德〕加達默爾:《真理與方法》,洪漢鼎譯,上海譯文出版社,2004年版,第480頁。

首先是《金瓶梅》這部小說本文就是明代經濟情況的反映，其次是彼時彼地毛澤東的問題視域又是經濟問題及其失誤所導致的「黑暗風」，二者具有視域融合的契合點。這正體現了「理解其實總是這樣一些被誤認為是獨立存在的視域的融合過程」〔註 12〕，理解與解釋在本質上是一個問題視域與理解對象視域之間的視域融合的過程。當然，時代性的問題視域往往具有理解何所向的作用，這是因為「我們只有取得某種問題視域，才能理解本文的意義，而且這種問題視域必然包含對問題的可能回答」〔註 13〕。

結　語

綜上所述，毛澤東關於《金瓶梅》的評說，主要涉及兩點：一是《金瓶梅》反映了明代的「經濟情況」；一是《金瓶梅》「只揭露黑暗」，不如《紅樓夢》寫得「有點希望」。毛澤東對《金瓶梅》的這一理解，其實是由當時毛澤東的問題視域與小說文本視域產生視域融合的結果。具體而言，當時毛澤東評《金瓶梅》的問題視域是社會主義經濟建設以及由於大躍進等經濟建設中的失誤遭到了一些同志的指責，毛澤東認為那是「黑暗風」，「只揭露黑暗」與《金瓶梅》產生了視域融合，因而把《金瓶梅》這部小說定性為「譴責小說」。由此可見，理解的何所向決定於讀者所生活的歷史時代的問題視域，讀者的問題視域與小說文本的視域如果能夠產生視域融合，那麼新的文學意義也就從而成為這部小說的此在。

（原載《菏澤學院學報》2009 年第 3 期）

〔註 12〕〔德〕加達默爾：《真理與方法》，洪漢鼎譯，上海譯文出版社，2004 年版，第 8 頁。

〔註 13〕〔德〕加達默爾：《真理與方法》，洪漢鼎譯，上海譯文出版社，2004 年版，第 9 頁。

試論《金瓶梅》中的收繼婚問題

一、問題的提出

《金瓶梅》第八十七回中敘述了武松娶乃嫂潘金蓮而眾人不以為違法的故事：

> 武松道：「我聞的人說，西門慶巳是死了，我嫂子出來，在你老人家這裡居住。敢煩媽媽對嫂子說，他若不嫁人便罷，若是嫁人，如今迎兒大了，娶得嫂子家去，看管迎兒，早晚招個女婿，一家一計過日子，庶不教人笑話。」……那婦人在簾內聽見武松言語，要娶他看管迎兒，又見武松在外出落得長大身材，胖了，比昔時又會說話兒，舊心不改，心下暗道：「我這段姻緣還落在他手裏。」就等不得王婆叫他，自己出來，向武松道了萬福，說道：「既是叔叔還要奴家去看管迎兒，招女婿成家，可知好哩。」……月娘問：「甚麼人家娶去了？」王婆道：「兔兒沿山跑，還來歸舊窩。嫁了他家小叔，還吃舊鍋裏粥去了。」〔註1〕

眾所周知，《金瓶梅》是借「宋」寫「明」，因而文本敘事所反映的也是晚明的實事。可是，如上所引，武松殺潘金蓮之前卻是以收繼婚的名義先將其嫂娶回家。但是，《大明律》卷六「戶律‧婚姻‧娶親屬妻妾」條規定：「若兄亡收嫂、弟亡收弟婦為妻妾者，不問在家及被出、改嫁，男女各坐絞。」

〔註1〕《張竹坡批評第一奇書〈金瓶梅〉》，王汝梅、李昭恂、於鳳樹校點，齊魯書社，1987 年版，第 1388～1390 頁。

〔註2〕由此可知，武松娶乃嫂潘金蓮，兩個人按照《大明律》都要被絞死。但令人奇怪的是，武松爲何如此毫無顧忌地去買娶其嫂，王婆爲何也毫無顧忌地照賣不誤，潘金蓮爲何也毫無顧忌地欣然同意小叔子娶她，而吳月娘、孟玉樓聽王婆說武松娶了潘金蓮只是想到了武松可能復仇而隻字未提及此乃《大明律》判處絞刑的收繼婚呢？

如果說，平民百姓不知道《大明律》的規定，這是不符合實際的，因爲韓二與乃嫂王六兒通姦被街痞翻牆進屋逮了個正著，一個旁觀者就說：「叔嫂通姦，兩個都是絞罪。」〔註3〕由是知之，平民百姓是熟知大明法律的。而這與朱元璋明初普及法律知識的做法不無關係。

在《金瓶梅》中，武松娶乃嫂並不是絕無僅有的孤立的事件，無獨有偶的是韓二最後也是娶了他的嫂子過活。《金瓶梅》第一百回寫道：「不上一年，韓道國也死了。王六兒原與韓二舊有擂兒，就配了小叔，種田過日。」〔註4〕即韓二在乃兄死亡之後，娶了他的嫂子王六兒，這是收繼婚。固然，我們不排除草莽民間有法不依的情況存在，但無論如何，大明王朝時期在漢民族中即使是草莽民間，收繼婚的現象也極爲罕見，甚至於不見，因爲收繼婚於理於法於情都不能爲漢民族所接受。但爲何《金瓶梅》中對於收繼婚的敘事大事渲染、大張旗鼓地昭而告之而眾人見怪不怪呢？這顯然是一個不能忽視的問題。

我們之所以認爲這是一個問題，就在於從時間上來看，如果《金瓶梅》成書於蒙元時期，那麼這便不是一個問題，因爲它不過是反映了當時的社會婚俗而已；從空間上來看，如果這樣的漢人收繼婚出現在偏僻山區或閉塞僻鄉，似乎也能說得過去，因爲畢竟天高皇帝遠；而問題恰恰出現在《金瓶梅》是以宋寫明，而且還是晚明，故事又發生在繁華勝地、交通樞紐的山東「清河」，因而其它且不談，就以小說中武松娶乃嫂潘金蓮、韓二收嫂子王六兒等收繼婚的敘事與大明法律嚴禁收繼婚的條文之矛盾衝突就是一個不得不解釋的問題。

〔註2〕 《大明律直解所載明律》卷六《戶律·婚姻》，劉海年、楊一凡《中國珍稀法律典籍集成（乙編第一冊）》，科學出版社，1994 年版，第 482 頁。
〔註3〕 《張竹坡批評第一奇書〈金瓶梅〉》，王汝梅、李昭恂、於鳳樹校點，齊魯書社，1987 年版，第 504 頁。
〔註4〕 同上書，第 1571 頁。

二、元明時期收繼婚問題

1、元代收繼婚

「收繼」一詞，始見於《元典章》、《通制條格》和《元史》等。收繼婚，又稱逆緣婚、接續婚、繼承婚、烝報婚、轉房婚、挽親等，指的是父死，子妻其從母；兄弟死，同輩弟兄收其妻；或伯叔死，侄兒妻其伯母或嬸母。收繼婚是人類婚姻史上出現的一種婚姻形態，也是我國少數民族習慣法的一個重要內容。收繼婚在春秋時期漢民族中雖然確實曾因禮崩樂壞而偶而出現過，但由於禮儀文明的傳統而從未成為一種重要的婚姻形式。

少數民族尤其是游牧民族大都曾存在過收繼婚的現象。《史記·匈奴列傳》云：「匈奴，父死，妻其後母。兄弟死，皆取其妻妻之。」《周書·異域傳》曰：「（突厥）父兄伯叔死者，子弟及侄等妻其後母、世叔母及嫂，唯尊者不得下淫。」《三朝北盟會編》卷三云：「女真……父死則妻列母，兄死則妻其嫂，叔伯死則侄亦如之。故無論貴賤，人有數妻。」它如烏孫、烏桓、鮮卑、羌、契丹、稽胡等都存在著收繼婚之習俗。蒙古族也是如此，「蓋此俗為蒙古人所固有」〔註5〕。《金瓶梅》成書於晚明，因而小說中的收繼婚現象顯然與蒙元入主中原的關係更為密切。

柯劭忞在《新元史》中云：「蒙古之先，出於突厥。」〔註6〕而突厥婚俗是「父兄死，子弟妻其群母及嫂」〔註7〕。《烏古良楨傳》記載了蒙古族作為「國俗」之收繼婚的風俗：「父死則妻其從母，兄弟死則收其妻。」〔註8〕收繼婚是蒙古族的傳統婚俗，是他們主要的婚姻形式。

《蒙古秘史》記載：朵奔篾兒干死後，其妻阿蘭豁阿無夫又產三子，「朵奔篾兒干前所生之二子別勒古訥臺、不古訥臺，陰相語其母阿蘭豁阿曰：我輩此母，無兄弟房親等人，無夫而生此三子矣」〔註9〕，這表明朵奔篾兒干如果有兄弟房親收娶其妻，那麼他的兩個兒子就不會對乃母生子感到奇怪了。《史集》也記載：「察剌合娶了自己的嫂子、伯升豁兒的妻子，她為他生了兩個兒子：一個叫堅都——赤那，另一個叫兀魯克臣——赤那。」〔註10〕

〔註5〕 陳鵬：《中國婚姻史稿》，中華書局，2005 年版，第 162 頁。
〔註6〕 柯劭忞：《新元史》，大眾文藝出版社，2001 年版，第 1 頁。
〔註7〕 《隋書·突厥傳》，中華書局，1976 年版，第 1864 頁。。
〔註8〕 《元史》卷 187，中華書局，1976 年版，第 4288 頁。
〔註9〕 道潤梯步：《新譯簡注〈蒙古秘史〉》，內蒙古人民出版社，1978 年版，第 11 頁。
〔註10〕〔波斯〕拉施特：《史集》（第一卷第二分冊），商務印書館，1985 年版，第

十三世紀初蒙古國建立時，成吉思汗制定和頒佈了《成吉思汗大箚撒》（「箚撒」係蒙古語的音譯，是「糾正」、「治理」的意思，其名詞形式為「箚撒黑」，是「政令」、「懲罰規則」的意思），成為以習慣法為特徵的蒙古民族法律文化的核心。《成吉思汗大箚撒》規定：「父親死後，兒子除了不能處置自己的生母外，對父親的其他妻子或可以與之結婚，或可以將她嫁與別人。」

蒙古人入主中原後，其民族的習慣法上昇為國家法，收繼婚開始以法律的形式得到推行，但這主要實行於蒙古族和色目人之中。「自漢以降，漢人收繼婚因其紊亂倫常為法律所禁止。蒙元時期，受蒙古等民族婚俗的影響，在漢人中亦有收繼婚流行。」〔註11〕但是，蒙元一代，漢人婚姻基本上是朝廷所要求的「從本俗」。

蒙元時期，朝廷對漢人收繼婚的態度有一個變化的過程：元初默許，後來合法化，再後來嚴格禁止。至元七年（1270），《元典章·戶部四·婚姻》規定：「舊例同類自相犯者，各從本俗法。其漢兒人不合指例，比及通行定奪以來，無令接續。若本婦人服闋自願守志或欲歸宗改嫁者聽。咨請照驗省府除已箚付戶部遍行各路出榜曉諭外，仰依上施行。」至元八年二月，《大元通制條格》又規定：「諸色人，同類自相婚姻者，各從本俗法；遞相婚姻者，以男為主，蒙古人不在此例。」〔註12〕但就在這一年，婚姻法出現了戲劇性的變化。元世祖忽必烈為了建立蒙古法文化的統治地位，擴大了蒙古法的適用範圍。至元八年十二月，元世祖頒佈聖旨，說：「小娘根底，阿嫂根底，收者」〔註13〕。然而，漢人士大夫堅持儒家禮制倫理思想，強烈反對收繼婚。元成宗時，大臣鄭介夫說：「舊例止許軍站續，又令漢兒不得收，今天下盡為俗矣。若弟可收嫂，侄可收嬸，甥可收妗，子可收母，伯可收弟婦，但有男女之具者，皆可為種嗣之地，縱意所為，何所不至？此風甚為不美，除蒙古人外所宜截日禁斷。」〔註14〕至元十三年以後，元廷禁止漢人實行收繼婚。

---

31 頁。

〔註11〕 龔恒超：《蒙元時期漢人收繼婚的法律調整》，《貴州社會科學》，2009 年，第 7 期。

〔註12〕 《通制條格》卷三《戶令二·婚姻禮制》浙江古籍出版社，1986 年版，第 38 頁。

〔註13〕 《元典章》卷十八《戶部·收繼·收小娘阿嫂例》，中國廣播電視出版社，1998 年版，第 701 頁。

〔註14〕 《四庫全書·歷代名臣奏議》卷六十七，上海古籍出版社，1987 年版，第 854 頁。

元世祖、元成宗年間，六起漢人收繼婚案件中，朝廷禁止並令其離異的有五起。以後，大元王朝法律明文嚴禁漢人收繼婚。《元史・文宗紀三》云：「至順元年九月敕，諸人非其本俗，敢有弟收其嫂、子收庶母者，坐罪。」〔註15〕《元史・刑法志》曰：「諸漢人、南人，父沒，子收其庶母；兄沒，弟收其嫂者，禁之。禁色目人勿娶其叔母。」《刑法》規定：「諸兄收弟婦者，杖一百七，婦九十七，離之。……諸居父母喪，姦收庶母者，各杖一百七，離之，有官者除名。諸漢人、南人，父沒子收其庶母、兄沒弟收其嫂者，禁之。諸姑表兄弟嫂叔不相收，收者以姦論。」〔註16〕

縱觀元代近百年的歷史，可知「收繼婚制度未能在元代漢人中一直流行下去，反而受到了政府的限制及禁止」〔註17〕。洪金富對元代收繼婚考證後得出的結論為：「元代漢人只能行叔接嫂，其他類型的收繼婚一律禁止、無效。而漢人叔嫂婚也有一定條件限制。1330 年以後，則連有條件的叔嫂婚也禁止了」〔註18〕。

在這種情況下，我們不排除某些地區仍然存在著漢人收繼婚的事實，但可以肯定的是，那絕對是偶然現象，不具有普遍性。正如法學大家瞿同祖所說，「中國是一極端注重倫常的社會，親屬的妻妾與其夫家親屬之間的性關係是絕對不容許的。在她的丈夫生時而有犯姦的行為固須加重治罪，便是她的丈夫已死，也只能改嫁外姓，而不能與夫家親屬結婚，否則是要按其夫與後娶者的親疏關係治罪的，即已成婚亦強制離異。」〔註19〕漢民族婚俗，從戰國時期以降，的確是如此。尤其是自漢武帝「罷黜百家，獨尊儒術」後，諸如子收庶母、弟收兄嫂的收繼婚不僅遭到了禮教的強烈譴責，而且還受到法律的嚴厲懲罰。

《金瓶梅》以宋寫明，是否也反映了宋代的婚姻狀況呢？宋代是否出現過收繼婚？「宋代禁止收繼婚的法律規定與唐代完全相同，《宋刑統》照抄了《唐律》的全部有關條文。」〔註20〕由此可知，宋代在法律上是明令禁止收繼婚的。宋代文人在輿論上也是對收繼婚現象進行了口誅筆伐，例如程

〔註15〕《元史・文宗紀三》。
〔註16〕《元史・刑法志》。
〔註17〕李鈺：《元代收繼婚制度評述》，《廣州社會主義學院學報》，2010 年第 3 期。
〔註18〕洪金富：《元代的收繼婚》，載《中國近世社會文化史論文集》，中央研究院歷史語言所，1992 年。
〔註19〕瞿同祖：《瞿同祖法學論著集》，中國政法大學出版社，1998 年版，第 105 頁。
〔註20〕張邦煒：《宋代婚姻制度的種種特色》，《社會科學研究》，1989 年第 3 期。

頤指斥唐朝皇帝「其妻則取之不正」，抨擊唐太宗「其惡大」；南宋時，朱熹
又譴責唐代皇帝「閨門失禮之事不以爲異」，並進而貶斥「唐源流出於夷狄」。
〔註21〕宋代官方和士大夫都不接受收繼婚。

　　或許有人認爲，《金瓶梅》明寫「山東清河」，實際上反映的是江南尤其
是江浙一帶的社會風俗。那麼，我們看看蒙元時期江南的婚俗究竟是如何
的。潘清依據陶宗儀《南村輟耕錄》卷28《醋缽兒》的敘述認爲，「在婚姻
方面，元代西北及蒙古諸部本來盛行收繼婚，由於江南地區是儒學盛（重）
地，使這種形式終於未能在江南得到發展，相反對於那些不符合封建禮教的
婚姻形式反遭到人們的譏諷（病句），如松江人俞俊娶妻蒙古人也先普化次
兄醜驢之女，但是也先普化先後收繼了長妻（嫂）和次嫂，次嫂即俞俊之岳
母。俞俊作對聯貶其輕薄。俞俊妻弟博顏帖木兒，因願繼爲也先普化後，『人
戲之曰：昔人有二夫，今子有二父，何其幸歟？博顏帖木兒赧甚』」〔註22〕。
其實，俞俊之岳母並非「輕薄」，收繼婚本是他們民族的習俗，談何輕薄？
而博顏帖木兒亦沒有必要「赧甚」。而此種譏諷，反映的是民族文化尤其是
婚姻習俗的衝突，從而正說明了即使是江南，由於蒙古人、色目人居住和生
活在那兒，收繼婚依然至少通行於蒙古人和色目人之間，所以對江南婚俗確
實產生了影響。這種影響主要體現在貞潔觀念的淡化甚至於消解，即在蒙元
時的江南，就像元人所說的，「近年以來，婦人夫亡守節者甚少，改嫁者歷
歷有之。乃至齊衰之淚未乾，花燭之筵復盛。」〔註23〕這不禁令人想起《金
瓶梅》中吳月娘所說的，「漢子孝服未滿，浪著嫁人的才一個兒？」孟玉樓、
潘金蓮等人「都是孝服不曾滿再醮人的」〔註24〕。

　　蒙元時期，受蒙古人、色目人收繼婚習俗的影響，漢人婚姻中固然出現
過收繼婚的事實，但是它猶如蒙古族婦女受漢民族貞節觀念的影響有守節的
烈女如脫脫尼者一樣都是極爲偶然的社會現象。否則，假若人人皆守節，則
根本沒有必要筆之於史了。

2、明代收繼婚問題

〔註21〕轉引自張邦煒：《宋代婚姻制度的種種特色》，《社會科學研究》1989年第3期。

〔註22〕潘清：《元代江南社會、文化及民族習俗的流變——以蒙古、色目人的移民對
　　　　江南社會的影響爲中心》，《學術月刊》2007年第3期。

〔註23〕《元典章》卷18《戶部四》「官民婚」條。

〔註24〕《張竹坡批評第一奇書〈金瓶梅〉》，王汝梅、李昭恂、於鳳樹校點，齊魯書
　　　　社，1987年版，第274頁。

　　為了消除蒙元的影響，恢復漢唐禮儀，大明王朝法律嚴厲禁止收繼婚。《大誥》規定：「同姓、兩姨姑舅為婚，弟收兄妻，子承父妾，此前元之胡俗。……今後若有犯先王之教，罪不容誅。」〔註25〕大明王朝不僅嚴禁漢民族的收繼婚，而且對蒙古人、色目人等婚姻也予以限制，如《大明律直解所載明律》卷六《戶律‧蒙古、色目人婚姻》規定：「凡蒙古、色目人，聽與中國人為婚姻。務要兩相情願。不許本類自相嫁娶。違者，杖八十，男女入官奴。其中國人，不願與回回、欽察為婚姻者，聽從本類自相嫁娶，不在禁限。」〔註26〕

　　明代《婚姻律》中「尊卑為婚」條規定：「凡外姻有服尊屬卑幼共為婚姻，及娶同母異父姊妹，若妻前夫之女者，各以姦論。其父母之姑舅兩姨姊妹及姨，若堂姨、母之姑、堂姑。己之堂姨及再從姨、堂外甥女，若女婿及子孫婦之姊妹，並不得為婚姻。違者，各杖一百。若娶己之姑舅兩姨姊妹者，杖八十。並離異。」《婚姻律》「娶親屬妻妾」條規定：「凡娶同宗無服之親及無服親之妻者，各杖一百。若娶緦麻親之妻及舅甥妻，各杖六十，徒一年。小功以上，各以姦論。若收父祖妾及伯叔母者，各斬。若兄亡收嫂、弟亡收弟婦者，各絞。妾各減二等。若娶同宗緦麻以上姑侄姊妹者，亦各以姦論。並離異。」〔註27〕

　　《婚姻律》中講到「以姦論」，便要比附《刑律‧犯姦》中的《親屬相姦》條：「凡姦同宗無服之親及無服親之妻者，各杖一百，若姦義女者，加一等。若姦緦麻以上親及緦麻以上親之妻，謂內外有服之親。若妻前夫之女及同母異父姊妹者，各杖一百，徒三年；強者，斬。若姦從祖祖母姑、從祖伯叔母姑、從父姊妹、母之姊妹及兄弟妻、兄弟子妻者，各絞；強者，斬。若姦父祖妾、伯叔母、姑、姊妹、子孫之婦、兄弟之女者，各斬。妾，各減一等；強者，絞。若姦乞養子孫之婦者，各減一等。」〔註28〕從中可知，其處罰可至或斬或絞，是極其嚴厲的。

〔註25〕《大誥‧婚姻第二十二》。
〔註26〕劉海年、楊一凡：《中國珍稀法律典籍集成（乙編第一冊）》，科學出版社，1994年版，第484頁。
〔註27〕《大明律直解所載明律》卷六《戶律‧婚姻》，劉海年、楊一凡《中國珍稀法律典籍集成（乙編第一冊）》，科學出版社，1994年版，第481～482頁。
〔註28〕《大明律直解所載明律》卷二十五《刑律‧犯姦》，劉海年、楊一凡《中國珍稀法律典籍集成（乙編第一冊）》，科學出版社，1994年版，第605頁。

明宣宗宣德四年（1429）詔：「自今凡犯不孝及烝父妾、收兄弟之妻、敗倫傷化者，在外有司毋擅斷決，悉送京師，如律鞠治，若武官及其子弟有犯此者，不許復職承襲。」〔註29〕《明律・婚姻門娶親屬妻妾條》規定：「若收父祖妾及伯叔母者，各斬。若兄亡，收嫂，弟亡收弟婦者，各絞，妾者減二等。」

在成化十一年（1475）正月，定親屬相姦罪例：「時陝西宜川縣民馮子名，兄亡，妻其嫂，法司擬以逆天道，壞人倫，擬絞，仍通中外，有犯類此，及親屬相姦者，並依此例，從之。」〔註30〕成化二十一年二月，禮部等衙門的違例為婚依律問斷例：「竊見男女嫁娶，近年以來，有兄亡收嫂、弟亡收弟婦者，……雖律有明條，民不知禁。」〔註31〕

明王朝對於收繼婚，一方面如以上所引是朝廷嚴令禁止和無情懲處，另一方面則不排除民間多多少少仍然存在著收繼婚的事實，即使是偶然現象。成化年間的兩則罪例，也表明了民間存在著收繼婚之現象。而明人包汝楫《南中紀聞》亦云：「湖北群邑，……其弟配孀嫂，兄收弟媳，已視為常事。」

但有一點也需要指出，即收繼婚案例在大明案件文獻記載中極為少見，而涉案地區或陝西或湖北，要麼深受西北少數民族婚俗之影響，要麼湖山地區交通不便、相對封閉，似尚不能完全解釋山東西魯禮儀之邦、清河繁華昌明之地對於法律嚴禁、婚禮反對之收繼婚視而不見、置若罔聞這一問題。

三、《金瓶梅》中出現收繼婚問題的幾種可能

1、小說家言，不必當真？

小說又稱之為稗史或「史餘」，本是道聽途說之追憶或筆錄，雖然古人有從中求真求實的傾向，但無論如何也改變不了其虛構敘事的本質，因而似乎可以從這個角度來理解《金瓶梅》敘事中的收繼婚現象，即小說的編纂者不過是編個瞎話，讀者不要太過於較真。這就如同謝肇淛所說的，「凡小說及雜劇戲文，須是虛實相半，方為遊戲三昧之筆。亦要情景造極而止，不必問其有無也。」〔註32〕

〔註29〕《欽定續通典》卷一百八《刑二・形制下》。
〔註30〕《續文獻通考》卷一三六。
〔註31〕劉海年、楊一凡：《中國珍稀法律典籍集成（乙編第一冊）》，科學出版社，1994年版。
〔註32〕謝肇淛：《五雜俎》，上海書店出版社，2001年版，第313頁。

但中國的小說具有自家的面目，它正如范文瀾所言，「中國文化主幹是史官文化」〔註33〕，即文人士大夫總有求真求實的癖好，即使是傳奇，也如夏庭芝《青樓集志》所說的：「唐時有傳奇，皆文人所編，猶野史也。」遑論他們迷信「立言」之不朽，更傾向於寫實以傳後世。這樣一來，影射時事、批判權臣、指桑罵槐、代聖人立言等就不是子虛烏有之事，而是有事實的影子在。

2、律有條文，民不知禁？

另一種可能就是，大明法律雖然嚴苛，但是草莽民間限於生存條件之艱難依然我行我素，地方官吏也對收繼婚睜一隻眼閉一隻眼，或如顧頡剛先生所說的收繼婚「合於人情」〔註34〕，因而民間的收繼婚現象屢禁不止。

大明迄今近七百年，民間收繼婚的事實固然不容抹殺，但是此說似乎也存在著問題，即明代的山東清河，地處大運河交通樞紐要地，政令暢通，經濟繁榮，人文昌盛，不似偏僻山區，豈有民不知禁之現象？

在《金瓶梅》中，如前所述，旁觀韓二與土六兒被捉姦的老者「深通條律」〔註35〕；而第七十六回「春梅嬌撒西門慶，畫童哭躲溫葵軒」中，西門慶提及「又是一起姦情事，是丈母養女婿的。……這一到東平府，姦妻之母，係緦麻之親，兩個都是絞罪」〔註36〕。從中可推知，大明不僅法律嚴酷，而且也廣為老百姓知，並非民不知禁。

3、世情的如實反映？

有人認為小說中收繼婚的敘述反映的是人世間情與法的衝突，即世情本如此，《金瓶梅》不過是如實反映而已。他們認為中國古代婚姻一般屬於典禮和教化行列，婚姻官司這一類的事比較棘手，斷罪輕重不但關係到婚後男女雙方的生活，也關係到地方官的前程，這種費力不討好的事他們一般不願意管。另外，明王朝的地方基層組織是里甲或者保甲體系，地方官對其緝盜和催徵的職能比較看重，而法律雖然嚴禁收繼婚，但對於事實上的收繼婚，只

〔註33〕范文瀾：《正史考略緒言》，上海書店，據北平文化學社，1931 年版影印。

〔註34〕顧頡剛：《由「烝」「報」等婚姻方式看社會制度的變遷》，載《文史》第 14 輯，中華書局，1982 年版。

〔註35〕《張竹坡批評第一奇書〈金瓶梅〉》，王汝梅、李昭恂、於鳳樹校點，齊魯書社 1987 年版，第 504 頁。

〔註36〕《張竹坡批評第一奇書〈金瓶梅〉》，王汝梅、李昭恂、於鳳樹校點，齊魯書社 1987 年版，第 1210 頁。

要民不告則官不理。

　　但問題是，這不是一個治理的問題，而是一個無論是王婆、吳月娘，還是武松、潘金蓮等人竟然沒有一個人意識到這是要受「絞刑」懲罰的問題。這本身是一個奇怪的問題。

4、藝術典型化之需要？

　　《金瓶梅》中，陳經濟系西門慶的女婿，結果在他岳丈死後要娶他的岳母潘金蓮，這或許是小説典型化的需要？即將人世間種種荒淫悖謬之婚媾事如通姦、亂倫等皆集萃於西門府，從而達到諷刺和批判「酒色財氣」之意圖？

　　因爲即使是蒙元時期，朝廷尚且明文嚴令禁止漢人異輩收繼，如大德八年（1304），中書省、樞密院對案中漢人侄兒收繼嬸母的案件做如下判決：「王火你赤妻張秀兒服制已滿，其侄王保兒欲行收繼，雖係蒙古軍驅，終是有姓漢人，侄收嬸母，瀆亂大倫，擬合禁止。省准。」〔註 37〕遑論大明王朝嚴刑峻法地禁止收繼婚呢。

5、商品經濟對禮法的衝擊？

　　《金瓶梅》所反映的是晚明的社會現象，而晚明時期是中國商品經濟極爲發達的時期。而經濟繁榮發展了，往往對禮教發起攻擊。「到明中葉，這一資本主義的因素（或萌芽）卻更形確定。表現在意識形態各個領域，尤爲明顯。……反射在傳統文藝領域內，表現爲一種合規律性的反抗思潮。」〔註 38〕商品經濟向傳統禮教的衝擊是毋庸置疑的。經濟消解階級，衝擊禮法，蔑視官秩，因而經常促成禮教的解體。晚明，商品經濟極爲發達，因而人們將婚姻禮教種種的束縛禁忌和條條框框都扔進九霄雲外去了。「在晚明那個以金錢爲軸心的商業社會裏，當人們不擇手段地去追求財和色的時候，還講什麼道德，還顧什麼法律？」〔註 39〕因此朝廷的嚴禁收繼婚、娶親屬妻妾等苛法都被富裕的人們視之蔑如，從而隨心所欲地踐踏嗎？

　　以今例古來看，此說有其道理，試看一切往錢看的社會，惟利是圖、道德淪喪、鮮廉寡恥，哪裏還有禮法的空間，到處都是孔方兄在跋扈而已。

〔註37〕 《通制條格》卷三《戶令·收繼嬸母》。
〔註38〕 李澤厚：《美的歷程》，三聯書店，2009 年版，第 191 頁。
〔註39〕 黃霖：《〈杜騙新書〉與晚明世風》，《文學遺產》1995 年第 1 期。

6、故事情節發展的需要？

或曰：武松以一百兩銀子從王婆處買得潘金蓮，其目的是為兄長報仇，而並非真正要娶潘金蓮為妻，因而在此種意義上武松娶潘金蓮只不過是一種通過收繼婚的手段達到報仇目的的極端方式罷了，即為了推動故事情節的發展，也強調因果報應，小說作者安排潘金蓮死於武大之弟武松之手，因而安排了收繼婚的情節。

這一可能性似乎不大，因為《水滸傳》中武松為兄報仇，就沒有以收繼婚的名義先娶其嫂潘金蓮後殺之。在《金瓶梅》中，武松似乎也可以直接找潘金蓮為兄復仇，何必多出先娶後殺的枝節呢？從這個角度來看，收繼婚確實是社會上先有此種現象，然後才有小說文本敘事上的反映。從而推知，《金瓶梅》集撰了蒙元時期的相關話本的可能性似乎更大。

7、集撰元代話本後的遺留？

《金瓶梅》本來不過是陳繼儒及其手下的老儒以集撰的方式編撰而成的〔註40〕，因而獺祭他人尤其是前人的作品聯綴成文，對於蒙元時期話本中的收繼婚現象沒有進行時代性的處理，襲用之於《金瓶梅》中，因而今人讀來頗感困惑。

《金瓶梅詞話》抄改、襲用了前人或他人的作品極多，有小說、戲山、詩詞、散曲、佛經等。從引用的數量來看，僅僅小說、戲曲就有二十多種，如《刎頸鴛鴦會》、《志誠張主管》、《戒指兒記》、《西山一窟鬼》、《五戒禪師私紅蓮記》、《楊溫攔路虎傳》、《新橋市韓五賣春情》、《港口漁翁》、《百家公案全傳》，等等。《金瓶梅》成書時所採用的其它材料還有未能考證出來的，這就不排除它在文本敘事時所涉及的收繼婚是化用了相關的元代話本。

餘　論

以宋寫明的《金瓶梅》對於收繼婚見怪不怪，這的確是一個問題。而韓二的「紫面黃髮」（第一百回），西門府「驛馬成群」（第一回），王六兒及其丈夫韓道國對於王六兒之為西門慶的「外室」不以為恥反以為榮似乎亦能表明禮教之欠缺，李瓶兒、孟玉樓等帶著財產出嫁，如此等等，都表明了鮮明的時代特色和民族特色。

〔註40〕 張同勝：《陳繼儒與〈金瓶梅〉的作者》，《徐州工程學院學報》，2010 年第 2 期。

　　從韓二之「黃髮」可推知，不排除他與乃兄韓道國俱爲色目人之可能。蒙古族寡婦改嫁時，還要將屬於自己名下的一批財產帶到新夫家中〔註41〕；而《金瓶梅》中的孟玉樓、李瓶兒等再醮時都是攜帶著財產進入西門府的。這些小說文本敘事中的細節，更是證明了其蒙元特色，從而證明了《金瓶梅》中收繼婚之敘事是集撰了蒙元時期的某一部話本中的故事。

　　（原載《〈金瓶梅〉與五蓮：第九屆國際〈金瓶梅〉學術討論會論文集》）

〔註41〕秦新林：《元代收繼婚俗及其演變與影響》，《殷都學刊》2004年第2期。

論《醒世姻緣傳》中的「詼諧」

引　言

　　西周生輯著的《醒世姻緣傳》用山東方言俗語描摹人物情狀，字裏行間流露出一種詼諧幽默的情趣。如寫晁源懼怕小妾，珍哥的話剛出口，他「沒等聽見，已是耳朵裏冒出腳來」；寫薛素姐「一個搜風巴掌打在狄希陳臉上」，「外邊的都道是天上打霹靂，都仰著看天」。這些描寫都富有幽默、詼諧的情趣，逼真形象，誇張得令人忍俊不禁。詩人徐志摩曾稱讚《醒世姻緣傳》的作者「行文太妙了，一種輕靈的幽默滲透在他的字句間，使讀者絕不能發生厭惡的感覺。他是一位寫趣劇的天才。他使你笑得打滾，笑得出眼淚，他還是不管，搖著一支筆又去點染他的另一個峰巒了。」〔註1〕《醒世姻緣傳》行文中頗多詼諧之語，其中固然多的是市井之詼諧，語言俚俗，下里巴人；但顯然不乏文人之詼諧，即在博學基礎上的掉書袋式的幽默風趣，這一點至少對我們瞭解輯著者西周生有所助益。

一、詼　諧

　　「詼諧」有兩個意思，一是（談吐）幽默風趣，一是笑話、戲語。劉勰《文心雕龍·諧隱第十五》云：「諧之言皆也，辭淺會俗，皆悅笑也。昔齊威酣樂，而淳于說甘酒；楚襄宴集，而宋玉賦好色。意在微諷，有足觀者。及優旃之諷漆城，優孟之諫葬馬，並譎辭飾說，抑止昏暴。是以子長編史，列

〔註 1〕　徐志摩：《〈醒世姻緣傳〉序》，《醒世姻緣傳》，上海古籍出版社，1985 年版。

傳滑稽，以其辭雖傾回，意歸義正也。」

談諧文，文體起於先秦，戰國時已頗多。漢代司馬遷《史記》列傳第六十六《滑稽列傳》頌揚淳于髡、優孟、優旃一類滑稽人物「不流世俗，不爭勢利」的可貴精神，及其「談言微中，亦可以解紛」的諷諫才能。他們出身雖然微賤，但卻機智聰敏，能言多辯，善於緣理設喻，察情取譬，借事託諷。談諧文到魏晉時期才真正具有文體上的獨立並興盛起來，正如劉勰所言「魏晉滑稽，盛相驅扇」。《隋書·經籍志》集部總集類著錄「《談諧文》三卷，又《談諧文》十卷，袁淑撰。」原注「梁有《續談諧文》十卷，又有《談諧文》一卷，沈宗之撰。」今皆散佚，唯袁淑有《雞九錫文》等五篇，或其子遺。

在中國歷史上，「俳優」是專業的逗樂取笑者。大家所熟知的優孟、優旃、東方朔等，都擅長幽默談諧的言談。《南唐書·談諧傳序》說：「談諧之說，其來尚矣！秦漢之滑稽，後世因為談諧而為之者，多出於樂工、優人。其廓人主之褊心，譏當時之弊政，必先順其所好，以攻其所弊。雖非君子之事，而有足書者。」唐代民間伎藝中有所謂參軍戲，就是由二人互作逗樂，以取笑於觀眾的滑稽戲。唐代歌舞戲如《踏謠娘》中，「丈夫著婦人衣」、「且歌且舞……以稱其冤，故言苦。及其夫至，則作毆鬥之狀，以為笑樂」。在宋元「說話」中的「說諢話」，其實就是說黃色笑話、講黃色故事，即今之黃段子也。宋代莊綽的《雞肋篇》卷上，記載了益州（成都）雜劇演出的盛況：「成都自上元（按指正月十五）至四月十八日，遊賞幾於虛辰……自旦至暮，唯雜戲一色。坐於閱武場，環庭皆府宮宅看棚，棚外始作高凳，庶民男左女右，立於其上如山。每諢一笑，須宴中闔堂，眾庶皆嗂者……」明代馮夢龍曾編纂笑話集三種，其中《笑府》、《廣笑府》是馮氏所收錄的廣泛流傳在民間的笑話故事；《古今譚概》是集史傳、雜錄的笑談和現實生活中具有典型意義的笑料之大成。後人又編有《笑林》、《笑林廣記》、《笑倒》等笑話集。明清長篇通俗小說中，亦每每夾雜雅謔俗諧。

談諧可分為民間的談諧和文人的談諧兩種。而巴赫金所論述的狂歡文化主要指的是民間的狂歡，其中的談諧也是民間的談諧，是一種自由民主基礎上的精神宣洩。巴赫金在談到歐洲的談諧文化時說：「中世紀的談諧和中世紀的嚴肅性針對的對象一樣，對於上層。其次，它所針對的並非個別性的和一部分，而是針對普遍性，針對一切，它彷彿建立了一個自己的反官方的世界，自己的反官方反教會的教會，自己的反官方國家的國家。」然而，《醒世姻緣

傳》則與此不同，它除了草莽民間的「鄙諺」「淫哇」之外，還帶有鮮明的文人特色，它對於下層奴僕中的劣根性進行了諷刺和冷嘲，其立場和視角是上層社會階層的；其語言掉書袋或是文縐縐的，甚至取自儒家經典之四書五經，其表達方式是士大夫的，是正統文人的，如果不知其典故或代指，那麼就體會不到其中的幽默風趣。

「文如其人」，這是誠然不錯的，其人喜滑稽、耽幽默，則樂作詼諧文。《醒世姻緣傳》行文以及人物對話多詼諧滑稽之語，這是輯著者西周生性格使然，從文本可知西周生其人幽默風趣。另一方面，詼諧之風格也體現在人們的學識上，有市井人俚俗的詼諧，也有文人掉書袋的詼諧，而西周生的詼諧則是帶有濃郁的文人詼諧。

二、文人的詼諧

文人的詼諧主要體現在其學識的淵博上，如果讀者閱讀面不廣，則難於體會其中的幽默風趣。會心之笑，是以心照不宣的理解為前提的。文人的詼諧，西周生之博物洽聞，在《醒世姻緣傳》中主要有如下幾種情況：

1、「語雜詼諧皆典故」。《醒世姻緣傳》第四回「童山人脅肩諂笑，施珍哥縱慾崩胎」中，當晁大舍命李成名去請蕭北川為珍哥治病的時候，「他婆子說：『如今他正合一個甚麼周公在那裡白話，只得等那周公去了，方好請他哩。』」（第 47 頁）這裡便用了《論語》中的一個典故：《論語·述而第七》中，子曰：「甚矣，吾衰也久矣！吾不復夢見周公。」與周公說話，指的是在睡覺做夢。在小說中，蕭北川是一個酒鬼，喝醉後在睡覺做夢呢。如果不知這個典故，那麼讀者便會誤認為真有一個周公與他說話呢。

《醒世姻緣傳》第一回「晁大舍圍場射獵，狐仙姑被箭傷生」中，當晁思孝到南直隸華亭縣去做縣令後，晁家富裕了，晁大舍嫌棄原配計氏的相貌，便也不去求歡，於是西周生寫到「不要說你閉門不納，那計氏就大開了門，地上灑了鹽汁，門上掛了竹枝，只怕他（按指晁大舍）的羊車也還不肯留住」。這裡用了晉武帝的典故。《晉書·列傳第一》記載：「時帝（按指晉武帝司馬炎）多內寵，平吳之後復納孫皓宮人數千，自此掖庭殆將萬人，而並寵者甚眾，帝莫知所適，常乘羊車，恣其所之，至便宴寢。官人乃取竹葉插戶，以鹽汁灑地，而引帝車。」這一「羊車望幸」的典故，平民百姓何由得知？如果不知，如何會心？

再如第三十九回「劣秀才天奪其魄，忤逆子孽報於親」中寫明水的土豪學霸汪爲露將死，閻王「請他到陰司裏去，央他做《白玉樓記》」。這裡用了李賀的典故。李商隱《李賀小傳》云：「長吉將死時，忽晝見一緋衣人，駕赤虯，持一版，書若太古篆或霹靂石文者，云當召長吉。長吉了不能讀，欻下榻叩頭，言：『阿彌老且病，賀不願去。』緋衣人笑曰：『帝成白玉樓，立召君爲記。天上差樂，不苦也。』長吉獨泣，邊人盡見之。少之，長吉氣絕。」這篇小傳以傳奇法作傳記文，固然有點怪誕，但深寓諷刺之意。《醒世姻緣傳》中以天帝請李賀去作《白玉樓記》表達汪爲露這個無賴教書先生之死，純係文人筆法。顯然，老百姓是不會如此表達的，這種敘事他們恐怕也難以理會。

其他諸如「陳門柳」「睢述」「白頭吟」「長門賦」「獅吼」、「齊人」、「樂羊子之妻」等典故，一般不讀書的老百姓恐怕難於理解，遑論會意其中的風趣。此皆文人之筆，如果不熟悉其間的典故，怎麼領會其中的詼諧幽默呢？

2、作者對通俗小說和戲曲之引用

平民百姓一般是通過聽評書獲知三國故事、水滸故事或西遊故事等的，因爲刊刻書籍，價值頗爲不菲〔註2〕，下層民眾無力購買。即使是到了明代中後期，隨著商品經濟的發展，印刷技術的提高和印刷成本的降低，平民百姓一般也是不購買的。藏書乃士宦的追求，小民通常都是聽說書而已。在這種情況下，《醒世姻緣傳》廣泛引用長篇通俗小說和戲曲文本中的敘述，亦足以說明西周生乃文人本色，引文中的詼諧亦是文人的詼諧。

《醒世姻緣傳》第九十七回「狄經歷惹火燒身，周相公醍醐灌頂」中，太守談及狄希陳妻妾的姓氏時，吳推官道：「……他的正妻，堂翁說他姓薛。他的姓是隨時改的：到的時候姓薛，不多時改了姓潘，認做了潘丞相的女兒，潘公子的姊妹；如今又不姓潘，改了姓諸葛，認了諸葛武侯的後代。」太守笑道：「吳老寅翁慣會取笑，一定又有笑話了。」吳推官笑道：「不是潘公子的姊妹，如何使得好棒椎，六百下打得狄經歷一月不起？他還嫌這棒椎不利害，又學了諸葛亮的火攻，燒了狄經歷片衣不掛！」太守合軍糧二廳一齊驚詫道：「只道是他自己錯誤，被了湯火，怎麼是被婦人燒的？見教一見教，倒也廣一廣異聞。」吳推官道：「滿滿的一熨斗火，提了後邊的衣領，盡數傾將

〔註 2〕 傅增湘：《藏園群書經眼錄》卷一二《集部一》「李商隱詩集」條：「當爲明嘉靖時刊本。書爲（嘉靖時人）項子京舊藏，子京有手識一條，云得此書值四兩。」中華書局，1983 年版，第 1093 頁。明代錢希言《桐薪》卷三記載，武宗正德時期《金統殘唐記》「肆中一部售五十金」。

下去。那時正穿著吉服，要伺候與童寅翁拜壽，一時間衣帶又促急脫不下，把個脊樑盡著叫他燒，燒的比『藤甲軍』可憐多著哩。」

從這段話可知，西周生十分熟讀通俗小說和戲曲，引文中就用了《三國演義》和《鸚鵡記》中的故事。其實不止如此，像《西遊記》《水滸傳》《金瓶梅》等長篇通俗小說，西周生都引用自如。如第三回中，珍哥把自己右手在鼻子間從下往上一推，咻的一聲，又隨即嘔了一口，說道：「這可是西門慶家潘金蓮說的，『三條腿的蟾希罕，兩條腿的騷扶老婆要千取萬。』倒仗賴他過日子哩！」再如小說中關於顧大嫂、林沖、武松、盧俊義等的敘說，證明了西周生對《水滸傳》的諳熟。至於《西遊記》，從第二十回寫那打搶的十四個婆娘時「分明被孫行者從翠微宮趕出一群妖怪，又恰像傳羅卜在餓鬼獄走脫滿陣冤魂」的描述，第三十三回中關於「若是那相處的官蹭蹭一蹭蹭，這便是孫行者隱在火焰山，大家俱著」的敘述，第三十五回中「若把這樣北人換他到南方去，叫那南方的先生像弄猢猻一般的教導，你想，這夥異人豈不個個都是孫行者七十二變化的神通」的反問等都可以看出小說作者對《西遊記》的熟悉。

西周生對戲曲也很熟悉，在行文中對於戲曲的引用如行雲流水般順暢、自然，體現了他對戲曲的酷愛和熟悉，如「昭君出塞」、「孟日紅破賊」等（第10頁）的信筆拈來，如計氏「按不住放聲哭出一個『《汨羅江》暗帶《巴山虎》』來」的戲說（第 33 頁），如「晁大舍那時的光景通像任伯高在玉門關與班仲升交代一般」的刻畫（第36頁），如對陳妙常、華胥城、柳州城咬臍郎等（第17頁）引用的心照不宣等都是。

3、隱字式歇後語的編撰，體現了西周生的文人趣味。這一類歇後語具有書生氣、學究氣，純似啞謎，只有文人喜歡這樣的玩意，以之為娛樂。

歇後語一般短小、風趣、形象，它由前後兩部分組成：前一部分起「引子」作用，像謎語，後一部分起「後襯」的作用，像謎底。如「張天師抄了手——沒法可使了。」（第8頁）歇後語具有濃郁的生活氣息，幽默風趣，耐人尋味，為廣大民眾所喜聞樂見。古代的歇後語雖然很少見於文字記載，但在民間流傳卻廣為流傳，具有鮮明的俚俗性。

但還有一類歇後語，把一句成語的末一個字省去不說，也叫「縮腳語」，這一類為文人墨客所喜愛，富有文人氣，如《醒世姻緣傳》中的「七人八」（隱了「小」字）（第21頁）、「十生九」（隱了「死」字）（第25頁）、「秋胡戲」

（隱了「妻」字）（第 26 頁）、「忠則盡」（隱了「命」字）（第 26 頁）、「重皮惹」（隱了「揖」字）（第 346 頁）等等。有一些隱字式歇後語甚至是文人也未必能夠理解，如「重皮惹揖」等。讓不讀書的人閱讀此等歇後語，可謂是「莊家老兒讀祭文——難」。

4、拆字法的使用。拆字法也稱作字形分拆，或增損離合法。它利用漢字可以分析拆拼的特點，對謎面或謎底的文字形狀、筆劃、部首、偏旁進行增損變化或離合歸納，使原來的字形發生變化，從而表達含蓄的意義。

《醒世姻緣傳》中的詼諧有的來自拆字法，如第四十二回「妖狐假惡鬼行兇，鄉約報村農援例」中講到監生的處境：「凡遇地方有甚上司經過，就向他請幃屏、借桌椅、借古董、借鋪蓋，借的不了。借了有還，已是支不住的；說雖借，其實都是馬扁。」（第 620 頁）這裡將「騙」字拆為「馬扁」。再如第八十一回「兩公差憤抱不平，狄希陳代投訴狀」中，差人惠希仁對童奶奶說「狄爺姓林，木木的，和他說不的話」（第 1156 頁），這裡惠希仁就將「林」字拆為兩個「木」，形容狄希陳口拙。第八十六回呂祥拐走薛素姐的騾子，作者套用了杜牧的唐詩曰：「一騎紅塵廚子笑，無人知是貝戎來」，其中「賊」以「貝戎」而表達，使讀者看到這裡就會心一笑。如此等等，用的都是拆字法。

5、諧音之趣。諧音是利用漢字同音或近音的條件，用同音字或近音字代替本子從而取得辭趣的一種修辭。諧音構詞能讓語言詼諧、幽默，充滿活力或言外之意。我們熟知的諧音大多是用於姓名，如《醒世姻緣傳》第六十二回中，寫那「郎德新」賣其女兒之不仁不義，實乃「狼的心」：

那新夫人的爹叫是郎德新，母親暴氏，一齊說道：「你們要尋烏大王，與我女兒同去。如烏大王尚在，還把女兒送了與他，這六十兩財禮，是不必提了；如沒有了烏大王，等我另自嫁了女兒，接了財禮，盡多盡少，任憑你們拿去，千萬不可逼我賠你們的銀子。」又是那幾個老人家，一個叫是任通，一個叫是曾學禮，一個叫是倪於仕，三個都說那新夫人父母的不是，說道：「你收了六十兩銀子，賣那女兒，你原也不是人了。幸得你女兒不曾被烏大王拿得去，你該千歡萬喜才是。你倒狠命的還要把女兒送到妖精手裏，你也不叫是郎德新，你真是『狼的心』了！」

除了「郎德新」是「狼的心」之諧音外，學匪「汪為露」其實是「枉為儒」之諧音；晁無宴中「無宴」其實是「無厭」的諧音；晁思才是「超思財」

的諧音。此等文字遊戲，顯係出自文人之手。《金瓶梅》《紅樓夢》等書的作者就都用過此等敘事技法。市井中的說書藝人，一般卻是不這樣做。

6、對前人詩歌進行套用，調侃世態，以生成詼諧之趣。此等剝皮詩，為文人所酷愛，因為它一方面能夠體現作者的博學，另一方面又滿足了自己打趣他人的心態。

在《醒世姻緣傳》第四回「童山人脅肩諂笑，施珍哥縱慾崩胎」中，當李成名發現蕭北川病酒難醒，要先到家回聲話，免得主人晁大舍心焦，這時「蕭婆子隨套唐詩兩句道：『他醉欲眠君且去，明朝有意帶錢來。』」（第47頁）蕭婆子以家庭主婦，何以來得士人之口吻，這似乎是玩弄文人之諧謔有點過了，即不是什麼人有什麼聲口，語言似乎不符合人物的身份。

其他文人詼諧不勝枚舉，如吳推官說：「陽消陰長的世道，君子怕小人，活人怕死鬼，丈夫怎得不怕老婆？」這裡的思維方式是陰陽思維，是當時士人所學習的哲學思想，也是文人世代所接受的「道」。再如晁大舍的奴才晁住與晁大舍的小妾珍哥通姦，小說的行文是「晁住受了晁大官人這等厚恩……所以狠命苦掙了些錢，買了一頂翠綠鸚哥色的萬字頭巾」，又在頭巾上「銷得轉枝蓮，煞也好看，把與晁大官人戴」。「轉枝蓮」、「綠頭巾」的這兩種委婉表達，也是帶有濃郁的文人色彩。再如「一個說得天垂寶像烏頭白，一個說得地湧金蓮馬角牛」，其中的「烏頭白」、「馬角牛」等極具文人掉書袋之氣（第259頁）。

三、個性與學識

詼諧風趣是人之性情，這個強求不得；然而風格由於學識之差異卻也大有不同：既有俚俗的下里巴人的噱頭，也有掉書袋的陽春白雪的莞爾；既有雅趣，又有俗謔；……從小說的行文來看，西周生學識淵博，尤其是對儒家的一些經典爛熟於心；而其性格又是詼諧風趣的，因此小說文本中除了俚俗的詼諧幽默之外，最為鮮明獨特的就是還具有文人的詼諧，而文人的詼諧是建立在知識面廣博的基礎之上的。

《醒世姻緣傳》字裏行間不是沒有俚俗的詼諧，譬如魏三封逼其丈人立下退婚文書，文詞如同打油詩；薛素姐請趙先代寫的狀辭，也是如同順口溜；小說《凡例》中云「本傳敲律填詞，意專膚淺，不欲使田夫、閨媛懵矣而牆，讀者無爭笑其打油之語」，而每一回的開篇大多是「打油之語」。這是作者有

意為之。這裡著重指出除此之外還有文人的掉書袋式的詼諧，目的是強調西周生詼諧個性基礎上的博學，尤其是從四書五經而來的才氣——小說雖然以佛家的果報作為結撰的架構，然而字裏行間可感知西周生骨子裏的儒家理念——從而指出這部小說中的詼諧的特色實乃文人的詼諧。

《醒世姻緣傳》這部小說中的詼諧與《西遊記》中的詼諧作一比較，其間的區別是不言而喻的。世德堂本《西遊記》中陳元之序就曾贊其為「意近滑稽之雄」，如第七十五回「心猿鑽透陰陽竅，魔王還歸大道眞」中，老魔王活吞了孫悟空，後又想讓他出來，悟空卻說：「如今秋涼，我還穿個單直裰。這肚裏倒暖，又不透風，等我住過多才出來。」魔王聽了對小妖說：「一多不吃飯，就餓殺那弼馬溫！」悟空卻說自己帶了個折迭鍋兒進來，要煮「雜碎」吃，「將你這裡邊的肝、腸、肚、肺，細細兒受用，還夠盤纏到清明哩！」老魔聽了驚嚇不已。《西遊記》的語言，幽默風趣，很是搞笑，不乏遊戲筆墨，諷刺世態炎涼，調侃揶揄人情世故，本質上是狂歡文化的廣場語言，具有市井特色，打上了深深的民間烙印。

以博學文采而論，目不識丁的農家婦女即使是說個笑話或行個酒令，肯定不及士大夫或者說讀書人那樣咬文嚼字，而是具有農家本色，如《紅樓夢》第四十回「史太君兩宴大觀園，金鴛鴦三宣牙牌令」中的行令，鴛鴦笑道：「左邊『四四』是個人。」劉姥姥聽了，想了半日，說道：「是個莊家人罷。」眾人鬨堂笑了。賈母笑道：「說的好，就是這樣說。」劉姥姥也笑道：「我們莊家人，不過是現成的本色，眾位別笑。」鴛鴦道：「中間『三四』綠配紅。」劉姥姥道：「大火燒了毛毛蟲。」眾人笑道：「這是有的，還說你的本色。」鴛鴦道：「右邊『麼四』眞好看。」劉姥姥道：「一個蘿蔔一頭蒜。」眾人又笑了。鴛鴦笑道：「湊成便是一枝花。」劉姥姥兩隻手比著，說道：「花兒落了結個大倭瓜。」劉姥姥言談風趣，頗為詼諧，但這一詼諧是通俗的、樸素的和本色的，骨子裏是俚俗的，與西周生不時地掉書袋的詼諧有雅俗之別。

從《醒世姻緣傳》的文本可知，西周生有較強的儒家正統觀念，對禮、孝、節儉、正直、公廉等儒家價值觀念十分推崇，對儒家設計的禮樂社會十分向往，小說的敘事結構雖然是套用了佛教的因果報應，但通篇來看，儒家的禮樂文化還是佔了主流，即使是筆名「西周生」都是如此。西周生對儒家經典爛熟於心，如小說中「下愚不移的心性」（第五十回）中的「下愚不移」出自《論語》，諸如此類的行文，字裏行間都感覺得到小說作者對儒家經典的

認可和諳熟。

結　語

綜上所述，《醒世姻緣傳》的詼諧是文人的詼諧，而從這一特點可推知西周生性情幽默風趣、博覽群書、閱歷頗廣、愛好廣泛、喜歡小說戲曲，但骨子裏依然是儒生本色，因爲他諳熟於儒家之四書五經，頗懂得時文制藝，向往於西周之禮樂文明，從而其詼諧頗具書生之底色，這對於探討西周生究竟是何人應有所助益。

（原載《現代語文》2010 年第 11 期）

《聊齋誌異·牧豎》的哲學詮釋學解讀

　　《聊齋誌異》中《牧豎》這篇文章提供了一個很有意義而又值得進一步分析的文學現象，即作者對故事本身的理解與讀者對於故事寓意的解讀之間究竟是一種什麼關係？作者意圖的透露對於讀者的理解產生什麼影響？讀者此在性的解讀有何合理之處，又有何值得注意的地方？

　　一個故事本身可以有多種合乎邏輯、合情合理的解釋，這取決於讀者的前視域與故事本文視域的視野融合。蒲松齡從《牧豎》這個故事所聯想到的僅僅是故事多層面中的一種文學意義，它還有其它多種合理性的解讀。這一現象讓我們反思傳統認識論基礎之上的探求作者原意的解讀方法的局限性、本體論此在性解讀的合理之處及其缺陷。

　　本文試圖以《牧豎》為例，對這一文學現象進行分析，嘗試著運用加達默爾哲學詮釋學的思想對小說文本進行一種新的解讀，並探求這種解讀方法的優勢以及需要注意的問題。

　　《牧豎》這篇文章很短，為了更清楚地進行分析說明，特將原文抄錄如下：

> 　　兩牧豎入山至狼穴，穴有小狼二，謀分捉之。各登一樹，相去數十步。少頃大狼至，入穴失子，意甚倉皇。豎於樹上扭小狼蹄耳故令嗥；大狼聞聲仰視，怒奔樹下，號且爬抓。其一豎又在彼樹致小狼鳴急；狼輟聲四顧，始望見之，乃捨此趨彼，跑號如前狀。前樹又鳴，又轉奔之。口無停聲，足無停趾，數十往復，奔漸遲，聲漸弱；既而奄奄僵臥，久之不動。豎下視之，氣已絕矣。

> 　　今有豪強子，怒目按劍，若將搏噬；為所怒者，乃闔扇去。豪

力盡聲嘶，更無敵者，豈不暢然自雄？不知此禽獸之威，人故弄之以為戲耳。〔註1〕

一、傳統認識論基礎之上的解讀

美國文藝理論家赫施（E.D. Hirsch）是傳統認識論的守夜人。他說：「我們應該尊重原意，將它視為最好的意義，即最合理的解釋標準。」〔註2〕他認為只有作者的原意才是決定理解文本是否正確的關鍵。古今中外的文學接受史和文學作品詮釋的實踐已經證明並將繼續證明，作者的原意決不是這部文學作品的「最好的意義」，也不是「最合理的解釋標準」。赫施所追求的「客觀有效性」是他自己先驗的、主觀的一種假設。「赫希（按：即赫施，Hirsch 的音譯之一）對作者原意的追求是很難實現的」〔註3〕，在實際的閱讀實踐中，讀者往往將自己的理解當作了作者原意而排斥其它理解的真理性。赫施這位自稱「試圖在胡塞爾的認識論和索緒爾的語言學中為狄爾泰的某些解釋原理尋找依據」的學者，為了追求詮釋的客觀性而將「推測作者的原意是什麼」作為「解釋的基本問題」，引起了學術界的更大爭議。阿諾德·豪澤爾（Arnold Hauser）就認為作者的意圖「不那麼容易找到，有時連作者本人也不知道自己的意圖是什麼。」這是一個實際存在的問題。

按照傳統認識論基礎之上的對於文學作品的解讀方法，即以探求、把握作者原意為正確詮釋的認識論方法，《牧豎》的創作意圖是顯而易見的，蒲松齡在文章的末尾很清楚地表達了他自己的看法：豪強子發怒如同喪失幼崽的母狼，窮凶敗急，不過是禽獸之威，人們甚至可以「故弄之以為戲耳」。

然而，讀者如果不局限於作者篇末的評論，從自己的閱讀情境出發，解讀出的不僅僅是作者對於故事的理解、感慨或諷刺，因為蒲松齡的感慨與那個故事的寓意之間並不存在著必然的邏輯性。母狼之死與豪強子之怒沒有內在的本質的必然聯繫。母狼為了解救狼崽而咆哮、「怒奔樹下，號且爬抓」與豪強子的發怒只有形相的相似性，從母狼的行為推理不出豪強子發怒就是禽獸之威。

勞倫斯說過，「永遠不要相信講故事的人，要相信故事」。〔註4〕讀者完全

〔註1〕 蒲松齡：《聊齋誌異》，任篤行輯校，齊魯書社，2000 年版，第 1768 頁。
〔註2〕 王岳川：《現象學與解釋學文論》，山東教育出版社，1999 年版，第 250 頁。
〔註3〕 王岳川：《現象學與解釋學文論》，山東教育出版社，1999 年版，第 264 頁。
〔註4〕 蘇珊·桑塔格：《反對闡釋》，程巍譯，上海譯文出版社，2003 年版，第 12

可以單獨對《牧豎》之中的故事進行自己的理解和解釋，並不一定局限於「講故事的人」的主觀創作意圖。克拉頓尼烏斯說過，「完善地理解一位作者和完善地理解一次講話或一篇著作並不是同一回事。理解一本書的標準決不是知道它的作者的意思。」〔註5〕安貝托‧艾柯，這位意大利著名的作家兼理論評論家，從他自己切身的寫作實踐和詮釋經驗出發，在《詮釋與過度詮釋》中主張「必須尊重文本，而不是實際生活中的作者本人」，他認為作者本來的寫作意圖「非常難以發現，且常常與文本的詮釋無關」。法國作家米蘭‧昆德拉在《小說的藝術》中也強烈反對那種片面地關注小說作者的做法，他認為讀者關注的是小說的文本，而不是作者。這個觀點是完全正確的。錢鍾書曾經說過，「假如你吃了個雞蛋覺得不錯，何必認識那下蛋的母雞呢？」作者一旦完成了這件藝術品，他也成為了讀者中的一員，且未必是最好的讀者。如果蒲松齡在文章的末尾沒有點明他從這個故事引發的評論，那麼對它文學意義的解讀將不會受到作者創作意圖的限制，其意義從而是更加豐富多彩的。作者一旦在文末點明了自己的寫作意圖或主觀看法，就把故事寓意或文本文學意義的豐富性僅僅局限在了一種解讀即只是對作者意圖的認知、把握之上，傳統的這種探求作者原意的方法，無疑限制了文本中故事解讀的多元性，因為任何解讀都是「此在」的解讀。

傳統的認識論受自然科學客觀性研究模式的影響，把歷史的客觀性理解為歷史事實的本來面目，要求敘事具有客觀性。客觀主義、實證主義史學家相信，「有一種獨立於人們意識之外的客觀歷史事實或歷史規律等待人們去發現」〔註6〕。可是，後人對於歷史的理解，都是借助於帶有作者主觀性或主流意識形態或權力話語的歷史「文本」，運用解釋者自己的前見解通過想像虛構對過去發生的事件進行重認和重構。在這一過程之中怎麼能夠保證只有歷史事實的客觀性而沒有創作者和解釋者的主觀性呢？

對於「客觀性」的追求，是傳統認識論「主體——客體二分」領域裏面討論的問題。可是，「實在論者們確實忘記了，他們搜集到的材料非礦石、昆蟲標本等自然物質，相反上是些人類文化的遺存，其中貫注了人的思想。人們如果像實在論歷史學家那樣太樂觀，認為自己能憑藉有限的材料完全理解

頁。

〔註5〕 加達默爾：《眞理與方法》，洪漢鼎譯，上海譯文出版社，2004 年版，第 238 頁。

〔註6〕 陳新：《西方歷史敘述學》，社會科學文獻出版社，2005 年版，第 78 頁。

某個事件或某人的思想，那樣當然會認爲自己有機會恢復歷史的原貌。可日常生活中的情形已經告訴我們，這只能是一種夢想」。〔註7〕

在人文精神科學領域，模仿自然科學的方法論進行研究確實是削足適履的行爲，自然科學中的客觀性和科學性，是不盡符合人文社會科學研究的特點的。就以歷史學而論，「每位歷史活動的參與者和歷史敘述者都具有不同的歷史性，而歷史敘述的接受者同樣具有各自的歷史性的。這樣就造成對同一歷史的認識多樣性。」〔註8〕對於文學作品的詮釋而言，又何嘗不是這樣呢？

自從十七世紀歐洲啓蒙運動以來，出於對理性主義的迷信，人文科學研究模式就開始了對自然科學研究範式的亦步亦趨。然而，「方法論時代其實也就是科學氾濫和科學控制加劇的時代。這種科學控制意識甚至由對自然的主宰而變成了主宰人的生活的東西。這便是使人異化的原因」。〔註9〕所謂的在人文藝術上的「主體——客體二分」就是人爲的分裂，是「完全受自然科學的模式所支配」的產物，是混淆自然科學與人文科學之間本質區別的一種拙劣模仿。這種模仿完全忽視了文學作爲一種藝術的本質屬性即情感性，從主觀性的情感世界裏去尋覓自然科學視域裏的客觀性。這種模仿也忽視了人文科學、社會科學和自然科學之間的內在區分。

既然人文科學、社會科學與自然科學具有內在本質的區分，那麼研究方法也應該相應的有所不同，每一門科學都應該採用適合於自己學科本身的研究方法。「從早期德國社會理論傳統的學者，以至 20 世紀 90 年代的非實證社會學家，都在不同程度上認爲社會研究和自然科學研究最大不同之處，是前者涉及研究者的演繹理解（interpretive understanding）。那是說研究者在理解社會現象時，必然要從研究者的角度去演繹，因爲社會現象主要由『文化意義』（cultural meaing）或價值系統（value system）構成，要瞭解或把握這些意義，是不能單純用自然科學模式的觀察（observation），一定要加入研究者的演繹。」〔註10〕

加達默爾說：「我曾把對於我們時代中爲認識論所支配的唯心主義與方法

〔註7〕 陳新：《西方歷史敘述學》，社會科學文獻出版社，2005 年版，第 268 頁。
〔註8〕 李勇：《歷史學科學性之我見》，《天府新論》2001 年第 2 期。
〔註9〕 嚴平：《走向解釋學的真理——加達默爾哲學述評》，東方出版社，1998 年版。
〔註10〕 阮新邦：《批判詮釋與知識重建：哈伯瑪斯視野下的社會研究》，社會科學文獻出版社，1999 年版，第 109 頁。

論主義的批判作爲我的出發點。特別是，海德格爾將理解的概念擴展到有關存在的、亦即對人的存在的基本範疇的規定，這一點，對我有特別的重要性。這促使我批判地超越方法的討論而擴展對解釋學問題的闡述，以便使它不僅考慮科學，同時也考慮藝術和歷史的經驗。」〔註 11〕那麼，哲學詮釋學是如何解讀文學藝術作品的呢？

二、哲學詮釋學的解讀

哲學詮釋學對文學藝術作品的解讀，是根於本體論的對文學意義的理解和闡釋。

按照本體論的觀點，「歷史不再是作爲一種封閉、靜止的過去存在，而是由於研究者的參與成爲向將來敞開的存在。」〔註 12〕加達默爾認爲，「眞正的歷史對象根本就不是對象，而是這種自身與他者的統一，是一種關係，在這種關係中同時存在著歷史的眞實性以及歷史理解的眞實性。一種名副其實的解釋學必須在理解本身中顯示歷史的眞實性。因此，我把需要的這樣一種東西稱之爲『效果歷史』。理解按其本質乃是一種效果歷史事件。」〔註 13〕

建立在本體論基礎之上的哲學詮釋學認爲「閱讀根本不是能同原文進行比較的再現。」「一切閱讀都會越出僵死的詞跡而達到所說的意義本身，所以閱讀既不是返回到人們理解爲靈魂過程或表達事件的原本的創造過程，也不會把所指內容理解得完全不同於僵死的詞跡出發的理解。這就說明：當某人理解他者所說的內容時，這並不僅僅是一種意指（Giementes），而是一種參與（Geteiltes）、一種共同的活動（Gemeinsames）。」〔註 14〕也就是說，對文學作品的詮釋既不是單純的對於作者寫作意圖的把握，也不是漫無邊際地隨意地主觀闡發，而是讀者參與進理解文本的過程之中，前理解與文本共同的視域融合所產生的意義才是一個整體的解釋。對文學文本的詮釋既不是主觀的，也不是客觀的，它是此在的理解、一種視域融合，本質上是一種參與、

〔註11〕 加達默爾：《文本與解釋》，《加達默爾集》，上海遠東出版社，1997 年版，第
50 頁。
〔註12〕 陳新：《西方歷史敍述學》，社會科學文獻出版社，2005 年版，第 131 頁。
〔註13〕 〔德〕漢斯‧格奧爾格‧加達默爾：《眞理與方法──哲學詮釋學的基本特徵》，
洪漢鼎譯，上海譯文出版社，2004 年版，第 283 頁。
〔註14〕 〔德〕漢斯‧格奧爾格‧加達默爾：《眞理與方法──哲學詮釋學的基本特徵》，
洪漢鼎譯，上海譯文出版社，2004 年版，第 659～660 頁。

一種共同的活動、一種文本與當下理解的關係。這一關係就是加達默爾在《歷史客觀主義或實證主義之批判》中說的：「不管形式分析和其他的語文學方法對我們有多大的幫助，真正的詮釋學基礎卻是我們自己同實際問題的關係。」〔註 15〕

　　如何進行理解？「加達默爾認定理解本身是一種歷史的行為，由此也是與現在相連的；談說客觀上有效的解說是天真樸素的，因為這樣就假定了從歷史之外的某個立場去理解歷史是可能的」。〔註 16〕就以《牧豎》而論，蒲松齡對於其中故事的理解，就是包含了他當時社會現實的「當下性」的解釋，即「刺貪刺虐入木三分」的發憤之作。可是在當代，具體的歷史情境已經發生了改變，雖然社會不公平仍然存在，但是人們一般不會從那個故事直接想到對於豪強子的反感、厭惡或諷刺，而是極大可能由於當代的人文思想的薰陶而從動物的母愛這一角度反思人類的「舐犢之情」。當前便有讀者從人性論的角度，對同一個故事進行解讀，得出與小說作者迥然不同的理解與解釋。狼，作為兇殘狠毒的動物，為了狼崽而「口無停聲，足無停趾，數十往復」直至絕氣，這種母愛是何等得殷切，以至於有的讀者稱之為「悲壯的母愛」〔註 17〕，母狼出於對狼崽的摯愛，為了狼崽奔跑至死不僅不是被譴責的對象，而是成為了應該讚歎的對象。有的讀者則體認到了其中的「生命意識的尷尬」，人們對生命平等意識的漠視令人尷尬，母狼與牧豎究竟誰的人性多一些，誰的獸性多一些？

　　另外，就故事本身的解讀而言，即使在中國古代，古人對於這個故事也因為閱讀視角、人生閱歷、前理解等的不同而有不同的闡釋。例如，「但評」從牧童行為的角度分析認為「二豎亦頗有謀略」〔註 18〕，讚揚兩個牧童的聰明才智，這一詮釋角度就與作者蒲松齡的看法不同。但評對這個故事的理解，其角度著眼於牧童，而蒲松齡則是著眼於母狼的狼狽態度與豪強富兒的暴烈態度的相似性。理解的視角不同，於是其結論也就有所不同。

　　「馮評」由這個故事認同了老子所說的「柔勝剛，弱勝強」〔註 19〕，並

〔註 15〕洪漢鼎：《理解與解釋》，東方出版社，2001 年版，第 221 頁。
〔註 16〕嚴平：《走向解釋學的真理——加達默爾哲學述評》，東方出版社，1998 年版，第 238 頁。
〔註 17〕錢耀忠：《悲壯的母愛》，《中學語文園地（初中）》2007 年第 5 期。
〔註 18〕蒲松齡：《聊齋誌異》，任篤行輯校，齊魯書社，2000 年版，第 1768 頁。
〔註 19〕蒲松齡：《聊齋誌異》，任篤行輯校，齊魯書社，2000 年版，第 1768 頁。

以勾踐打敗夫差、劉邦戰勝項羽等歷史事實為例證明他的詮釋。馮評對這個故事的理解，著眼於幼弱的牧童在兇殘的母狼面前勇敢、有謀略，搶去了幼崽，把母狼逼瘋急死，從而體現了「柔弱勝過剛強」的辯證道理。這一點與蒲松齡的著眼點也是截然不同的。

「何評」詮釋的角度與作者的相似，都是從母狼咆哮著眼，但是結論卻不完全相同，蒲松齡是諷刺豪強子的禽獸之威、暴躁之態，而「何評」則是認為母狼咆哮以至於斃命，「其故可思」〔註20〕等等。

連環畫《聊齋誌異‧牧豎》上的題寫，從母子情深的角度讚美了老狼的母親之愛、舐犢之情。這是著眼於母子關係產生的理解，也是合情合理的。這也是從故事本身、從小說文本得出的合乎邏輯的解讀。然而，這個結論卻是與作者蒲松齡的感慨有很大的差別。

以上種種詮釋，就事實地說明了小說文本的意義遠遠大於作者的寫作意圖，故事本身的寓意具有開放性，不同的讀者由於人生閱歷不同，感悟不同，前見不同，從而對同一個故事的理解也是不同的。按照科學的歷史主義的詮釋原則，聯繫作者生活的社會現實，想想當時狼給人類造成的危害，就會理解作者對於欺壓百姓的豪強子以及母狼的熱辣諷刺是何等得快意。可是，不能認為這是惟一正確的客觀的解讀，就否定其它的「此在性」解讀的合理性。

「對於過去的文學研究，詮釋的當代性，應當是用當代的理論觀念進行觀照，作出當代的詮釋，提供出新的理解、認識。」〔註21〕這就是說，理解的此在性解讀是一個客觀現實。由於此在的現實性，任何詮釋無不具有時代的烙印以及讀者個人的色彩。

如果以中國古代四大名著的詮釋歷史來看，這一點就更明顯了。例如在中國封建社會，統治階級及其御用文人都把《水滸傳》解讀為「誨盜之書」，必欲焚之而後快，甚至對小說作者進行了百般辱罵千般詛咒；然而有的文人如李贄則認為《水滸傳》是「忠義」之書；這兩種觀點都是封建社會倫理學視角之下從小說的文本出發所得出的理解和闡釋，可是其間的不同卻是霄壤之別，根本原因就在於他們的前見解是根本對立的，前理解對於人們的進一步理解具有何所向的導向性和決定性。「五四」新文化運動中，周作人把《水滸傳》、《三國演義》等都看作是「非人的文學」，這是由於其前見受了西方資

〔註20〕蒲松齡：《聊齋誌異》，任篤行輯校，齊魯書社，2000年版，第1768頁。
〔註21〕袁世碩：《文學史與詮釋學》，《文史哲》2005年第4期，第41頁。

產階級人學思想的影響。二十世紀五、六十年代，中國大陸將《水滸傳》解讀爲「農民起義的史詩」，也帶有濃郁的時代特色。七十年代，《水滸傳》被看作是反映了「投降主義」思想路線的反面教材，這與當時國內國際「防修反修」的歷史背景大有關係。新時期改革開放以來，對於「農民起義」說的質疑、以及「市民」說、「忠奸鬥爭」說、「游民」說等各種理解的爭鳴，以及指責「水滸好漢」濫殺無辜、歧視婦女等等，也不無當代的時代精神，都帶有濃厚的當下性和此在性。

其它三部小說名著也是如此，例如改革開放之初，政治上提倡重視人才，重視知識分子，人們對於《三國演義》主題思想的解讀就出現了「人才」說。可以想見，隨著時光的流逝，在不同的歷史情境之中，《三國演義》的意義解讀還會出現以前理解作爲何所向的闡釋。其實，所有這一些，都是「此在性」的解讀，不可能有讀者超出自身歷史性的理解和解釋。「一切解釋都必須受制於它所從屬的詮釋學境況」〔註22〕。「對意義的每一種理解都是從人的歷史情境中的前理論的給定性出發的有限的理解。」〔註23〕正因爲理解的有限性、此在性，所以有詮釋的多元性和豐富性。

對於外國文學作品文學意義的解讀同樣也有一個效果歷史的事實。以前，人們對於笛福《魯賓遜漂流記》的解讀，多是從資產階級冒險進取精神和啓蒙精神方面讚美稱揚這部小說。然而，隨著後殖民主義的出現，文學評論家又開始了質疑、反思這部小說何以贊同殖民、贊同販賣黑奴、肯定掠奪等社會問題了。這一新的理解，就與後殖民主義視角有關。毋庸置疑，隨著新思想、新視角、新理論的出現，人們對《魯賓遜漂流記》還會產生其它新的闡釋。同樣的道理，讀者對《聊齋誌異·牧豎》的理解也是如此。

「人們之所以對同一組作品會有不同的理解和解釋，正是因爲人的歷史性。因爲對藝術的理解總是包含著歷史中介。」隨著「此在」的歷史的進展，文學作品意義的解讀也是無限地豐富著、發展著和生成著。

三、如何正確解讀

加達默爾在 1986 年接受記者採訪的時候，曾經談到了他的哲學詮釋學的

〔註22〕〔德〕漢斯·格奧爾格·加達默爾：《真理與方法——哲學詮釋學的基本特徵》，洪漢鼎譯，上海譯文出版社，2004 年版，第 513 頁。
〔註23〕著重號爲原來所加。〔德〕漢斯—格奧爾格—加達默爾著：《哲學詮釋學》，夏鎮平、宋建平譯，上海譯文出版社，2004 年版「編者導言」第 42 頁。

本質和靈魂，他說：「我的解釋學的本質和靈魂就是：理解他人就是看到他們的立場的公正性和眞理性。……這種哲學將教會我們看到他人觀點的正當根據，並且因此而讓我們懷疑我們自己的觀點的正當性。」〔註24〕任何理論都是有其缺陷的，哲學詮釋學也不例外。哲學詮釋學一方面看到了「他人觀點的正當根據」，另一方面也爲相對主義留下了藉口。

哲學詮釋學不是方法論，而是一種哲學，人們可以利用這種思想來指導對文學作品的解讀，並能看到各種解讀的合理性，卻無法保證任何詮釋都是正確的理解。在如何防範和避免文學意義解讀過程中的誤解、曲解方面，方法論有其存在的價值和意義，因爲並不是所有對文學作品本文的理解和解釋都是符合文本意義的，很多解讀是偏頗的、不確切的，甚至是完全錯誤的。那麼，如何確保理解的準確性呢？安貝托·艾柯在《詮釋與過度詮釋》中提出了詮釋要在文本中保持連貫性的「整體性」原則〔註25〕，這是對相對主義的有效預防。袁世碩先生在《文學史與詮釋學》中根據馬克思主義原理而提出了「科學的歷史主義」〔註26〕詮釋原則，利用這 詮釋原則可以有效地保證在文學作品的詮釋過程中進行正確地解讀。

這也就是說，如果按照傳統認識論的解讀，《牧豎》只能遵循作者的原意解讀爲諷刺豪強子的禽獸之威、嘲笑那一類人的暴怒仕仕被人所愚弄，故事的文學意義則是單一的、封閉的和凝固的。如果按照哲學詮釋學的觀點，讀者由於他們前理解的各各不同從而會對《牧豎》有各各个同的闡釋，這些闡釋都是《牧豎》文學意義的存在方式。然而，我們在看到它們的合理存在之處的同時，也要反思它們是否是「過度詮釋」，也要反思它們是否是從小說的本文出發進行的闡釋，是否是從事件本身出發進行的詮釋，而堅決地反對主觀臆斷，反對讀者任意的前見強姦文本的本義。哲學詮釋學提倡一種視野融合，即讀者的前理解與文本本文進行視域融合。人們進行理解，要從事件本身出發，而不是從前見解出發。只有這樣，人們才能一方面保證文學意義的解讀的多元性，另一方面又庶幾避免過度詮釋或者錯誤的闡釋。

作者的寫作意圖僅僅是小說文本中故事寓意中的一種解讀。對於作者寫作意圖的把握是重要的，但最爲根本的還是一切從小說的本文出發進行解

〔註24〕 Gadamer, "The 1920s, 1930s, and the Present", in *Hans-Georg Gadamer on Education, Poetry, and History*, p.152.

〔註25〕 參見艾柯等：《詮釋與過度詮釋》，三聯書店，1997年版，第69頁。

〔註26〕 袁世碩：《文學史與詮釋學》，《文史哲》2005年第4期，第41頁。

讀。對於文學作品，在哲學詮釋學的視野之下進行解讀，由於讀者的前理解是多元的，前視域的視角是多角度的，視域融合的層面也是多方位的，其文學意義是豐富的，這部文學作品也從而得以存在。因爲只有「在理解中，一切陳述的意義（包括藝術陳述的意義和其他所有流傳物陳述的意義）才得以形成和完成」〔註27〕。但是，哲學詮釋學視野下的解讀，要注意利用「整體性」詮釋原則和「科學的歷史主義」詮釋原則，以避免錯誤的理解或牽強附會的曲解。

（原載《蒲松齡研究》2008 年第 4 期）

〔註27〕〔德〕漢斯・格奧爾格・加達默爾：《眞理與方法——哲學詮釋學的基本特徵》，洪漢鼎譯，上海譯文出版社，2004 年版，第 157 頁。

從前八十回與後四十回教育敘事的不同看《紅樓夢》的作者問題

引　言

　　《紅樓夢》〔註1〕的作者問題，是紅學中的一個重要問題，迄今仍然紛爭不已，如《基於計算機的詞頻統計研究——考證〈紅樓夢〉作者是否唯一》認爲「整部《紅樓夢》是同一作者所寫」〔註2〕等，從而表明這個問題在紅學界尚未達成共識，因而還有繼續探討的必要性。作者問題紛爭的一個原因是由於文獻資料不足徵，但是如果從小說文本的敘事出發，從內部考證這個問題，倒不失爲一條路徑。本文從《紅樓夢》前八十回與後四十回教育敘事的不同試論證小說的作者問題。

　　教育敘事，廣義而言，指的是文學作品中所有事關教育的敘事，包括衣食住行、人際禮儀、遊藝娛樂等方面的描述和敘述；狹義而言，它指的是本體論的教育敘事。這裡所談的《紅樓夢》中的教育敘事，主要是狹義上的教育敘事。

　　學者札拉嘎說：「《紅樓夢》是滿漢文化交融的偉大結晶。」〔註3〕正如《紅

〔註1〕　曹雪芹、高鶚：《紅樓夢》，人民文學出版社 1982 年版，本書所引《紅樓夢》原文皆出於此版本，不再另注。

〔註2〕　李國強、李瑞芳：《基於計算機的詞頻統計研究——考證〈紅樓夢〉作者是否唯一》，《瀋陽化工學院學報》2006 年第 4 期。

〔註3〕　札拉嘎：《滿漢文化交融的偉大結晶——〈紅樓夢〉》，《紅樓夢學刊》2003 年第 2 期。

樓夢》其他文化現象一樣，其教育敘事亦是非常複雜的，同樣體現了兩個民族文化的衝突、交融與互滲。下面簡略地以禮的教育爲例來看這個問題。

漢族的禮教，大家都極爲熟悉，這裡就不囉嗦了。而我們看滿族，不惟滿洲貴族重「禮」，普通旗人也都重視禮節，據《清稗類鈔・風俗類》云：「旗俗，家庭之間，禮節最繁重。」這一點在《紅樓夢》與《正紅旗下》中都觸目可見。至於文學史上所謂的《紅樓夢》反封建反禮教云云，其實不過是時代精神前有結構的產物，與文本敘事並不相符。賈府乃「世代詩書」、「詩禮簪纓之族」，因而其一舉手一投足間都講究禮節，如林黛玉初進賈府，「步步留心，時時在意」，唯恐失禮被人恥笑（第三回）。其實，從《紅樓夢》文本的敘事來看，賈寶玉並不是「封建禮教的叛逆者」，賈寶玉是很懂禮貌、很講禮節的。畢竟，賈府乃「鐘鳴鼎食之家、翰墨詩書之族」、「詩禮之家」（第二回）。

從教育敘事來看，《紅樓夢》固然也是滿漢文化交融之下的教育敘事，但前八十回與後四十回卻有著不同的傾向性，從而也證明了後四十回實乃補綴而成，而不是曹雪芹的原稿。何以言之？前八十回與後四十回中的教育敘事所反映的教育思想側重點是不同的：前八十回所體現的主要是滿洲府邸世家的「雜學旁收」的教育現象；而後四十回中的教育敘事，所體現的則主要是旗人士子科舉應試的教育現象。

一、《紅樓夢》前八十回中的教育敘事

周汝昌先生說：「不懂滿學，即看不懂《紅樓夢》——此看不懂者，至少是指不能全部看懂。」〔註4〕《紅樓夢》前八十回中的教育敘事，就具有鮮明的滿洲貴族的教育特色。這一特點，主要體現在如下幾個方面：

1、騎 射

滿族子弟不重科舉，但是滿族統治階級非常重視騎射的學習和練習。《滿文老檔》記載：「世宗繼位，恐子孫習染漢俗，屢諭毋忘祖宗舊制，衣女直衣，習女直語，時時練習騎射。」《八旗通志》記載：「八旗官學，每學額設滿洲助教二員，滿洲教習一人，漢教習四人，掌教滿洲、漢軍學生。蒙古助教一員，蒙古教習一人，掌教蒙古學生。弓箭教習一人，掌教合學學生騎射。」

〔註4〕 周汝昌：《滿學與紅學》，《滿族研究》1992 年第 1 期。

〔註5〕也就是說，騎射是滿族子弟學習的主要內容之一。康熙雖然被稱爲「理學皇帝」，但他依然強調「朕謹識祖宗家法，文武要並行，講肄騎射不可少廢」〔註6〕，以騎射爲重，並專門設立木蘭獵場行圍以練習之。

《紅樓夢》也反映了滿族的騎射文化，只不過是聲色犬馬富貴生活中的騎射文化（這反映出騎射在清中葉以後的逐漸衰落），即打著練習騎射爲旗號，聚集起來嫖賭玩樂，如第七十五回「開夜宴異兆發悲音，賞中秋新詞得佳讖」中，賈珍請了世家弟兄和富貴親友白日習射，晚間聚賭：

> 原來賈珍近因居喪，每不得遊頑曠蕩，又不得觀優聞樂作遣。無聊之極，便生了個破悶之法。日間以習射爲由，請了各世家弟兄及諸富貴親友來較射。因說：「白白的只管亂射，終無裨益，不但不能長進，而且壞了式樣，必須立個罰約，賭個利物，大家才有勉力之心。」因此在天香樓下箭道內立了鵠子，皆約定每日早飯後來射鵠子。賈珍不肯出名，便命賈蓉作局家。這些來的皆係世襲公子，人人家道豐富，且都在少年，正是鬥雞走狗，問柳評花的一干游蕩紈褲。因此大家議定，每日輪流作晚飯之主，——每日衆射，不便獨擾賈蓉一人之意。於是天天宰豬割羊，屠鵝戮鴨，好似臨潼鬥寶一般，都要賣弄自己家的好廚役好烹炮。不到半月工夫，賈赦賈政聽見這般，不知就裏，反說這才是正理，文既誤矣，武事當亦該習，況在武蔭之屬。兩處遂也命賈環、賈琮、寶玉、賈蘭等四人於飯後過來，跟著賈珍習射一回，方許回去。賈珍之志不在此，再過一二日便漸次以歇臂養力爲由，晚間或抹抹骨牌，賭個酒東而已，至後漸次至錢。如今三四月的光景，竟一日一日賭勝於射了，公然鬥葉擲骰，放頭開局，夜賭起來。

再如寄託著賈府未來希望的賈蘭，刻苦讀書之餘，平日裏也多曾練習騎射。例如第二十六回寫道：

> 寶玉無精打采的，只得依她，晃出了房門，在迴廊上調弄了一回雀兒，出至院外，順著沁芳溪看了一回金魚。只見那邊山坡上兩隻小鹿箭也似的跑來，寶玉不解其意。正自納悶，只見賈蘭在後面拿著一張小弓追了下來，一見寶玉在前面，便站住了，笑道：「二叔

〔註5〕〔清〕紀昀等：《欽定八旗通志》，吉林文史出版社2002年版，第1555頁。
〔註6〕《康熙起居注》（第2冊），中華書局1984年版，第1639頁。

叔在家裏呢，我只當出門去了。」寶玉道：「你又淘氣了。好好的射他作什麼？」賈蘭笑道：「這會子不念書，閒著作什麼？所以演習演習騎射。」寶玉道：「把牙栽了，那時才不演呢。」

從這段敘述可知，賈蘭與賈珍等人借著騎射的名義賭耍玩樂不一樣，他是真正練習騎射的，從他身上我們看到了滿族騎射文化的傳統。

2、不重科舉

啟功在《讀〈紅樓夢〉札記》中說：「書中也直接寫出了許多生活制度、人物服飾、器物形狀等等，特別是清代旗籍裏上層人物的家庭生活，更寫得逼真活現。」〔註7〕這句話中的「旗籍」、「上層人物」引起了我們特別的注意，從中可知《紅樓夢》所敘述的不是漢人士大夫家族的生活。

滿清一代，滿洲貴族，在政治上、經濟上和文化上都享有特權，並且不需要苦讀經書、通過科舉做官。震鈞在《天咫偶聞》中說：「八旗仕途較易，家計多優。」〔註8〕《兒女英雄傳》第三回寫道：「生為旗人不作官又作甚麼！」滿族除了通過侍衛、翻譯等途經被提拔重用，還有一種方式就是「筆帖式」。金啟孮說：「營房的最高首領翼長，是紅頂二品頂戴的大員，滿洲語稱為戈兒大（galaida），一般的說都是從筆帖式（bithesi）一步一步升上去的。」〔註9〕

在滿清一朝，滿族上自皇帝下至大兵，從總體上來看並不熱衷於科舉應試。例如，《嘯亭續錄》記載：「又公（傅明亮）入闈鄉試，純皇帝偶問傅文忠公曰：『汝家有與試者無？』文忠以公對。上曰：『世家子奚必與文士爭名？』因擢藍翎侍衛，命從征西域。」

《紅樓夢》所描述的賈府，並非士大夫文化的承載者，而是世襲的侯府，「它是清代最早的（滿洲）府邸世家興衰破敗的典型寫照」〔註10〕，因而賈府上下絕大多數都不重科舉，只有賈政「最喜讀書人」（第三回），並「自幼酷喜讀書，祖父最疼，原欲以科甲出身」——因為他是排行第二，官職被其兄賈赦世襲了，但是賈代善臨終時，皇上卻賜了賈政一個「主事之銜」（第二回），即不需科舉應試即能做官。這個特權，只有滿洲貴族才能享有。

然而第七十八回筆鋒一轉，道出了賈政的真實面目：「近日賈政年邁，名

〔註7〕 啟功：《啟功給你講紅樓》，中華書局2006年版，第8頁。

〔註8〕 〔清〕震鈞：《天咫偶聞》（卷十），北京古籍出版社1982年版，第128頁。

〔註9〕 金啟孮：《金啟孮談北京的滿族》，中華書局2009年版，第6頁。

〔註10〕 金啟孮：《金啟孮談北京的滿族》，中華書局2009年版，第175頁。

利大灰，然起初天性也是個詩酒放誕之人，因在子侄輩中，少不得規以正路。近見寶玉雖不讀書，竟頗能解此，細評起來，也還不算十分玷辱了祖宗。就思及祖宗們，各各亦皆如此，雖有深精舉業的，也不曾發跡過一個，看來此亦賈門之數。況母親溺愛，遂也不強以舉業逼他了。」其中的「祖宗們，各各亦皆如此」更是表明了滿族貴族對科舉制度的普遍看法。

《紅樓夢》第七十五回「開夜宴異兆發悲音，賞中秋新詞得佳讖」中，賈寶玉、賈蘭、賈環等各作了一首詩，賈政看了賈環作的詩中有不樂讀書之意，心中不悅。但是，賈赦乃要詩瞧了一遍，連聲贊好，道：「這詩據我看甚是有骨氣。想來咱們這樣人家，原不比那起寒酸，定要『雪窗熒火』，一日蟾宮折桂，方得揚眉吐氣。咱們的子弟都原該讀些書，不過比別人略明白些，可以做得官時，就跑不了一個官的。何必多費了工夫，反弄出書呆子來。所以我愛他這詩，竟不失咱們侯門的氣概。」因回頭吩咐人去取了自己的許多玩物來賞賜與他。因又拍著賈環的頭，笑道：「以後就這麼做去，方是咱們的口氣，將來這世襲的前程，定跑不了你襲呢。」

賈府中少有人讀書，例如賈珍，正如第二回冷子興所言，「這珍爺那裡肯讀書，只一味高樂不了」。賈寶玉也「不喜讀（經）書」，並稱那些熱衷仕途經濟、走科舉做官道路的讀書人都是「國賊」、「祿蠹」（第十九回）等。賈環也不喜歡讀書，被賈政稱他與賈寶玉為難兄難弟。賈府中雖然有私塾，但賈家子弟何曾苦讀經書來？

在《紅樓夢》前八十回中，賈寶玉看不起科舉考試，並不是文學史上所謂的他有反封建的思想，而是由其生活在滿洲府邸世家的家境中造成的。「世家子弟必與文士爭名？」這是滿洲貴族普遍的想法。不僅滿洲貴族看科舉考試不起，就是營房中的兵戶也看不起科舉考試，因為他們是鐵杆子莊稼，不需要走寒窗苦讀經書這條路就能夠衣食無憂，甚至仕途通達，因而滿清二百六十七年間只有一小部分旗人應試選舉。

3、旁學雜收

劉禺生《世載堂雜憶》云：「當科舉盛行之時，其他詩文謂之『雜學』。」根據滿族學者金啓孮的考察，滿族「營房中的書籍絕少，當兵的人家多半沒有書。做官的人家也沒有什麼藏書家」〔註11〕。但由於滿族尤其是其貴族是一個有權有勢又有閒的階層，因而他們的興趣非常廣泛，其學問是旁學雜收

〔註11〕金啓孮：《金啓孮談北京的滿族》，中華書局 2009 年版，第 36 頁。

的學問。

《紅樓夢》中有一副對聯的上聯云「世事洞明皆學問」，這恐怕也是滿洲貴族子弟的追求，他們不用寒窗苦讀經書，從而將其精力、時間用於「世事洞明」、「人情練達」上，從而養成了「旁學雜收」的學風。

《紅樓夢》第七十八回「老學士閒徵姽嫿詞，癡公子杜撰芙蓉誄」寫道：「說話間，賈環叔侄亦到。賈政命他們看了題目。他兩個雖能詩，較腹中之虛實，雖也去寶玉不遠，但第一件，他兩個終是別途，若論舉業一道，似高過寶玉，若論雜學，則遠不能及；第二件他二人才思滯鈍，不及寶玉空靈娟逸，每作詩亦如八股之法，未免拘板庸澀。那寶玉雖不算是個讀書人，然虧他天性聰敏，且素喜好些雜書⋯⋯」

從小說文本的敘事來看，當賈母問黛玉念過何書時，黛玉道：「只剛念了《四書》。」黛玉又問姊妹們讀何書。賈母道：「讀的是什麼書，不過是認得兩個字，不是睜眼的瞎子罷了！」（第三回）賈母顯然有「女子無才便有德」的偏見，因而說出如上的謙詞，但從小說後面的敘述可知，姊妹們也是「旁學雜收」的。從大觀園姊妹們製燈謎來看，她們也大多讀過《四書》；而從薛寶釵對林黛玉的勸誡來看，她讀書也是頗雜，似乎無書不讀。學習的途徑似乎主要是自學，林黛玉自從賈雨村開蒙後就未見上過學，但是收藏有「許多書籍」（第十六回）；尤其是在詩詞上頗有造詣。從林黛玉居室中「書架上放著滿滿的書」來看，林黛玉讀書頗多（第四十回）；從薛寶釵跟林黛玉談心中提到的《西廂》、《琵琶》、元人百種等來看，薛寶釵也是博覽群書的（第四十二回）；賈寶玉更是雜學旁收，他的毛筆字寫得不錯（第八回、第二十九回）；從賈寶玉撰寫大觀園景觀的對聯及其相關問答而言，賈寶玉植物學的知識也很廣博（第十七回）；⋯⋯從中可知，府邸世家子弟由於不用寒窗苦讀，隨興趣所至，其受教育的方式是旁學雜收，琴棋書畫、園林醫學、燈謎風箏等無所不學，亦無所不懂，具有百科全書式的廣博知識。

曹雪芹的學問就是旁學雜收的，因而《紅樓夢》猶如一部百科全書，正如王希廉在《紅樓夢總評》中所言，「一部書中，翰墨則詩詞歌賦、製藝尺牘、愛書戲曲，以及對聯匾額、酒令燈謎，說書笑話，無不精善；技藝則琴棋書畫、醫卜星相，及匠作構造、栽種花果、畜養禽魚、針黹烹調，鉅細無遺；人物則方正陰邪、貞淫頑善、節烈豪俠、剛強儒弱，及前代女將、外洋詩女、仙佛鬼怪、尼僧女道、娼妓優伶、黠奴豪僕、盜賊邪魔、醉漢無賴，色色俱

有；事蹟則繁華筵宴、奢縱宣淫、操守貪廉、宮闈儀制、慶弔盛衰、判獄靖寇，以及諷經設壇、貿易鑽營，事事皆全；甚至壽終夭折、暴病亡故、丹戕藥誤，及自刎被殺、投河跳井、懸樑受逼、吞金服毒、撞階脫精等事，亦件件俱有。可謂包羅萬象，囊括無遺，豈別部小說所能望其項背？」從中可以看出，《紅樓夢》就是作者旁學雜收的結晶。

二、《紅樓夢》後四十回的教育敘事

《紅樓夢》後四十回的教育敘事，主要體現的則是清代旗人科舉應試的士文化。

自秦漢以來，士文化是主流文化。自隋代以來，中國封建社會的主流文化是科舉制度主導下的士大夫文化，而非貴族文化。如果說隋唐貴族文化還有一些勢力的話，那麼自中唐以來即唐宋社會轉型以來，以迄 1906 年廢除科舉制度，一千多年來中國社會主要就是科舉考試選拔文官的士大夫文化。

「學而優則仕」，「朝為田舍郎，暮登天子堂」，這是漢族文人博取功名的途徑和夢想。但由於滿族享有特權，不通過科舉應試就能夠高居官位，因而他們的學習便是賈寶玉那樣的「旁學雜收」。但是，漢族文人仕途只有科舉應試一途，因而漢族的官宦之家便是士人夫家庭。而士大夫家族是中國封建社會中的典型的家族形式。

大多數現象都是很複雜的，不宜一概而論，除了總有例外之外，旗人舉業這個問題從很多史料來看，受漢文化的影響，相當一部分旗人是熱衷科舉考試的，高鶚就是其中的代表。雖然滿族統治者力圖避免漢化，但風氣漸開，許多旗人仍趨之若鶩。因而結合《紅樓夢》中的教育敘事來看，賈政和賈赦分別代表了在漢文化影響之下旗人對待科舉制度的兩種價值取向，即賈政熱衷於科舉，這一點前八十回與後四十回是完全一致的；而賈赦則是對科舉應試有不屑之意（源自其世襲的經驗），這一點在《紅樓夢》前八十回中有著赫然的描寫和敘述。

1、賈寶玉對科舉應試態度的改變

《紅樓夢》自八十一回伊始，一改前八十回中賈寶玉對八股制藝的厭惡之情，將八股應試的事情就提上了日程，並給予了濃墨重彩的刻畫和描寫，如第八十一回，當寫道賈政對賈寶玉說「……應試選舉，到底以文章為主，你這上頭倒沒有一點兒工夫。我可囑咐你：自今日起，再不許做詩做對的了，

單要習學八股文章。限你一年，若毫無長進，你也不用念書了，我也不願有你這樣的兒子了」的時候，小說文本的敘述中看不出一點賈寶玉對學習八股文章的牴觸或厭惡，在《紅樓夢》的教育敘事中，這是一大轉捩點。

在這一回中，賈政親自將賈寶玉送到家塾裏，並對賈代儒說「到底要學個成人的舉業，才是終身立身成名之事」的話，這與前八十回賈政的舉業觀基本上是一致的，但我們如果將它與第七十八回中賈政的想法兩相比較，卻是有一些牴牾。這還在其次，最為關鍵的是賈寶玉對舉業的態度發生了改變，人物形象也如同兩人。從家塾中他與賈代儒的對答、所思所想來看，賈寶玉神采全無，完全是一副唯唯諾諾的形象。

賈政親自將賈寶玉送到私塾裏去，並要求他一門心思為應試選舉做準備，從此就開始了賈寶玉攻讀八股文章的敘事：先是賈代儒讓賈寶玉講《後生可畏》章與《吾未見好德如好色者也》章（第八十二回），後是賈政檢查賈寶玉做過的三篇八股文，並現場布置了一篇《惟士為能》讓他破題（第八十四回）。最後小說還安排了賈寶玉高中第七名舉人的結局（第一百十九回）。所有這一些無疑都體現了敘事者曹雪芹與高鶚對八股制藝及其教育敘事的不同態度。

在第八十二回中，賈代儒針對賈寶玉的毛病讓他講了兩章《後生可畏》與《吾未見好德如好色者也》。賈寶玉一一講解了《後生可畏》，賈代儒認為「節旨講的倒清楚」，然後讓賈寶玉串講。對於《吾未見好德如好色者也》章，賈寶玉雖然「覺得有些刺心」，但仍然能夠「這也講的罷了」（賈代儒語）。

在第八十四回中，賈寶玉在兩個月裏作了三篇八股文，即《吾十有五而志於學》、《人不知而不慍》和《則歸墨》。賈寶玉的破題做得越來越好了，到第三篇《則歸墨》，其破題、承題賈代儒「倒沒大改」，連賈政都認為「但初試筆能如此，還算不離」。賈政現場給賈寶玉出了一個《惟士為能》的題目，讓他破題，聽了之後說「也還使得」。

在第一百十八回中，當賈蘭將賈政的家書送給賈寶玉看的時候，他們還在一起探討八股文，相談投機，以至於有喜色，這是前八十回不曾也不會出現的。文中寫道：「寶玉仍坐在原處，賈蘭側身坐了。兩個談了一迴文，不覺喜動顏色。」賈蘭走後，「寶玉便命麝月、秋紋等收拾一間靜室，把那些語錄、名稿及應製詩之類，都找出來，擱在靜室中，自己卻當真靜靜的用起功來」，此時實心用功於舉業，這固然是為了答報母恩（見第一百十九回），但是前八

十回肯定不如此寫，因為它不符合咒罵讀書應舉者為「國賊」、「祿蠹」的賈寶玉的個性，八十回前後的賈寶玉對科舉制藝的態度簡直就是一百八十度大轉彎。這一點又被李紈的話所印證：在第一百十九回中，當賈寶玉、賈蘭與家人離別時，李紈說：「寶兄弟近來很知好歹，很孝順，又肯用功……」這句話便表明賈寶玉在應試前對經書頗用功，這與前八十回中賈寶玉對舉業的態度簡直就是霄壤之別。

在後四十回中，賈寶玉不僅對舉業的態度發生了質的變化，而且被高鶚安排了一個高中第七名舉人的結局（第一百十九回），從而證明了曹雪芹與高鶚對科舉制度一貶一褒的價值取向。

2、賈蘭依然熱衷舉業，且高中舉人

賈蘭是賈府中的一個例外，在賈府中，真正熱衷舉業的，似乎只有賈蘭一人而已。這或許與其成長家境有關。其母青春守寡，全部的希望都寄託在賈蘭身上。家境的破敗，唯一可能東山再起的只能是應試選舉了，這一點似乎對於漢人家族、滿族家族皆適用。因此賈蘭在五歲的時候就「已入學攻書」（第四回，此等敘事不排除是高鶚修改而成的），並且在讀書的閒暇練習射箭。科舉應試是典型的士大夫家族的教育，而騎射則顯然是滿洲的習俗。

《紅樓夢》第四回「薄命女偏逢薄命郎，葫蘆僧亂判葫蘆案」中將賈蘭讀書應試的其它緣由說得很清楚：「賈蘭，今方五歲，已入學攻書。這李氏（賈蘭之母）亦係金陵名宦之女，父名李守中，曾為國子監祭酒，族中男女無有不誦詩讀書者。至李守中繼承以來，便說『女子無才便有德』，故生了李氏時，便不十分令其讀書，只不過將些《女四書》，《列女傳》，《賢媛集》等三四種書，使他認得幾個字，記得前朝這幾個賢女便罷了，卻只以紡績井臼為要，因取名為李紈，字宮裁。因此這李紈雖青春喪偶，居家處膏粱錦繡之中，竟如槁木死灰一般，一概無見無聞，唯知侍親養子，外則陪侍小姑等針黹誦讀而已。」從中可知，賈蘭讀書是乃母的教導，而乃母家族中有「族中男女無有不誦詩讀書者」之傳統，此乃其外祖父家之家風。

而賈蘭的祖父即賈政如前所述，「自幼酷愛讀書」，因而《紅樓夢》第二十二回寫道，賈政因不見賈蘭，便問：「怎麼不見蘭哥？」（脂硯齋評點：看他透出賈政極愛賈蘭。）賈政「極愛」賈蘭，一方面固然是由於賈蘭是其長孫，另一方面恐怕也與賈政「最喜讀書人」不無關係。這樣一來，無形中更是促使賈蘭走科舉應試這條路。

《紅樓夢》後四十回的作者高鶚雖然是內務府人，但也熱衷於科舉應試，因而在《紅樓夢》後四十回中給賈府增添了一絲亮色，實現了作者「蘭桂齊芳」之夢想。有學者認為，此等結局，消減了前八十回對科舉制度批判的力度，但從客觀上來說，正是由於這種合璧，所以百廿回本《紅樓夢》完整地保留了關於清代旗人科舉應試的士大夫教育與滿洲貴族旁學雜收教育的真實情況。況且，歷史上的科舉制度並非大多數文學作品中寫得那麼不堪，對它應該有一個客觀公正的認識。

三、作者問題

由以上前八十回與後四十回教育敘事的不同可知，曹雪芹與高鶚雖然都是旗人，但他們對科舉制度卻有著不同的看法和價值取向。這是由於即使同是旗人，其內部情況也需要細加區分：即以北京的滿族而言，金啟孮將其分為北京郊區的滿族、京旗的滿族和府邸世家的滿族等〔註12〕。而營房中的滿族人就看不起賈寶玉：「『《紅樓夢》是什麼書呀？聽都沒聽說過。』如格先嚷了起來，『從來茶館也沒說過《紅樓夢》。』『我聽二爹說過。』常格接過來說，『那書裏有一個賈寶玉，是個半男不女的阿哥，可沒出息了。』」〔註13〕具體到舉業，一般說來，滿洲貴族和營房滿族都不大感興趣，而似乎只有京旗滿族中的部分旗人頗為熱衷。

曹雪芹生於內務府世家，「排場、享受卻與王公府邸一樣，甚至更凌駕之」〔註14〕。他在其家境「烈火烹油，鮮花著錦」般興旺之際，自然是像賈寶玉那樣厭惡仕途經濟、科舉應試；而在其家遭遇了被抄家、枷號等時，按照《大清律例》，他又沒有資格參加科舉考試了（即小說中所謂的「無材可去補蒼天」）；如此種種，曹雪芹對科舉制度的態度也就可想而知了。而高鶚雖然係鑲黃旗滿洲包衣，但其家境仍然不能與曹雪芹府邸世家相比，其成長經歷、思想境界與審美趣味也就不會與曹雪芹完全相同，因而更看重科舉制度——即使對於旗人而言，科舉考試也是出人頭地、飛黃騰達的一條重要的途逕，並認同這一制度的價值，他的會試履歷便是一力證，高鶚是乾隆六十年乙卯（1795）恩科進士。

〔註12〕 金啟孮：《金啟孮談北京的滿族》，中華書局 2009 年版，第 3～257 頁。
〔註13〕 金啟孮：《金啟孮談北京的滿族》，中華書局 2009 年版，第 39 頁。
〔註14〕 金啟孮：《金啟孮談北京的滿族》，中華書局 2009 年版，第 175 頁。

曹雪芹、高鶚都具有滿漢雙重文化之背景，但兩個人對科舉制度的價值觀卻是迥然不同。或許有人要問，曹雪芹、高鶚既然都是滿洲內務府包衣，爲何對舉業的看法如此不同？這其實是一個偽問題。試想正如俗語所云，「龍生九子，各有所好」；相傳柳下惠和柳下跖是同胞兄弟，可是一爲「和聖」，一爲盜賊；大多數旗人雖然看輕舉業，但是如納蘭性德身爲貴族公子卻也爲之癡迷；《紅樓夢》中賈赦與賈政既是親兄弟，又都生活在賈府中，但他們對舉業的態度就很不相同：如前所述，這與他們能否世襲相關。以此視之，對科舉制度的價值取向基本上取決於個人。

綜上所論述的《紅樓夢》前八十回與後四十回教育敘事之差異可知，百廿回本《紅樓夢》的確是出自曹雪芹和高鶚二人之手，而不是「同一作者所寫」。

（本文係以第一作者與白燕合撰。原載《明清小說研究》第 2013 年第 4 期）

試論《紅樓夢》的敘事思維模式

　　關於《紅樓夢》敘事的研究，已經舉舉大觀了。據高淮生、李春強《十年來〈紅樓夢〉敘事學研究述評》所作的統計，截止到 2004 年，關於《紅樓夢》敘事學研究的文章就不少於 90 篇了；不過，主要集中在敘述者、敘事角度、敘事結構、敘事手法、語言對話等方面〔註1〕，對於《紅樓夢》所反映的敘事思維模式的探討，卻幾乎沒有涉及。

　　「語篇組織規律與其特定的思維模式密切相關，有什麼樣的思維模式，就會有什麼樣的語篇組織結構」〔註2〕，這就是說，敘事結構決定於思維模式。另外，《紅樓夢》的敘事手法也與思維模式密切相關。《紅樓夢》第一回甲戌眉批說：「事則實事，然亦敘得有間架、有曲折、有順逆、有映帶、有隱有見、有正有閏，以致草蛇灰線、空谷傳聲、一擊兩鳴、明修棧道、暗渡陳倉、雲龍霧雨、兩山對峙、烘雲托月、背面敷粉、千皴萬染諸奇書中之秘法，亦不復少。」這些敘事手法都反映了思維模式的民族性。通過對《紅樓夢》敘事手法和敘事結構的分析來探討《紅樓夢》所反映的敘事思維模式不無意義。

一、「弄引法」敘事與類推的思維模式

　　「弄引法」是借用金聖歎在《第五才子書施耐庵水滸傳》評點中的術語，金聖歎對「弄引法」的具體界定是「謂有一段大文字，不好突然便起，且先

〔註 1〕 高淮生、李春強：《十年來〈紅樓夢〉敘事學研究述評》，《咸陽師範學院學報》2004 年第 3 期，第 57 頁。
〔註 2〕 盧曉靜：《中西思維方式的差異對英漢語篇章的影響》，《福州師專學報》2002 年第 3 期。

作一段小文字在前引之」。金聖歎對《水滸傳》「楔子」的認識庶幾近之。金聖歎說：「楔子者，以物出物之謂也。」

「弄引法」敘事就是類推思維模式在文學上的產物。類推思維可以追溯到《周易》，由陰陽類推到天地、君臣、夫婦、尊卑等等。《禮》云：「魯人有事於泰山，必先有事於配林。」《莊子》中說：「始於青萍之末，盛於土囊之口。」它們都是類推思維的產物。中國這一類推的思維方式在文學上的體現，可以說比比皆是，例如《詩經》中的比興手法。小說的敘事也是這樣。宋元話本小說開頭的「致語」就是一個典型。在每個正文中的故事開始之前，都有一個與主要講的故事相似或相反的小故事。這是典型的「弄引法」敘事。中國古代小說敘事手法往往是不直接大落墨於主要人物或主要事件，而是「由遠及近、由小至大」。

金聖歎在金評本中說，《水滸傳》中為了寫楊志押送生辰綱，先寫楊志和索超比武；寫楊志和索超比武，先寫楊志與索超的徒弟周謹比武，如此等等都是「弄引法」的敘事。楊志與索超比武，固然「絢爛縱橫」，按照金聖歎的分析，乃是「閒筆」，目的是為了寫梁中書提拔楊志，寫提拔楊志是為了寫楊志押送生辰綱。

儘管脂硯齋的真實身份現在尚不能確定，但脂評本系統《石頭記》中的許多批語，對於《紅樓夢》敘事的研究，具有重要的價值則是毋庸置疑的，甚至可以說，脂評是《紅樓夢》的有機構成部分。

《紅樓夢》欲要演說榮國府，先從葫蘆廟敘起；甄士隱一段小榮枯引出賈府一段大榮枯。第二回「賈夫人仙逝揚州城，冷子興演說榮國府」，甲戌脂評說：「此回亦非正文本旨，只在冷子興一人，即俗謂『冷中出熱，無中生有』也。其演說榮府一篇者，蓋因族大人多，若從作者筆下一一敘出，盡一二回不能得明，則成何文字？故借用冷子興一人，略出其文，使閱者心中，已有一榮府隱隱在心，然後用黛玉、寶釵等兩三次皴染，則耀然於心中眼中矣。此即畫家三染法也。」脂評又說：「未寫榮府正人，先寫外戚，是由遠及近，由小至大也。若使先敘出榮府，然後一一敘及外戚，又一一至朋友、至奴僕，其死板拮据之筆，豈作十二釵人手中之物也？今先寫外戚者，正是寫榮國一府也。故又怕閒文贅累，開筆即寫賈夫人已死，是特使黛玉入榮府之速也。」

小說欲寫王熙鳳正傳，先從劉姥姥著手。第六回「賈寶玉初試雲雨情，劉姥姥一進榮國府」，甲戌脂評：「此回借劉嫗，卻是寫阿鳳正傳，並非泛文，

且伏『二進』『三進』及巧姐之歸著。」「一進榮府一回，曲折頓挫，筆如遊龍，且將豪華舉止令觀者已得大概，想作者應是心花欲開之候。借劉嫗入阿鳳正文，『送宮花』寫『金玉初聚』為引，作者真筆似遊龍，變幻難測，非細究至再三再四不記數，那能領會也？歎歎！」

《紅樓夢》欲要演說寶黛二人的愛情絕唱，先從馮淵和甄英蓮的悲劇敘起，以他們的小悲歡引出賈寶玉與林黛玉的大悲歡來。如此等等。《紅樓夢》這一「弄引法」的敘事所反映的思維方式就是類推的思維模式。

不僅《紅樓夢》的敘事結構體現了這種「類推」的思維模式，而且在主要人物的出場上也是如此，正如《紅樓夢》第十六回甲戌回前總評中說的「所謂自小至大，譬如登高必自卑之意」。《紅樓夢》中的主要人物出場，先從金陵十二釵副冊之首甄英蓮即香菱寫起，而不是先從金陵十二釵之首林黛玉寫起；《水滸傳》先從地煞之首朱武寫起，卻不從天罡星魁宋江寫起，金聖歎評點認為這是「逆天而行」，顯然是牽強附會，他忽視了中國傳統的類推思維模式對小說敘事的影響。

「由小至大」、「由遠及近」、「由次要到主要」的敘事手法，在中國古代小說的敘事中是一個普遍的現象，這就更說明了類推思維模式的普遍性。

二、預述與整體思維模式

中國人思維注重整體性，強調天人合一、生命體驗和靈感頓悟，行文是意合法；西方人注重分析性，主張主客二分、理性分析和邏輯推理，行文是形合法。傅雷認為：「東方人與西方人的思維方式有基本分歧，我人重綜合，重歸納，重暗示，重含蓄；西方人則重分析，細微曲折，挖掘唯恐不盡，描寫唯恐不周。」〔註3〕

對於這一點，在中西翻譯的比較中可以明顯地看出來，「從切題方面看，中國人說話、寫文章往往表現出把思想發散還要收攏回來，落到原來的起點上，它們在談論某一問題時，不是採取直線式或直接切題的做法，總有一個由次要到主要，由背景到任務的從相關信息到話題的發展過程，體現注重整體的思想」〔註4〕。

〔註3〕 傅雷：《翻譯論集》，商務印書館，1984年版。
〔註4〕 盧曉靜：《中西思維方式的差異對英漢語篇章的影響》，《福州師專學報》2002年第3期。

《紅樓夢》第五回「賈寶玉神遊太虛境，警幻仙曲演紅樓夢」就是這部小說的主題總綱，把握了它對理解整部小說具有提綱挈領的作用。金陵十二釵的命運在第五回中都以判詞讖語的形式預先敘述了，甲戌眉批說：「世之好事者爭傳《推背圖》之說，想前人斷不肯煽惑愚迷，即有此說，亦非常人供談之物。此回悉借其法，為眾女子數運之機。無可以供茶酒之物，亦無干涉政事，真奇想奇筆。」無論是《推背圖》，還是寫著金陵十二釵命運定數的判詞，它們都體現著中國人重整體思維的特點。

榮府的歷史和概貌經過冷子興的演說，讀者心中便有「一榮府隱隱在心」。作者「先讓我們從冷子興口中得知寧、榮兩府世系大概，心中才會約略有個底兒，然後再分別借黛玉進府時的觀察、寶釵進府後的往來，使寧、榮兩府如在觀者目前」〔註5〕。這就是重整體性思維在敘事上的體現。人們對於事物的把握，往往是從大處著眼，先有一個總括的印象，然後一步一步地展開。通過冷子興對於榮府的演說，讀者對於榮府的歷史、人物、目前的境況等等都有一個總的印象，又引出了小說的主要人物。

再如，賈雨村遊覽智通寺，走進去，「只有一個龍鍾老僧在那裡煮粥。雨村見了，便不在意。及至問他兩句話，那老僧既聾且昏，齒落舌鈍，所答非所問。雨村不耐煩，便仍出來」，甲戌眉批批道：「畢竟雨村還是俗眼，只能識得阿鳳、寶玉、黛玉等未覺之先，卻不識得既證之後。」又說「未出寧、榮繁華盛處，卻先寫一荒涼小景；未寫通部入世迷人，卻先寫一出世醒人。回風舞雪，倒峽逆波，別小說中所無之法。」這也是預述手法。智通寺對於老和尚的敘事，預示了以後賈寶玉等人的結局，讓讀者先有一個有頭有尾的瞭解。這也說明了脂評的價值。如果沒有脂評，一般讀者很難有如此的視角。

詩詞燈謎等的預述也是整體思維模式的產物。《紅樓夢》第二十二回「製燈謎賈政悲讖語」，對於每個人製作的燈謎都暗含著他們個人的身世結局，在敘事上可謂是用心良苦。例如賈迎春製作的燈謎的謎底是「算盤」，預示著她以後婚姻生活的不幸；賈探春製作的燈謎的謎底是「風箏」，暗寓著她以後的遠嫁等等。

整體思維模式不僅體現在《紅樓夢》的敘事行文之中，而且還體現在對它的詮釋解讀之中，「在明清之際的評點家眼裏，文本解讀要從全篇構架入

〔註5〕 王慧：《評脂硯齋的敘事理論》，《紅樓夢學刊》，2001年第4期，第260～261頁。

手，篇中的『大起大結』、『大照應』、『大關鎖』、『極大章法』都應條分縷析」
〔註6〕。

由此可見，《紅樓夢》的敘事以及《紅樓夢》的評點，都體現了重整體的
思維模式。

三、正反敘事與陰陽思維模式

中國通俗小說大家張恨水曾經說過，寫小說就是一正一反的敘事。《紅樓
夢》中也不乏「一正一反」的敘事，它體現了《周易》的陰陽思維模式。《紅
樓夢》的「章法最基本形式和基本形態是一開一合」，具體範疇有「聚－散」
「動－靜」「冷－暖」「虛－實」「主－賓」「繁－簡」「氣－勢」等等。〔註7〕
以「冷熱相照」舉例來說吧，小說第十六回，賈元春晉封，寧、榮兩府「上
下裏外，莫不欣然踴躍」，接著卻寫了「秦鍾之病一日重一日」，真是「偏於
大熱鬧處寫大不得意之文」（甲戌眉批）。再如第四十三回，鳳姐過生日，全
府上下，無不熱熱鬧鬧、喜氣洋洋，然而寶玉卻「說有個朋友死了，出去探
喪去了」，熱鬧與清冷兩相對照。

「中國傳統思維模式中就以『陰陽』二元對立互補爲基本概念，認爲世
間萬事萬物都是在陰陽二氣相互激蕩中得到統一。」〔註8〕陰陽思維對華夏民
族具有深遠的影響。

《紅樓夢》首先在敘事修辭上體現了陰陽思維模式。王平先生在《論〈紅
樓夢〉的敘事修辭》中對金陵十二釵作過詳細的分析，認爲黛玉與寶釵、熙
鳳與李紈、探春與迎春、惜春與妙玉等都是對立互補的關係，例如黛玉和寶
釵，她們不同之處明顯，涂瀛說過：「寶釵善柔；黛玉善剛。寶釵用曲；黛玉
用直。寶釵循性；黛玉任性。寶釵做面子；黛玉絕塵埃。寶釵收人心；黛玉
信天命，不知其他。」黛玉與寶釵可以說代表了兩種截然相反的性格。黛玉
爲世俗不容，寶釵也以悲劇結局。這就對於人生悲劇的揭示帶有了更普遍更
深層的意義。有人認爲黛玉、寶釵是兩山對峙，有人認爲是釵黛合一。第四
十二回脂評說：「釵、玉名雖兩個，人卻一身，此幻筆也。今書至三十八回時，
已過三分之一有餘，故寫是回，使二人合而爲一。請看黛玉逝後寶釵之文字，

〔註6〕 王慧：《評脂硯齋的敘事理論》，《紅樓夢學刊》，2001年第4期，第260頁。
〔註7〕 鄭鐵生：《紅樓夢脂評的敘事結構思想》，《天津大學學報》，2000年第3期，. 第197頁。
〔註8〕 王平：《中國古代小說敘事研究》，河北人民出版社，2001年版，第274頁。

便知余言不謬矣。」

《紅樓夢》不僅在敘事修辭上體現了陰陽的思維模式，而且在敘事邏輯上依然有鮮明的體現。《紅樓夢》在敘事邏輯上有三種形態：首尾接續式、中間包含式和左右並連式。「《紅樓夢》敘事邏輯的上述三種形態，從本質上分析，依然建構於二元對立互補的思維模式上。『首尾接續式』是改善與惡化的交替循環，『中間包含式』是間斷與連續的特殊形式，『左右並連式』是同一事件的不同利害關係的展示，這種敘事邏輯與上述角色模式共同代表了中國古代小說敘事結構的突出成就。」〔註9〕

王平先生在《中國古代小說敘事研究》中已經以「寶玉和黛玉相知相愛」作為「首尾接續式」的典型作了詳細的剖析，認為寶、黛二人之間的磨擦為他們表露心跡提供了機會，成為他們愛情發展的契機，體現的正是「二元對立互補」的思維模式，即陰陽思維模式。再如，《紅樓夢》第二十五回中趙姨娘和馬道婆串通一氣，使鳳姐和寶玉中了魘魔這件事情的敘事就是典型的「左右並聯式」，事態的發展就是在賈母、王夫人等人與趙姨娘、馬道婆之間展開的，體現的也是陰陽思維模式。

四、「綴段性」敘事結構與形象思維

美國漢學家蒲安迪在《中國敘事學》裏曾經歸納了西方對中國小說敘事結構的看法，他說：「總而言之，中國明清長篇章回小說在『外形』上的致命缺點，在於它的『綴段性』（episodic），一段一段的故事，形如散沙，缺乏西方 novel 那種『頭、身、尾』一以貫之的有機結構，因而也就欠缺所謂的整體感。」蒲安迪進而分析了這種看法的根本原因在於「中國的一般敘事文學並不具備明朗的時間化『統一性』結構，今天的讀者容易覺得它在根本上缺乏結構的層次」〔註10〕。

西方漢學家對於中國小說敘事結構的結論是由西方的思維模式決定的。西方思維方式側重於邏輯性、分析性和思辨性。這也是西方學術界批評中國研究生的論文「重點不突出」和「連貫性不強」的原因。中國人習慣於形象的思維方式，而不是強調因果關係的邏輯推理。形象思維源於《周易》的取象立意，通常稱之為「象」思維。

〔註9〕 王平：《中國古代小說敘事研究》，河北人民出版社，2001年版，第72頁。
〔註10〕 〔美〕蒲安迪：《中國敘事學》，北京大學出版社，1996年版，第61頁。

　　西方人不埋解中國小說的敘事手法，不滿意於《紅樓夢》中已經寫過一次宴會，怎麼又寫一次宴會？豈不是重複？有何內在的邏輯性？對於這些現象及其敘事手法感到困惑不解。其實，在宴會、酒令等的描寫中就已經暗寓著小說人物身世的悲歡離合，其內在的敘事邏輯是「意合法」，不是「形合法」，情節結構的因果關係在西方人看來不明顯。且不說國外讀者，受西方薰陶的胡適就曾經批評《紅樓夢》「沒有一個 PLOT（整體布局），不是一部好小說」；而周汝昌在《紅樓脈絡見分明》中認爲《紅樓夢》的篇章結構是「盛衰」「榮辱」「聚散」「悲歡」「炎涼」等對稱的結構，這種對稱的敘事結構豈非就是「陰陽」思維與「形象思維」的體現？

　　按照王平先生在《中國古代小說敘事研究》中的分析，《紅樓夢》的「網絡式」敘事結構，相對於《水滸傳》的「綴段式」、《三國演義》的「單體式」和《金瓶梅》的「輻射式」敘事結構來說，已經是「小說結構的高級形態」了；《紅樓夢》有三條主線或者說三條經線，它們分別是：賈寶玉的人生悲劇、金陵十二釵的悲劇和以賈府爲代表的貴族家庭的悲劇；「《紅樓夢》的網絡式結構，不僅表現在三條經線之間既獨立又相連，而且還表現在衆多緯線與三條經線縱橫交叉，編織成網。」

　　即便是《紅樓夢》的「網絡式」敘事結構，在西方漢學家眼裏，還是「綴段性」的，沒有外在形式的「有機性」和「統一性」。這種差異就只能從思維模式的民族性上去探討了。

　　中國學者認爲《紅樓夢》的敘事結構是有機的，關鍵是從「結構之道」與「結構之技」著眼的，王平先生在《中國古代小說敘事研究》中認爲《紅樓夢》「網絡式」的敘事結構體現了《紅樓夢》「多角度、多層面地揭示出人生的大苦痛與大不幸」這個「結構之道」。或者說一般讀者都認可作者已經完美地通過「立象」以「盡意」了。然而西方讀者習慣於從他們的思維模式出發來分析敘事結構，自然是發現小說中的故事與故事之間的因果關係不明顯。

　　由此可見，中西方對於《紅樓夢》敘事結構的分歧，從根本上來說，是由於中西方思維模式的不同造成的。

餘　論

　　《紅樓夢》作爲中國古典小說的傑出代表，其中的敘事當然不只是體現在上述的思維模式的分析上，這不過是拋磚引玉，希望專家學者關注這一角

度。

　　另外，《紅樓夢》的敘事也鮮明地體現了中國傳統詩學的藝術審美觀，即對含蓄美的推崇和偏好。《紅樓夢》敘事所體現的含蓄美可謂是舉不勝舉，譬如「正說著，只聽那邊一陣笑聲，卻有賈璉的聲音。接著房門響處，平兒拿著大銅盆出來，叫豐兒舀水進去。」脂硯齋甲戌夾批說：「妙文奇想！阿鳳之為人，豈有不著意於『風月』二字之理哉？若直以明筆寫之，不但唐突阿鳳身價，亦且無妙文可賞。若不寫之，又萬萬不可。故只用『柳藏鸚鵡語方知』之法，略一敭染，不獨文字有隱微，亦且不至污瀆阿鳳之英風俊骨。所謂此書無一不妙。」甲戌眉批說：「余素所藏仇十洲《幽窗聽鶯暗春圖》，其心思筆墨，已是無雙，今見此阿鳳一傳，則覺畫工太板。」

　　思維方式決定著小說的敘事和審美。漢語含蓄美的藝術審美觀就是中國思維模式在文學藝術上的具體體現。至於《紅樓夢》的藝術審美與思維模式的關係，此處存而不論，因為與本文的主旨較遠，不過卻是一個有趣味的話題。

（原載《紅樓夢學刊》2007 年第 1 期）

論脂評〔註1〕的情理眞實觀

「情理」，又作「人情物理」，在中國古代文論中是一個很重要的概念。「人情」，是「人類固有的帶有普遍性的情感和情慾」〔註2〕，包括親情、友情和愛情等。人情也可以稱之爲「世情」，魯迅認爲「人情小說或亦謂之『世情書』也」〔註3〕。「物理」，即事理，事物的內在規律或道理。中國古代文論中的「人情物理」包括了人世間主觀的和客觀的事理。

論述小說寫「情」的理論由來已久。洪邁曾論唐人傳奇「小小情事，淒婉欲絕」〔註4〕。劉辰翁以「情」、「神情」、「情志」等概念批點《世說新語》，如「俯仰情至」、「眞是注情語耳」、「極得情態」、「語悉世情」等。

李贄讚歎《水滸傳》的敘事寫人「逼眞」、「肖物」，寫出了社會生活、社會關係的「情理」。他認爲小說只要寫出普通人的「人情」即可，強調「眞情」而不要求「實有其事，實有其人」。在容與堂本《水滸傳》第九回中，他批道：「此回中李小二夫妻兩人情事，咄咄如畫。」在第十回回末總評中，李贄評道：「《水滸傳》事節都是假的，說來卻是逼眞，所以爲妙。」「《水滸傳》文字原是假的，只爲他描寫的眞情出，所以便可以與天地相始終。」《水滸傳》第九十七回評語曰：「《水滸傳》文字不好處，只在說夢，說怪，說陣處；其

〔註 1〕 《紅樓夢》早期抄本上大多附有脂硯齋、畸笏叟、梅溪、松齋、棠村、雨窗等人的批語，今日研究者將這些批語統稱爲脂評。

〔註 2〕 孫遜、孫菊園編：《中國古典小說美學資料匯粹》，上海古籍出版社 1991 年版，第 56 頁。

〔註 3〕 魯迅：《中國小說史略》，百花文藝出版社 2002 年版，第 132 頁。

〔註 4〕 洪邁：《容齋隨筆》，黃霖、韓同文選注《中國歷代小說論著選》，江西人民出版社 1990 年版第 64 頁。

妙處，都在人情物理上。」

金聖歎、張竹坡等也從人物性格方面論述過小說「情理」的問題。金聖歎《第五才子書施耐庵水滸傳》第五十七回回評有「聲情」與「神理」的評說。金聖歎讚歎《水滸傳》以「極近人之筆」，寫「極駭人之事」。金聖歎區分了歷史著述與小說寫法的不同，他說「《史記》是以文運事，《水滸傳》是因文生事。以文運事，是先有事生成如此如此，卻要算計出一篇文字來，雖是史公高才，也畢竟是吃苦事。因文生事卻不然，只是順著筆性去，削高補低都由我」〔註5〕。

可能是由於《金瓶梅》是世情小說的緣故，張竹坡對小說情理真實論述得更多。他在《金瓶梅讀法》四十三中認為「做文章，不過是『情理』二字」，而「《金瓶梅》處處體貼人情物理」。他在《〈金瓶梅〉寓意說》中又說：「稗官者，寓言也。其假捏一人，幻造一事，雖為風影之談，亦必依山點石，借海揚波。」張竹坡重視作家對生活的親歷，認為作家只有親歷「患難窮愁，人情世故，一一經歷過，入世最深，方能為眾腳色摹神」〔註6〕。張竹坡認為作家的生活經歷與生活體驗，是小說成功創造的必要條件。在人世間，天理存在於人情之中，因此在小說中，得人情即可得天理。「其書凡有描寫，莫不各盡人情」〔註7〕，「其各盡人情，莫不各得天道」〔註8〕。所謂得天道，就是「似真有其事」，「即千古算來，天之禍淫福善，顛倒權奸處，確乎如此。讀之似有一人，親曾執筆，在清河縣前，西門家裏，大大小小，前前後後，碟兒碗兒，一一記之，似真有其事，不敢謂操筆伸紙做出來的，吾故曰得天道也」〔註9〕。「今做此一篇百回長文，亦只是『情理』二字。於一人心中討出一個人的情理，則一個人的傳得矣。雖前後夾雜眾人的話，而此一人開口，是此一人的情理，非其開口便得情理，由於討出這一人的情理方開口耳。是故寫十百千人皆如寫一人，而遂洋洋乎有此一百回大書也」〔註10〕。把握住了「情理」，便有章法，因為「文字無非情理，情理便生出章法」〔註11〕。

〔註5〕 《金聖歎讀第五才子書法》。
〔註6〕 《讀法》五十九。
〔註7〕 《讀法》六十二。
〔註8〕 《讀法》六十三。
〔註9〕 《讀法》六十三。
〔註10〕 《讀法》四十三。
〔註11〕 張竹坡批評《金瓶梅》第四十回前評。

　　脂硯齋、畸笏叟等人從《紅樓夢》〔註12〕寫人、敘事等處的評點，進一步豐富和深化了小說情理眞實的批點理論，即其評點深刻地論述了小說藝術眞實性的問題。

　　小說藝術成就之高低，很大程度上決定於敘事寫人的眞實程度。「人們在閱讀和評價藝術作品時，總是把眞實性看作是藝術作品的一個不可缺少的品格。」〔註13〕巴爾扎克在《人間喜劇‧前言》中說：「小說在細節上不是眞實的話，它就毫不足取」，他認爲小說創作「成功的秘訣在於眞實」。《紅樓夢》這部名著的藝術眞實性，脂評認爲就在於它的寫人敘事合乎「人情物理」。《紅樓夢》把「眞事」隱去了，用「假語村言」來敷演一段愛情故事，名義上是「大旨談情」，其實內蘊十分豐富，其間關於人情物理的敘事具有高度的藝術眞實性。脂評將此點出，認爲《紅樓夢》的出類拔萃之處就在於小說的敘事寫人合乎人情物理。

　　脂評中的情理眞實，並不是現實生活中「再現的眞實」，而是藝術上「表現的眞實」，它指的是小說敘事或寫人都符合人情物理的藝術眞實。從三千六百多條脂批〔註14〕，可以歸納出脂評關於「情理」眞實的主要思想觀點，這裡暫且簡稱爲脂評的情理眞實觀。脂評的情理眞實觀既繼承了李贄、金聖歎和張竹坡等人的「情理」觀念，又有了新的質的發展，它指出了來源於生活眞實基礎之上的藝術眞實的本質。

　　脂評的情理眞實觀對於人們深入理解《紅樓夢》和當代的小說創作都不無價值和意義，因此有必要作一番探析。下邊結合具體的脂評，粗略談談脂評的「情理」眞實觀。

一、脂評關於「敘事」、「寫人」情理眞實的論述

1、脂評關於小說「敘事」情理真實的論述

　　脂評的情理眞實觀，首先認爲《紅樓夢》敘事的精彩之處就在於它是建立在作者「身經目睹」生活經驗基礎之上的合乎情理的寫人敘事。

　　《紅樓夢》作者曹雪芹在小說文本中多次說他自己寫的是「親睹親聞」，

〔註12〕本書中的《紅樓夢》指的是《脂硯齋重評石頭記》，天津古籍出版社，2006年版。
〔註13〕王元驤：《藝術眞實的系統考察》，《江海學刊》2003年第1期。
〔註14〕根據歐陽健《還原脂硯齋》（黑龍江教育出版社2003年版）的統計。

「只取其事體情理」，「實錄其事」，「追蹤躡跡，不敢稍加穿鑿」，不比那些才子佳人小說是「假擬」遙想。

從脂評可知，脂硯齋等評點者對小說作者曹雪芹的生活經歷十分熟悉。脂評多次說過「非經歷過如何寫得出」、「真有是事，經過見過」、「試思若非親歷其境者，如何摹寫得如此」、「句句都是耳聞目睹者，並非杜撰而有。作者與余實實經過」等，從而指出《紅樓夢》的敘事基本上就是曹雪芹經歷過的生活事實的藝術加工，也就是說，小說文本中的幻筆、虛構以及「假語村言」等都是根植於小說作者親身經歷的社會生活經驗基礎之上的。

下面從具體的脂評來分析這一點。

《紅樓夢》第三回寫道，林黛玉進了賈府，三四個丫頭爭著打起簾籠。脂硯齋甲戌側批道：「真有是事，真有是事！」這裡的脂評指出了小說細節敘事的逼真，是有其生活經歷基礎的。小說繼續寫道：「一面聽得人回話：『林姑娘到了。』」脂硯齋甲戌眉批說：「此書得力處，全是此等地方，所謂『頰上三毫』也。」這裡的「此等地方」指的就是有親身經驗基礎之上的現實生活中細節的真實，生活細節的真實無疑會增強小說藝術感染力的。

林黛玉「因見挨炕一溜三張椅子上，也搭著半舊的彈墨椅袱」，脂硯齋對「半舊的」這三個字評論道：「三字有神。此處則一色舊的，可知前正室中亦非家常之用度也。可笑近之小說中，不論何處，則曰商彝周鼎、繡幕珠簾、孔雀屏、芙蓉褥等樣字眼。」甲戌眉批道：「近聞一俗笑語云：一莊農人進京回家，眾人問曰：『你進京去可見些個世面否？』莊人曰：『連皇帝老爺都見了。』眾罕然問曰：『皇帝如何景況？』莊人曰：『皇帝左手拿一金元寶，右手拿一銀元寶，馬上稍著一口袋人參，行動人參不離口。一時要屙屎了，連擦屁股都用的是鵝黃緞子，所以京中掏茅廁的人都富貴無比。』試思凡稗官寫富貴字眼者，悉皆莊農進京之一流也。蓋此時彼實未身經目睹，所言皆在情理之外焉。」脂評通過這個故事形象地指出了一些作家對於自己不熟悉的領域、自己沒有經歷過的事件、沒有真情實感就進行所謂的文學創作，從而導致敘事寫人有悖於人情物理。

第十八回賈妃省親時，「賈妃滿眼垂淚，方彼此上前廝見，一手攙賈母，一手攙王夫人，三個人滿心裏皆有許多話，只是俱說不出，只管嗚咽對淚。」庚辰雙行夾批：「《石頭記》得力擅長全是此等地方。」庚辰眉批：「非經歷過如何寫得出！壬午春。」沒有親身經歷過的人，如果對這等地方進行敘事，

恐怕僅僅是家人團聚時的無比幸福感和享受天倫之樂時的笑聲喧嘩吧，那是不符合人情物理的一廂情願的主觀臆造。

第五十四回小說借賈母之口再次批判了稗史中才子佳人戀愛故事之不近情理，便再一次證明了小說作者創作過程中注意情事的合乎「情理」。敘事怎樣才能合乎情理呢？脂評認爲，只有寫自己有親身生活經驗的「事體」，敘事才能產生符合「人情物理」的眞實感。

賈母批評才子佳人小說不合情理道：「編的連影兒也沒有了。開口都是書香門第，父親不是尙書就是宰相，生一個小姐必是愛如珍寶。這小姐必是通文知禮，無所不曉，竟是個絕代佳人。只見了一個清俊的男人，不管是親是友，便想起終身大事來，父母也忘了，書禮也忘了，鬼不成鬼，賊不成賊，哪一點兒是佳人？……再者，既說是世宦書香大家，小姐都知禮讀書，連夫人都不知書識禮，便是告老還家，自然這樣大家人口不少，奶母丫鬟伏侍小姐的人也不少，怎麼這些書上，凡有這樣的事，就只小姐和緊跟的一個丫鬟？你們白想想，那些人都是管什麼的，可是前言不答後語？」

《紅樓夢》中賈母對才子佳人小說的虛假敘事一語道破了玄機，之前才子佳人小說的作者杜撰他們沒有親身經歷過的生活，沒邊沒岸得不符合現實生活，違背了人情物理的眞實性。曹雪芹借賈母之口批評「才子佳人」小說的虛假性，指出了不眞實性在於它所描寫的並不是作者自己所經歷的生活，而是沒有生活經驗的主觀臆斷，「編了出來取樂」或「污穢人家」，這樣的敘事只能導致不合情理，貽笑大方。而《紅樓夢》則是「雖不敢說強似前代書中所有之人」，但「其間離合悲歡，興衰際遇，俱是按跡尋蹤，不敢稍加穿鑿，至失其眞」，即其中的敘事都是有作者生活眞實體驗作基礎的。

小說的情感感染力來源於其中敘事的眞實性。這種眞實性必須建立在作者生活眞實的基礎之上，因爲只有符合情理眞實的敘事，才會讓讀者覺得可信。沒有情理眞實的小說是不會有強烈感染力的，從而也就失去了其藝術魅力。

2、脂評關於「寫人」情理真實的論述

恩格斯在致瑪·哈克奈斯的信中說：「除細節的眞實外，還要眞實地再現典型環境中的典型人物。」〔註15〕典型人物的典型性就在於他們的個性、氣質、言談、風采、音容笑貌等都能夠給人以「熟悉的陌生人」的印象。

〔註15〕伍蠡甫主編：《西方文論選》（下冊），上海譯文出版社1988年版。

《紅樓夢》雖然人物眾多，但正如魯迅所說的「其中所敘的人物，都是眞的人物」〔註 16〕，「眞」表現在「形容畢肖」，表現在人物極具個性化和典型性，這些都得益於這部小說的人物塑造──無論是人物肖像的刻畫、人物語言的表達，還是人物行動的敘事、人物性格的描摹──都符合現實生活中人情物理的眞實性。

（1）人物肖像描寫的情理真實

魯迅評論《紅樓夢》時說：「至於說到《紅樓夢》的價值，可是在中國底小說中實在是不可多得的。其要點在敢於如實描寫，並無諱飾，和從前的小說敘好人完全是好，壞人完全是壞的，大不相同，所以其中所敘的人物，都是眞的人物。總之自有《紅樓夢》出來以後，傳統的思想和寫法都打破了。」〔註 17〕

舉例來說，《紅樓夢》對賈雨村的肖像描寫，就打破了以往把壞人面具化、簡單化的通例：鼠眼賊腮，冷眼一看就是一個壞蛋。《紅樓夢》借助於丫頭嬌杏的視角，對賈雨村的外貌長相進行描述：「（嬌杏）猛抬頭見窗內有人，敝巾舊服，雖是貧窘，然生得腰圓背厚，面闊口方，更兼劍眉星眼，直鼻權腮。」脂硯齋在甲戌側批道：「是莽、操遺容。」甲戌眉批：「最可笑世之小說中，凡寫奸人則用『鼠耳鷹腮』等語。」

《紅樓夢》人物肖像描寫具有情理的眞實性，賈雨村就是一個極好的例證。現實生活中有的人或許其貌不揚甚至是醜陋，但是心地善良，就像《巴黎聖母院》中的卡西莫多；而有的人或許一表人才、相貌堂堂，但卻是內心陰險、卑鄙無恥。人之善惡良奸等道德性並不是寫在臉上的，像中國京劇中將人物臉譜化、類型化的做法，這是《紅樓夢》所不取的。《紅樓夢》對賈雨村形象的刻畫，無疑是符合現實生活中的人情物理的，而脂評將此點出，使讀者能夠更清楚地體會到《紅樓夢》人物肖像描寫的情理眞實。

《紅樓夢》寫人在肖像描寫上都具有鮮明的個性化，寫女子並不是千人一面，並不是個個都羞花閉月、沉魚落雁，而是都有其鮮活的個性特點，甚至「眞正美人方有一陋處」（己卯本第二十回批），如薛寶釵之肥、林黛玉之弱、史湘雲之憨等。

〔註16〕魯迅：《中國小說的歷史的變遷》，《中國小說史略》，百花文藝出版社 2002 年版。

〔註17〕魯迅：《中國小說的歷史的變遷》，《中國小說史略》，百花文藝出版社 2002 年版。

（2）人物語言上的情理真實

魯迅說過，「《水滸》和《紅樓夢》的有些地方，是能使讀者由說話看出人來的。」〔註18〕《紅樓夢》中的人物是什麼人說什麼話，語言的個性化使得讀者能夠從小說人物的話語中看出其性格，即《紅樓夢》中人物語言都具有合乎情理的真實性。

曹雪芹在第一回中批評才子佳人小說時說：「且鬟婢開口即者也之乎，非文即理。故逐一看去，悉皆自相矛盾，大不近情理之話。」這裡，曹雪芹提出了自己對人物語言表達的標準，那就是不同的人物說不同的話，說出來的話語具有個性化，且都是合乎「情理」的話，而不能千篇一律、萬人一腔。

下面舉幾個例子來看看脂評對人物個性化語言符合情理真實的評析。

劉姥姥道：「噯呦呦！」脂硯齋甲戌側批：「口聲如聞。」

尤氏笑道：「罷，罷！可以不必見他，比不得咱們家的孩子們，胡打海摔的慣了。」脂硯齋甲戌雙行夾批：「卿家『胡打海摔』，不知誰家方珍憐珠惜？此極相矛盾卻極入情，蓋人家婦人口吻如此。」

秦可卿在夢中對王熙鳳說：「如今我們家赫赫揚揚，已將百載，一日倘或樂極悲生，若應了那句『樹倒猢猻散』的俗語……」脂硯齋甲戌側批：「『倘或』二字酷肖婦女口氣。」脂硯齋甲戌眉批：「『樹倒猢猻散』之語，今猶在耳，屈指三十五年矣。哀哉傷哉，寧不痛殺！」

第十三回賈珍對大明宮掌宮內相戴權說要為賈蓉捐個前程，戴權說：「既是咱們的孩子要捐，快寫個履歷來。」脂硯齋甲戌側批：「奇談，畫盡閹官口吻。」

第十四回寧國府中都總管來升聽說寧國府請了王熙鳳來管理家務，對眾人說：「每日大家早來晚散，寧可辛苦這一個月，過後再歇著，不要把老臉丟了。」脂硯齋庚辰側批：「此是都總管的話頭。」

第三十七回結社賦詩，脂評說：「最恨近日小說中，一百美人詩詞語氣，只得一個豔稿。」又分別針對林黛玉與薛寶釵性情的不同，而其菊花詩也完全是兩個風格說道：「一人是一人口氣。逸才仙品固論顰兒，溫雅沉著終是寶釵。」

第三十九回劉姥姥第一次見賈母時，忙上來陪著笑，福了幾福，口裏說：「請老壽星安。」庚辰雙行夾批：「更妙！賈母之號何其多耶？在諸人口中則

〔註18〕魯迅：《花邊文學・看書瑣記》，人民文學出版社 2006 年版。

曰『老太太』，在阿鳳口中則曰『老祖宗』，在僧尼口中則曰『老菩薩』，在劉
姥姥口中則曰『老壽星』者，卻似有數人，想去則皆賈母，難得如此各盡其
妙，劉姥姥亦善應接。」

如此等等，不勝枚舉。

《紅樓夢》中人物的聲口各各不一，寫人語言藝術之高超，確實是達到
了「使讀者由說話看出人來的」效果。這應該得益於人物言語的表達完全符
合人情物理的真實。

（3）人物行為、動作描寫上的情理真實

《紅樓夢》在刻畫塑造人物形象時，對於他們的行為動作，描寫得很到
位，用脂評的話來說就是「形容畢肖」。不同社會職業的人有不同的行為舉止，
不同類型人物的一舉手一投足盡皆符合人情物理的真實性，從而讓讀者有親
臨其境的真實感覺。

例如第十八回：

> 一時，有十來個太監都喘吁吁跑來拍手兒。（脂硯齋庚辰雙行夾
> 批：「畫出內家風範。《石頭記》最難之處別書中摸不著。」）這些太
> 監會意，（脂硯齋庚辰側批：「難得他寫的出，是經過之人也。」）都
> 知道是「來了，來了」，各按方向站住。賈赦領合族子侄在西街門外，
> 賈母領合族女眷在大門外迎接。半日靜悄悄的。忽見一對紅衣太監
> 騎馬緩緩的走來，（脂硯齋庚辰雙行夾批：「形容畢肖。」）至西街門
> 下了馬，將馬趕出圍幕之外，便垂手面西站住。（脂硯齋庚辰雙行夾
> 批：「形容畢肖。」）

再比如第四十回「史太君兩宴大觀園」中，「鳳姐兒偏揀了一碗鴿子蛋
放在劉姥姥桌上。賈母這邊說聲『請』，劉姥姥便站起身來，高聲說道：『老
劉，老劉，食量大似牛，吃一個老母豬不抬頭。』自己卻鼓著腮不語。眾人
先是發怔，後來一聽，上上下下都哈哈的大笑起來。史湘雲撐不住，一口飯
都噴了出來；林黛玉笑岔了氣，伏著桌子噯喲；寶玉早滾到賈母懷裏，賈母
笑的摟著寶玉叫『心肝』；王夫人笑的用手指著鳳姐兒，只說不出話來；薛
姨媽也撐不住，口裏茶噴了探春一裙子；探春手裏的飯碗都合在迎春身上；
惜春離了坐位，拉著他奶母叫揉一揉腸子。地下的無一個不彎腰屈背，也有
躲出去蹲著笑去的，也有忍著笑上來替他姊妹換衣裳的，獨有鳳姐鴛鴦二人
撐著，還只管讓劉姥姥。」眾人被劉姥姥逗的笑態，就完全符合每個人不同
的個性特點，其行為動作與她們的個性特點完全吻合，凸顯了作者高超的寫

人筆法，真正做到了「形容畢肖」、「至情至理」。

（4）人物性格的情理真實

關於這個問題，已經有不少專論。楊星映的《脂硯齋論人物塑造管窺》從脂評評價人物塑造要具有真實性、生動性、豐富性和藝術手法多樣性等四個方面探討了脂硯齋在人物塑造這一小說理論上的貢獻，著重指出脂評關於人物塑造評點以「真實性」為核心。脂評關於人物的真實觀是藝術的真實，而非生活實錄，包括兩方面含義：「一是指人物表現了某一類人的本性，從而反映了社會生活的某些方面；一是指人物的個性描寫準確，形象地表現了其性格。」脂評高度讚揚了曹雪芹描摹人物的個性化優點，並要求塑造人物符合生活邏輯，人物性格的豐富性、複雜性必須以情理真實為基礎。

郝延霖《性格刻畫的多面性——記〈石頭記〉脂硯齋評》指出：脂硯齋反對刻畫人物「臉譜化」，主張刻畫人物性格的多面性。刻畫人物的矛盾性格是表現人物性格多面性的重要方法之一。脂評提出塑造人物個性化的有效方法是「同中見異」，這與金聖歎所說的「犯而不犯」是同一個意思。脂評雖然強調性格多面性，但並不主張性格分裂，而是在合乎情理的狀況下，寫出性格的複雜性，塑造出「圓形人物」來。

脂評認為紅樓人物兼有善惡，反對臉譜化，追求人物性格的情理真實，反對簡單地把人劃分為「善」與「惡」，褒揚一個人就把他捧到九天之上，沒有一點缺點；貶低一個人就把他打入地獄之下，沒有一點優點。脂評看到了《紅樓夢》人物刻畫的情理真實性，如脂硯齋在庚辰本第四十三回批道：「尤氏亦可謂有才矣。論有德比阿鳳高十倍。惜乎不能諫夫治家，所謂人各有當也。此方是至情至理。最恨近之野史中惡則無往不惡，美則無一不美，何不近情理之如是耶？」

由以上可知，脂評關於《紅樓夢》中人物的肖像、話語、行為、個性等寫人真實的看法無一不是具有合乎人情物理真實性的點評，這是脂評情理真實觀的重要組成部分。不僅如此，脂評並進而指出所有這些符合情理真實的寫人都是作者生活經驗的結晶和昇華。

二、脂評之事體情理的真實：藝術真實

1、「情理」真實乃是藝術真實

小說不是歷史，藝術真實也迥然不同於歷史真實，不同於生活原生態的

眞實，而是符合事體情理的眞實。《紅樓夢》中「世事洞明皆學問，人情練達即文章」這副對聯說得好，曹雪芹之所以能夠寫出「大百科全書」之稱的優秀小說《紅樓夢》，就是因爲他洞察世情，儘其情僞，對現實生活中的人情物理具有深刻的認識，對世態炎涼具有深刻的體會，對小說敘事的藝術具有深刻的把握，所以《紅樓夢》的敘事、寫人完全符合人情物理的眞實。小說是文學藝術，因而它不能一一實寫（文學藝術不宜作實錄式的歷史敘述），不能僅僅是日常生活的流水賬；也不能沒有生活體驗作基礎就信口開河、胡編亂造，小說應該取其事理，略其表象。這樣一來，反而使得小說具有更高的文學性、藝術性和眞實性了。

《紅樓夢》第一回中，作者自云：「因曾歷過一番夢幻之後，故將眞事隱去，而撰此《石頭記》一書也，故曰『甄士隱夢幻識通靈』。」從這一番話可知，《紅樓夢》的眞事已經被作者隱去，人們讀到的僅僅是根據一個眞事而虛構的故事，事情雖然不是本來的現實面目，但是情事之實質卻因爲情理眞實而得到了藝術上的昇華，即小說具有了詩性眞實。

還是在這一回中，「當空空道人質疑《石頭記》無朝代年紀可考，亦無大賢大忠理朝廷治風俗的善政等時，石頭笑答道：『我師何太癡耶！若云無朝代可考，今我師竟假借漢唐等年紀添綴，又有何難？但我想，歷來野史，皆蹈一轍，莫如我這不藉此套者，反倒新奇別致，不過只取其事體情理罷了，又何必拘拘於朝代年紀哉！』」因此，《紅樓夢》在朝代、朝政等方面都不坐實，它的敘事總是從情理眞實性入手，反對不合情理的胡編亂造。小說敘事如果沒有合乎情理的眞實性，就沒有藝術感染力，也就沒有藝術生命力。

《紅樓夢》的敘事講求事體情理的眞實性，脂評也是著眼於情事物理是否具有眞實性來展開評論的。例如，《紅樓夢》第二回說黛玉年方五歲，其父母林如海夫婦愛如珍寶，且又見她「聰明清秀」，脂硯齋甲戌側批：「看他寫黛玉，只用此四字。可笑近來小說中，滿紙『天下無二』『古今無雙』等字。」林如海夫婦「便也欲使他讀書識得幾個字，不過假充養子之意，聊解膝下荒涼之歎。」脂硯齋甲戌眉批：「如此敘法，方是至情至理之妙文。最可笑者，近小說中滿紙班昭蔡琰、文君道韞。」《紅樓夢》文字的高妙之處，正在於它是「至情至理」的，而不是才子佳人小說中不合情理的千篇一律、千人一面。

第十八回，賈妃省親，寶玉在寫詩的時候著急得都流汗了，他一邊跟寶釵小聲說話一邊「拭汗」。脂硯齋庚辰雙行夾批：「想見其構思之苦方是至情。

最厭近之小說中滿紙『神童』『天分』等語。」賈寶玉平日裏固然是詩做得好，但也並不是出口成章、一揮而就，而是經過構思、思考，此時此際，因爲緊張，都出汗了，這就很符合情理的眞實。

第七十七回王夫人搜檢怡紅院，驅逐晴雯等人。脂硯齋庚辰雙行夾批：「一段神奇鬼訝之文不知從何想來，王夫人從來未理家務，豈不一木偶哉？且前文隱隱約約已有無限口舌，謾讕之譖原非一日矣。若無此一番更變，不獨終無散場之局，且亦大不近乎情理。況此亦是余舊日目睹親聞，作者身歷之現成文字，非捏造而成者，故迴不與小說之離合悲歡窠臼相對。想遭冷落之大族子弟見此雖事有各殊，然其情理似亦有點契於心者焉。此一段不獨批此，直從抄檢大觀園及賈母對月興盡生悲皆可附者也。」大族子弟遇到這樣的事情具體情形或許不很相同，但是從「情理」而言，這是極其眞實的。「抄檢大觀園及賈母對月興盡生悲」等處，脂評也是從「情理」眞實的角度進行評論的。

魯迅在《中國小說史略》中評論《紅樓夢》說：「蓋敘述皆存本眞，聞見悉所親歷，正因寫實轉成新鮮。」這裡的「本眞」並不是生活的原生態，而是「至情至理」的本眞；《紅樓夢》的「寫實」也不是日記式的流水賬，而是合乎事體情理的敘事。人們讀《紅樓夢》，在「夢」與「幻」的敘事中歎服它的眞實性，這不是無因的。小說文本中的敘事是以作者生活經歷爲根基的，但又與日記實錄一五一十的流水賬不同，它淘汰了生活粗糙的原生態，保留了人情物理上的眞實性，小說也就具有了詩性的眞實，從而使人們讀來覺得更加合情合理、逼眞活跳。

2、情理真實的極致：「事之所無，理之必有」

小說畢竟是作者有意識地進行想像和虛構的文學藝術，它的眞實是藝術眞實，因而小說文本的寫人敘事也就內在地要求合乎事體情理的眞實。這種眞實往往揆之於生活事實不一定發生，但是在情理上卻是具有必然性的邏輯，即這種藝術眞實的本質，就是脂評所說的「事之所無，理之必有」。

「事之所無，理之必有」這句話出自脂硯齋在《紅樓夢》第二回的回評中。《紅樓夢》寫到林如海官至「蘭臺寺大夫」時，脂硯齋評論道：「官制半遵古名亦好，余最喜此等半有半無，半古半今，事之所無，理之必有，極玄極幻，荒唐不經之處。」

葉朗說：「脂硯齋所謂『事之所無，理之必有』，就是說，藝術作品不同

於生活實錄，它可以描寫生活中沒有實際發生過的事情（『事之所無』），但必須合情合理，合乎生活本身的必然性、規律性（『理之必有』）。」「在脂硯齋看來，藝術眞實性的最主要的含義就是寫出社會生活的必然性、規律性。換句話說，脂硯齋用他的這個提法明確指出，在藝術眞實的含義中應該包含社會生活的必然性、規律性的概念。」〔註19〕這裡的「事之所無，理之必有」是指作者不拘泥於事理之表面現象的再現性眞實，而是通過想像虛構、取捨綴合的藝術手法來揭示事理內在的本質眞實。《紅樓夢》中的「夢」大多是採用了幻筆來進行敘事的，其中的情事未必然在現實生活中存在，但是「理之必有」，且通過幻筆，更能深刻地、更加眞實地揭示了此種情事的內在本質。

顯然，脂評對「事之所無，理之必有」的認識，比李贄等人的人情物理觀念更進了一步。如前所述，李贄在對容與堂本《水滸傳》的評點中曾經批評了小說作者對神鬼妖怪的敘事，他認爲小說得力處全在合乎人情物理的陳述上，一旦到了說夢、說怪、說陣等處，便不濟事。這是因爲《水滸傳》中的「說夢、說怪、說陣」等處缺乏情理眞實的緣故。

金聖歎曾經鄙夷《西遊記》中的幻筆，他說：「《水滸傳》不說鬼神怪異之事，是他氣力過人處。《西遊記》每到弄不來時，便是南海觀音救了。」〔註20〕一方面，金聖歎對違背情理眞實進行「劈空捏造」持反對態度無疑是正確的，但另一方面也說明了他對浪漫主義小說能夠眞實反映現實生活的問題缺乏科學的認識。

脂評在《紅樓夢》第三回林黛玉說「癩頭和尙」一段眉批道：「奇奇怪怪一至於此。通部中假借癩僧、跛道二人，點明迷情幻海中有數之人也。非襲《西遊》中一味無稽、至不能處便用觀世音可比。」《紅樓夢》對於絳珠還淚、木石前盟等虛幻的敘事，並沒有讓人感到荒誕不經，這是因爲小說的敘事內含著「事之所無，理之必有」的情理眞實。脂硯齋對《紅樓夢》多處敘事由衷地讚歎說「至情至理」。明代的湯顯祖提出了「至情」論，他在《牡丹亭》的《題詞》中說：「情不知所起，一往而深。生者可以死，死者可以生。生而不可與死，死而不可復生者，皆非情之至也。」所以杜麗娘與柳夢梅可以在幽冥中媾和，在人世間婚戀，至情超越了生死，自由往返於幽明兩間。脂評

〔註19〕葉朗：《中國小說美學》，北京大學出版社1982年版。
〔註20〕曹方人、周錫山：《標點貫華堂第五才子書水滸傳：金聖歎全集》（二），江蘇古籍出版社1985年版，第18頁。

中的「至情至理」，其實就是略其形貌而取其神理，是事理的本質性，也就是霍布斯所說的「於事未必然，於理必可能」的藝術眞實性。

《紅樓夢》不是僅僅如實地反映生活中的情理眞實，而是進行了浪漫主義的藝術創作。脂評從本質上把握住了這一點，它認爲《紅樓夢》中的一些敘事或許在現實生活中不會發生，其中的人物在現實生活中或許也不會存在，但是揆之於情理，卻是具有必然性的。也就是說，脂評認識到了小說藝術的有意識創作虛構的本質，認識到了小說的藝術眞實的本質。

（1）小說中的一些人物在現實生活中雖然不一定有，但他們卻符合「情理」的眞實

《紅樓夢》中的賈寶玉，現實生活中會有這樣的人嗎？脂硯齋於《紅樓夢》第十九回有一段頗精彩的評語：「按此書中寫一寶玉，其寶玉之爲人，是我輩於書中見而知有此人，實未曾親睹者。又寫寶玉之發言，每每令人不解；寶玉之生性，件件令人可笑。不獨於世上親見這樣的人不曾，即閱今古所有之小說傳奇中，亦未見這樣的文字，於顰兒處更甚。其囫圇不解之中實可解，可解之中又說不出理略。合目思之，卻如眞見一寶玉，眞聞此言者，移之第二人萬不可，亦不成文字矣。」

毋庸置疑，正如脂評所言，在現實生活中，幾乎不會出現賈寶玉這樣一個人物。人們對賈寶玉這個藝術形象的解讀應該著眼於他的文學性，因爲這個人物形象「既有寫實的因素，又有意象化的因素」〔註21〕。這也就是說，《紅樓夢》的寫人如同敘事一樣，並非一味地拘泥於生活的原生態，但也不是沒有生活眞實作底蘊的虛擬玄想，而是有親身經歷作基礎的藝術性加工，從而它也就符合情理眞實，具有眞實可信性。

其實《紅樓夢》九百多個人物中，很多都是這種在寫實基礎之上的意象化塑造，但是它們內含的情理眞實性，反而使得這些藝術形象更具有典型性。這正如金聖歎在《水滸傳》第二十六回總評中說的，「須知文到入妙處，純是虛中有實，實中有虛，聯綰激射」。

人物形象的意象化塑造能否成功，關鍵在於它是不是以情理眞實爲基礎。作者進行小說創作，固然是「因文生事」（金聖歎語），但必須符合生活眞實的必然規律。否則，其中的「幻筆」虛寫，就會遭到金聖歎式的鄙夷。「傳奇者貴幻」（袁于令語）的前提是它具有「事之所無，理之必有」的藝術眞實。

〔註21〕 袁世碩：《賈寶玉心解》，《文史哲》1986 年第 4 期。

（2）小說文本的敘事在現實生活中未必會有，卻具有「情理」真實的
　　邏輯

　　亞里士多德在《詩學》中說：「詩比歷史更真實。」脂評所說的「事之所無，理之必有」指出了小說中的人物不必是現實生活中的人，事情不必是現實生活中發生的事情。但是，其人其事卻是具有真實性，完全符合現實生活中的人情物理。這是因為情理真實從本質上是藝術真實，它比歷史真實更有典型性、代表性和普遍性。《紅樓夢》中的情事敘事，其實就是情理真實的敘事。

　　《紅樓夢》中何者為真，何者為假？從小說文本的敘事與脂評來看，情理為真，「名稱指代」為假。以此來讀《紅樓夢》，許多問題便能迎刃而解。《紅樓夢》中的太虛幻境、夢、絳珠還淚等毫無疑問都是現實生活中不會有的，它們的真實性在於文學形象合乎情理真實，在於敘事從情理出發具有的真實邏輯。

　　《紅樓夢》第二回寫道賈雨村「雖才幹優長，未免有些貪酷之弊，且又恃才侮上，那些官員皆側目而視」。甲戌側批：「此亦奸雄必有之理。」結果不上一年，賈雨村便被上司尋了個空隙，作成一本，參他「生情狡猾，擅纂禮儀，且沽清正之名，而暗結虎狼之屬，致使地方多事，民命不堪」等語。甲戌側批：「此亦奸雄必有之事。」龍顏大怒，即批革職。該部文書一到，本府官員無不喜悅。那雨村心中雖十分慚恨，卻面上全無一點怨色，仍是嘻笑自若。甲戌側批：「此亦奸雄必有之態。」脂評關於這裡的一小段敘事，就有三個「必有」，說明它們不一定實有其事，但是按「事體情理」而論，卻是會發生的，有其必然性和規律性。

　　《紅樓夢》第十六回秦鍾臨死之時與鬼判的對話，這是絕不可能有的事情，脂硯齋庚辰眉批：「《石頭記》一部中皆是近情近理必有之事，必有之言。又如此等荒唐不經之談，間亦有之，是作者故意遊戲之筆，聊以破色取笑，非如別書認真說鬼話也。」但是這種敘事，諷刺了鬼判口口聲聲鐵面無私，然而一聽見「寶玉」二字就驚慌失措的勢利世態。名義上是諷刺鬼判，其實是針砭世態。都判批評鬼判的話語，脂評一針見血地點出了它的本質，如甲戌雙行夾批：「如聞其聲，試問誰曾見都判來，觀此則又見一都判跳出來。調侃世情固深，然遊戲筆墨一至於此，真可壓倒古今小說。這才算是小說。」

　　脂評的這個認識把握了文學藝術虛構的本質，從而讓人們更好地理解和

解釋這一類小說。《西遊記》《聊齋誌異》等以神鬼故事來表達人世間的人情物理，固然是荒誕不經之情事，但是卻讓讀者從中看到了人世間的眞實的影子。《西遊記》中天朝天宮的腐敗無疑就是封建社會統治階級生活的眞實寫照。《聊齋誌異》則借「神仙狐鬼精魅故事」來反映人世間的人情物理，「《聊齋誌異》獨於詳盡之外，示以平常，使花妖狐魅，多具人情，和易可親，忘爲異類」〔註22〕，花妖狐鬼都被賦予了人間女子的性情。

脂評已經超越了之前評點家從「虛實」、「眞幻」等範疇闡釋小說的局限性，它從情理眞實、尤其是從「事之所無，理之必有」的本質性藝術眞實高度來觀照小說的寫人敘事。史傳的實錄精神和傳奇的虛構筆法之間內在的張力，在脂評情理眞實觀的思想中消解了。脂評認爲「《石頭記》一部中皆是近情近理必有之事、必有之言」，這裡所說的「『必有之事』和『必有之言』跟『實有之事』和『實有之言』，兩者既有聯繫又有區別。前者是藝術眞實，後者是生活眞實。前者來源於後者，但比後者更典型，更帶普遍性」〔註23〕。情理眞實，超越了歷史之實錄與傳奇之虛構的對壘，達到了藝術眞實的高度。

關於《紅樓夢》中「幻筆」所內含的本質眞實性，已經有學者論述過。例如袁世碩先生曾經說過：

> 《紅樓夢》裏也有幾處涉筆虛幻，寫了現實生活中完全不可能發生的事情，但也仍然沒有丟開眞實性的原則。例如趙姨娘要用魘魔術治死王熙鳳和賈寶玉一段情節。魘魔術固然是十分荒誕，但在當時大家族內部爭鬥中卻常用這種迷信手法。《紅樓夢》寫進這種現實中常有的現象，無可非議。問題是這種迷信手法不會發生效力，而《紅樓夢》卻寫作王熙鳳、賈寶玉竟然真的中魘了，這就不是現實中可能有的事情。但是，作者的目的顯然不在於寫這種怪誕情節，而是藉此表現一場嫡庶之間的生死搏鬥，著重寫的是趙姨娘何以生出這番狠毒心腸，何以要採用這種陰暗險惡的手段，而且寫得非常真切。王熙鳳、賈寶玉中魘後，又寫賈母、王夫人等人悲痛，趙姨娘「假作憂愁，心中稱願」，特別有趣的是，當趙姨娘在旁勸賈母道：「老太太也不必過於悲痛。哥兒已是不中用了，不如把哥兒衣服穿

〔註22〕 魯迅：《中國小說史略》，百花文藝出版社 2002 年版。

〔註23〕 陳熙中：《說「真有是事」——讀脂批隨筆》，《北京大學學報》1989 年第 5 期。

好，讓他早些回去，也省他受些苦……」飽經世故的賈母立即聽出
話音，照臉啐了一口唾沫，罵道：「爛了舌頭的混帳老婆！怎麼見得
不中用了？你願意他死了，有什麼好處？你別作夢！……」這和事
前趙姨娘乞求馬道婆用魘魔術時說的話──「果然法子靈驗，把他
兩人絕了，這家私還怕不是我們的」──聯繫起來，這嫡庶鬥爭的
實質，不就非常清楚了嗎！而這些婆子的口吻，寫得又是多麼眞切，
維妙維肖！中魘魔術這個非現實性的事件，不過是作爲表現現實生
活的一個契機而已，並沒有損害小說的眞實性。〔註24〕

《紅樓夢》中的幻筆，即關於「事之所無，理之必有」的虛構敘事，乃
是藝術眞實的問題，也就是人情物理的本質眞實問題。正如利科爾在《解釋
學與人文科學》中所說的，「歷史讓我們看到了不同的事情，也讓我們看到了
潛在的事情，而虛構通過非現實的事情讓我們看到了現實的實質。」黑格爾
認爲理想的藝術作品必須反映「本質的眞實」的觀點，他說：「藝術家所選擇
的某對象的這種理性必須不僅是藝術家自己所意識到的和受感動的，他對其
中本質的眞實的東西也必須按照其廣度與深度加以徹底體會。」〔註 25〕《紅
樓夢》中的幻筆以及脂評中的情理眞實的論述，其實就是關於文藝作品反映
「本質的眞實」的問題。

脂評「事之所無，理之必有」的情理眞實也就是文學藝術的「本質的眞
實」，它以生活眞實爲基礎，要求小說的敘述合乎人情物理的眞實性，由此塑
造出鮮活生動的典型性人物形象。脂評所謂的「情理」眞實，既不排斥幻筆，
不反對建立在合乎情理邏輯基礎上的想像和虛構；又不拘泥於毛宗崗父子的
歷史眞實觀。脂評的情理眞實觀要求藝術形象與社會生活內在規律和內在邏
輯的眞實性吻合，即小說文本的敘述應該具有人情物理的「本質的眞實」。

結　語

綜上所述，脂評的「情理」眞實觀既有對於前人關於「人情物理」概念
思想的繼承，又有了新的質的發展。繼承的方面主要包括：無論是敘事，還
是寫人，只有在作者親身經歷的生活基礎之上的藝術眞實才具有鮮活的生命
力。脂評特別強調「經歷過」基礎上的敘事，即敘事要有生活經驗的合情合

〔註24〕袁世碩：《論〈紅樓夢〉的現實主義》，《文史哲》1982 年第 1 期。
〔註25〕黑格爾：《美學》（第 1 卷），商務印書館 1979 年版。

理的眞實；在寫人上，無論是人物形象、言語表達，還是性格特徵、行爲動作等，都要符合人情物理，使之具有合乎情理的眞實。新的發展的方面主要有：小說的生命力在於合乎情理的眞實性，是「取其事體情理」的眞實性；「事之所無，理之必有」，事不必有其事，但是從情理上來說，卻是能夠發生的；人不必有其人，但是從人情物理上來說卻是會有這樣的人，即寫人、敘事都具有情理眞實性。它不是歷史實錄的眞實，不是生活的原生態，而是來源於生活又高於生活的藝術眞實。脂評認爲小說大可不必事必可考、小說敘事的眞實不必像歷史那樣的眞實，而是「至情至理」的藝術眞實，即本質的眞實。

脂硯齋的「情理」眞實觀認爲，情理眞實不純粹是客觀事實的再現，它是合乎人情物理的眞實，是詩性的眞實，是藝術的眞實，是規律的眞實，是邏輯的眞實，是本質的眞實。情理的眞實不是歷史的眞實，但它來源於現實生活，是歷史眞實基礎上的本質的眞實。毛澤東曾經指出：「文藝作品中反映出來的生活卻可以而且應該比普通的實際生活更高，更強烈，更有集中性，更典型，更理想，因此就更帶普遍性。」脂硯齋的情理眞實觀，不是脫離生活實際的「擬編虛想」，也不是日記式的流水賬，「脂硯齋無非是強調作者要有生活體驗，而不是在提倡小說要死板地紀錄事實」〔註26〕。脂評的情理眞實觀不僅比毛宗崗的「據實指陳，非屬臆造」的歷史眞實觀進步，不僅超越了「幻筆、虛實」等文論思想，而且還比李贄、張竹坡等人的情理概念更加深刻、更成體系、更符合藝術的規律特徵。

早在十八世紀的古代中國，脂硯齋就已經以具有民族特色的表達方式闡述了文學作品中的藝術眞實的問題，即其敘事與寫人上的「情理」眞實的思想，這在當時是很先進的文論思想。不僅如此，脂評「情理」眞實觀的思想至今依然熠熠生輝，對當代文學的創作仍然具有重要的指導價值和借鑒意義。

（原載《紅樓夢學刊》2009 年第 2 期）

〔註26〕王運熙：《中國文學批評史新編》，復旦大學出版社 2001 年版。

明月、神仙與揚州
——唐代文學中的揚州影像

引　言

唐人牛僧孺《玄怪錄・開元明皇幸廣陵》陳述道：

開元十八年正月望夕，帝謂葉仙師曰：「四方之盛，陳於此夕，師知何處極麗？」對曰：「燈燭華麗，百戲陳設，士女爭妍，粉黛相染，天下無逾於廣陵矣。」帝曰：「何術可使吾一觀之？」師曰：「待御皆可，何獨陛下乎。」俄而虹橋起於殿前，板閣架虛，欄楯若畫。師奏：「橋成，請行，但無回顧而已。」於是帝步而上之，太眞及侍臣高力士、黃幡綽、樂官數十人從行，步步漸高，若造雲中。

俄頃之間，已到廣陵矣。月色如畫，街陌繩直，寺觀陳設之盛，燈火之光，照灼臺殿。士女華麗，若行化焉，而皆仰望曰：「仙人現於五色雲中。」乃蹈舞而拜，闐溢里巷。帝大悅焉，乃曰：「此眞廣陵也？」師曰：「請敕樂官奏《霓裳羽衣》一曲，後可驗矣。」於是作樂雲中，瞻聽之人，紛壇相蹈。曲終，帝意將回，有頃之間，已到闕矣。帝極喜。

人或謂仙師幻術造微，暫炫耳目。久之未決。後數旬，廣陵奏云：「正月十五日三更，有仙人乘彩雲自西來，臨孝感寺道場上，高數十丈。久之，又奏《霓裳羽衣》一曲，曲終西去。官僚士女，無不具瞻。斯蓋陛下孝誠感通，玄德昭著，名應仙錄，道冠帝圖。不

然，何以初元朝禮之晨而慶雲現，小臣賤修之地而仙樂陳。則垂衣
裳者徒聞帝德，歌《南風》者才洽人心，豈與盛朝同日而語哉！」
上覽表，大悦，方信師之不妄也。

牛僧孺爲何取「廣陵」即揚州作爲道教仙境敘事的背景呢？

一、揚州的由來

《尚書·禹貢》記載天下分爲九州：冀州、兗州、青州、徐州、揚州、
荆州、豫州、梁州、雍州。其中的揚州是一個廣大地域的統稱，包括今天的
江蘇、安徽、江西、浙江、福建乃至廣東的一部分，並非今天所謂的行政區
域揚州市。

春秋末期，揚州這一帶被稱爲邗國，後爲吳國所滅。吳國國王夫差開邗
溝，築邗城，邗城是歷史上最早的揚州城。秦置縣，西漢設廣陵國，東漢改
爲廣陵郡，以廣陵縣爲治所，故址在今淮安市。曹魏設郡，移治淮陰。孫吳
置廣陵縣於今揚州。西晉沿魏設廣陵郡，隸徐州。初治淮陰，後移治射陽（今
江蘇鹽城境內）。

三國時期，魏、吳兩國各置揚州。魏國的揚州治所在壽春，轄地爲淮南、
廬江二郡。吳國的揚州治所在建業（今南京），轄有丹陽、會稽等十四郡。自
東晉以降，南北朝期間，揚州多次被易名改治：劉宋改南兗州，北齊改北廣
州，北周改吳州。

隋文帝統一中國後，於開皇九年（589）改吳州爲揚州，置總管府，這是
今揚州得名的開始。隋煬帝大業初，改揚州爲江都郡。隋煬帝開鑿大運河，
溝通了海河、黃河、淮河、長江、錢塘江五大水系。這條大運河，全長 5000
里，是世界上開鑿最早、航程最長、最雄偉的一條人工運河。從隋代開始，
揚州開始成爲經濟繁榮、人文薈萃之地。唐高祖武德三年（620）改江都郡爲
兗州，六年（623）改爲邗州，九年（626）又改回爲揚州，「由此廣陵專揚州
之名」（汪中語）。

二、唐時的揚州

晉時南遷，「衣冠南渡」，時在東晉，但繁華的不過是東南一隅，至於揚
州，其眞正興盛之日是在隋楊時期：正是大運河的開挖，才使得揚州繁榮昌
盛起來。隋唐時期，中國的經濟中心便是揚州，它富庶甲天下，時有「揚一

益二」之譽,謂揚州是最繁華之都市。在唐代,揚州成為了一個國際化的大都市。唐代詩人眼裏的揚州,是「天下三分明月夜,二分無賴是揚州」,是「十里長街市井連」,是「九里樓臺牽翡翠」……

在考古挖掘中,揚州發現了一批唐俑,他們高鼻深目,一望便知是「胡人」。他們大多來自波斯和大食,也就是古代的伊朗和阿拉伯。同時出土的還有駱駝俑,駱駝號稱「沙漠之舟」,是胡人長途跋涉的交通工具。自從張騫鑿空西域,對外貿易交流,是沿著絲綢之路進行的。唐代,海上交通開始發達起來,東南沿海對外貿易大盛,揚州是水路運輸的重要樞紐,要想把海外的貨物運到長安去,揚州是必經之路。因而有很多胡商居住、生活和工作在這兒。杜甫《解悶十二首》之一可以佐證,詩云:「商胡離別下揚州,憶上西陵故驛樓。為問淮南米貴賤,老夫乘興欲東遊。」

李白曾先後數次來揚州,他後來說:「曩昔東遊維揚,不逾一年,散金三十餘萬,有落魄公子,悉皆濟之,此則是白之輕財好施也。」這固然是李白自我標榜其善施,但另一方面也說明了揚州消費之高,實在是「不易居也」。揚州是繁華的消費城市,所以杜甫既豔羨胡商下揚州,又要考慮米價的貴賤。

唐代的揚州是著名的港口,它「東至海陵(今泰州)界九十八里,又自海陵東至海一百七里」〔註1〕。隋煬帝《泛龍舟》詩云:「借問龍舟在何處?淮南江北海西頭。」《舊唐書·河東記》記載:「天寶十載,廣陵郡大風駕海潮,淪江口大小船隻數千艘。」「舳艫萬艘,溢於河次,堰開爭路,上下眾船相軋。」《舊唐書》卷59《李襲譽傳》記載:「江都俗好商賈,不事農桑。」《舊唐書》卷88《蘇瓌傳》稱「揚州地當衝要,多富商大賈、珠翠珍怪之產」。唐代詩人羅隱《廣陵妖亂志》稱廣陵「富商巨賈,動逾百數」。食飽衣暖之時,人往往生淫欲之心,風月淫逸總是與富貴奢華如影隨形。揚州是名副其實的「五光十色、紙醉金迷的城市」(李廷先語)。唐人詩句「十萬人家如洞天」,便是當時人口富庶的寫實。洪邁《容齋隨筆》記載:「唐世鹽鐵轉運使在揚州,盡幹利權,判官多至數十人,商賈如織。故諺稱『揚一益二』,謂天下之盛,揚州一而蜀次之也。」〔註2〕

揚州是唐朝都市中的一顆明珠,熠熠閃耀在中華大地之上。然而到了唐

〔註1〕 司馬光:《資治通鑑》,上海古籍出版社,1987年版。
〔註2〕 洪邁:《容齋隨筆》卷9《唐揚州之盛》條,崑崙出版社,2001年版,第197頁。

末，由於兵燹戰亂，這顆富麗奪目的明珠，也黯然失色了。據《舊唐書》卷182 記載：「江淮之間，廣陵大鎮，富甲天下。自師鐸、秦彥之後，孫儒、行密繼踵相攻，四五年間，連兵不息，廬舍焚蕩，民戶喪亡，廣陵之雄富掃地矣！」〔註3〕

三、唐代文學中的揚州

據《全唐詩》以及《補編》來看，唐代有 120 名詩人撰寫了 400 多首與揚州相關的詩篇，建構了揚州「二分明月」的意象，從而揚州便與明月、神仙和仙境密不可分了。

權德輿《廣陵詩》云：「廣陵實佳麗，隋季此爲京。八方稱輻湊，五達如砥平。大旆映空色，笳簫發連營。層臺出重霄，金碧摩顥清。交馳流水轂，迴接浮雲軿。青樓旭日映，綠野春風晴。噴玉光照地，鬟蛾價傾城。燈前互巧笑，陌上相逢迎。飄飄翠羽薄，掩映紅襦明。蘭麝遠不散，管絃閒自清。曲士守文墨，達人隨性情。茫茫竟同盡，冉冉將何營。且申今日歡，莫務身後名。肯學諸儒輩，書窗誤一生。」葛永海認爲詩中「這種及時行樂的思想幾乎代表了居廣陵文人普遍的生活觀念」〔註4〕，這是誠然不錯的。揚州在唐代之繁華，雖然是由於它重要的交通位置，但與當時生活在揚州的人們的這一心態不無關係。唐代的詩人，借助於明月、歌吹和神仙，言說了揚州在當時乃人間仙境的影像。

徐凝《憶揚州》詩云：「蕭娘臉薄難勝淚，桃葉眉長易覺愁。天下三分明月夜，二分無賴是揚州。」杜甫曾有詩句云「月是故鄉明」，此乃思鄉之謂也。而徐凝認爲揚州乃「二分明月」，且無限可愛（無賴是可愛之意，再如辛稼軒「最喜小兒無賴」），實是寄託無窮思念也。然而，這種情愛之思念，實際上是發生在詩人與妓女之間，而不是夫妻之間。在中國古代，夫妻之間的感情是恩情，即「一日夫妻百日恩」是也，而愛情卻是產生於紅顏知己之中，此種情形，往往發生在溫柔鄉或勾欄瓦舍裏。白居易《長相思》：「汴水流，泗水流，流到瓜洲古渡頭。吳山點點愁。思悠悠，恨悠悠，恨到歸時方始休。月明人倚樓。」這首詩以明月之夜，卻只能獨自倚樓之境，寄託了詩人的思

〔註3〕 《舊唐書》卷 182《秦彥傳》，中華書局，1975 年版，第 4716 頁。
〔註4〕 葛永海：《歷史追憶與現世沉迷：唐詩中的金陵與廣陵——以江南城市文化圈爲研究視閾》，《浙江社會科學》2009 年第 2 期。

念之情。

「月中歌吹滿揚州」，揚州之月，徹夜伴隨著絲竹管絃，表明揚州是「不夜城」。李紳《宿揚州》一詩對此有所記載：「江橫渡闊煙波晚，潮過金陵落葉秋。嘹唳塞鴻經楚澤，淺深紅樹見揚州。夜橋燈火連星漢，水郭帆檣近斗牛。今日市朝風俗變，不須開口問迷樓。」揚州滿城燈火輝煌，燈紅酒綠，實乃是因為揚州是風月之城。趙嘏在《廣陵答崔琛》中稱揚州為「醉鄉」，原因就在於揚州是買醉追歡的風月場所。韋莊《過揚州》詩云：「處處青樓夜夜歌」。陳羽《廣陵秋夜對月即事》云：「相看歌舞倡樓月」。張祜《縱遊淮南》云：「十里長街市井連，月明橋上看神仙。人生只合揚州死，禪智山田好風光。」王建《夜看揚州市》：「夜市千燈照碧雲，高樓紅袖客紛紛。如今不是時平日，猶自笙歌徹曉聞。」杜牧《揚州三首》之一詩云：「煬帝雷塘土，迷藏有舊樓。誰家唱《水調》，明月滿揚州。駿馬宜閑出，千金好暗投。喧闐醉年少，半脫紫茸裘。」李白《送孟浩然之廣陵》詩句云：「故人西辭黃鶴樓，煙花三月下揚州。」張若虛《春江花月夜》被詩人聞一多贊之為「詩中的詩，頂峰上的頂峰」，據說所描寫的美景就是揚州的，　　這些詩篇，都寫出了揚州作為風情旖旎都市的魅力之所在。

開成二年（837），杜牧《題揚州禪智寺》末二句說：「誰知竹西路，歌吹是揚州。」之前，杜牧曾撰寫過揚州詩歌三首：《贈別》云：「娉娉嫋嫋十三餘，豆蔲梢頭二月初。春風十里揚州路，卷上珠簾總不如。」《遣懷》云：「落魄江湖載酒行，楚腰纖細掌中輕。十年一覺揚州夢，贏得青樓薄幸名。」《寄揚州韓綽判官》云：「青山隱隱水迢迢，秋盡江南草未凋。二十四橋明月夜，玉人何處教吹簫」。杜牧《潤州二首》裏還有這樣的詩句：「畫角愛飄江北去，釣歌長向月中聞。揚州塵土試回首，不惜千金借與君。」《唐詩鼓吹評注》云：「畫角之聲飄江北而去，漁人之唱向月中而聞。回望揚州風景，古來豔冶之處，當不惜千金之費，與君買笑追歡也。」杜牧的這些優秀詩篇，都是與揚州風情有關的，從而表明唐代揚州，是詩人依紅偎翠之處，詩酒風流之藪，放浪形骸之地和繾綣難捨之鄉。「從此『揚州夢』成為所有城市中最有名的風月夢，『廣陵』也成為『風月綺麗』的代名詞」﹝註5﹞。

唐敬宗寶曆二年（826），劉禹錫罷和州刺史任返洛陽，同時白居易從蘇

﹝註5﹞　葛永海：《歷史追憶與現世沉迷：唐詩中的金陵與廣陵──以江南城市文化圈為研究視閾》，《浙江社會科學》2009 年第 2 期。

州歸洛陽，兩位詩人在揚州相逢。白居易在筵席上寫了一首詩相贈：「爲我引杯添酒飲，與君把箸擊盤歌。詩稱國手徒爲爾，命壓人頭不奈何。舉眼風光長寂寞，滿朝官職獨蹉跎。亦知合被才名折，二十三年折太多。」劉禹錫便寫了《酬樂天揚州初逢席上見贈》來酬答他，詩云：「巴山楚水淒涼地，二十三年棄置身。懷舊空吟聞笛賦，到鄉翻似爛柯人。沉舟側畔千帆過，病樹前頭萬木春。今日聽君歌一曲，暫憑杯酒長精神。」中國封建社會中的貶謫制度，總是將罪犯從繁華之地放逐到淒涼之地，而當劉禹錫從「淒涼地」巴山楚水到了最爲繁華風流的揚州的時候，其對比、其落差、其感受自然加倍也。

揚州之風情月華，不惟記錄在詩詞歌吹之中，而且也遺留在詩人的逸聞趣事裏。杜牧爲晚唐著名詩人。大和七年（833），杜牧三十一歲，應淮南節度使牛僧孺之辟，從宣州來揚州在牛僧孺幕中作推官，後轉爲掌書記。掌書記的職務很重要，「凡文辭之事，皆出書記，非閎辨通敏兼人之才莫宜居之」。據《芝田錄》載：「牛奇章帥維揚，牧之在幕中，多微服逸遊。公聞之，以街子數輩潛隨牧之，以防不虞。後牧之以拾遺召，臨別，公以縱逸爲戒。牧之始猶諱之，公命取一筐，皆是街子輩報帖，云杜書記平善，乃大感服。」

揚州乃一「銷金鍋兒」，因此不惟注重情色感官享受，而且有逐利勢利之習氣。據《嘉靖維揚志》，唐代王播年輕時寄食於揚州木蘭院。有一天眾僧吃完飯各自散去，齋廚僧人才將鐘敲響，王播聽到鐘聲趕往齋堂，已無飯可吃。他又羞又氣，在齋堂的牆壁上寫了兩句詩：「上堂已了各西東，慚愧闍黎飯後鐘。」從此再也不進木蘭院吃白食了。唐穆宗長慶二年（822），王播出任淮南節度使。木蘭院的僧人得知之後，便用碧紗籠將他留下的字跡罩上。一天，王播來木蘭院舊地重遊，在原來的兩句詩後面續了兩句：「三十年來塵撲面，於今始得碧紗籠。」

僧人如此勢利，恐怕與揚州之風氣不無關係吧？因爲揚州是一經濟中心，是消費城市，好貨重利，人人皆以黃白爲重，銅臭氣衝天，因此容易產生嫌貧愛富的心態。那麼，惟孔方兄是瞻之風月揚州，爲何成爲了淡薄名利道教之神仙故事的演義場呢？

四、揚州與仙境

如前所述，唐高祖武德九年（626），廣陵地區開始專有「揚州」之稱。但何以中晚唐的牛僧孺，編撰小說的時候不稱揚州而是稱廣陵呢？有人認爲

牛僧孺取其舊稱，是敘述往事之筆法，以此敘事，有故事之況味。其實不然，唐玄宗天寶元年（742），改揚州爲廣陵郡；唐肅宗乾元元年（758），廣陵郡復改揚州：牛僧孺《玄宗開元幸廣陵》中的故事時間是「開元十八年」，因而彼時的揚州就應該稱爲「廣陵」。只不過，牛僧孺取廣陵作爲唐明皇遊幸之地，將時空變形，以顯其所敘述之事乃神奇怪異之事。另一方面，是廣陵與明月、神仙、仙境有著密切的關聯。

「月明橋上看神仙」，神仙當做何解？神仙即妓女也。李豐楙認爲，「中唐社會流行以仙擬妓，在當時既已蔚爲風尙」〔註6〕。陳寅恪認爲，元稹創作《鶯鶯傳》之時，「仙之一名遂多用作妖豔婦人或風流放誕之女道士之代稱，或竟有以之目娼妓者」〔註7〕。這一點，經常見之於道教傳說故事的敘事之中。因而月明橋上所看之「神仙」或「月中仙」，實乃揚州之妓女。

唐代長安難道不如揚州之富庶繁華嗎？都城長安，溫柔富貴之鄉，豈無風月？《開元天寶遺事》載：「長安有平康坊，妓女所居之地。」《北里志》載：「平康坊，如此門，東回三曲，即諸妓之所居之聚也。」

長安雖然亦不乏妓女，但尙無法與揚州這座風情萬種的都市相鬥豔。在唐人眼中，揚州即是仙境。揚州風景豔麗，如姚合《揚州春詞》詩云：「滿郭是春光，街衢土亦香。竹風輕履鳥，花露膩衣裳。」此是原因之一，但不是主要原因，主要原因在於揚州城中的「神仙」。高彥休《唐闕史》云：「揚州，勝地也。每重城向夕，倡樓之上，常有絳紗燈萬數，輝羅耀烈空中。九里三十步街中，珠翠塡咽，邈若仙境。」

道教文學中的仙境，大多選在他們眼中的洞天福地之中，或是崑崙玉山，或是蓬萊仙閣，或是名山深林，或是……，即道教文學之敘事空間，具有其獨特的眼光和視域，一般要求遠離世間，棄其腥膻，求得清淨之地，以修仙練道，羽化成仙。然而，揚州作爲唐代最爲繁華風流之地，卻也被道教文學所借用來進行教義的敘事，實在是因爲作爲「月亮城」的揚州有著仙境的淵源。

當然，牛僧孺將揚州作爲敘事中的仙境，應該是他參照了前人的作品的緣故，這參照就是南朝梁人殷芸的小說：「有客相從，各言所志。或言爲揚州

〔註6〕 李豐楙：《憂與遊——六朝隋唐仙道文學》，中華書局，2010年版，第212頁。
〔註7〕 陳寅恪：《讀鶯鶯傳》，《陳寅恪先生論文集》，九思出版社，1977年版，第791頁。

刺史，或願多貲財，或願上昇。其一人曰：『腰纏十萬貫，騎鶴上揚州。』——欲兼三者。」〔註8〕牛僧孺爲何選擇揚州而不是其它城市？原因之一恐怕就是他受了這個故事的啓發，從而將道教的羽化登仙與世間的逸樂風流結合起來。因而我們甚至可以這樣說，《開元明皇幸廣陵》之藝術構思源自殷芸的這篇小說。

結　語

　　綜上所述，牛僧孺之所以取揚州作爲《開元明皇幸廣陵》敘事的空間，是由於揚州素有仙境之謂的緣故，因而被道教徒或文人以之爲神仙敘事的空間。揚州之所以被稱之爲仙境，原因有二：一是揚州多「神仙」，神仙即娼妓——道教中有諸多仙妓等同的敘述；一是揚州又稱月亮之城，而月亮又稱月宮，是道教神仙敘事的空間之一。揚州與明月、神仙、仙境之聯繫與關係，並非始自牛僧孺，牛僧孺受到了殷芸小說中「騎鶴上揚州」的啓發而編撰而成。

（原載《三峽文學》2011 年第 12 期）

〔註8〕　殷芸：《小說》，周楞伽輯注《殷芸小說》卷6，上海古籍出版社，1984年版。

論《圍城》的敘事時間

　　敘事，本是時間的藝術。正如阿波特所界定的，敘事是組織、安排我們人類對時間進行理解的主要方式〔註1〕。浦安迪認為，「敘事文是一種能以較大的單元容量傳達時間流中人生經驗的文學體式或類型。」〔註2〕英國小說家、文藝評論家福斯特在《小說面面觀》中指出：「小說的基本面是故事。……故事就是對一些按時間順序排列的事件的敘述……故事本是文學肌體中最簡陋的成分，而今卻成了像小說這種非常複雜肌體中的最高要素。」〔註3〕他甚至說「小說把時間完全摒棄後，什麼也表達不出來」〔註4〕。伊麗莎白・鮑溫也認為，「時間是小說的一個主要組成部分。」〔註5〕而這裡所謂的「敘事時間」，「又叫話語時間、文體時間，是指從具體的敘事文本中所體現出來的時間狀態。」〔註6〕敘事時間是我們進一步解讀小說文本意義的一個很好的角度。但由於民族文化之不同，敘事時間也具有鮮明的民族性。楊義認為中國古人的時間觀具有整體性，並影響了中國敘事文學的結構

〔註1〕　阿波特將「敘事」定義為 narrative is the principal way in which our species organizes its understanding of time. 詳參阿波特著《劍橋敘事學導論》，北京大學出版社，2007年版，第3頁。

〔註2〕　浦安迪：《中國敘事學》，北京大學出版社，1996年版，第8頁。

〔註3〕　〔英〕福斯特《小說面面觀》，蘇炳文譯，花城出版社，1984年版，第22～24頁。

〔註4〕　同上書，第36頁。

〔註5〕　《小說家的技巧》，中譯文刊《世界文學》1979年第1期第31頁。鮑溫說：「我認為現在時間同故事和人物具有同等重要的價值。凡是我所能想到的真正懂得或者本能地懂得小說技巧的作家，很少人不對時間因素加以戲劇性地利用的。」

〔註6〕　龍鋼華：《論小說環境構成中的時間藝術》，《江漢論壇》2007年第12期。

形態與敘述程序〔註7〕。

　　《圍城》的作者錢鍾書留學海外多年，深受西方文學之影響。他的小說《圍城》中的敘事時間一方面具有西方時間觀之影響的痕跡，另一方面與中國古代的時間觀似乎更相近乃至於相同，如朝代紀年、時間之空間化、模糊化、節日敘事等都非常明顯。這或許就是楊義先生所說的「儘管 20 世紀中國改用公元紀年，使這種時間意識有所沖淡而增加了不少與世界接軌的開放意識，但是，只要『年─月─日─時』的時標順序體制依然存在，那種伴隨著時間整體性的文化密碼，就會繼續儲存在中國人的潛隱的精神結構之中，並自覺或不自覺地滲透於中國人對世界的感覺方式和敘事形態之中」〔註8〕。下面試論述之。

一、朝代紀年

　　人類對於時間的理解和紀年，由於地域、民族和思維方式等的不同而不同。民族神話體現了各民族對時間理解的不同。古希臘神話的時間意識是直線型的前展，而古印度神話中的時間意識則是循環性的往返，它們都是宗教紀年的原始形態。我們所熟悉的宗教紀年於今主要有基督教紀年即公元紀年、佛教紀年、伊斯蘭教紀年等。

　　宗教的時間觀如同宗教教義一樣，並非是一成不變的，而是與時俱進，不斷變化的。以印度的宗教來看，從婆羅門教到印度教，教義幾經發展。而佛教的時間觀也深受婆羅門教時間觀的影響。佛教的時間觀與基督教的時間觀雖然都屬於宗教之時間意識，然而它們並不相同。陳潔在《佛教時間觀試析──兼與基督教比較》中認為，「佛教的時間觀主要表現在三個方面：1，循環時間觀，以生死輪迴為主要表現。2，從根本上否認時間的價值。3，承認時間的真實性，但為時間劃出界限，也就是將時間限定在現象界，而認為在本體界是沒有時間的。佛教的時間觀是與其教義息息相關的，它與基督教的時間觀正好相反。基督教認為時間是線性的，有開始，上帝創世才能成立；基督教肯定時間的價值，末日審判才有意義；基督教的傳統是內在時間觀，否認時間的真實性，認為時間是虛幻的，只存在於心中和生命過程中。」〔註9〕

〔註7〕　楊義：《中國敘事時間的還原研究》，《河北師院學報》1996 年第 3 期。
〔註8〕　楊義：《中國敘事時間的還原研究》，《河北師院學報》1996 年第 3 期。
〔註9〕　http://www.confucius2000.com/poetry/fksjgsxyjdjbj.htm

中國古人的時間意識，最早可從神話中尋找蛛絲馬蹟，但由於中國神話不成系統、頗爲混亂，以至於難以準確的把握。商代甲骨文中有時間的記載，甲骨文之敘辭，「（又叫述詞或前辭）記述占卜的時間（有時也記述地點）和貞人」〔註10〕。在古代中國，關於時間的理解，主要與農事和天象有關；關於時間的紀年，主要有天干地支紀年、甲子紀年和王朝紀年等。

作爲天干的甲、乙、丙、丁、戊、己、庚、辛、壬、癸與作爲地支的子、丑、寅、卯、辰、巳、午、未、申、酉、戌、亥，兩相排列，指稱一載，六十年形成一次輪迴，天干地支共同組合成更有終始循環意味的「干支紀年法」。中國古人對時間的理解，除了這種循環的時間觀念，還有其它的時間觀念，如子在川上曰「逝者如斯夫，不捨晝夜」所體現出的時間觀似乎是線性的，而不是循環的。但是，中國古人的循環時間觀似乎是主要的，這也可能與農事有關（中國古代的文明本質上是農耕文明），與春、夏、秋、冬四季的年復一年的循環有關。更有意思的是，《圍城》的英文翻譯者 Jeanne Kelly 和 Nathan K. Mao 將這部小說的九章劃分爲四個部分：方鴻漸回國、回家（第1～4章）；去三閭大學的路上（第5章）；三閭大學中的故事（第6～8章）；方鴻漸與孫柔嘉吵架與分手（第9章）。最有意味的是他們將這四個部分分別以春、夏、秋、冬四季作比：「第一部分是春天的飄忽，第二部分是夏天喜劇似的愉悅，第三部分是秋天的陰沉、憂鬱，第四部分是冬天最寒冷、最糟的時刻。」〔註11〕這種劃分，與小說文本內在的神理相契合，不啻爲神來之筆。

東漢許慎《說文解字》說：「時，四時也。從日寺聲。」清代段玉裁注云：「本春秋冬夏之稱，引中之爲凡歲月日刻之用。釋古曰：時，是也。此時之本義，言時則無有不是者也。」劉澤民認爲，「時」的意思是「在和煦的陽光下，生命的種子綻出新芽。這正體現了古人對時間本質的認識，時間就是孕育和催生萬物的基本力量。這是一種獨特而耐人尋味的時間觀，是理解漢民族有關時間的文化內涵的關鍵所在」〔註12〕。

何謂朝代紀年？朝代紀年是中國古代紀年的一種主要方式，即以帝王建元的年號紀年，或者在年號之後標明甲子，如「（唐玄宗）開元二十七年己卯四月」。在中國歷史上，從現存的文獻記錄來看，明確的紀年始自西周的「共

〔註10〕 馬如森：《殷墟甲骨文引論》，東北師範大學出版社 1993 年版，第 176 頁。

〔註11〕 湯溢澤編：《錢鍾書〈圍城〉批判》，湖南大學出版社，2000 年版，第 193～194 頁。

〔註12〕 劉澤民：《從漢語看漢民族的傳統時間觀》，《蘭州大學學報》1996 年第 1 期。

和元年」，即公元前 841 年。從此，中國歷史上通行的紀年方法主要是王朝紀年。王朝紀年中也有特殊的情況，即封國紀年，如《春秋》以魯國國君某公紀年（僖公元年、僖公二年等）；也有王國紀年，如三國、五代十國等時期，各國都有自己的年號以紀年，如黃初元年、嘉禾二年、章武三年等〔註13〕。

在中國封建社會，似乎民眾的時間是屬於王朝的，不是自己的，具有政治性，從而也表明其政治立場。例如在李自成農民軍進入北京城後，居民「面貼『順民』二字，繼而又書『永昌元年』，或又書『順天王萬萬歲』，庶幾免禍」〔註14〕。

在古代中國文學中，人們的時間意識也是以王朝紀年的時間觀為主，例如在《桃花源記》中，居住在裏面的逃避秦亂的百姓「不知有漢無論魏晉」，而這裡的「漢」、「魏晉」，都是王朝紀年的時間觀，他們不知道王朝鼎代，於是其時間似乎也成為了羲皇上人時的原始時間——「山中無甲子，寒盡不知年」，其生活的空間於是也帶有了仙境的色彩。在中國的神話、仙話或鬼話中，時間似乎是一種感覺的比較時間：天上一日，人間一年（如《述異記》中「爛柯」的故事、西遊故事都有如此的時間意識）；人間一日，地府一年；或者是「山中才一日，世上已千年」（如劉晨阮肇的故事，仙境一年，世上物換星移已百年矣）。千年也罷，百年也罷，只是表明物是人非變化之大、人仙差異之巨，是一種感覺時間，並不是一個確指的時間。

而現今世界上通行的公曆紀年，如前所述，其實是宗教紀年，即基督教紀年，以耶穌降生的那一年為公元一年。之前的為公元前某年，之後的為公元某年。

然而《圍城》並沒有採用公曆紀年，它一開篇，就是「民國二十六年」〔註15〕，雖然隨之注解為基督教之宗教紀年即公曆 1937 年，——這個注解，應該是後來添加的；當時是大陸民國時期，民國一直採用王朝紀年——但顯然這一敘事時間，一方面是事實的影子，另一方面也是潛意識的萌芽，即它依然採用的是中國古代的朝代紀年，如歷史書《資治通鑒》第二百一十七卷「唐紀三十三」記載了唐玄宗天寶十四年安祿山在范陽起兵反叛；而古代小

〔註13〕 參閱中國二十四史，這一點是很顯然的，此等紀年比比也。
〔註14〕 《燕都日記》第 106 頁。轉引自趙園《想像與敘述》第 5 頁，人民文學出版社，2009 年版。
〔註15〕 本書中直接引語如無特別標注便是引自三聯版《圍城》（2004 年版），以下不另注。

說也是如此，如《西遊記》中玄奘和尚從長安啟程的時間是唐太宗貞觀三年。《三國志演義》的敘述時間是按照魏國紀年，而南宋時的正統論則要求依據蜀漢紀年。

敘事學家曾經說過，重要的不是被敘述事件的時間，而是敘述的時間。我們看一下錢鍾書寫作這部小說的時候，是在 1944 年至 1946 年間〔註16〕。小說刊行的時間是「1946 年 2 月至 1947 年 1 月」（原連載於上海的《文藝復興》），「1947 年 5 月由上海晨光出版公司刊行單行本」〔註17〕。當時，時值抗日戰爭勝利後的一二年間，國內解放戰爭已經開始，但國民政府的青天白日旗尚在大陸上空飄蕩，國統區內，都是以民國紀年。所以，《圍城》不僅是在小說行文中採用的是「王朝紀年」，而且其原「序」也是王朝紀年即「三十五年十二月十五日」〔註18〕，而今天的臺灣，仍然是王朝紀年即民國多少年。

二、空間化

康德說：「空間與時間的先天概念，僅為想像力（Einbildungskraft）的產物。」〔註19〕這裡所謂時間的空間化，指的是敘事時間的展開以空間為場景，從而空間便成為了時間的展現方式。托多洛夫說：「敘事的時間是一種線性時間，而故事發生的時間則是立體的。在故事中，幾個事件可以同時發生，但在話語中則必須把它們一件一件地敘述出來；一個複雜的形象就被投射到一條直線上。」〔註20〕因此，小說的敘述時間便往往借助於空間來展開。

譚君強在《論小說的空間敘事》中認為「在小說等敘事虛構作品中，伴隨著 20 世紀以來所出現的文學向內轉向的局面，傳統的線性敘事受到了挑戰，空間敘事大量出現」〔註21〕，這種表述針對西方的小說敘事而言，大致

〔註16〕 在《圍城・序》中，錢鍾書說「這本書整整寫了兩年」，而落款是「（民國）三十五年〔一九四六年〕十二月十五日」，這就表明《圍城》的寫作時期是 1944 年至 1946 年間。又，這一落款，同時言說了王朝紀年的時間意識。

〔註17〕 陳平原：《文學史視野中的「大學敘事」》，《北京大學學報》2006 年第 2 期。

〔註18〕 「三十五年」後中括號注釋「一九四六年」，這是後來加的。上世紀八十年代錢鍾書寫的《重印前記》與 1997 年楊絳寫的《錢鍾書對〈錢鍾書集〉的態度》則全採用「公元紀年」了。

〔註19〕 Immanuel Kant. *Kritik dre reinen Vermunft*, Felix Meiner Verlag, Hamburg 1993, Seite 82.

〔註20〕 托多洛夫：《敘事作為話語》，《美學文藝學方法論》下冊第 562 頁。

〔註21〕 譚君強：《論小說的空間敘事》，《雲南民族大學學報》2010 年第 5 期。

是如此的。這種觀點,針對西方的某一具體時期的小說來說是正確的,但即使是西方,其後現代小說也不採用這種線性的時間敘事了,而是碎片化或空間化了。然而,中國古代小說則似乎一直是以時間的空間化敘事為主。

恩斯特·卡西爾(Ernst Cassirer)指出,在許多語言中,人們往往通過具體的空間概念來表達抽象的時間概念。〔註22〕中國古代小說的敘事就是如此,其敘事時間的空間化特點很明顯,甚至被認為是一種民族文化的特色。西方漢學家譏諷中國古代小說的所謂「綴段式」敘事結構,其實在本質上就是空間化敘事。空間敘事「在有限的時間域內,注意力被固定在各種關聯的相互作用中。這些關聯在敘事文的進展中被獨立地並置著;該場景的全部意義僅僅由各意義單位自身的聯繫所賦予。」〔註23〕西方人所不理解的所謂《紅樓夢》中的重複的宴會描述和敘事,其實是空間化敘事的一種形式。人們生活的重要內容之一,以及其他政治、經濟活動、文化活動等都是在宴會上解決的,因此在西方人看來,這是毫無意義的重複;其實,對中國人尤其是中國古人而言,這不是形式,而是內容;宴會上形形色色人物的言說、行動和關係本身既是意義單位的並置,又是彼此之間的聯繫和關係,二者共同建構著整體的意義。下面我們看看《圍城》敘事時間的空間化敘事。

美國學者胡志德(Theodore Huters)將《圍城》分為五個功能序列:方鴻漸回國並定居上海(前三章半)、旅行的準備及展開(第四、五章)、三閭大學一年(第六、七章)、經香港回到上海(第八章)、困守上海及婚姻破裂(第九章)。〔註24〕這五個功能序列,其實就是《圍城》的敘事空間。「空間常常是作為打斷時間流的『描述』,或作為情節的靜態『背景』,或作為敘事事件在時間中展開的『場景』而存在。」〔註25〕或者說,《圍城》固然一方面有點像西方傳統小說那樣進行的線性時間敘事,另一方面則將敘事時間空間化了,我認為這部小說可以按照敘述的空間或者說敘事場景可分為回國船上、

〔註22〕轉引自〔德〕莫宜佳:《中國中短篇敘事文學史》,韋淩譯,華東師範大學出版社,2008年版,第103頁。
〔註23〕Joseph Frank "Spatial Form in Modern Literature", in *Essentials of the Theory of Fiction*(Third Edition)Ed. by Michael J Hoffman and Patrick D. Murphy. Durham: Duke University Press, 2005. P62.
〔註24〕胡志德:《錢鍾書傳》,張晨等翻譯,中國廣播電視出版社,1990年版。
〔註25〕〔美〕蘇珊·斯坦福·弗里德曼:《空間詩學與阿蘭達蒂——洛伊的〈微物之神〉》,James Phelan J Rabinowitz主編《當代敘事理論指南》,申丹等譯,北京大學出版社,2007年版,第205頁。

上海、內地平城、上海這四個部分，而敘事時間的具體刻度則很不分明，大部分的敘述都是以「明天」（應理解爲「第二天」）來進行敘事的（這一點就是敘事時間的模糊化，下文詳談，此處不贅）。龍迪勇所探討的文學的主題——並置敘事〔註26〕，其實是文學主題的空間並置敘事。在《圍城》中，「圍城」意義作爲情節固然有其向前推延的內在邏輯在，但在空間上，顯然也具有並置的特點，至於說平城三閭大學之敘事，完全可以改換爲上海某一學校，這在主題的表達上並無差異。但平城三閭大學的插曲，其實也是一種隱喻敘事，是「圍城」意義在空間上的展現：沒有去平城的時候，想去，充滿著期待和想像；去之前雖然有過猶豫，但是畢竟去了；去了之後，遠非想像的，於是就想出來，於是回到了上海……更何況，去三閭大學的路上，將李梅亭、顧爾謙等人的性格特點暴露無遺，豐富和發展了小說人物的個性。

以小說第一部分「回國船上」的敘事來看，敘事時間的空間化與空間敘事並非是一回事。小說一開篇是客輪已經過了紅海、航行在印度洋上，然後從過了印度洋到了錫蘭和新加坡，從過了西貢到過了香港，最後到了上海，這種空間的位移變換也表明了敘事時間的前延，而不是對空間進行敘事。這或許就是所謂的敘事時間的空間化吧？

「巴赫金曾將小說中的場所歸結爲四大空間意象：道路、城堡、沙龍、門坎」〔註27〕，然而，巴赫金的這一結論的歸納源自西方小說，尤其是陀思妥耶夫斯基的小說，而不是中國小說；中國小說中的空間意象，最多的是飯局或宴會，在這裡上演中國人的人生生活內容。《圍城》的空間敘事意象，除了「道路」，「飯局」也是其中的重鎮。

《圍城》中的飯局，其敘事功能之一便是可以推展故事情節的發展，如方鴻漸與鮑小姐、蘇文紈、唐曉芙等情感的發展、糾葛等就是借助於飯局這個舞臺，再如張太太在飯局上考察未來女婿，再如孫柔嘉不願意到婆婆家就餐引起眾人的不滿以及汪處厚家做媒人等也是在飯局上上演的等等。

飯局也是人物性格展露的舞臺。如趙辛楣宴請方鴻漸、董斜川、褚愼明、蘇文紈的飯局，趙辛楣本是把飯局當做情敵廝殺的戰場，讓方鴻漸大丟其醜，從而贏得蘇小姐的芳心，然而，這一舞臺卻同時暴露了董斜川之迂腐不

〔註26〕詳參龍迪勇：《試論作爲空間敘事的主題——並置敘事》，《江西社會科學》2010年第7期。
〔註27〕巴赫金：《時間的形式與長篇小說中的時空關係：結論》，《20世紀小說理論經典（下卷）》，華夏出版社，1995年版。

堪、褚慎明之不學誑世等現代儒林的醜陋嘴臉。

《圍城》中的飯局還是這部小說「圍城」主題意義闡發的場所，香港學人黃維梁在《文化的吃——錢鍾書〈圍城〉中的一頓飯》中專門論述了點破小說主題意義的這頓飯，即「一吃就『吃』了 14 頁，有 9000 餘字。這頓飯在第三章，據 1980 年北京人民文學出版社的版本，是從 87 頁至 101 頁的。小說的一些主要人物方鴻漸、趙辛楣、蘇文紈都在這頓飯中出現。它的主題，也在這裡點破。」〔註 28〕「這頓飯由趙辛楣請客，應邀赴會者有蘇文紈、方鴻漸、褚慎明、董斜川。趙辛楣把方鴻漸視作情敵，對方氏不懷好意，希望弄得方氏在眾人面前出洋相，從而使蘇文紈討厭方氏而喜歡自己。」〔註 29〕結果趙辛楣的「成功只證實了他的失敗」。黃維梁認為「這一頓文化的飯，不但充分顯示了學者小說的特色，而且，趙辛楣如此弄巧反拙，造物如此弄人，也正發揮了《圍城》的主題」〔註 30〕。

以上分析也表明了「『純粹時間』根本就不是時間——它是瞬間的感受，也就是說，是空間。」〔註 31〕小說的敘事時間，如果僅僅是「純粹時間」，那麼它就表示的僅僅是刻度時間或物理時間；然而，小說的意義不在於純粹時間的實錄或刻度的準確性，而是在於人生經驗的展現，時間與空間是人生經驗展現的舞臺。在這其中，敘事時間往往表現為一種感覺、一種空間感，空間則往往表現為一種意義的寄寓，表現為敘事時間的展現方式，《圍城》就是這樣的：從回國的輪船到上海是「戀愛圍城」，從離開上海到三閭大學以及在三閭大學任教為「職業圍城」，而從桂林經過香港、再到上海是「婚姻圍城」。這種空間化敘事，其實質表現是「圍城」意義的時間性。

三、模糊化的敘事時間

敘事時間，一般說來是追憶的時間，而這種追憶的時間主要是一種印象時間、感覺時間或殘缺的時間，因為所有的追憶，即使是自始至終親身經歷

〔註 28〕 〔香港〕黃維梁：《文化的吃——錢鍾書〈圍城〉中的一頓飯》，陸文虎編《錢鍾書研究采輯（一）》，三聯書店，1992 年版，第 181 頁。

〔註 29〕 同上書，第 182 頁。

〔註 30〕 同上書，第 186 頁。

〔註 31〕 Joseph Frank "Spatial Form in Modern Literature", in *Essentials of the Theory of Fiction*（Third Edition）Ed. by Michael J Hoffman and Patrick D. Murphy. Durham: Duke University Press, 2005. P68.

過的追憶，不可能是原原本本的事件的再現，而只能是印象最深刻的「那一部分」時間的表現。康拉德的合作者福特認為，「小說不應該是敘述，不應該是報導……我們看到，生活並不是敘述，而是在我們頭腦中留下印象。反而言之，如果我們想向你展現生活的作用，我們就不應該僅做敘述，而應該再現印象」〔註32〕。時間，目前對它的粗略劃分，就有物理時間、藝術時間、媒介時間等，其中一種觀點認為它是一種感覺。正是因為時間所帶有的這種印象性、感覺性，所以文學作品中的敘事時間，一般說來總是具有模糊化的特點的，而農耕文明的敘事時間與工業文明的敘述時間相比似乎尤其是如此。

「漢民族對時間的體悟是從農事開始的。……周而復始的農業文化缺乏很強的時間觀念。對時間的認識大都是模糊的。」〔註33〕農耕文明時代的時間觀，主要是一種感覺的時間觀，由於農事農作的進展不像工業文明時代的時間進展那麼迅疾，人們感覺時間「大致」或差不多在某一時刻，如「日上三竿」「雨水前後」等，從而使得對時間之感覺具有了模糊化。

中國古代小說在敘事時間上的模糊化特點，具體體現在不拘泥於具體的敘事時間，而是多用「一日」、「一夕」、「一夜」、「一年」、「半年」、「又年餘」、「年餘」或「　天」等不確定的時刻〔註34〕。如馮鎮巒評點《聊齋誌異》的時候，說：「一夕，一月，一日，聊齋多如此用筆，變化萬端。」我們再看《水滸傳》，其中的「住了五七日」「此時正是五月半天氣」「過了三二日」等等，都是模糊化的感覺時間。

《圍城》中的故事，其時間是始自 1937 年，到 1939 年結束，起結時間很清楚，但這兩年間的具體故事的敘事時間則很模糊。中國古代小說的時間敘事也是這樣的，如《水滸傳》中的故事發生在宋徽宗時期，這很清楚，但其間水滸好漢的活動時間如魯智深的故事等都無法列出一個清晰的時間表。《金瓶梅》也是如此，魏子雲說小說明寫的宋朝年代是從「徽宗政和二年起，

〔註32〕 Ford, Ford Madox. *Joseph Conrad: A personal Remembrance*. Boston Little Brown and Company, 1924:194

〔註33〕 曾劍平、廖曉明：《時間觀與民族文化——中美時間觀比較研究》，《南昌大學學報》2001 年第 3 期。

〔註34〕 王慧在《〈聊齋誌異〉敘事時間》（《蒲松齡研究》2004 年第 4 期）中曾論及蒲松齡「不拘泥於具體的敘事時間，他更喜歡像『神仙狐鬼精魅』一樣天馬行空，隨意點染。在他的筆下，多的是『一日』、『一夕』這種不確定時刻」，我認為不獨蒲松齡如此敘事，中國古代小說似乎大多都是這種不確定的模糊化時間敘事。

到南宋建炎元年止」，起止時間很明晰，但是其間的敘述時間很模糊，如「寫在宣和元年之間的《金瓶梅》故事，可以編錄出年月的事件，只有從正月到四月十五日的這三個半月」〔註35〕。而《圍城》中以「明天」這個詞語作為交代時間的敘事比比皆是，新加坡的迮茗對此頗為不滿，認為這是《圍城》這部小說的缺點之一，即「時間改變的交代方式過於呆板」，並以小說中的「明天」為例說「用『明天』這個時間代名詞作為長篇小說的時間交代，顯然不是小說情節發展的完美形式」，據迮茗的粗略統計，在《圍城》中，「明天」這個字眼頻頻出現，例如「第 19，30，31，33，51，63，69，90，95，98，129，137，145，163，165，158，175，241，258 等頁」〔註36〕都是以「明天」作為另起時間的敘事。茲舉幾個例子予以說明之：

第三章中：「明天他（按指方鴻漸）到蘇家，唐小姐已先到了。他還沒坐定，趙辛楣也來了。」「明天下午，鴻漸買了些花和水果到蘇家來。」「明天方鴻漸到唐家，唐小姐教女用人請他在父親書房裏坐。」「明天蘇小姐見了面，說辛楣請他務必光臨，大家敘敘，別無用意。」「明天一早方鴻漸醒來，頭裏還有一條齒線的痛，頭像進門擦鞋底的棕毯。」等等。這些「明天」都是為了推進故事情節的發展而採用的敘事時間，但無不是模糊化的敘述時間。

第六章中，如「明天上午，辛楣先上校長室去，說把鴻漸的事講講明白，叫鴻漸等著，聽了回話再去見高松年。」（第 208 頁）「劉東方果然有本領。鴻漸明天上課，那三個傍聽生不來了。直到大考，太平無事。」（第 242 頁）「上課一個多星期，鴻漸跟同住一廊的幾個同事漸漸熟了。」（第 215 頁）這句裏面的「一個多星期」就是不確切的敘事時間。

《圍城》第七章，汪處厚為了競選文學院院長，打造「汪派」，讓夫人汪太太給方鴻漸、趙辛楣兩人介紹對象，打算將范小姐介紹給趙辛楣，將劉東方的妹妹劉小姐介紹給方鴻漸。結果當劉東方夫婦將消息透露給劉小姐時，劉小姐似乎不願意，喋喋不休，哭哭啼啼。小說寫道：「明天一早，跟劉小姐同睡的大女孩子來報告父母，說姑母哭了半個晚上。」小說中有很多諸如此類的敘事，有時候連續「明天」「明天」地敘事。當然，也有諸如「前天」「後

〔註35〕 魏子雲：《〈金瓶梅〉編年說》，《金瓶梅餘穗》，里仁書局，2007 年版，第 3 頁。

〔註36〕 〔新加坡〕迮茗：《談錢鍾書的〈圍城〉》，陸文虎編《錢鍾書研究采輯（一）》，三聯書店 1992 年版，第 178～179 頁。

天」等模糊不清的敘述時間。

　　從小說的模糊化的敘事時間來看，小說的時間敘事與歷史尤其是編年史的時間敘事是截然不同的，小說的時間敘事關鍵和重點在於人之精神、經歷或民風等在時間流中的感應和重認，而編年史的時間敘事則更加強調刻度時間的準確性和具體性。也就是說，二者的強調點不同，小說的敘事時間主要是強調「人類對時間的理解」，而不是具體的時空刻度。《圍城》中的敘事時間也是如此，所以它多以「明天」即第二天來前推敘事時間的展開，具體哪一天並不重要，重要的是「下一步」發生了什麼，重要的是在這段時間裏人或事是如何的。

四、作為敘事時間的節日敘事

　　節日敘事，是中國古代小說中的一種典型的敘事時間形式。節日作為敘事時間，本身並沒有什麼特別的意義；而節日的意義是人們賦予給它的，它的意義是文化上的意義，是慶典的意義，是此在的意義。中國古代小說傾向於並擅長於節日敘事，可能與中國的節日與農事密切相關不無關係，因而人們潛意識裏都把節日作為理解時間的界標，從而反映到小說的敘事之中了。我們看無論是《金瓶梅》還是《水滸傳》，其故事的展開，無不借助於諸如元宵節、中秋節、清明節、端午節、中元節等節日。甚至《紅樓夢》這部有意識消解具體歷史時間的小說，其敘事也大多依靠節日來敘事，如甄英蓮在元宵節丟失、林黛玉史湘雲在中秋節聯句等。這一具有民族特色的節日敘事，在《圍城》中也很突出。下面舉幾個例子來看：

　　第一章「清明節」敘事：「這縣有個姓周的在上海開鐵鋪子財，又跟同業的同鄉組織一家小銀行，名叫『點金銀行』，自己榮任經理，他記起衣錦還鄉那句成語，有一年乘清明節回縣去祭祠掃墓，結識本地人士。方鴻漸的父親是一鄉之望，周經理少不得上門拜訪，因此成了朋友，從朋友攀為親家。」這是方鴻漸何以在高中上學的時候與周家小姐訂婚的緣由，其中「清明節掃墓」成為了推動故事情節發展的動力。在中國，中秋佳節或是陰曆新年，往往更是人們團聚或回鄉的時候，然而錢鍾書將方鴻漸與周小姐的訂婚安排在祭奠死者的清明時節，恐怕不是信筆由之，而是賦予了其寓意或是一種預敘，預示著此婚事不得善終。結果也是如此，周小姐在方鴻漸讀大學的時候病逝。

　　第二章「陰曆新年」敘事：「陰曆新年來了。上海的寓公們為國家擔驚受

恐夠了，現在國家並沒有亡，不必做未亡人，所以又照常熱鬧起來。一天，周太太跟鴻漸說，有人替他做媒，就是有一次鴻漸跟周經理出去應酬，同席一位姓張的女兒。據周太太說，張家把他八字要去了，請算命人排過，跟他們小姐的命『天作之合，大吉大利』。鴻漸笑說：『在上海這種開通地方，還請算命人來支配婚姻麼？』周太太說，命是不可不信的，張先生請他去吃便晚飯，無妨認識那位小姐。」吃飯，在中國的現實中或小說裏不純粹是吃飯。飯局，這是一個舞臺，上演著各種目的的戲劇。而這裡方鴻漸之被「相親」，其實也是借助了農曆新年這個節日了。一般說來，新年新氣象，所以小說的作者爲了推動方鴻漸婚事的進展，便將這一次張太太的相親安排在了「陰曆新年」，不想方鴻漸卻有《三國演義》中劉備的「妻子如衣服」的舊意識，將贏得的錢買了新外套，不僅補償了相親不果的損失，而且還心安自得、滿不在乎。確實，錢鍾書在《圍城》這部小說中用筆極爲尖酸刻薄，當然，這一舊曆新年的相親，或許也是「圍城」之義吧。

　　第九章「冬至」吃晚飯的敘述：「舊曆冬至那天早晨，柔嘉剛要出門。鴻漸道：『別忘了，今天咱們要到老家裏吃冬至晚飯。昨天老太爺親自打電話來叮囑的，你不能再不去了。』柔嘉鼻樑皺一皺，做個厭惡表情道：『去，去，去！醜媳婦見公婆！眞跟你計較起來，我今天可以不去。聖誕夜姑母家裏宴會，你沒有陪我去，我今天可以不去？』鴻漸笑她拿糖作醋。」冬至的這一敘事，具有中國農耕文明的特點。《尚書·堯典》測定春分、夏至、秋分和冬至，「以閏月定四時成歲」方法制定曆法節令。從引文這段對話，我們還發現，孫柔嘉的姑母深受西方文化之影響，過的是洋節「聖誕節」；而方鴻漸父母家過的是土節「冬至」，這裡有中西節日之別，但在敘事時間上卻點出了另一個功能，即從冬至節日的敘事，展現「圍城」之眞髓。冬至是中國農曆二十四節氣之一。而「二十四節氣也是漢族獨有的時間劃分，它也是爲農業生產而制定的。《淮南子·天文訓》說：『十五日爲一節，乃生二十四時之變。』」〔註37〕中國古人之所以將「十五日爲一節」，是因爲月亮的圓缺變化每月一次，而「半月」則是從圓到缺或從缺到圓變化的一個歷程。這其實體現了中國古代的農曆即陰曆其依據本是月亮的變化規律。而《圍城》這裡的「冬至」敘事，並非隨便之筆，而是中國古代小說慣用的預敘之一種，是有其寓意的，從節氣來看，時值「冬至」，即「冬天來了」；而從方鴻漸與

〔註37〕劉澤民：《從漢語看漢民族的時間觀》，《蘭州大學學報》1996 年第 1 期。

孫柔嘉的情感來看，也是「冬天來了」。果不其然，正是在冬至這一天，方鴻漸辭去了報館的工作，並與孫柔嘉大吵一架，孫柔嘉攜保姆李媽去了她姑母家，預示著婚姻的危機和家庭的破裂。

再如蘇文紈一廂情願的與方鴻漸月下約會的敘事時間，也值得注意，是在「陰曆四月十五日」。四月十五日是月圓的日子，「月上柳梢頭，人約黃昏後」，本是談情說愛之美景良辰，奈何只是蘇小姐之單相思，從而促成了方鴻漸之激變。那麼，這個「四月」豈非大值得深思呢？爲何偏偏是「四月」，而不是其它的某月十五呢？或許，小說作者心頭有「人間四月芳菲盡」之感慨？而他們月下約會的前十天，便是清明節（四月五日），這難道沒有內在的聯繫嗎？沒有預示的況味嗎？也有學人從「反諷」的角度探討這個時間，楊夢菲、劉紹信認爲月下花前本是「男歡女愛的空間場景」，「那天是舊曆四月十五，暮春早夏的月亮原是情人的月亮，不比秋冬是詩人的月色，何況是月亮團圓，鴻漸恨不能去看唐小姐」，結果方鴻漸被蘇小姐所網住，被迫親吻蘇小姐。情人談情說愛的月下與方鴻漸、蘇文紈兩極的情感形成了反諷。〔註38〕錢鍾書本是博學的才子，《圍城》也是學人小說〔註39〕，因此其間的知識、文化包括時間意識自然應值得我們深入探究。

通過以上幾個「節日敘事」的例子，足以表明《圍城》的敘述時間的展開方式之一是「節日」，節日的敘述使得這部小說在敘事時間上帶有濃郁的中國特色。這一點與福克納《喧嘩與騷動》小說中的標題突出強調《聖經》耶穌遇難的四個重要的宗教敘事時間〔註40〕聯繫起來看，就會更明顯的體會到《圍城》中的「節日」敘事時間的民族性特點。

五、敘事時序

〔註38〕 楊夢菲、劉紹信：《〈圍城〉的空間敘事》，《北方論叢》2003 年第 5 期。
〔註39〕 小說中的節日敘述，恐非信馬由韁、信筆由之，而是有意選定，使之富有含義，故拙文從此處入手，亦非火浣。小說行文之博學，如方鴻漸之鴻漸本是《周易》的「漸」卦，以喻「窮鳥」之遭際；辛楣、曉芙出自《楚辭‧九歌》；柔嘉出自《詩經‧大雅》等；皆有寓意和出處，洵非浪作也。
〔註40〕 在《喧嘩與騷動》中，第三、第一、第四章的標題分別爲「一九二八年四月六日」「一九二八年四月七日」「一九二八年四月八日」，這三天恰好是從基督受難日到復活節。而第二章的標題爲「一九一〇年六月二日」，這一天在那一年又正好是基督聖體節的第八天。因此，康普生家歷史中的這四天都與基督受難的四個主要日子有關聯，富有宗教意味。不僅如此，從每一章的內容裏，也都隱約找到與《聖經》中所記基督的遭遇大致平行之處。

　　董小英在《敘述學》中認爲「如果敘述一個人的一生，從他出生開始到死亡結束，就沒有敘述上的時間錯位，敘事時間與事件時間同步，是順敘；如果事件還沒有發生預先就對於事件的進程進行描述就是預敘；歷史事件時間早於敘述時間，而敘述從中間的部分開始敘述再到起頭則爲倒敘；而事件已經發生，現在再進行回顧式的描述，叫做追敘；而在一件事件之中敘述另外一件事情，則爲插敘。」〔註41〕

　　中國古代小說中多預敘，特別是具有讖緯色彩的、神話色彩的或概述式的預敘。《三國演義》《紅樓夢》《水滸傳》等都是如此。而西方小說的敘述傳統則是以倒敘爲主〔註42〕，里蒙·凱南就說過「預敘遠不如倒敘那麼頻繁出現，至少在西方傳統中是這樣。」〔註43〕然而中國小說似乎正與之相反，大量運用預敘或順敘。正如陳平原所說的，「到二十世紀初接觸西方小說以前，中國小說基本上採用連貫敘述方法」〔註44〕，即以順敘爲主。而作爲現代小說的《圍城》，其敘述時序也主要是以連貫的順序敘述即以順敘爲主，而不是以倒敘爲主。夏志清說《圍城》具有西方「流浪漢小說」的特點〔註45〕，從敘事結構上來看，是有其道理的；從敘事時序來看，《圍城》的時間前延也是借助於方鴻漸的位移（像流浪漢那樣從一個地方到另一個地方）。具體而言，方鴻漸的位移便是他坐船回國、到了上海、去了平城、又回到上海。其間從上海到平城的路途敘事，更是獨佔一章，具有典型的「流浪漢小說」敘事特點，而這一路上，李梅亭、顧爾謙等五人的性格性情暴露無遺：李梅亭之自私荒淫、方鴻漸之懦弱苟且、趙辛楣之世故曠達、顧爾謙之討好卑下、孫柔嘉之貌似單純實則機深；同時，也表達了通往「圍城」之路的「圍城」意義，以及該意義在去「圍城」路上的形象化刻畫和展現。到了三閭大學，這裡又

〔註41〕董小英：《敘述學》，社會科學文獻出版社，2001年版。

〔註42〕熱奈特在《敘事話語》第一章中認爲「小說（廣義而言，其重心不如說在19世紀）『古典』構思特有的對敘述懸念的關心很難適應這種做法（按指預敘），同樣也難以適應敘述者傳統的虛構，他應當看上去好像在講述故事的同時發現故事」。

〔註43〕里蒙·凱南：《敘事虛構作品：當代詩學》，三聯書店1989年版，第86頁。

〔註44〕陳平原：《中國小說敘事時間的轉變——從「新小說」到「現代小說」》，《文藝研究》1987年第3期。

〔註45〕夏志清：《中國現代小說史》，劉紹銘等譯，復旦大學出版社，2005年版，第282頁。夏志清說「《圍城》是一篇稱得上是『浪蕩漢』（picaresque hero）的喜劇旅程錄。善良但不實際的主人公從外國回來，在戰爭首年留在上海，長途跋涉跑入內地後再轉回上海。途中他遇上各式各樣的傻瓜、騙徒及僞君子……」

成爲了現代儒林展示自我的時空。三閭大學這一年，將現代儒林的卑劣嘴臉予以入木三分的揭露，從而展現了李梅亭之滿口仁義道德實則男盜女娼、韓學愈之外形木訥而內心齷齪、高松年之口稱維護教育尊嚴實則酒色之徒、顧爾謙之專事吹拍淺薄猥瑣……這其間的敘事時間便是順敘。

除了順敘，其它時序也多所運用，如《圍城》中關於三閭大學聘任方鴻漸的緣由便是插敘，「於是，辛楣坦白的把這事的前因後果講出來。三閭大學是今年剛著手組織的大學，高松年是他先生。本來高松年請他去當政治系主任，他不願意撇下蘇小姐，忽然記起她說過方鴻漸急欲在國立大學裏謀個事，便偷偷拍電報介紹鴻漸給高松年……」此處的節外生枝，將「圍城」的舞臺由上海轉移到了內地的平城這一偏僻處，同時塑造了「職業」之圍城與「愛情」之圍城。從敘事時間上來看，何彬認爲「在連續的故事時間中插入人物眼光和敘述者聲音並置的敘述，不但打破了故事時間的完整連貫，而且硬將文本時間的碎片塞進故事時間的流程，造成兩種時間關係的錯亂共存，從而在展現人物個性特徵和心理活動方面形成特別的敘述效果」〔註46〕。

如前所述，西方小說多倒敘，然而《圍城》中的倒敘頗少，基本上是順敘，偶而運用插敘或追敘等。從敘事時序這一點來看，《圍城》中的敘述時間更多的是中國小說所慣用的敘述時間。錢鍾書畢竟是中國人，中國人固有的時間觀念、時間意識和思維方式自覺不自覺地滲透進小說的行文之中。

六、敘事時距

所謂敘事時距，指的是故事時間與敘事時間長短的比較。故事時間是文本中故事發生的時間，它是人物活動、事件及其環境構成的內在時間。而敘事時間又稱爲結構時間，是把故事如何組織安排並加以敘述的時間。由於敘事時間與故事時間並不同一，因此就有了敘事時距的問題。在敘事時距方面，通常有省略、概要、場景和停頓等四種情形。

眾所周知，中國人擅長於整體的思維，而西方人則擅長於分析的思維，這不同的思維方式也反映到小說的敘事之中。中國人的這一整體性的思維方式體現在敘事時間上就是整體性的時間意識。楊義認爲中國人「把天象運行、季節更替、萬物榮枯以及人對於自身的生命形態和年華盛衰的體驗，如此等

〔註46〕何彬：《交錯的時空——從〈圍城〉看有限全知視角的時間拼貼特徵》，《揚州教育學院學報》2007年第2期。

等的非常豐富的文化密碼，賦予大小相銜的時標之中。中國人把握某個時間點，不是把它當做一個純粹的數學刻度來對待的。假如他具有深厚的文化體驗，他是會把這一時間點當做縱橫交錯的諸多文化曲線的交叉點來進行聯想的。」〔註47〕中國的傳統小說，尤其是民間俗文學，大多採用趙樹理小說的敘事手法，講究故事的完整性，講究故事的開頭、發展、高潮、結局等，並將之介紹得清清楚楚。而西方小說則不然，一般不像中國傳統小說採用「浮世繪」之展現社會生活全貌之技法，而是圍繞著一個或幾個人進行片段的敘事，「西方小說往往從一人一事一景寫起」（楊義語），也不全寫其整個人生經歷，而是某一個片段。《圍城》這部小說的作者錢鍾書由於學貫中西，深受西方小說敘事的影響，其小說也體現了西方人的分析思維特點，並將這一思維方式體現於小說中的片段敘事之中，因此在《圍城》故事的敘述過程中，我們發現有諸多西方小說敘事上的特點。

《圍城》中的敘事時間，受作者思維方式之影響，不惟承傳了中國傳統的時間意識，而且也深受西方敘事時間的影響。譬如小說的開頭，它沒有像中國古典小說那樣「首先展示一個廣闊的超越的時空結構」，「以時間整體觀為精神起點，進行宏觀的大跨度的時空操作」（楊義語），而是開篇伊始，便是輪船過了紅海而航行於印度洋之上。再如《圍城》的結尾，是一種開放式的結尾，並不具有中國古典小說那種將人物結局、故事結果等一一交代明瞭的特點。於是有學人就認為這小說的結尾寫得不好，例如彭斐在《〈圍城〉評介》中認為《圍城》最後一部分寫得「單調」、「重複」和「虎頭蛇尾」〔註48〕。其實，這種「開放性」的結尾，在西方小說中比比皆是。況且，小說的最後部分，重點表達的是「圍城」意義之於「婚姻」的言說，怎能說是「重複」呢？由於結尾的「開放性」，所以更好地表達了「圍城」的哲學意義，從而使得這一意義具有了普遍性和永恆性。

《圍城》也不乏敘事之空白，這些敘事中的空白主要表現在方鴻漸最後是去了內地還是留在上海、唐曉芙的婚姻又是如何的等等。這些敘事空白，或可稱之為敘事時距中的「省略」。省略指的是在小說的敘述中文字闕如，敘事時間從而也就付之闕如。鮑小姐跑進方鴻漸的船艙後，他們兩人的勾當在小說中便被省略了。如果是《金瓶梅》，可能就有顛倒衣裳的詳細描述。再如

〔註47〕楊義：《中國敘事學》，人民出版社，1997年版，第128～129頁。
〔註48〕彭斐：《〈圍城〉評介》，《文藝先鋒半月刊》1947年第3期。

唐曉芙的結局，小說也省略了，讀者只知道她由香港轉重慶，其婚姻家庭工作等方面便留下了空白讓讀者自己去構想。再如方鴻漸、趙辛楣兩人在三閭大學那一年的寒假裏去桂林度假，其間的故事也是省略了。有學人認爲方鴻漸和孫柔嘉之戀愛採用的便是「省略」：「全部方、孫關係，以柔嘉登場算起，前後占五章長達 228 頁，是全書篇幅的 63.5%；若只算到方、孫宣佈訂婚止，也有 147 頁，占小說篇幅的 41%。在如此長的篇幅中，僅作點綴地插寫方、孫關係，其間該有多長的『省略號』？」〔註49〕

概要敘述，又稱之爲縮寫敘事。文本時長比故事時長相比較爲短，敘述一般比較粗略、濃縮、快速，但敘事者可以較爲自由地轉換聚焦。《圍城》中也不乏概要敘述，如方鴻漸留學回國回鄉省親時，方鴻漸的時間感覺就採用了概要敘述：「方鴻漸住家一星期，感覺出國這四年光陰，對家鄉好像荷葉上瀉過的水，留不住一點痕跡。以後這四個月裏的事，從上海撤退到南京陷落，歷史該如洛高所說，把刺刀磨尖當筆，蘸鮮血當墨水，寫在敵人的皮膚上當紙。」其中的「一星期」「四個月」的敘述，便是一筆帶過的概要敘事。再如方鴻漸在蘇文紈家中結識唐曉芙後，他們之間的往來就採用了概要敘事：「以後這一個多月裏，他見了唐小姐七八次，寫給她十幾封信，唐小姐也回了五六封信。」（第 88 頁）這便是敘事時距上的概要敘述。

場景，這裡不是指的空間意義的「場景」〔註50〕，而是時間意義上的場景，是「敘述故事的實況，故事時間與敘事時間大致相等」〔註51〕。對話是場景敘述的典型形態，敘述聲音和敘事視角總是統一於故事時間中的某一個具體人物。在《圍城》中，這個人物就是方鴻漸。雖然在《錢鍾書〈圍城〉批判》中有人曾說過這麼一句話，即看完《圍城》後只記得故事情節，其中的比喻一個都不記得了。其實，我覺得比喻的運用是《圍城》的一大特色，如果刪除小說中所有的比喻，那麼這部 25 萬餘字的長篇小說可能就會變成短

〔註49〕張明亮：《半透明・省略號・隔壁醋──論〈圍城〉寫方鴻漸同孫柔嘉的戀愛經過》，陸文虎編《錢鍾書研究采輯（一）》，三聯書店，1992 年版，第 147 頁。

〔註50〕楊夢菲、劉紹信：《〈圍城〉的空間敘事》，《北方論叢》2003 年第 5 期。空間意義上的「場景」主要包括現實場景、象徵場景和反諷場景等。《圍城》中的現實場景，主要集中在「客堂」（客廳）、「館子」（飯局）、「學堂」（教室）等。《圍城》中的象徵場景有「船」「旅途」和「家」等。《圍城》中的反諷場景主要有「月下」「路上」和「橋上」等。

〔註51〕羅鋼：《敘事學導論》，雲南人民出版社，1994 年版。

篇小說了;而比喻所帶來的嘲諷譏刺也會隨風而逝,於是這部小說也就不再是與《儒林外史》雙峰並立的「諷刺小說」了;如果刪除對話以及行文中的比喻,這部小說也就不會那麼「有趣」〔註52〕或「妙趣橫生」了;而方鴻漸這個小說中的主要人物也會性情大變,不再是輕浮饒舌的才子了——小說中方鴻漸的對話即敘事時距中的場景對於塑造人物形象、展開故事情節和表達「圍城」意義(如在酒席上「哲學家」褚慎明、蘇文紈等人關於「金漆的鳥籠」和「被圍困的城堡」的談話)等都有著不可替代的重要作用。

停頓敘述又稱之為休止敘事,其文本時間遠遠長於故事時間,故事時間雖然暫時停留在某一具體時段,但文本時間卻在其中精雕細刻,看似停頓了一樣。在《圍城》中,停頓敘述主要體現為小說敘述者的議論,有學人將《圍城》稱之為「議論小說」〔註53〕,其實也是有其道理的,因為這部小說中的「議論」確實是非常之多,不勝枚舉。而這些「議論」在敘事時間上來看,就是典型的停頓敘述。我們也不用為賢者諱,這些議論有時候顯得枝枝蔓蔓或斜枝逸出,或許是「停頓」時間過長的緣故吧。

敘事時距或者說概要敘述、停頓敘述、省略敘述和場景敘述不過是敘事時間速度在行文中的不同表現罷了。概要、省略可以加快敘事時間之速度,而場景、停頓則放慢了敘事時間之速度。小說的敘事時間不是故事時間的復原或再現,而是有張有弛、疏密有致,時距總是根據故事情節和敘事節奏的需要而確定敘事時間之或快或慢。《圍城》中敘事時間的速度,總的說來,就是以比喻、類比、比照、對照等敘事修辭的運用,延宕了時間速度,但豐富了敘事對象的內涵外延,加深了對現代儒林的諷刺意味。這些敘事修辭的運

〔註52〕荒井健:《機智幽默,綽乎有餘——〈圍城〉譯後記》中說一位學習中國文學的法國女學生感慨「中國現代小說,無論魯迅還是巴金或茅盾,讀起來都不夠有趣兒」,荒井健「立即推薦讀一讀錢鍾書的《圍城》」。《圍城》的日譯本(荒井健、中島長文、中島碧合譯)改名為《結婚狂詩曲》,有人批評說這是「低級趣味」,但據譯者說錢鍾書「表示對書名的改譯毫不在意」。《錢鍾書楊絳研究資料集》,華中師範大學出版社 1997 年版,第 287~289 頁。夏志清(C. T. Hsia)在《中國現代小說史》(*A History of Modern Chinese Fiction*, Yale University Press, 1961)中認為《圍城》「是中國現代文學中最有趣和最用心經營的小說,可能亦是最偉大的一部」,也肯定了這部小說的「有趣」。新加坡迮茗在《談錢鍾書的〈圍城〉》中也驚歎小說作者「風趣活潑的筆調」。

〔註53〕李先秀:《〈圍城〉與宋詩》,《海南廣播電視大學學報》2005 年第 2 期。李先秀在該文中說「《圍城》實際上是一部『議論小說』,它的情節只是表面,重要的是作者的看法和評論。」

用，在西方人看來，有一些顯得枝蔓，但比照中國古代小說來看，卻是十分自然，當然，其間的比喻運用得確實有點過了，以至於有些敘事，一旦刪除了這些比喻，便不剩什麼了。

七、敘事頻率

所謂敘事頻率，指的是一個事件在故事中出現的次數與該事件在文本中敘述的次數之間的關係。不同的敘事頻率會產生不同的敘事效果。如果反覆講述某一件事件，這種重複能夠使得陳述具有強調性，從而產生某種象徵意蘊。

《圍城》最常見的敘述頻率是講述時間流中的一次發生過一次的事件，即單一敘事。而重複敘事則是講述幾次發生過一次的事件，如《喧嘩與騷動》中同一件事件分別被班吉、昆丁、傑生和迪爾西等四個人陳述；該小說出版十五年之後，福克納為馬爾科姆・考利編的《袖珍本福克納文集》寫了一個附錄，把康普生家的故事又作了一些補充。因此，福克納常常對人說，他把這個故事寫了五遍。敘事頻率除了指事件的再三講述或展開外，還指意象的陳述次數，《圍城》多採用後者。

《圍城》中「坐船」的敘述頻率較高：第一次是方鴻漸、蘇文紈、鮑小姐等乘坐法國郵船白拉日隆子爵號（Vicomte de Bragelonne）回國；第二次是趙辛楣、方鴻漸、李梅亭、顧爾謙和孫柔嘉五人坐船、火車、步行到了內地的三閭大學；第三次是方鴻漸與孫柔嘉兩人坐船、乘飛機從三閭大學回到上海。

雖然同是「坐船」，但方鴻漸的感覺卻大為不同。在去三閭大學的路上，方鴻漸、趙辛楣等一行五人先是坐船，小說寫道「晚飯後，船有點晃。鴻漸和辛楣並坐在釘牢甲板上的長椅子上。鴻漸聽風聲水聲，望著海天一片昏黑，想起去年回國船上好多跟今夜彷彿一胎孿生的景色，感慨無窮。」（《第五章》）

當方鴻漸和孫柔嘉兩人坐船從三閭大學回上海的時候，方鴻漸又別有一番滋味在心頭，小說寫道：「鴻漸這兩天近鄉情怯，心事重重。他覺得回家並不像理想那樣的簡單。遠別雖非等於暫死，至少變得陌生。回家只像半生的東西回鍋，要煮一會才會熟。這次帶了柔嘉回去，更要費好多時候來和家裏適應。他想得心煩，怕去睡覺──睡眠這東西脾氣怪得很，不要它，它偏會來，請它，閈它，千方百計勾引它，它拿身份躲得影子都不見。與其熱枕頭

上翻來覆去，還是甲板上坐坐罷。柔嘉等丈夫來講和，等好半天他不來，也收拾起怨氣睡了。」小說的敘事不憚於意象的再三重複，但是電視劇《圍城》出於內心獨白無從影像化以及急欲奔赴高潮就將這一次的「坐船」敘事「認眞地刪去了」；但改編者孫雄飛顯然是注意到了這一「與第五章去內地頗相似的船上情節」〔註54〕。

這幾次「船」的意象都有其象徵的意義：第一次坐船的時候，「船象徵著浮靡放縱人生的特定場景」；第二次坐船的時候，「船象徵著人生漂泊無依的人生困境」；第三次坐船的時候，船又象徵著方鴻漸心靈漂泊流浪、前途不可預知、精神失去依靠等〔註55〕，這種敘述頻率使得小說中的敘事時間呈現出更多意義的內涵。

另外，方鴻漸正是「在船上」給孫柔嘉闊論「大鯨魚童話」，趙一凡認爲它「飽含寓意」，「喻鴻漸爲水手，柔嘉爲大魚」，「船上對話」「猶如一曲陰森伴奏，反覆加強，直至形成『圍困主調』。在三閭大學，鴻漸發現柔嘉『頗有主見』。訂婚後，他感到『自己有了女主人』。待到辛楣再次提醒時，他已陷身魚腹」〔註56〕。正是「在船上」，肇始了「圍城」的主題，經過層層皴染，對「圍困」意味三致意焉。

八、感覺時間

時間，可分爲絕對時間、相對時間、物理時間、藝術時間、空間時間、價值時間、心理時間、情感時間、媒介時間、幻化時間〔註57〕等等，但文學作品中的敘事時間，主要是一種感覺時間，它主要是作爲人類情感、經驗、精神等得以表現的舞臺而存在的。

小說中的敘事時間，其實並不是像福斯特等人所謂的那麼重要。除了少數如《追憶逝水流年》外，敘事時間不過是人生經驗的傳達方式罷了。《圍城》

〔註54〕孫雄飛：《〈圍城〉電視劇改編者的感悟》，陸文虎編《錢鍾書研究采輯（一）》，三聯書店 1992 年版，第 208 頁。

〔註55〕楊夢菲、劉紹信：《〈圍城〉的空間敘事》，《北方論叢》2003 年第 5 期。

〔註56〕趙一凡：《〈圍城〉的現代性隱喻》，《書城》2009 年第 9 期。

〔註57〕中國古代小說尤其是其中的神魔小說往往利用「幻化時間」進行敘事，幻化時間正如楊義所言「是與人間時間相對比而存在的，它把時間非人間化之後，反過來審視人間。」（詳見楊義《中國敘事學》，人民出版社，1997 年版，第157 頁。）

就是這樣的，就像「明日」「明日晚上」等這樣的敘事時間，前面我們稱之為模糊化的敘事時間，其實時間尤其是物理時間似乎不是小說敘述的重點或目的，而感覺時間或者說「人們對時間的理解」（阿波特語）才是小說敘事關注的重點。

感覺時間之感覺，總因人而異，例如張愛玲的時空意識，總是充滿了蒼涼〔註58〕。她在《中國的日夜》中說：「時間與空間一樣，也有它的值錢地段，也有大片的荒蕪。不要說『寸金難買』了，許多人想為一口苦飯賣掉一生的光陰還沒人要。」

感覺時間之感覺，也因為時空之不同而有不同的感覺，這種感覺或者就是愛因斯坦解釋相對論時舉的例子，當一個人坐在一個美麗女子旁的時候，一個小時有幾分鐘的感覺。《圍城》這部小說中不乏關於時間感覺的描述，如「在旅行的時候，人生的地平線移近；坐汽車只幾個鐘點，而乘客彷彿下半世全在車裏消磨的」（第164頁），這裡的感覺時間形容方鴻漸他們旅途艱辛，給人的時間感覺是漫漫難熬。

《圍城》小說中的感覺時間，似乎在追求一種永恆的時間觀，或者說是漠視時間的時代性而表達「圍城」意義的超時間性，但在日本侵華、中華民族危亡之際，卻幾乎沒有涉及這一時代感，即使是偶而涉及，行文的時代感卻是輕薄才子或無行文人的，從而得到了一些論者的詬病，如無咎（巴人的筆名）在《讀〈圍城〉》中所批評的「上帝的態度」〔註59〕，應該說那些指責也不無道理，畢竟《圍城》中的時代感是小資產階級知識分子或者沒有愛國心的文人的時代感。這種時代感有著文人才子的尖酸刻薄和寡情輕浮，也有著似乎是超然物外實則冷漠無情的不關心時事的「學人」態度，如小說寫道「也許因為戰爭中死人太多了，枉死者沒有消磨掉的生命力都迸進春天的生意」、「上海租界寓公們為國家擔驚受恐夠了，現在國家並沒有亡，不必做未亡人，所以又照常熱鬧起來」、「以後飛機接連光顧，大有絕世佳人，一顧傾城，再顧傾國的風度」等等。其中所謂的「幽默」或「才情」令人不僅沒有感到作者希望的效果，而且讀來令人感到濃重的悲哀、厭惡和鄙夷。

〔註58〕 張愛玲在：《傳奇》中說「如果我最常用的字是荒涼，那是因為思想背景裏有這惘惘的威脅」。

〔註59〕 巴人：《讀〈圍城〉》，原載《小說》月刊1948年7月1日第1卷第1期，後收集在湯溢澤編《錢鍾書〈圍城〉批判》，湖南大學出版社，2000年版，第4～5頁。

這裡所謂的「感覺時間」，本質上是藝術時間。中國傳統文化的時間觀也是藝術時間，但時間流中的具體內涵則異彩紛呈。「中國儒道佛的時間是生命化的『現象學』時間。在根本上，這是一種藝術時間，藝術時間關心的是生命的『隨時』綻放，永遠『現在著』，所以它也並不排斥現代性。」〔註60〕

小說中的敘事時間，時而繁管急弦，時而遲緩漫長，時而刹那百年……這都與人們的感覺有關。這感覺與人事的無常與無聊、物是人非的變遷與虛空等都密切聯繫在一起。小說中的敘事時間與小說人物的情感也不無關係。

九、敘事時間的隱喻

《圍城》的敘事時間，充滿了隱喻。除了我們在「節日敘事」中所論述的，就以小說開篇第一自然段來看，就有三種敘述時間：公元紀年、王朝紀年和陰曆紀年。而陰曆紀年的敘述時間就是隱喻，它不僅僅在陳述具體的故事時間，而且隱喻了故事情節的背景，爲青年男女情愫的發酵提供了條件，尤其是爲鮑小姐投懷送抱、主動跑到方鴻漸船艙裏媾和提供了氣候：時值「中國舊曆的三伏，一年最熱的時候」，天氣燥熱，情慾也在燃燒，你看鮑小姐之裝扮──「只穿緋霞色抹胸，海藍色貼肉短褲，漏空白皮鞋裏露出塗紅的指甲」──這一身體敘事分明在書寫著欲望，使得「那些男學生看得心頭起火，口角流水」。即使是一貫矜持、「孤芳自賞、落落難合」的蘇文紈小姐，也按捺不住心頭的欲火，先是「頗有意利用這航行期間，給他（按指方鴻漸）一個親近的機會」；所以時刻留意、關心「方先生」，跟孫太太聊天的時候，還讚賞方先生不賭博，但當聽了孫太太說方先生「忙著追求鮑小姐」的時候，「心裏直刺得痛」；後又撩撥方鴻漸，然而當時方鴻漸正專注於鮑小姐。而當鮑小姐在香港下船後，方鴻漸尚有餘畏，而蘇小姐卻「既往不咎」，「裝扮得嫋嫋婷婷」，用夏志清的話來說就是「亦致力討好他」〔註61〕，主動邀請方鴻漸陪她去剃頭店洗頭髮，致使服務員阿劉見了「不禁又詫異，又佩服，又瞧不起」。

天氣熱，隱喻著人之內火和欲火，這不是牽強附會，後面的行文也可證明：蘇小姐雖然有意給方鴻漸親近自己的機會，「氣候雖然每天華氏一百度左

〔註60〕 王乾坤：《文學的時間觀反省》，《江漢論壇》2003 年第 2 期。
〔註61〕 夏志清：《錢鍾書的〈圍城〉》，湯溢澤編《錢鍾書〈圍城〉批判》，湖南大學出版社，2000 年版，第 180 頁。

右」，但她「豔如桃李冷若冰霜」的冰淇淋作風全行不通。這裡的天氣炎熱既是隱喻，又照應著開篇的天氣炎熱，可謂是伏線千里了，頗得古人行文之法。

《圍城》開篇便是「舊曆的三伏」，而小說的結尾卻是「寒風砭肌」的晚上。正是在這個晚上，方鴻漸與孫柔嘉因為工作問題吵架、方鴻漸餓肚子、孫柔嘉和保姆李媽去了姑母陸太太家。難道說這個天氣、時節、氣候等與其間發生的事情沒有關聯？其中的天氣之「寒冷」與人物之情感之間沒有內在的聯繫？其間的冷熱敘事不是隱喻？中國古代小說，很擅長這種「冷熱」敘事，《金瓶梅》就不用說了，張竹坡論之頗詳；以《水滸傳》而言，「武十回」中的「冷熱」氣候敘事也是很顯然的，如武松醉打蔣門神，是在炎熱的「六月半」，隱喻武松仗義拳打不明道德的人之事業如日中天；而武松飛雲浦、鴛鴦樓報仇雪恨屠殺了十九口人命卻是正在「十月半」，寒冷肅殺之時也。小說敘事之時令與所敘述的事件貼合無間。

再如自鳴鐘的隱喻。小說《第九章》寫道方鴻漸與孫柔嘉在香港結婚後，回到上海，他父母替他們置換了一套居室後，方遯翁送了一老式自鳴鐘到房裏：

> 遯翁問他記得這個鐘麼，鴻漸搖頭。遯翁慨然道：「要你們這一代保護祖澤，世守勿失，真是夢想了！這隻鐘不是爺爺買的，掛在老家後廳裏的麼？」鴻漸記起來了。這是去年春天老二老三回家鄉收拾劫餘，雇夜航船搬出來的東西之一。遯翁道：「你小的時候，喜歡聽這隻鐘打的聲音，爺爺說，等你大了給你——唉，你全不記得了！我上禮拜花錢叫鐘錶店修理一下，機器全沒有壞；東西是從前的結實，現在的鐘錶那裡有這樣經用！」方老太太也說：「我看柔嘉帶的表，那樣小，裏面的機器都不會全的。」鴻漸笑道：「娘又說外行說了。『麻雀雖小，五臟俱全』；機器當應有盡有，就是不大牢。」他母親道：「我是說它不牢。」遯翁挑好掛鐘的地點，分付女用人向房東家借梯，看鴻漸上去掛，替鐘捏一把汗。梯子搬掉，他端詳著壁上的鐘，躊躇滿志，對兒子說：「其實還可以高一點——讓它去罷，別再動它了。這隻鐘走得非常準，我昨天試過的，每點鐘只慢走七分鐘，記好，要走慢七分鐘。」

方遯翁說這自鳴鐘「走得非常準」但「每點鐘只慢走七分鐘」，這其中就沒有寓意嗎？如果有，那是什麼呢？是不是說方遯翁家的生活方式循規蹈矩

已成規律，即「走得非常準」；但卻與大上海的生活方式相比，卻「要走慢七分鐘」。

當天「柔嘉回家，剛進房，那隻鐘表示歡迎，法條唏哩呼嚕轉了一會，當當打了五下。她詫異道：『這是什麼地方來的？呀，不對，我表上快六點鐘了。』」時間的不一致，正是表明孫柔嘉與方鴻漸老家在生活方式、人生經驗和時間意識等方面不一致的象徵和體現。方遯翁舊式傳統、其家還恪守老式的禮儀和禮節，而深受留法姑姑影響的孫柔嘉自然更為新潮，這其間就沒有「時間快慢」之分嗎？

當方鴻漸和孫柔嘉夫妻倆拌嘴的時候，尚沒有忘記那自鳴鐘。孫柔嘉「瞧鴻漸的臉拉長，——給他一面鏡子『你自己瞧瞧，不像鐘麼？我一點沒有說錯。』鴻漸忍不住笑了。」孫柔嘉看到方鴻漸拉長了臉，而方鴻漸長方形的國字臉（由孫柔嘉的比喻可推知）與方遯翁送的自鳴鐘頗為相像。難道僅僅是外形的相像嗎？恐怕不是如此簡單。孫柔嘉這句話或其內心難道沒有對方鴻漸精神、面子、行為等方面與落伍的老式時鐘相像的認為嗎？

《圍城》這部小說也是以方遯翁送的自鳴鐘結束：「那隻祖傳的老鐘當當打起來，彷彿積蓄了半天的時間，等夜深人靜，搬出來一一細數：『一，二，三，四，五，六』。六點鐘是五個鐘頭以前，那時候鴻漸在回家的路上走，蓄心要待柔嘉好，勸他別再為昨天的事弄得夫婦不歡；那時候，柔嘉在家裏等鴻漸回家來吃晚飯，希望他會跟姑母和好，到她廠裏做事。這個時間落伍的計時機無意中對人生包涵的諷刺和感傷，深於一切語言、一切啼笑。」這裡的寓意很顯然，一切都晚了，無情時間的流逝，將人世間一切的「諷刺和感傷」嘲笑殆盡，「圍城」的意義在時間流中也上演著不盡的劇目。

《圍城》中的時間隱喻大多是通過意象來呈現的，如上所述之炎熱天氣、寒冬之天氣、自鳴鐘等等，這也是其他小說家關於敘事時間表達的手法之一。

餘　論

結構主義敘事學的文本分析，固然有其獨到之處，但文學作品，尤其是中國古代章回小說，似乎更側重於「人情物理」的敘述，而並不是敘事時間、敘事話語、敘事聲音、敘事修辭等形式上的結撰。也就是說，它展現的是一種人類對於時間的感知或「人類對時間的理解」，它敘述的是人類生活經驗、思想精神上的具體時空中的情事內容，而不是諸如敘事時距、時間倒錯等敘

事之形式。文學的敘事，顯然具有民族文化的特色，而結構主義敘事學所謂的探求整體意義上的規律云云無異於一種烏托邦，或者說僅僅是一種理論上的假設而已。結構主義敘事學所採用的統計、分解、剖析等手段貌似科學客觀實則去文學意義甚遠，猶如實驗室中的人體解剖，將人之精神、「意態」、審美等消解殆盡。而西方現代主義、後現代主義小說的敘事，也事實地證明了敘事時間並非僅僅是線性的延展，而是空間化的精神展現。時間的敘事，本質上不是關於物理時間的線性歷時前延或刻度痕跡的追憶，而是人們關於時間的理解的一種組織、安排和編排，從而展現人之精神或「人情物理」。從這一點來說，小說的敘事時間，不過是「人情物理」的敘述罷了，或者說它其實不過是人之存在的理解而已。

宋代募兵制與瓦舍勾欄的興盛

引　言

　　關於宋代募兵制與瓦舍勾欄之間的關係，迄今尚無專論，在少數學者的文章中，曾約略提及瓦舍勾欄的設立是爲了娛樂軍士的，如胡士瑩提及「有些瓦子的創立，主要是供軍士娛樂」〔註1〕；關於瓦舍勾欄的興盛，他主要是從「兩宋城市的繁榮，工商業的興盛，市民階層的壯大」，以及坊市制的崩潰等方面來論述的〔註2〕，但尚未深入探析宋代募兵制與瓦舍勾欄之間的關係。

　　本文認爲，宋代實行募兵制和養兵政策，對瓦舍勾欄的興盛具有十分重要的作用。募兵制下的軍卒本身既是其中的消費者，又是瓦舍勾欄娛樂發展的積極推動者。爲什麼這樣說呢？下面將從宋代的募兵制入手詳細論證之。

一、宋代募兵制

　　除了朝廷政治、經濟等方面政策的影響之外，宋朝實行募兵制對市民娛樂的繁盛也起了很大的作用。下面先談談募兵制的問題。

　　唐代中期以後，府兵制瓦解，募兵制開始登上歷史舞臺。宋朝是中國歷史上唯一一個一直實行募兵制的王朝。宋代之後，一直到現在還是實行強制性的征兵政策。

　　何謂募兵制？募兵制就是「招集志願當兵的人，給他們相當的餉款，編

〔註1〕　胡士瑩：《話本小說概論》，中華書局，1980 年版，第 46 頁。
〔註2〕　胡士瑩：《話本小說概論》，中華書局，1980 年版，第 43～44 頁。

組成軍隊，使他們經常擔任兵役的一種制度。」〔註3〕宋代實行募兵制，其士兵都是招募而來的雇傭兵，他們都有固定的薪金即軍俸。

宋代借鑒晚唐以及五代藩鎮割據的教訓，強幹弱枝。禁軍是宋代的正規軍，主要駐紮在京城內外，其它在各大城市輪戍。地方上主要是以廂軍爲主。宋朝設置廂兵的目的，「大抵以供百役」。廂兵服役的範圍很廣，如築城修路，製造武器，建造戰船，疏濬河道以及官員的侍衛、迎送、運輸等。一般情況下，廂兵不進行訓練，也基本不參加戰鬥。

宋代實行募兵制和養兵政策，有其政治上的考慮。正如韓琦（1008～1075年）所說的，「今收拾一切強悍無賴游手之徒，養之以爲官兵，絕其出沒閭巷嘯聚作過擾民之害，良民雖稅賦頗重，亦已久而安之樂輸，無甚苦也，而得終身保其骨肉相聚之樂，此豈非其所願哉！」有宋一代，募兵制與養兵政策因而與宋王朝相始終。

《宋史·兵制》記載：「或募土人就所在團立，或取營伍子弟聽從本軍，或募饑民以補本城，或以有罪配隸給役。」由此可知，宋軍的主要基本來源有四：募取當地人、招募營伍子弟、招募饑民和以罪犯充軍。

應募者入營後，終身爲兵，在面部、手臂等處被刺上軍號。官僚階層常把軍卒當苦工使用，由於有些罪犯也被充軍，因而他們被稱爲「賊配軍」，當時一般人不願參軍，應募的人多爲不良的無業游民，或是生活無著落的饑民，或配發罪人當兵。無業游民、流氓無產者、犯罪之人大多是游手好閒之徒，手頭如果有點錢，便到娛樂場所揮霍殆盡，但是他們的娛樂消費又不能與富貴階層相比，他們的也只能是通俗的、便宜的，一般說來，低檔次的瓦舍勾欄消費很適合於他們。同時，由於軍隊或明或暗地都經商，他們也到瓦舍勾欄裏去賺錢，如做木偶戲人、刺繡、奏樂等。這種狀況促使了瓦舍勾欄在宋代的紛紛興起和昌盛。

二、宋代的瓦舍勾欄

1、宋之前娛樂業的特點

胡士瑩說：「唐代的民間說話、講唱主要在寺廟，唐代的市民群眾大抵是

〔註3〕 東方出版社編輯委員會《東方國語辭典（增訂版）》，東方出版社，1978年版，第177頁。

在參加宗教性集會時進行娛樂的。」〔註4〕這裡的「宗教性」其實不過是形式或外衣而已，唐代的俗講雖然是「奉敕開講」，但是其功能主要以娛樂性為主。

唐五代時期主要的娛樂場所是在寺院戲場裏，上至皇帝、公主，下至商販走卒，一般都是到寺院裏聽俗講、看雜耍的，例如唐敬宗、萬壽公主等就到長安的寺院裏聽過俗講。唐五代寺院裏的娛樂形式還是比較單一，主要是俗講、變文等，遠不能與宋代瓦舍勾欄中豐富多彩的娛樂業相比。

2、宋代的瓦舍勾欄

到了宋代，瓦舍勾欄成為了最主要的娛樂場所。「瓦舍」、「勾欄」這兩個詞語據康保成《「瓦舍」、「勾欄」新解》的考證，是來源於印度佛經的漢譯，本來指的是僧房、寺院，後來代指娛樂場所。〔註5〕

具體而言，瓦舍就是城市商業性遊藝區，也叫瓦子、瓦市、瓦肆或邀棚。耐得翁在《都城紀勝》中說：「瓦者，野合易散之意也，不知起於何時；但在京師時，甚為士庶放蕩不羈之所，亦為子弟流連破壞之地。」吳自牧《夢粱錄》也說：「瓦舍者，謂其來時瓦合，去時瓦解，即易聚易散之義，不知始於何時。」他們都不知道瓦舍起於何時，但是似乎都認為瓦舍乃是低級、簡易的色情場所，其實，瓦舍並不僅僅如此，它是綜合性的娛樂場所。

瓦舍裏設置的演出場所稱為勾欄，也稱鉤欄、勾闌。勾欄的原意是曲折的欄杆，在宋元時期專指瓦舍裏設置的演出棚。從宋人筆記來看，宋時勾欄裏主要以說書為主〔註6〕，還不是後來妓院的意思。瓦舍勾欄是宋代盛極一時的市民娛樂場所。

瓦舍作為娛樂場所，或許就是起源於它的本義寺院，因為唐五代娛樂場所是寺院，後來專指娛樂場所。南宋王栐《燕翼詒謀錄》直稱相國寺為「瓦市」，其書卷二云：「東京相國寺，乃瓦市也。僧房散處，而中庭兩廡可客萬人。凡商旅交易，皆萃其中。四方趨京師，以貨物求售、轉售他物者，必由於此。」〔註7〕這說明到了南宋之時，寺院仍然被稱作瓦舍或瓦市；並且，從

〔註4〕 胡士瑩：《話本小說概論》，中華書局，1980年版，第45頁。

〔註5〕 康保成：《「勾欄」、「瓦舍」新解》，《文學遺產》1999年第5期。

〔註6〕 《都城紀勝》中《瓦市》條說：「……惟北瓦最大，有勾欄一十三座。常是兩座勾欄，專說史書，喬萬卷，許貢士，張解元。」《西湖老人繁勝錄》中有「一世只在北瓦，占一座勾欄說話，不曾去別瓦作場，人叫做小張四郎勾欄」的記錄；《東京夢華錄》中也記載了在瓦舍中專說「三分」的霍四究，專說「五代史」的尹常賣，專演「史書」的孫寬和專演「說諢話」的張山人等事例。

〔註7〕 〔元〕陶宗儀：《說郛》，上海古籍出版社，1988年版，第2025頁。

中我們也可以得知瓦舍也是商貿的場所。

據《東京夢華錄》記載，汴京瓦舍勾欄很繁盛，有新門瓦子、桑家瓦子、朱家橋瓦子、州西瓦子、保康門瓦子、州北瓦子等。瓦舍的規模很大，大的瓦舍可容納大小勾欄五十多棚，觀眾上千人。瓦舍裏所表演的遊藝種類繁多，百戲伎藝競演，如貨藥、賣卦、喝故衣、探博、飲食、剃剪、紙畫、令曲、小曲、傀儡戲、影戲、講史、小說、雜劇、諸宮調、商謎、合生、說諢話、說三分、五代史等。

南宋時，瓦舍勾欄更是興盛，《南宋市肆記》說：「有瓦子勾欄，自南瓦至龍山瓦，凡二十三瓦，又謂之邀棚。」據胡士瑩的考證，南宋瓦舍、勾欄在瓦子數目、藝人數目和場所的固定性方面，「似勝於北宋」〔註8〕。

瓦舍勾欄中實行商業化的演出方式，觀眾看演出是需要交費的。它的出現標誌著中國劇場的正式形成。瓦舍勾欄的商業化演出歷經了北宋、南宋、蒙元三四百年的時間。這一時期中國戲劇的演出場所以瓦舍勾欄為主，神廟戲樓為輔（有的寺院本身就是瓦舍）。

下面具體分析一下宋代募兵制和養兵政策之下軍士有何特點，他們與瓦舍勾欄的興盛又有何關係？

三、募兵制與瓦舍勾欄的興盛

1、兵源多是游手好閒之輩

宋朝實行募兵制，其兵源主要是游手好閒的無業游民、市井無賴和無地貧民。王安石曾經說過：「募兵多浮浪不顧死亡之人，則其喜禍亂，非良農之比。」〔註9〕王安石後來對宋神宗又說：「宗廟、社稷之憂，最在於募兵，皆天下落魄無賴之人。」〔註10〕

王學泰說：「兩宋京城中還有一種特殊的游民，這就是軍漢。宋代軍隊主力——禁軍不是從農民中選拔的，而是從游民中招募的。宋太祖趙匡胤承繼並改造了唐末五代的募兵、養兵制度，把軍人職業化。每當凶歲災年便招募大量的破產農民加入軍隊，用以緩和社會矛盾。對於大量的市井無賴、無業游民也多『收隸尺籍』，使他們『雖有萊鷙恣肆，而無所施其間』（《宋史·兵

〔註 8〕 胡士瑩：《話本小說概論》，中華書局，1980 年版，第 47 頁。
〔註 9〕 李燾：《續資治通鑑長編》卷 233 熙寧三年十二月乙丑。
〔註 10〕 李燾：《續資治通鑑長編》卷 233 熙寧五年五月丙戌。

志》）。宋仁宗時大臣韓琦就說這種募兵、養兵之法，實際上是『收拾強悍無賴者，養之以爲兵。』（《鶴林玉露》卷十八）所謂『無賴』，也就是無恆產以爲依賴的游民。」〔註11〕

宋王朝從流民、游民、市井無賴、游手好閒之徒中招募而來的禁軍戍衛汴京，閒暇無事時整日遊逛，風月場上一般很容易成爲好手。《水滸傳》中的高俅「吹彈歌舞，刺槍使棒，相撲頑耍，頗能詩書詞賦」，東京城裏城外幫閒，「幫了一個生鐵王員外兒子使錢，每日三瓦兩舍，風花雪月」（第二回）。這樣的人被朝廷招募從軍之後，手頭有幾個閒錢，當然會是瓦舍勾欄裏的常客。

2、正式而固定的軍俸爲兵士到瓦舍勾欄中娛樂消費提供了經濟上的保障

宋朝實行募兵制，軍費是國家財政開支中最大的支出項目。宋代官俸雖然相對優厚，但正式官員人數不過數萬人，而宋代軍隊的人數，從北宋中期開始，一般都維持在 100 萬至 120 萬，宋仁宗「慶曆中內外禁、廂軍總一百二十五萬」〔註12〕。國家軍費開支要占全部財政支出的絕大多數，宋人有估計占六至七成的，也有估計占八至九成的。宋仁宗寶元時，大臣富弼曾說：「自來天下財貨所入，十中八九贍軍。」〔註13〕宋神宗時，陳襄上奏皇帝說：「臣觀治平二年天下所入財用大數，都約緡錢六千餘萬，養兵之費約五千萬，乃是六分之財，兵占其五。禁兵之數約七十萬，一夫錢糧賜予歲不下五十千，則七十萬人有三千五百萬緡之費；廂軍之數約五十萬，一夫錢糧賜予歲不下三十千，則五十萬人有一千五百萬緡之費。則是廂、禁共費五千萬矣，惟餘一千萬以備國家百用之費。」〔註14〕宋寧宗慶元時，姚愈上奏說：「大略官俸居十之一，吏祿居十之二，兵廩居十之七。」〔註15〕國家的財政主要用於養軍，軍卒的生活有經濟上的保障。

宋朝初期，那些京城裏的禁軍及其家屬「衣食縣官日久」，他們大多「生長京師，姻親聯布，安居樂業」〔註16〕。宋朝中期，「衛兵入宿，不自持被，

〔註11〕 王學泰：《論〈水滸傳〉的主導意識——游民意識》，《文學遺產》1994 年第 5 期。
〔註12〕 《文獻通考》卷一百五十二《兵考四・兵制》。
〔註13〕 楊仲良：《皇朝通鑒長編紀事本末》卷 124。
〔註14〕 黃淮、楊士奇輯：《歷代名臣奏議》卷 220。
〔註15〕 徐松清輯：《宋會要》食貨五十六。
〔註16〕 馬端臨：《文獻通考》卷 153《兵考五》，中華書局，1986 年。

而使人持之；禁兵給糧，不自荷，而雇人荷之。」〔註17〕南宋的時候，「兵人者靡衣侈食，蒲博而使酒，傲岸踞肆。」〔註18〕這種現象足以說明禁軍在經濟上的餘裕。

宋代實行募兵制，所有官兵無論其所處地區的差別，無論其軍種是禁兵還是廂兵，無論其軍階的高低，都有正式俸祿，包括料錢、月糧、春冬衣等，還有花樣繁多的各種補助，如北宋初的口額、南宋的生券和熟券等。不用說朝廷禁軍，單是一個州府的廂軍兵勇，除免去全家徭賦之外，他的當兵收入就可以養活全家，且有餘裕。

京城中的禁軍除了正常的軍俸之外，皇室還經常恩賜他們緡錢。例如，「甲午，皇太后崩於寶慈殿。遺誥：『尊太妃爲皇太后，軍國大事與太后內中裁處；賜諸軍緡錢。』」（《續資治通鑒》卷 49）再如，「癸巳，知諫院范鎮言：「比者京師及輔郡歲一赦，去歲再赦，今歲三赦；又，在京諸軍歲再賜緡錢；姑息之政，無甚於此。」（《續資治通鑒》卷 55）「（甲辰）冬，十月，丁卯，出內藏庫銀十萬兩，絹二十萬匹，錢十萬貫，下河北市糴軍儲。」（《續資治通鑒》卷 56）「九月，癸丑，詔三司，以河北秋稼甚登，其出內藏庫緡錢一百萬，助糴軍儲。」（《續資治通鑒》卷 57）等等。

百萬大軍中或許有少數落魄的，但總體上說，兩宋軍人是一個享受軍俸、衣食無憂的群體。這就爲他們到瓦舍勾欄中進行娛樂消費提供了經濟上的保障。

3、兵士消費水準最適合於在瓦舍勾欄裏娛樂消費

一般說來，貴族富商不會到勾欄瓦舍裏去娛樂，勾欄瓦舍的消費檔次畢竟還是比較低的，富貴人家自有他們自己的娛樂場所和娛樂形式，如《宋史·太宗本紀》記載：「太平興國五年三月戊子，會親王、宰相、淮海國王及從臣蹴鞠大明殿。」《水滸傳》第二回中描述了端王趙佶在自己王府庭院裏踢球，還把他們踢球的一夥美其名曰齊雲社、天下圓。《東京夢華錄·駕辛寶津樓宴殿》記載「瓊林苑宴殿南面有橫街，牙道柳徑，乃都人擊毬之所。」高官貴族一般有更高級的娛樂場所，如酒樓、茶館等。士大夫往往到「市樓酒肆」〔註19〕中宴會。

〔註17〕 《歐陽文忠公全集》卷 59《原弊》。
〔註18〕 《誠齋集》卷 89《千慮策·民政下》。
〔註19〕 《歷代筆記小品節選》載：「當時侍從文館士大夫各爲燕集，以至市樓酒肆，

　　而起早貪黑的小市民為了生計，一般恐怕沒有時間去遊戲娛樂。商人有錢，但是空暇很少，晝夜算計生意事。而一些城市閒雜人員雖然時間上有餘裕，但是囊中羞澀。

　　而如前所論，由於宋代實行募兵制，國家財政的十之七八都用之於軍隊，軍卒是有閒錢的，但又不能與貴族富商相比。勾欄瓦舍陳設比較簡陋，檔次比較低，娛樂內容通俗，裏面的娛樂適合有點錢而不是很多、又有空閒時間的階層消費。宋王朝招募而來的軍卒是這個階層其中重要的一部分，瓦舍勾欄最適合於他們消費。

　　除卻「軍卒」之外，進入勾欄瓦舍進行娛樂的還有地痞流氓、市井無賴、游民、衙役、走江湖的等有閒階層。例如《水滸傳》中雷橫都頭到勾欄裏看白秀英演唱《豫章城雙漸趕蘇卿》、燕青和李逵則到桑家瓦子裏聽說《三國志》平話。

4、宋代更戍制

　　北宋實行募兵制，家屬居住在軍營內。宋太祖創禁軍更戍法，輪流更戍他地，更戍以指揮為單位，通常一次以三年為期，家屬不得隨行，到期回原駐地，揀選精壯士兵補充上一級禁軍，淘汰老弱士兵降充下一級禁軍或廂軍或退役。禁軍更戍分為屯駐禁軍、駐泊禁軍與就糧禁軍。」〔註20〕

　　宋太祖「制更戍之法，欲其習山川勞苦，遠妻孥懷土之戀，兼外戍之日多，在營之日少，人人少子而衣食易足」〔註21〕，除了就糧，軍士可以「許挈家屬以往」〔註22〕外，其它屯駐禁軍、駐泊禁軍都是單身前往，幾十萬軍士身居外地，拋家離口，三年期內，精神生活乃至生理上的需要如何得以滿足？他們暇日裏自然也會到瓦舍勾欄裏消磨時光，打發寂寞的。

5、軍隊經商與娛樂業

　　宋朝官兵除了有固定的軍俸外，他們還經商，其中的業務之一就有娛樂業。

　　宋王朝不實行「抑商」政策，而是鼓勵工商業生產和商貿。五代戰亂，造成了大量無地的流民、游民。宋朝繼承了唐五代以來的募兵制，流民、游

　　　　往往皆供帳為遊息之地。」
〔註20〕蔡美彪等：《中國通史》第七卷，人民出版社，1980年版。
〔註21〕沈括：《夢溪筆談》卷25，湖北辭書出版社，2007年版。
〔註22〕馬端臨：《文獻通考》卷152，中華書局，1986年版。

民以及貧民都可以因為這個制度被國家養起來，他們因為有固定的軍俸，軍隊上下又經商，將領經營房產、組織販運、組織兵士織造綢緞等；軍卒從事刺繡、伎藝等手藝生產，因而他們對包括娛樂業在內的工商業市民經濟的發展和繁榮起到了巨大的作用。

在宋朝立國之初，宋太祖趙匡胤就鼓勵軍隊頭領「多積金、市田宅以遺子孫，歌兒舞女以終天年」，宋太宗也曾下詔「令兩制議致豐之術以聞」，號召研究理財求富之道。宋神宗則認為治國當「尤先理財」，發過「政事之先，理財為急」的詔令。這些政策導向使商業大潮興旺，商貿高速發展，市民經濟極度繁榮，市民娛樂十分興盛。

宋代節度使、將領等都追求物質享受、奢侈浮華，形成了一種時尚。「上有所好，下必甚焉。」軍隊一直明著暗著地從事工商業生產和商貿活動。

北宋初，自陝西販賣竹木至開封，有厚利可圖，大將如張永德、趙延溥、祁廷訓等人就都參與了這項貿易活動，「所過關渡矯稱制免算」〔註23〕。從此之後，軍隊訓練廢弛，平日多從事「綱運」（即官府長途販運貨物）雜役等。

《宋史》中諸如此類的士卒從事「綱船」等參與經商的記載很多。早在太祖開寶三年間（公元 970 年），成都府「押綱使臣並隨船人兵多冒帶物貨、私鹽及影庇販鬻，所過不輸稅算」。後有詔令有司「自今四川等處水陸綱運，每綱具官物數目給引付主吏，沿路驗認，如有引外之物，悉沒官」〔註24〕。但上有政策下有對策，終宋一代，軍卒借綱運走私獲利始終未絕。

宋神宗時，陝西禁兵「其間至有匠氏、樂工、組繡、書畫。機巧，百端名目，多是主帥並以次官員占留手下，或五、七百人，或千餘人」，而這些軍卒並不參加軍訓〔註25〕。可以想見，宋王朝之內決非只有陝西如此。

蔡戡說：「尺籍伍符，虛實相半，老弱居其一，工匠居其一，俳優居其一，輿隸胥史居其一，詭名冒籍者無所不有，則是朝廷養兵萬人，所可用者，數千人而止耳。」〔註26〕

軍士兼營他業，「出入無時，終日嬉遊廛市間，以鬻伎巧，繡畫為業，衣服舉措，不類軍兵，習以成風，縱為驕惰」〔註27〕。廛市乃市肆集中之地，

〔註23〕 《宋史》卷 257《王仁贍傳》。
〔註24〕 徐松輯：《宋會要輯稿》食貨 42 之 1，中華書局，1957 年。
〔註25〕 《趙清獻公集》卷 4《奏狀論陝西官員占留禁軍有妨教閱》。
〔註26〕 《歷代名臣奏議》卷 234。
〔註27〕 《蘇學士文集》卷 10《諮目二》。

而瓦舍勾欄本身就是市肆集中的地方。從這句話可以看出，軍卒不僅是廛市中的消費者，而且還是一些行業的生產者。「嬉遊」二字尤值得深思，修飾語「終日」更是足以說明軍卒在瓦舍勾欄中消費的時間之長，至少也是兵士有空閒時間的證明。有的軍士「售工於外，納錢本營，以免校閱，謂之買工」〔註28〕。軍士既然可以在軍隊之外打工，難道就不會到商貿、戲耍都很繁榮的瓦舍勾欄中去？只不過「衣服舉措，不類軍兵」罷了。

宋欽宗在詔書中也承認，「今三衙與諸將招軍」，「既到軍門，惟以番直隨從，服事手藝為業，每營之中，雜色占破十居三、四，不復以武藝訓練」〔註29〕。

軍隊經商之嚴重，當時的人就已經意識到了。「（何溥）又言軍政之弊，曰：『為將帥者，不治兵而治財。刻剝之政行，而撫摩之恩絕，市井之習成，而訓練之法壞。二十年間，披堅執銳之士，化為行商坐賈者，不知其幾。』」〔註30〕

殿司諸統領將官公開「養兵營運，浸壞軍政」〔註31〕。宋孝宗時，右正言蔣繼周上書皇帝說：「乞詔諸軍將佐屯駐去處，自今並不許私置田宅、房廊、質庫、邸店及私自興販營運。」〔註32〕蔣繼周的懇請從側面上反映了當時將領人多在從事房地產、當鋪、販運等贏利性商業活動。

軍隊經商做生意，娛樂業是其中之一，他們自身就創立和經營瓦舍勾欄。《水滸傳》中蔣門神勾結張團練、張都監霸佔了施恩的快活林，便是駐軍插手娛樂業的例子。南宋吳自牧《夢梁錄》卷十九記載：「杭城紹興間駐蹕於此，殿嚴楊和王因駐軍多西北人，是以於城內外，創立瓦舍，招集妓樂，以為軍卒暇日娛戲之地。」

宋代軍隊做買賣、開酒坊造酒，開酒樓等，收益頗豐。回易等贏利及其支出，並不計入朝廷的財政收支。他們從事回易等贏利性經營，用以補貼軍費——國家十之七八的財政開支用於軍費尚不足夠。宋王朝雖然對軍隊進行回易時有禁令，但利益所趨，無濟於事。

兩宋時期，軍隊除了經商，還從事各種勞作。官僚、軍官等私役軍士的

〔註28〕《胡澹庵先生文集》卷27《貴州防禦使陽曲伯張公墓誌銘》。
〔註29〕《會編》卷37。
〔註30〕《建炎以來繫年要錄》卷一八九。
〔註31〕脫脫等撰：《宋史》卷194《兵志八》紹興十三年條，中華書局，1977年。
〔註32〕《皇宋中興兩朝聖政》卷61淳熙十一年七月戊子。

勞作範圍極廣，如修造第宅，伐薪燒炭，種植蔬菜，織造緞子、坐褥，做木偶戲人，刺繡，奏樂等，軍隊簡直就是一個全國性的手工業作坊，它對市民經濟的發展和繁榮起了巨大的作用，其中也包括對勾欄瓦舍娛樂業做出了卓越的貢獻。

6、興盛中的瓦舍勾欄突出特點之一是服務軍隊

瓦舍勾欄作為娛樂場所，最先或許就是為了娛樂朝廷招募來的禁軍而創立的。據《東京夢華錄》卷五，北宋汴京的大相國寺，每逢元宵節，「寺之大殿，前設樂棚，諸軍作樂」（重點號為筆者所加）。瓦舍勾欄本義指的是寺院〔註33〕，而唐五代百戲娛樂大多都是在寺院裏舉行的，到了宋代，大相國寺裏也搭設樂棚，娛樂眾軍。這則資料之所以特別值得重視，更是因為它說的是「諸軍作樂」，並非說的是市民作樂，這也就是說瓦舍勾欄之中的娛樂其中很大一部分就是為了禁軍。

如前所引，南宋吳自牧《夢粱錄》卷十九記載：「杭城紹興間駐蹕於此，殿嚴楊和王因駐軍多西北人，是以於城內外，創立瓦舍，招集妓樂，以為軍卒暇日娛戲之地。」（重點號為筆者所加）這些瓦舍的創立，目的就是為了軍卒在空閒之時進行娛樂。楊沂中有意識地建立瓦舍、招集藝人，以娛悅士卒。《夢粱錄》的「妓樂」，應該是與「伎樂」通假，本指音樂歌舞或歌舞女藝人。中國古代的娛樂演藝工作者主要是倡優，除了色情服務外，還有其它各種百戲、雜耍等。瓦舍也並非僅僅是妓院，而是還有其它多種百戲節目，是大兵們的「娛戲之地」。

《東京夢華錄》的「諸色雜賣」條記載：「或軍營放停樂人，動鼓樂於空閒，就坊巷引小兒婦女觀看。」這說明當時的軍營中有專門的樂人，也可以這樣說瓦舍勾欄的創立本來就是為了娛樂軍卒的？可見藝人們常常在軍營中聚攏演出，並招引坊巷中的「小兒婦女」一同觀看。軍卒在軍營裏聽書看戲便是毋庸懷疑的了。

據《西湖老人繁勝錄》記載：「十三軍大教場、教弈軍教場、後軍教場、南倉內、前杈子裏、貢院前、祐聖觀前寬闊所在，撲賞並路歧人在內作場。」從這則材料來看，最令人感興趣的是練兵場如「十三軍大教場、教弈軍教場、後軍教場」等都是藝人表演的場所。

〔註33〕康保成：《「勾欄」、「瓦舍」新解》，《文學遺產》1999年第5期。

軍營自身設有瓦舍，也有藝人到練兵場寬闊場所賣藝。軍卒在暇日裏，他們到瓦舍勾欄裏進行娛樂消費是毋庸懷疑的。

7、瓦舍勾欄中演出題目、題材內容等與兵士口味的喜好十分吻合

從宋代瓦舍勾欄中「說話」的家數來看，其題材、內容大部分是針對兵士的。

孟元老《東京夢華錄・市瓦伎藝》條記載有：「講史、說三分、小說、五代史、說諢話。」它們的內容主要就是講述歷史故事，豈不是最適合於兵士聽？耐得翁《古杭夢遊錄》中說：「說話有四家， 者小說，謂之銀字兒，如煙粉、靈怪、傳奇、說公案，皆是搏拳提刀杆棒及發跡變態（泰）之事；說鐵騎兒，謂士馬金鼓之事；說經，謂演說佛書；說參請，謂參禪悟道；講史書，謂說前代興廢爭戰之事。」根據胡士瑩的考證，「在北宋說話的科目中，獨無『說經』一門，大概說經在北宋尚未進入瓦子，至南宋始成爲一家數」〔註 34〕。瓦舍勾欄「說話」四家中除去「說經」，剩下的應該說都是兵士所喜聞樂見的，像「小說」、「鐵騎兒」和「講史書」等講述的內容都與士兵的生活密切相關。

說話，無論何時何地，都得首先看對象，否則就是對牛彈琴。瓦舍勾欄中的說書者本來就是爲了養家糊口的，豈有不看聽眾對象的道理？見人說人話，見鬼說鬼話，此乃情理之中的事。說話人選擇樸刀、杆棒、士馬金鼓、興廢戰爭與變泰發跡之事這種題材也是爲了迎合軍漢、游民等聽眾的。因而我們完全可以從說話家數的內容來推斷宋代瓦舍勾欄中的聽眾主要是哪一些人。以此推理，顯然，聽眾大多是軍漢。然則爲何獨獨宋代的軍漢有此閒情逸致，到勾欄瓦舍中享受通俗娛樂，如前所析，這是由宋王朝的募兵制所造成的。

王學泰說：「在城市瓦子勾欄中藝人面對的是平民百姓，其中不少是游民和接近游民的市井細民。如傭工、店員、小商小販、手工業者以及游手好閒之徒。」〔註 35〕我對其中所說的「傭工、店員、小商小販、手工業者」等受眾的說法有點懷疑：他們忙於生計尚不暇，哪有空餘時間和閒情逸致到勾欄瓦舍裏娛樂嬉戲？我認爲倒是游手好閒之徒、一部分軍卒是宋代勾欄瓦舍裏主要的聽眾。

〔註34〕 胡士瑩：《話本小說概論》，中華書局 1980 年版，第 101 頁。
〔註35〕 王學泰：《游民文化與中國社會》，同心出版社，2007 年版。

　　兩宋軍士多是游手好閒之輩組成，他們大量地駐紮在京師，當時的軍營中創立瓦舍，他們在無事時便聽書看戲。瓦舍勾欄中的藝人也把他們看作服務的對象，因爲藝人表演是爲了賺錢謀生的，聽眾和觀眾是他們的衣食父母。北宋著名的瓦市藝人張山人說：「某乃於都下三十餘年，但生而爲十七字詩，鬻錢以糊口」。又如《金鰻記》載歌妓慶奴「出去諸處酒店內賣唱，趁百十文把來使用。」游民既是藝人的服務對象，藝人的演藝中必然要考慮聽眾的喜好，於是一些迎合其精神需求、娛樂口味和反映其思想意識的藝術作品便因市場的需求而誕生了。

結　論

　　通常，人們總是把宋代瓦舍勾欄的興盛歸功於宋代市民經濟的發展、宋代取消了都市中坊（居住區）和市（商業區）的界限以及夜禁制度的廢止等原因。

　　然而市民經濟是如何發展起來的呢？它的消費主力是哪一些人呢？我以爲宋代由於實行募兵制，從制度上製造了一個龐大的城市消費群體即軍隊這個消費群體。同時，在募兵制制度之下，由於軍隊中自上而下的經商活動，他們又是工商業的生產者。雇傭軍有固定的軍俸，爲他們到勾欄瓦舍裏娛樂消費提供了經濟上的可靠保障；軍營中創立瓦舍在暇日裏以娛戲軍士，藝人也經常到練兵場「作場」；軍隊官兵經商，有的甚至就經營瓦舍勾欄，一些軍卒做木偶戲人、刺繡、奏樂等，直接服務於勾欄瓦舍的發展；募兵制下的兵源大多是無業游民、市井無賴等游手好閒之輩，他們具有到勾欄瓦舍終日「嬉遊」的資質；更戍制也爲軍卒暇日裏到勾欄瓦舍中去打發時光提供了可能；軍卒數量龐大，有點閒錢而不闊綽，適合於到瓦舍勾欄這種較低檔次的娛樂場所消費；瓦舍勾欄中說話的內容、題材與軍漢、游民的娛樂喜好十分吻合；等等。

　　因此，宋代瓦舍勾欄的興起和繁榮固然是宋代市民經濟的產物，然而具體而言，宋代的募兵制對瓦舍勾欄的發展和繁榮起了很大很重要的作用。

（原載《菏澤學院學報》2008年第6期）

試論古代帝王賢聖的身體敘事

　　縱觀中國古代歷史典籍與文學作品中關於帝王、賢聖的身體描寫和敘述，就會發現一個很奇怪的現象，即佛教傳入中土之前，他們的身體形象大多是病態、畸形或怪異的。佛教傳入中土之後，帝王、賢聖的形貌特徵大多打上了法相說的印記，如「雙耳垂肩」、「面如滿月」、「雙手過膝」等。此一身體敘事背後的原因是什麼呢？下面試論述之。

一、聖王形貌與神話思維

　　東漢王充《論衡·骨相篇第十一》云：「傳言黃帝龍顏，顓頊戴午，帝嚳駢齒，堯眉八采，舜目重瞳，禹耳三漏，湯臂再肘，文王四乳，武王望陽，周公背僂，皋陶馬口，孔子反羽。斯十二聖者，皆在帝土之位，或輔主憂世，世所共聞，儒所共說，在經傳者較著可信。若夫短書俗記、竹帛胤文，非儒者所見，眾多非一。蒼頡四目，爲黃帝史。晉公子重耳仳脅，爲諸侯霸。蘇秦骨鼻，爲六國相。張儀仳脅，亦相秦、魏。項羽重瞳，云虞舜之後，與高祖分王天下。」〔註1〕且不說儒者所不相信的倉頡、重耳等人形貌的怪異，就以這十二個帝王聖賢而言，他們的身體都是非正常的，或多或少都有病態或畸形。例如，「駢齒」，即「牙齒重迭」，此乃牙病也。但這一牙病，卻成了帝王的專有。《竹書紀年》卷上云：「帝嚳高辛氏，生而駢齒，有聖德。」漢代班固《白虎通·聖人》曰：「帝嚳駢齒，上法月孛。」《新五代史·南唐世家·李煜》記載：「（李）煜爲人仁孝，善屬文，工書畫，而豐額、駢齒，一目重

〔註1〕　張宗祥：《論衡校注》，鄭紹昌標點，上海古籍出版社，2010年版。

瞳子。」其它如周文王「四乳」，在醫學上這是多乳症。周武王「望陽」，即遠視眼。大舜「重瞳」，即白內障。……他們的身體特徵都是非正常的。

司馬遷《史記・秦始皇本紀》記載了秦始皇帝嬴政的體貌特徵，據尉繚的話可知，「秦王爲人，蜂準，長目，摯鳥膺，豺聲。」〔註2〕且不説這裡嬴政的體貌是動物體徵的集合體，就以嬴政「摯鳥膺」來看，説明他生而有心臟病或者肺病，致使胸骨外凸，形成鳥胸骨。《史記・項羽本紀》中太史公曰：「吾聞之周生曰『舜目蓋重瞳子』，又聞項羽亦重瞳子。羽豈其苗裔邪？何興之暴也！」〔註3〕重瞳子，又叫對子眼，現代醫學認爲是早期白內障的現象。陸龜蒙有詩云「重瞳亦爲瞽」，即項羽眼睛有白內障，患了眼疾。《史記・高祖本紀》記載：「高祖爲人，隆準而龍顏，美鬚髯，左股有七十二黑子。」〔註4〕劉邦腿上的黑子如此之多，這是皮膚病之一種。

《史記・孔子世家》記載至聖孔子「生而首上圩頂，故因名曰丘云」，「圩頂」，根據《索引》的解釋，就是「頂如反宇。反宇者，若屋宇之反，中低而四旁高也。」〔註5〕這就表明王充對孔子形貌的概述不是空穴來風，而是有其歷史依據的。《史記》還記載孔子成年後「長九尺六寸，人皆謂之長人而異之」。《孔叢子》說孔子「河目隆顙」。《荀子》上則說「仲尼之狀，面如蒙倛。」而「倛」指的是「古代術士驅鬼時所戴的形狀可怕的面具」，亦稱「倛頭」。據《史記》記載，有一次孔子與其弟子走散，鄭人對子貢說：「東門有人，其顙似堯，其項類皋陶，其肩類子產，然自腰以下不及禹三寸，累累若喪家之狗。」從鄭人對孔子的描述可知，這是一種典型的神化聖賢的手法，即他們的體徵往往是前賢的集合體，從而表明他們天生神異，與眾不同。

如果我們對以上思維意識進行追根溯源的話，最遠似乎可以追溯到印度神話的影響。1894年，法國學者拉克伯里（Terrien de Lacouperie）在《古代中國文化西源考》（Western Origin of the Early Chinese Civilization）中提出了「中國文明西來説」。根據蘇雪林的考證，中國神話源自西域，即所謂的「中國神話西來説」。

在印度神話中，神祇、阿修羅等大都是奇形怪狀，要麼是四面八臂，要麼是千手千頭，要麼是象頭人身……毗濕奴的動物化身之一爲人魚馬特斯

〔註2〕 司馬遷：《史記》，北京燕山出版社，2011年版。
〔註3〕 司馬遷：《史記》，北京燕山出版社，2011年版。
〔註4〕 司馬遷：《史記》，北京燕山出版社，2011年版。
〔註5〕 司馬遷：《史記》，北京燕山出版社，2011年版。

亞，是一條魚與人上半身結合的形象。毗濕奴的第三次化身為野豬瓦拉哈，是豬頭與人身的異形同體。毗濕奴的第四次化身為人獅那羅辛哈，是人與獅子的結合。惡魔羅波那，長著十個頭。濕婆，有五張臉。〔註6〕如此等等，不勝枚舉。另外，印度人相信苦行可得非凡的神通，苦行能夠在轉世的時候改變自己的種姓歸屬。可是，極端的苦行容易導致身體畸形或變形，如有的修行者單腿直立，導致另一條腿萎縮。而在印度神話中，侏儒被認為是與神相通的巫、史一類的人物，所以在舉行祭神儀式的時候，侏儒都是在前面導引的。在印度神話中，毗濕奴的第五次化身瓦摩納就是一個侏儒，他三步跨過了天、地、空三界，降伏了魔王缽利。印度人將 shemale（雙性人）看作是「神的舞者」。中國神話西來說是有其道理的，古印度與古代中國很久以前就進行交往了。也就是說，中國神話即使不是來自西域，也是深受其影響的。

中國神話中的神祇形象，也是以畸形為神奇，以奇異為神靈。《五運歷年紀》云：「盤古之君，龍首蛇身，噓為風雨，吹為雷電，開目為晝，閉目為夜。死後骨節為山林，體為江海，血為淮瀆，毛髮為草木。」據《山海經·海外西經》記載：「刑天與天帝爭神，帝斷其首，葬之常羊之山。乃刑天以乳為目，以臍為口，操干戚以舞。」古代圖象中，女媧是人頭蛇身的形象。《山海經》中的神或人，軀體更是幾乎沒有正常的，不是三條胳膊，就是一條腿，如「其神狀皆鳥身而龍首」、「其神皆龍身而人面」、「其|神者，皆人面而馬身。其七神皆人面牛身，四足而一臂，操杖以行，是為飛獸之神」、「有天神焉，其狀如牛，而八足二首馬尾，其音如勃皇，見則其邑有兵」、「其神狀虎身而九尾，人面而虎爪」、「其神狀皆羊身人面」、「其神皆人面蛇身」、「其神狀皆馬身而人面者廿神」、「其十神狀皆彘身而八足蛇尾」、「其神狀皆人身而羊角」、「有神，人面無臂，兩足反屬於頭山，名曰噓」、「有神，九首人面鳥身，名曰九鳳。又有神銜蛇銜操蛇，其狀虎首人身，四蹄長肘，名曰強良」、「有神人二八，連臂，為帝司夜於此野」……《山海經·海內經》記載：「黃帝妻雷祖，生昌意。昌意降處若水，生韓流。韓流擢首、謹耳、人面、豕喙、麟身、渠股、豚止，取淖子曰阿女，生帝顓頊。」〔註7〕這僅是對黃帝孫子韓流形貌的描述，但在《山海經》中，諸如此類的關於神、獸、人的形貌的描寫數不勝數，並且它們有一個共同的特點，那就是與現今相比其軀體的非

〔註6〕 《永恆的輪迴：印度神話》，劉曉暉、楊燕譯，中國青年出版社，2003年版。
〔註7〕 劉歆編定：《山海經》，崔建林注譯，時代文藝出版社，2011年版。

正常狀態：幾種動物的集合體。華夏民族的圖騰龍，也是一個九種動物的集合體：「頭似牛，角似鹿，眼似蝦，耳似象，項似蛇，腹似蜃，鱗似魚，爪似鳳，掌似虎」。《廣雅》云：「鳳凰，雞頭燕頷，蛇頸鴻身，魚尾骿翼。」從中可知，鳳乃五種動物的異形同體組合體。這一神話思維意識，是一種集眾長於一身從而更加神異的思維意識。皇帝之「九五」之尊，或許就源自於龍鳳的身體特徵吧。再如「飛虎」，虎已是獸中之王，而如今又能夠像鳥一樣飛翔，便更威猛無以復加了。《封神演義》中，姜子牙下崑崙山時，元始天尊送給他三件法寶，其中之一就是「四不相」。……這一點爲讖緯學說所吸收，如《尙書》緯帝命驗：「禹身長九尺有六，虎鼻河目，駢齒鳥喙，耳三漏，載成鈴，懷玉斗。」司馬貞補注《史記·三皇本紀》云：「女媧氏，亦風姓，蛇首人身。……炎帝神農氏……人身牛首。」等等。

從而我們似乎可以得出如下的結論，即在中國古人的意識中，人們認爲非正常狀態的身體，無論是畸形的軀體還是兼具眾美的異形同體，都是具有神異功能的；而帝王、賢聖之神異，是天生的，這有其迥異於常人的軀體形貌爲證據。於是，文人在講述聖王文治武功的時候，便將其奇異的體貌作爲論述的證據之一，如班彪《王命論》曰：「蓋在高祖，其興也有五：一曰帝堯之苗裔，二曰體貌多奇異，三曰神武有徵應，四曰寬明而仁恕，五曰知人善任使。」〔註 8〕其二便是「體貌多奇異」，從而說明劉邦奉天承運、君權神授的合理性。中國神話中的神祇、史書傳說中的帝王，其身體大都是集合體或病態，這是以「異相」爲神奇，從而言說其生而與眾不同，爲其神聖性張目。

二、聖王形貌與法相說

至晚到東漢永平十年（67），佛教便已東傳到中原了，印度固有的信仰「三十二大人相」（dvatmsan mahapurusalahsanani）與「八十好」（asityanuvyanjanani）〔註9〕隨著佛教東傳也傳到了中土，並對中國的相人術產生了深遠的影響。從此之後，帝王聖賢的身體敘事便往往以「法相」爲標準。這一意識甚至滲透進正史的撰寫中，遑論不登大雅之堂的小說和戲曲了。我們先看看法相說的具體內容，然後再結合史書對帝王形貌的敘述來進行對照。

〔註 8〕 班固：《漢書》，鳳凰出版社，2011 年版。
〔註 9〕 季羨林：《季羨林文集》第八卷《比較文學與民間文學》，江西教育出版社，1996 年版。

「法相」是佛教術語，指諸法之相狀，包含「體相」與「義相」。《優婆塞戒經》〔註10〕對三十二相是如何產生的作了一番詳細的說明，茲不具錄。而三十二相具體所指如下：

1、足安平相：謂足下安立，皆悉平滿，猶如奩底也。2、千輻輪相：謂足下轂網輪紋，眾相圓滿，有如千輻輪也。3、手指纖長相：謂手指纖細圓長，端直好，指節參差，光潤可愛，勝餘人也。4、手足柔軟相：謂手足極妙柔軟，勝餘身份也。5、手足縵網相：謂手指中間，縵網交合，文同綺畫，猶如鵝王之足也。6、足跟滿足相：謂足之踵，圓滿具足也。7、足趺高好相：謂足之趺，高起如真金之色；趺上之毛，青琉璃色，種種莊飾，妙好圓滿也。8、腨如鹿王相：謂足腨漸次纖圓，如彼鹿王之腨，纖好第一也。9、手過膝相：謂雙臂修直，不俯不仰，平立過膝也。10、馬陰藏相：謂陰相藏密，猶如馬陰，不可見也。11、身縱廣相：謂身儀端正，豎縱橫廣，無不相稱也。12、毛孔生青色相：謂身諸毛孔，一孔一毛，生相不亂，右旋上向，青色柔軟也。13、身毛上靡相：謂身諸毫毛，皆右旋向上，而偃伏也。14、身金色相：謂身皆金色，光明晃曜，如紫金聚，眾相莊嚴，微妙第一也。15、身光面各一丈相：謂身放光明，四面各一丈也。16、皮膚細滑相：謂皮膚細膩滑澤，不受塵水，不停蚊蚋。17、七處平滿相：謂兩足下、兩手、兩肩、項中，七處皆平滿端正也。18、兩腋滿相：謂左右兩腋，平滿而不窊也。19、身如獅子相：謂身體平正，威儀嚴肅，如獅子王也。20、身端直相：謂身形端正，平直不傴曲也。21、肩圓滿相：謂兩肩圓滿而豐腴也。22、四十齒相：謂常人但有三十六齒，唯佛具足四十齒也。23、齒白齊密相：謂四十齒皆白淨齊密，根復深固也。24、四牙白淨相：謂四牙最白而大，瑩潔鮮淨也。25、頰車如獅子相：謂兩頰車隆滿如獅子王也。26、咽中津液得上味相：謂咽喉中常有津液，上妙美味，如甘露流注也。27、廣長舌相：謂舌廣而長，柔軟紅薄，能覆面而至於髮際也。28、梵音深遠相：謂音聲和雅，近遠皆到，無處不聞也。29、眼色如金精相：謂眼目清淨明瑩，如金色精也。30、眼睫如牛王相：謂眼睫殊勝如牛王也。31、眉間白毫相：謂兩眉之間，有白玉毫，清淨柔軟，如兜羅綿，右旋宛轉，常放光明也。32、頂肉髻成相：謂頂上有肉，高起如髻，亦名無見頂相，謂一切人天二乘菩薩，皆不能見故也。

〔註10〕《優婆塞戒經》，曇無讖譯，全國圖書館文獻縮微中心，2001年版。

　　佛除了具有三十二相，還有八十種隨行好。據《大般若波羅蜜多經》
〔註11〕卷三八一載，八十種好即：1、指爪狹長，薄潤光潔。2、手足之指圓
而纖長、柔軟。3、手足各等無差，諸指間皆充密。4、手足光澤紅潤。5、
筋骨隱而不現。6、兩踝俱隱。7、行步直進，威儀和穆如龍象王。8、行步
威容齊肅如獅子王。9、行步安平猶如牛王。10、進止儀雅宛如鵝王。11、
回顧必皆右旋如龍象王之舉身隨轉。12、肢節均勻圓妙。13、骨節交結猶若
龍盤。14、膝輪圓滿。15、隱處之紋妙好清淨。16、身肢潤滑潔淨。17、身
容敦肅無畏。18、身肢健壯。19、身體安康圓滿。20、身相猶如仙王，周匝
端嚴光淨。21、身之周匝圓光，恒自照耀。22、腹形方正、莊嚴。23、臍深
右旋。24、臍厚不凹不凸。25、皮膚無疥癬。26、手掌柔軟，足下安平。27、
手紋深長明直。28、唇色光潤丹暉。29、面門不長不短，不大不小如量端嚴。
30、舌相軟薄廣長。31、聲音威遠清澈。32、音韻美妙如深谷響。33、鼻高
且直，其孔不現。34、齒方整鮮白。35、牙圓白光潔鋒利。36、眼淨青白分
明。37、眼相修廣。38、眼睫齊整稠密。39、雙眉長而細軟。40、雙眉呈紺
琉璃色。41、眉高顯形如初月。42、耳厚廣大修長輪埵成就。43、兩耳齊平，
離眾過失。44、容儀令見者皆生愛敬。45、額廣平正。46、身威嚴具足。47、
髮修長紺青，密而不白。48、髮香潔細潤。49、髮齊不交雜。50、髮不斷落。
51、髮光滑殊妙，塵垢不著。52、身體堅固充實。53、身體長大端直。54、
諸竅清淨圓好。55、身力殊勝無與等者。56、身相眾所樂觀。57、面如秋滿
月。58、顏貌舒泰。59、面貌光澤無有顰蹙。60、身皮清淨無垢，常無臭穢。
61、諸毛孔常出妙香。62、面門常出最上殊勝香。63、相周圓妙好。64、身
毛紺青光淨。65、法音隨眾，應理無差。66、頂相無能見者。67、手足指網
分明。68、行時其足離地。69、自持不待他衛。70、威德攝一切。71、音聲
不卑不亢，隨眾生意。72、隨諸有情，樂為說法。73、一音演說正法，隨有
情類各令得解。74、說法依次第，循因緣。75、觀有情，贊善毀惡而無愛憎。
76、所為先觀後作，具足軌範。77、相好，有情無能觀盡。78、頂骨堅實圓
滿。79、顏容常少不老。80、手足及胸臆前，俱有吉祥喜旋德相（即卍字）。
　　下面我們再看看魏晉以來的史書對帝王形貌特徵的記載，結合法相說來
進行比照可知，自東漢以來，帝王相貌之描述，實受佛家法相、八十好說之
影響：

〔註11〕《大般若波羅蜜多經》，北京圖書館，1985年版。

《蜀書・先主傳》記載:「先主不甚樂讀書,喜狗馬、音樂、美衣服。身長七尺五寸,垂手下膝,顧自見其耳。少語言,善下人,喜怒不形於色。好交結豪俠,年少爭附之。」

《晉書・帝紀第三武帝》記載司馬昭議立世子,屬意於司馬攸,但「何曾等固爭曰:『中撫軍聰明神武,有超世之才。髮委地,手過膝,此非人臣之相也。』」

《梁書・本紀第一》記載:「高祖(按指蕭衍)以宋孝武大明八年甲辰歲生於秣陵縣同夏里三橋宅。生而有奇異,兩胯駢骨,頂上隆起,有文在右手曰『武』。」

《陳書・本紀第一》記載陳霸先「身長七尺五寸,日角龍顏,垂手過膝」。

《北史・魏本紀第一》記載:「(太祖道武)帝弱而能言,目有光曜,廣顙大耳。」

《北齊書・帝紀第一》記載高歡「目有精光,長頭高顴,齒白如玉,少有人傑表」。

《北齊書・帝紀第四》記載高洋之母「初孕,每夜有赤光照室,後私嘗怪之。初,高祖之歸尒朱榮,時經危亂,家徒壁立,後與親姻相對,共憂寒餒。帝時尚未能言,欻然應曰『得活』,太后及左右大驚而不敢言。及長,黑色,人頰兌下,鱗身重踝。不好戲弄,深沉有大度。」

《隋書・帝紀第一》記載隋文帝楊堅之母「皇妣呂氏,以大統七年六月癸丑夜生高祖於馮翊般若寺,紫氣充庭。有尼來自河東,謂皇妣曰:『此兒所從來甚異,不可於俗間處之。』尼將高祖舍於別館,躬自撫養。皇妣嘗抱高祖,忽見頭上角出,遍體鱗起。皇妣大駭,墜高祖於地。尼自外入見曰:『已驚我兒,致令晚得天下。』為人龍頷,額上有五柱入頂,目光外射,有文在手曰『王』。長上短下,沉深嚴重。」

《隋書・帝紀第三》記載楊廣「美姿儀,少敏慧,……上好學,善屬文,沉深嚴重,朝野屬望。高祖密令善相者來和遍視諸子,和曰:『晉王眉上雙骨隆起,貴不可言。』」

《舊唐書・本紀第二》記載:「隋開皇十八年十二月戊午,(唐太宗李世民)生於武功之別館。時有二龍戲於館門之外,三日而去。高祖之臨岐州,太宗時年四歲。有書生自言善相,謁高祖曰:『公貴人也,且有貴子。』見太宗,曰:『龍鳳之姿,天日之表,年將二十,必能濟世安民矣。』高祖懼其言

泄，將殺之，忽失所在，因採『濟世安民』之義以爲名焉。太宗幼聰睿，玄鑒深遠，臨機果斷，不拘小節，時人莫能測也。」

《宋史・太祖本紀》記載，宋太祖趙匡胤於「後唐天成二年，生於洛陽夾馬營，赤光繞室，異香經宿不散，體有金色，三日不變」。《宋史・英宗本紀》記載，宋英宗「生於宣平坊第。初，王夢兩龍與日並墜，以衣承之。及帝生，赤光滿室，或見黃龍遊光中」。

《明史・本紀第一》記載朱元璋「母陳氏，方娠，夢神授藥一丸，置掌中有光，吞之，寤，口餘香氣。及產，紅光滿室。自是夜數有光起，鄰里望見，驚以爲火，輒奔救，至則無有。比長，姿貌雄傑，奇骨貫頂。志意廓然，人莫能測」。

《清史稿・太祖本紀》記載：「太祖儀表雄偉，志意闊大，沈幾內蘊，發聲若鐘，睹記不忘，延攬大度。」《清史稿・太宗本紀一》記載：「上儀表奇偉，聰睿絕倫，顏如渥丹，嚴寒不栗。」《清史稿・世祖本紀一》記載福臨「母孝莊文皇后方娠，紅光繞身，盤旋如龍形。誕之前夕，夢神人抱子納后懷曰：『此統一天下之主也。』寤，以語太宗。太宗喜甚，曰：『奇祥也，生子必建大業。』翌日上生，紅光燭宮中，香氣經日不散。上生有異稟，頂髮聳起，龍章鳳姿，神智天授。」《清史稿・聖祖本紀一》記載康熙「天表英俊，嶽立聲洪」。

從以上本紀的記載與法相說的具體內容對照可知，帝王之「垂首過膝」、「眼有精光」、「齒白如玉」、「風骨奇特」、「生而有奇異」、「生而異徵」等描述，往往以面相「奇異」且有貴徵表明神權天授，應天承運。除了形貌天生神異之外，帝王降生時，一般還是「紅光映天」。而如《水滸傳》魔星下世時，一般「黑氣衝天」。

由是觀之，自從佛教傳入中土，佛的三十二相、八十好便被歷史編纂者所借用，其後的帝王、聖賢於是大都具有了佛三十二相、八十好的某一些特徵，這些特徵甚至成爲了帝王之所以爲帝王的標誌和象徵，從而直接影響到通俗文藝對帝王將相、匪首、貴公子等形貌的敘述，如劉備、宋江、賈寶玉等身體敘事都受其影響。

《三國演義》第一回說劉備「生得身長七尺五寸，兩耳垂肩，雙手過膝，目能自顧其耳，面如冠玉，唇若塗脂」。《水滸傳》第十八回寫道宋江「眼如

龍鳳，眉似臥蠶，滴溜溜兩耳懸珠，明皎皎雙睛點漆。唇方口正，髭鬚地閣輕盈，額闊頂平，皮肉天倉飽滿。坐定時渾如虎相，走動時有若狼形」。《紅樓夢》第三回從林黛玉眼中寫賈寶玉「面若中秋之月，色如春曉之花，鬢若刀裁，眉如墨畫，面如桃瓣，目若秋波」之相貌。……從中可知，魏晉以來，人物身體文化委實深受法相說之影響。

中國古代帝王身體敘事的法相化，是宗教特別是佛教傳播和接受的結果。在其間，有皇帝三次捨身爲僧如梁武帝蕭衍者，也有僧徒神化皇帝如武則天是菩薩轉世者，甚至有帝王皇后自稱「老佛爺」者……以此來看，相貌比附也就是情理之中的了。由迷信而崇拜，而模仿，而比附，當下亦然，如染黃髮、燙捲髮等。

結　語

綜上所述，中國古代對於帝王、賢聖的身體敘事，往往以怪異爲神奇、以畸形爲神徵、以奇異爲徵應、以變態爲神異，古代聖王身體的這一怪異或奇異敘事及其文化，其實是一種言說，表明他們天生就是與眾不同，其身體就代表了一種神奇的力量，以此爲其文治武功或天生聖人作明證。他們的身體成爲了一種符號，這種符號便是其身份的象徵。於是，其身體敘事就是他們乃「天生聖人」的不證自明、不言而喻的招牌。

特殊人物之身體的自我神化或被神化，是政治和權力的隱喻。但其間也有發展變化，具體到中國歷史而言，東漢永平十年之前，中國古代聖王的身體敘事源自遠古神話思維意識，深受神話思維方式的影響，以畸形或異形合體爲表徵；而永平十年之後，正史中的古代聖王的身體敘事則深受佛教法相說的影響，他們的體貌特徵往往以法相中的三十二相和八十好爲標準進行描寫或敘述。在通俗話本或章回小說中，中國帝王、賢聖或某一首領的身體敘事也是深深打上了法相說的烙印。

（原載：《菏澤學院學報》2012 年第 4 期）

後　記

　　火車西行，過了寶雞，窗外所見皆爲童童黃土堆，悲涼之情愫黯然而生，不禁令人遙想數千年來大西北的匆匆過客，絲綢路上的駝鈴聲聲，《蒙娜麗莎》圖中的荒涼背景……

　　然而，就在這荒涼而偏僻的皋蘭山下，竟然能時時收到來自寶島臺灣花木蘭文化出版社郵寄來的系列學術輯刊之書目，實感意外。不意更爲驚喜的是，竟然收到了花木蘭文化出版社寄來的「徵求學術論著授權出版重要專函」。

　　由於拙博士論文《〈水滸傳〉詮釋史論》已於 2009 年由齊魯書社刊行，且目下仍在合同期內，內此使電郵諮詢可否將近年來發表的學術論文結集爲《中國小說文化研究》付梓刊行？郵件發出後本沒報多大希望，但沒有想到的是，花木蘭文化出版社的編輯邱亞麗、楊嘉樂不僅很快就回覆了郵件，而且還從臺灣寄來了校對稿，其效率之高，令人感歎！校對稿改正了由簡體字轉換爲繁體字時出現的錯誤，調整了注釋格式，編輯之專業、敬業和高效，實在是令人敬佩不已。

　　在校對稿上，我補上了首發刊物的名稱和刊發時間，不是借重於刊物，而是表達對當年那些刊物和編輯們的感念之情。當下學界內外，將刊物分爲三六九等，學術評價體系使得某些學者不再相信自己的判斷力，不是以質衡文，而是屈從於刊物的級別，以「出處」來論文之高下。故留存以作紀念。

　　念之塗鴉而成的稚拙文字，亦將被臺灣的同胞尤其是同行所閱讀，無論如何，這也是一件令人欣喜的事情。再次感謝多年來一直致力於文化傳播的花木蘭文化出版社及其學識高明、認眞負責的編輯們。

　　海子詩云：「面朝大海，春暖花開！」此之謂歟？

張同勝

蘭州大學

2014 年 6 月 4 日